E L E S

M

U

T S

Diane Wilson

Diane Wilson

Traduit de l'anglais (États-Unis)

par Nino S. Dufour

LES SEMEUSES

Rue de l'échiquier fiction

LES SEMEUSES

L'édition originale de ce livre a été publiée en anglais sous le titre
The Seed Keeper
par Milkweed Editions, Minneapolis (États-Unis)

Éditions Rue de l'échiquier
16-18, quai de la Loire, 75019 Paris
www.ruedelechiquier.net

ISBN : 978-2-37425-440-1
Dépôt légal : mars 2024

Diane Wilson

LES SEMEUSES

Traduit de l'anglais (États-Unis)
par Nino S. Dufour

Rue de l'échiquier fiction

Pour celles qui gardent les graines
Et rêvent de santé sauvage

En mémoire d'Ernie Whiteman

LES GRAINES PARLENT

Nous avons faim, mais le sommeil s'abat sur nous.
Nous avons soif, mais la Mère nous a dit
    qu'il est trop tôt pour l'éveil.
Nous palpitons, impatientes, contre la fine membrane,
    repoussons les ténèbres
qui nous retiennent, suspendues dans une presque-mort
    qui n'est pas la mort.
Nous étreignons le temps dans cet espace, accrochées au fil
    qui s'élance infini vers les étoiles.

La Mère nous a dotées d'une patience plus forte que la faim,
    plus forte que la soif.
Nous habitons un royaume de rêves et d'esprit.
    À l'approche du soleil,
nous nous éveillons et embrassons la chaleur, nourries par la terre
    et gorgées de pluie.
Au retour du froid, nous nous terrons de nouveau
    pour reposer et rêver.

Nous nous rappelons quand le monde entier avait son propre chant.
Connaître le chant c'était parler à tous les êtres
    dans leur propre langue.
La terre racontait des histoires de lieux lointains, de montagnes
    et de falaises et de vallées verdoyantes.
La rivière puissante chantait sa course lente le long des arêtes
    qu'un glacier avait creusées autrefois.

Jadis, quand le gel mordait encore les tréfonds de la terre,
vinrent les Humains.
Ils nous éveillèrent de leurs chants, nous offrirent leurs prières.
Ils venaient en humbles cousins,
inquiets pour la vie de leurs enfants.
Un Accord fut conclu.

Nous avons renoncé à notre état sauvage pour vivre alliées
aux Humains.
Grâce à nos soins mutuels, le Peuple et
les Graines survécurent.
Durant de nombreuses générations, l'Accord fut respecté.
Notre faim nourrie,
notre soif étanchée, notre impatience assouvie
chaque fois que nous percions
la croûte de la terre et nous élancions vers le soleil,
vers les étoiles.

Puis vint un long silence, sécheresse de la mémoire,
temps de ténèbres.
Ils ne venaient plus nous appeler avec chants et prières.
Mais nous attendions, comme
la Mère l'avait intimé. La terre continuait de tourner
saison après saison,
mais les Humains ne sont pas revenus. Notre temps
est presque écoulé ;
le rythme de la vie défaille, la pulsation ralentit.
Notre attente touche à sa fin.

PROLOGUE

Ce matin-là, j'ai ouvert la porte et le monde a paru se rectifier, comme si toutes ces années n'avaient eu d'autre sens que l'attente de ce moment. Quand ma grand-tante Darlene Kills Deer racontait cette histoire, même à moi, elle se demandait si elle n'avait pas rêvé. D'une voix éraillée par des années de tabac et adoucie par les pastilles à la cerise, elle me disait :

Rosalie, tu es entrée comme si t'étais simplement sortie acheter des cigarettes au coin de la rue. Comme si toute notre vie nous avions vécu voisines l'une de l'autre, comme si ensemble nous étions allées à des pow-wow pour rentrer le soir en voiture, une vieille Pontiac bleu océan dont la portière avant tenait à l'aide d'un cintre tordu. Comme si j'avais été présente à la naissance de ton garçon, assez proche pour couper le cordon ombilical et enterrer le placenta dans le jardin.

Le jardin.

Qu'as-tu pensé en entrant dans la petite pièce ? Un placard à pharmacie d'un côté, des tas de pilules rangées près d'un fauteuil inclinable de vieille dame. De l'autre, près de la fenêtre, un jardin de seaux et de boîtes de conserve pleins d'une précieuse terre rapportée de la roseraie municipale. J'y allais la nuit, après la tombée du jour et je remplissais mon seau presque à ras bord, assez pour que quelques centimètres de cette précieuse terre se renversent sur le chemin du retour, dans le bus, où les wašicu me regardaient de travers – personne ne voulait s'asseoir trop près de l'Indienne cinglée avec son seau trop lourd. Personne ne proposait d'aider en me voyant hisser et traîner ce seau par la porte. Pfff. Pas besoin de leur aide.

Dans chaque récipient, j'ai placé une unique graine après l'avoir humectée dans ma bouche. Ça la réveille, tu vois, ça dit à la graine que son sommeil touche à sa fin. C'est la salive qui nous réunit.

Les gens m'ont dit que je n'y arriverais pas. Non. Ils m'ont dit que je ne devais pas. Pas au troisième étage d'un immeuble pour personnes âgées. Réfléchis, ça va en mettre partout. C'est casse-pieds. C'est bizarre. Je ne pouvais que hausser les épaules et songer combien je les trouvais bizarres, eux, de ne pas voir que tout ça était absolument nécessaire.

Tu vois ce maïs, là ? Tu as déjà vu un plant si droit et si haut ? Il y a une raison à ce que je fais. Si je te disais que ça m'est venu en rêve, me croirais-tu ? Et si je te disais que c'est un corbeau, dont la voix rauque ressemblait à celle de ma sœur Lorraine après toutes ces années à fumer, qui m'a dit qu'il était temps que je plante ce jardin ?

Tu as eu l'air surprise quand tu es entrée. Mais ton appel aussi m'a surprise, au moment précis où je pensais à toi en récitant une prière pour que tu sois en bonne santé et en sécurité, où que tu sois. Près de trente ans plus tard, je ne m'attendais plus à te revoir. C'est pourquoi j'ai commencé le jardin. Ces graines dans mon placard, tout ce qu'il me restait de ma famille, il fallait les planter sans quoi elles mourraient, comme nous.

Je t'ai montré le maïs à toi et à ton grand fils, le garçon aux yeux de lapin. Tu n'es plus vraiment une petite fille, sauf pour moi. Tu n'avais que douze ans quand ton père a eu une crise cardiaque et qu'ils t'ont emmenée. Peu importe que tu aies de la famille. J'ai passé des coups de fil et rempli leur paperasse. Le soir, je parcourais la ville, dans l'espoir de te voir jouer dans un jardin, saine et sauve, dans l'espoir de trouver le sommeil. En fin de compte, j'ai dû attendre que tu me trouves.

C'est pour toi que j'ai entrepris de faire pousser ces plantes, j'espérais qu'elles pourraient m'aider. Elles ont leur propre langage, tu sais. Ici ce n'est pas comme dans le jardin, où elles partagent leurs histoires par les racines et la terre, parlent avec leurs feuilles, leurs panicules et envoient leur pollen d'amour voler sur le vent. Mais je pouvais au moins faire ça. Je pouvais demander leur aide aux plantes. Je pouvais demander son aide au corbeau. Je pouvais parler aux chênes du boulevard en bas de chez moi et leur demander de veiller sur toi. D'année en année, nous sommes restés aux aguets.

Et puis ce matin, tu as passé ma porte alors que j'avais presque renoncé. Presque. «Presque», ça retient quelque chose, même quand c'était dur d'arroser mes plantes, de tenir bon, de croire que tu me chercherais encore. Tu as regardé tout autour de toi comme si tu n'en croyais pas tes yeux. Je n'avais pas l'énergie d'expliquer que c'étaient les plantes et les arbres et le corbeau qui t'avaient ramenée à la maison.

Tu t'es assise sur ma meilleure chaise les mains sur les genoux, tes doigts se tordaient comme une racine hors sol. Derrière toi, je voyais une chaussure marron faire tap, tap, *comme si son propriétaire était sur le point de déguerpir. Jeune lapin, ici tu n'as rien à craindre.*

Tu es entrée inconnue de moi. Tes yeux évitaient les miens. Tu n'étais pas prête pour la vérité, pas encore. Je ne pouvais pas respirer en ta présence. Nous avions connu la même faim toutes ces années. Je t'ai proposé d'arroser le maïs. Tu as dit non. Je te l'ai proposé de nouveau, en indiquant les plantes de la main. Tes doigts tremblaient en tenant mon arrosoir. Quelques gouttes d'eau, puis tu t'es tournée vers moi comme pour demander: «Ça suffit? J'ai fait comme il faut?» Je ne pouvais pas parler, seulement hocher la tête. Oui, oui, c'est juste ce qu'il fallait. Voilà tout ce que nous pouvions nous offrir ce premier jour. C'était suffisant. Tu es partie en promettant de revenir.

Ma grand-tante a vécu une année de plus et nous avons trouvé le moyen de nous parler malgré les rares mots qui survécurent à son attaque, six mois après nos retrouvailles.

Elle écrivait des phrases sur des bouts de papier, luttait pour former des mots devenus étrangers à sa bouche, pointait du doigt les photographies poussiéreuses posées sur sa télévision. Parfois la nuit nous faisions le même rêve. Peu à peu, comme je l'aidais à arroser les plantes, nous en sommes venues à partager les mêmes souvenirs. Apprendre la langue non verbale de ma grand-tante, c'était comme apprendre les usages des plantes, des animaux, des lois naturelles qui nous régissent, que nous les respections ou non.

«Tu dois revenir au temps d'avant, m'a dit Darlene. Va voir ce qui est arrivé aux familles, aux enfants surtout. Retourne là où les histoires ont été abandonnées en même temps que les os de nos ancêtres. C'est là que tu trouveras notre famille.»

Voici notre histoire.

CHAPITRE UN

Rosalie Iron Wing
2002

«Il y a longtemps, disait souvent mon père, si longtemps que personne ne sait vraiment quand tout ça est apparu. Mais avant que tu te mettes à poser des questions, ajoutait-il en me dévisageant à travers la fumée qu'il soufflait du coin de la bouche, je veux que tu écoutes.

«Nous savons que ces histoires sont vraies car les familles dakhóta les ont transmises d'une génération à l'autre, depuis le temps où des troupeaux de bisons géants et de mammouths laineux sillonnaient cette terre. Sais-tu ce qu'est un glacier? Wašté. Aussi loin que ton œil peut voir, cette région s'appelait Mní Sota Makhóche, comme l'eau quand elle est si claire qu'on y voit le reflet des nuages, comme dans un miroir.

«Quand le dernier glacier a fondu, il a formé un immense lac qui a creusé la vallée autour du Mní Sota Wakpá, connu aujourd'hui sous le nom de rivière Minnesota. Difficile à imaginer, mais ce calme cours d'eau était autrefois une immense étendue d'eau qui coulait jusqu'au fleuve Mississippi, où elle formait une cascade géante, l'Owámniyomni, qu'on entendait à des kilomètres à la ronde. Traditionnellement, Rosie, tes ancêtres campaient près de la cascade pour commercer avec d'autres familles, et même avec les Anichinabés.

«Puis, en aval de la grande cascade, le fleuve Mississippi rejoignait le Mní Sota Wakpá dans un lieu que nous appelions Bdote, le centre de la Terre. Les anciens disaient que les Dakhóta étaient arrivés pour la première fois en ce lieu sacré depuis les étoiles. C'est pourquoi on nous appelle Wicáŋhpi Oyáte, le "peuple des étoiles", car nous avons voyagé jusqu'ici depuis la Voie lactée. Même les scientifiques wašicu ont fini par reconnaître que cette histoire est vraie.

«Un jour je t'emmènerai écouter l'un des conteurs traditionnels qui transmettent toute l'histoire de la création des Dakhóta, celle qu'on raconte quand la neige couvre le sol. Aujourd'hui, je te raconte un petit fragment d'histoire. Quand tu iras de par le monde, tu entendras beaucoup d'autres histoires qui ne sont pas vraies. Tu seras peut-être blessée de ce que diront les ignorants, de leurs tentatives pour te faire honte de ce que tu es. Je te raconte ce qu'il en était.

«Nous avons vécu sur cette terre pendant de nombreuses, très nombreuses générations. Certains nous appelaient la grande nation sioux, mais nous sommes dakhóta, le nom que nous nous sommes donné, qui signifie "amical". Nous sommes un peuple civilisé qui a compris que, pour survivre, il faut savoir se comporter comme un membre de la famille, surtout avec Iná Maka, la Terre mère. À l'époque, nous nous déplacions d'un endroit à l'autre, nous savions quand chasser le bison et le chevreuil de Virginie, quand cueillir des plantes sauvages et récolter notre maïs, don de l'être qui habitait le lac Spirit.

«Tu n'aurais pas reconnu cette terre, à l'époque. Des milliers d'années durant, les plantes et les animaux, le vent et le feu ont coopéré pour couvrir la terre d'une mer d'herbe qui abritait beaucoup de nos cousins : le bison nous procurait tout, depuis thadó, la viande, jusqu'au cuir de nos vêtements et de nos thípi. Sa bouse fertilisait le sol. Les chiens de prairie creusaient des tunnels qui convoyaient l'air et l'eau jusqu'aux profondeurs de la terre. Des herbes aussi hautes que l'homme y plongeaient de longues racines qui pouvaient résister à la sécheresse.

Quand mon grand-père était enfant, il s'éveillait tous les matins au chant de la sturnelle. La prairie nous a montré pendant des générations comment vivre et travailler en famille unie.

« Puis les colons sont arrivés avec leurs charrues et ils ont détruit la prairie en l'espace d'une vie humaine », disait mon père. Aujourd'hui, je me rappelle surtout sa voix secouée de rage, ses doigts tachés de tabac qui tremblaient en tenant une cigarette roulée, sa façon d'aspirer profondément la fumée dans ses poumons.

Ces vingt-deux dernières années, j'ai vécu dans une ferme qui appartenait autrefois à la prairie. Chaque été depuis ma cuisine, je contemplais les longues rangées de maïs plantées jusqu'aux chênes qui poussent le long de la rivière. Même aujourd'hui, après qu'une tempête hivernale a recouvert le champ, j'ai pu apercevoir des tiges de maïs ébouriffer le manteau de neige fraîche. À la radio, posée derrière moi sur le plan de travail, un présentateur lisait les nouvelles du secteur porcin avec son accent plat du Midwest. Ses mots ne voulaient rien dire ; un bruit vide repoussant le silence qui s'était abattu sur ma maison.

Après un petit-déjeuner de pain grillé et de café, j'ai occulté la fenêtre en fermant les rideaux dont le coton était devenu si fin après tant d'années au soleil. J'ai rangé la vaisselle propre dans le placard et essuyé les plans de travail. Des actions routinières, rassurantes par leur simplicité. Rien à penser, à planifier, à se rappeler. Juste aller de l'avant. J'ai versé le reste du lait dans l'évier et ordonné une liasse de papiers sur la table. Après avoir rédigé un bref message pour mon fils, j'ai verrouillé la porte derrière moi.

Une rafale s'en est prise violemment à mon écharpe et m'a criblé le visage d'une poignée de neige. J'ai dépassé la grange vide, m'attendant presque à voir notre vieux chien, avec ses paupières tombantes et son dos creux, tourner le coin de son trot lent pour montrer aux poules qui était le chef. Tous disparus, maintenant.

Mes lourdes bottes couinaient dans la neige, revenue envahir le trottoir que j'avais dégagé ce matin-là. Quand j'ai appelé

Roger Peterson pour lui dire qu'il était inutile qu'il passe le chasse-neige dans l'allée, il m'a demandé combien de temps je serais absente. Quelle réponse donner, sachant qu'elle serait probablement répétée à mes voisins ?

« Quelques jours. Je t'appellerai à mon retour. »

Il a marqué une pause et je savais ce qui allait suivre. Avant qu'il puisse formuler ses condoléances en une ou deux phrases embarrassées, je me suis dépêchée de dire au revoir et j'ai raccroché sans attendre sa réponse.

J'avais laissé tourner le pick-up de John vingt minutes, assez longtemps pour que le chauffage dissolve et perce la glace qui couvrait le pare-brise. J'ai jeté mon sac de couchage sur le siège à côté de moi et j'ai démarré en cajolant l'embrayage. Les pneus arrière presque lisses ont patiné un instant avant de trouver le gravier sous la neige. En longeant le verger, j'ai ignoré les branches qui réclamaient un élagage. Pour mon père, une plante poussant autrement qu'à l'état sauvage ne pouvait devenir qu'une version étiolée d'elle-même, mais les années que j'avais passées à prendre soin de ces arbres m'avaient appris autre chose. Enfin, c'était aussi bien qu'il n'ait pas eu le temps de me voir épouser un fermier blanc, un de ces descendants d'immigrants allemands contre lesquels il déblatérait pour avoir volé la terre dakhóta.

En me réveillant ce matin-là, je savais qu'il fallait que je parte, maintenant, avant de changer d'avis. Arrivée au bout de notre longue allée, j'ai renoncé à m'arrêter pour jeter un dernier regard aux champs. Sans ralentir, j'ai tourné vers l'est comme pour aller en ville, avec un dérapage de l'arrière du pick-up. J'ai salué de la main Charlie Engbretson, le fermier grippe-sou qui avait acheté la ferme de George et Judith pour une bouchée de pain à la vente aux enchères. Il m'a suivie du regard, appuyé contre sa boîte aux lettres, et mon pick-up l'a enveloppé d'un nuage de neige. Je n'avais jamais aimé que mes voisins se mêlent de mes affaires. Surtout pas lui. Pas aujourd'hui.

Les premiers kilomètres, j'ai conduit vite, agrippée au volant des deux mains, et à chaque ornière une forte saccade me traversait le corps. Je fonçais, comme poursuivie, comme traquée par tout ce que je laissais derrière moi. Dans le rétroviseur, la femme que j'apercevais m'était étrangère : quarante ans, les cheveux noirs striés de gris, les yeux écarquillés comme ceux d'une souris effrayée, la bouche une ligne mince, déterminée, acérée comme une flèche. Pas mal du tout, aurait dit Gaby, sauf les lunettes à monture noire, les mêmes que je portais enfant, ma paire actuelle, retenue par une épingle à nourrice. Sous ma doudoune, une chemise de flanelle, un jean large et des sous-vêtements longs. Une agricultrice indienne, un rêve gouvernemental devenu réalité.

J'ai inspiré profondément et relâché la pression de ma botte sur l'accélérateur, laissant le pick-up redescendre sous la vitesse autorisée. Ça change rien de connaître le flic du coin quand il a un quota d'amendes à coller avant la fin du mois. Après avoir attendu toutes ces années, quelques minutes n'avaient pas d'importance. J'ai pensé mettre un des CD de John, mais il n'avait que de la country dans sa boîte à gants. Bière, Dieu, drapeaux et encore de la bière. Je préférais le silence.

Mon père me racontait que waníyetu, l'hiver, était une saison de repos où plantes et animaux hibernent. J'avais du mal à me remémorer de quoi il avait l'air. De temps à autre un petit souvenir fusait, l'odeur des feuilles mouillées après la pluie ou la rugosité d'une couverture de laine. Aujourd'hui, c'était le claquement des raquettes sur le plancher, le vent qui blanchit dans la tempête. Rien de plus.

Tous les quelques kilomètres, je longeais une autre ferme. La plupart du temps, je connaissais le nom de famille de ses habitants – Lindquist, Johnson, Wagner – mais je ne les aurais pas forcément reconnus à l'épicerie. Je m'étais vite lassée de l'interruption soudaine des conversations chaque fois que nous entrions au café ; on aurait dit que tout le monde me connaissait, l'Indienne qu'avait épousée John, celle qui préférait rester à la ferme. Je me suis demandé ce qu'ils penseraient en me voyant foncer par les petites routes dans le pick-up de John. Je les voyais d'ici hocher à l'unisson leurs têtes grises, d'un air morne et entendu.

Même avec le chauffage au maximum, je devais me servir de la raclette pour me débarrasser du givre qui revenait sur les vitres intérieures. Je distinguais à peine la route à travers la réverbération du soleil sur le pare-brise éclaboussé de sel. Par ici, on avait tôt fait de manquer un virage, pour s'être prise à rêvasser, bercée par la litanie soporifique champ, ferme, grange, brise-vent d'arbres qui se répétait de loin en loin. Les routes droites et plates côtoyaient la voie ferrée jusqu'à disparaître à l'horizon. Des kilomètres de câble téléphonique étaient tendus d'un arbre coupé à l'autre sur le bord de la route, assez en retrait pour que les scooters des neiges filent librement sur le bas-côté lors de leur tournée des bars, dépassant dans un grondement de moteur le grand panneau qui clamait que JÉSUS SAUVE.

Des deux côtés de la route s'élevaient de hautes congères accumulées après chaque tempête par les chasse-neige. Dans moins de deux mois, ces champs seraient un bourbier détrempé. De petites mares se formaient souvent dans les fondrières, assez grandes pour que les canards et les oies s'y arrêtent au cours de leur longue migration vers le nord. Du jour au lendemain, les plantes exploseraient dans les champs, une mer verte de maïs et de soja qui s'étirerait d'un horizon à l'autre. Les veaux et les poulains nouveau-nés suivraient leurs mères, chancelant sur leurs pattes grêles. Les gens souriaient davantage au printemps, soulagés d'avoir encore une fois survécu à l'hiver.

J'ai brusquement bifurqué dans la route de terre qui remonte la rivière Minnesota vers le nord. Au printemps, avec le dégel, la fonte de la neige dilaterait rapidement ce cours d'eau placide pour le changer en force impétueuse qui emporterait tout sur son passage, inondant fréquemment ses rives. Pour le moment, cette force était coincée sous une trompeuse pellicule de glace. Depuis les hauts peupliers d'Amérique qui surplombaient la rivière, une buse à queue rousse se laissait chuter en long vol plané. Autrefois, j'avais vu des pygargues à tête blanche et nombre d'oies, de canards branchus, de dindons sauvages sur la rive, et je me demandais si lors de leur migration ces oiseaux étaient encore à la recherche de la prairie disparue. Peut-être éprouvons-nous tous cet instinct de retourner chez soi, vers la ligne d'horizon qui nous a donné forme, le lieu où nous avons connu le monde pour la première fois. Peut-être que c'est cet instinct qui m'entraînait à présent.

Moins d'une heure plus tard, j'ai traversé Milton, une petite ville près de la réserve dakhóta. C'était à Milton qu'on achetait de l'essence, qu'on buvait une bière ou qu'on passait prendre une miche de pain, à la station-service de Victor. La rue principale s'étirait sur deux pâtés de maisons, le bureau de poste à un bout, l'église épiscopale à l'autre, et le Bar des Sports entre les deux. Je suis passée devant Minnie's Hair & Spa, une maison rose pâle devant laquelle une chaise métallique était enfouie dans la neige. Je n'ai vu personne, ni dans les jardins, ni en train de déneiger, même pas un autre pick-up sur la route. La ville avait l'air sur ses gardes, de ces endroits où les gens surveillent les allées et venues. Tout le monde reste hors de vue à moins qu'il y ait du grabuge. Ou alors c'est qu'ils avaient à faire à l'Agence, en haut de la colline. Les seuls endroits où j'avais jamais vu foule étaient les terrains de pow-wow et le casino plus loin sur la route.

À l'est de la ville, il y avait une ancienne carrière où mon père m'emmenait souvent ; il contournait le gigantesque tas de gravats au bord de la route jusqu'à la paroi de gneiss granitique dénudée. Nous sortions de la voiture, par tous les temps. Tout en priant, il déposait une cigarette en guise d'offrande. Il s'interrompait parfois en pleine prière pour me dire : « Rosie, voici l'un des plus vieux grands-pères de tout le pays. Tu imagines ça ? Vieux de plus de trois milliards d'années, et les gens passent en voiture sans même le voir. » Et il se remettait aussitôt à prier.

J'ai fait halte chez Victor pour remplir le double réservoir du pick-up et j'ai senti la poignée glacée de la pompe métallique à travers mon gant. Je tapais des pieds pour me tenir chaud. Souvent, après une tempête de neige, les températures dégringolaient et le vent se levait pour balayer la neige en lignes droites qui escamotaient la route. Une fois mon père et moi nous étions arrêtés à cette station-service, le seul endroit ouvert, pour attendre le passage du chasse-neige. À l'époque, c'est Victor qui tenait la caisse, un vieil Ojibwé qui s'était marié avec quelqu'un de la communauté. Il portait un gilet en cuir par-dessus son T-shirt et disait que son ventre de chef lui tenait chaud. Ses bras costauds étaient couverts de tatouages qui ont remué quand il a tendu une flasque à mon père. Assise sur une chaise derrière le comptoir, j'avais bu un Crush à l'orange les jambes ballantes tout en rêvant qu'on habite en ville. Après le passage du chasse-neige, j'avais pour mission de surveiller les lignes blanches sur la route, tandis que mon père roulait au pas vers la maison.

Avant de retourner sur la route de la rivière, j'ai songé à me rendre au centre communautaire dakhóta sur la colline, où j'avais entendu dire que Gaby travaillait. Je n'ai pas réussi. Je me suis dit que je n'avais pas le temps. En vérité, je ne savais même pas si elle voudrait me voir.

Quelques kilomètres plus loin, je suis passée devant le panneau familier indiquant le champ de bataille de Birch Coulee. Tout l'été, sous un soleil de plomb, les mordus d'histoire locale arpentaient ce haut lieu de la guerre dakhóta de 1862. Mon père a insisté pour me le montrer et a veillé à ce que nous lisions tous les panneaux et que nous examinions la ligne de vue de chacun des deux camps. Il a dit : « C'est une honte que même dans le Minnesota, la plupart des gens ne sachent presque rien de cette guerre entre les Dakhóta et les colons blancs. Ou de ce qui s'est passé après la guerre, quand les Dakhóta ont été déportés en bateau à Crow Creek, dans le Dakota du Sud. » Il a dit qu'oublier c'est facile. C'est le souvenir qui épuise.

La guerre avait tout changé. La famille de mon père, les Iron Wing, combattit avec les guerriers dakhóta puis s'enfuit vers le nord, au Canada. À leur retour, début 1900, ils retrouvèrent une communauté qui peinait à guérir, des familles aux prises avec le deuil et la perte. Les Iron Wing s'essayèrent à l'agriculture, mais perdirent leur récolte à cause des sauterelles et de la sécheresse. Avec le temps, la famille fut lentement décimée par la tuberculose, les accidents de travail à la ferme et la

Seconde Guerre mondiale. Mon père finit par être le dernier Iron Wing encore debout, comme il disait.

En quittant Milton, je me suis dirigée vers le nord-ouest en longeant la rivière. À partir de là, j'ai suivi ma mémoire : une poignée de maisons éparpillées le long de routes de campagne désertes, un croisement non indiqué, de longs kilomètres de route de gravier. Des champs sans clôture cédaient la place à une parcelle de forêt secrète, pas encore défrichée. Enfin, un gros rocher marquait un espacement entre les arbres juste assez large pour un pick-up.

La neige était intacte et profonde de plus de trente centimètres ; personne n'était passé par là depuis des mois. Même avec des pneus neige, le pick-up progressait lentement et restait souvent enlisé dans des crevasses. Je devais faire prudemment marche arrière pour éviter que les pneus, à tourner trop vite, transforment la neige en glace, puis m'élancer vers l'avant en utilisant le poids du pick-up pour retrouver de l'adhérence. J'ai fini par rouler dans une ornière si profonde que les pneus, après avoir patiné avec un couinement aigu, ont refusé d'avancer. Alors j'ai éteint le moteur et j'ai sauté sur une crête de neige dont une partie s'est glissée dans mes bottes.

Tout m'est revenu en un instant : les vieux pins chargés de neige ; la faible lumière de l'hiver à travers les arbres nus. Dans une clairière à l'orée du bois, un toit de tôle et des murs en rondins mal dégrossis. Vingt-huit ans plus tard, j'étais rentrée chez moi.

CHAPITRE DEUX

Rosalie Iron Wing
2002

Au premier abord, rien ne semblait avoir changé. La trace d'un coyote traversait la petite clairière et se perdait dans les bois. Depuis les hautes branches d'un chêne, une mésange solitaire répétait son appel: *chick-a-dee-dee-dee*. La neige s'était amoncelée presque jusqu'aux fenêtres du côté nord de la cabane, elle avait recouvert l'escalier de l'entrée et grimpait contre la porte à moustiquaire. Les fenêtres closes, la cheminée froide disaient une longue absence. Je ne pouvais pas faire un geste. Mon cœur battait vite et fort et la neige dans mes bottes commençait à fondre. Le vent est tombé, laissant place à un silence attentif, comme si le lieu retenait son souffle, curieux de voir qui était de retour.

Je savais qu'il était imprudent de venir à cette période de l'année. Pourtant j'étais là. Enfin. À peine deux heures de route, moins de deux cents kilomètres au nord de la ferme où je m'étais mariée et où j'avais élevé un enfant, jusqu'à ce que la mort de John le mois dernier éveille quelque chose en moi. J'avais recommencé à rêver. La nuit, je revenais à cette terre où ma famille avait vécu pendant des générations, une terre que son sol rocailleux en pente abrupte vers la rivière avait protégée des agriculteurs et des promoteurs.

Ma vie avait débuté dans cette cabane, une nuit de pleine lune. J'étais l'enfant unique de Ray Iron Wing et d'Agnes Kills Deer, une mère que je n'avais jamais connue. Mon père disait que j'étais venue au monde dans un silence éberlué ; ma première respiration était un profond soupir. Et quand j'étais partie, quand on m'avait enlevée, j'avais cru ne jamais revenir.

Soudain, j'ai eu besoin de bouger, pour libérer le tremblement dans mes jambes. À l'arrière du pick-up j'ai trouvé la pelle de John, et tant bien que mal j'ai creusé un chemin jusqu'à la porte de devant, de plus en plus essoufflée à chaque lourde pelletée de neige que je rejetais sur le côté. J'ai été soulagée de trouver la porte déverrouillée. Mon père disait toujours qu'il valait mieux que les chasseurs se servent de la cabane plutôt qu'ils entrent en cassant une vitre. La porte s'est ouverte brusquement dans un craquement sonore de ses gonds ankylosés. J'ai martelé le sol de mes bottes et brossé mon pantalon pour me débarrasser de la neige. À l'intérieur, dans la pénombre, l'air m'a paru encore plus froid, comme si le gel s'était tapi dans les murs. Ma respiration flottait en nuages de vapeur blanche. Je craignais de toucher quoi que ce soit, je craignais que ça tombe en poussière ou que ça soit un songe dont j'allais me réveiller.

J'ai fait lentement le tour de la pièce, je me rappelais le canapé affaissé au milieu, l'un de ses coins appuyés sur un bloc de bois. J'ai eu la surprise de voir une couverture de laine drapée sur le dossier du canapé, ses couleurs autrefois éclatantes aujourd'hui pâles et ternes. Les intrus négligeaient rarement les objets assez légers pour être transportés. Se pouvait-il qu'on ait veillé sur cet endroit pendant ma longue absence ? Mais qui aurait fait ça ? Je ne connaissais plus personne par ici.

Deux lits gigognes étaient poussés contre le mur opposé. Un fauteuil à bascule en bois patientait près du poêle. Sous la fenêtre, une table étroite à la peinture écaillée et pâlie, celle où mon père me faisait la classe, celle où je lisais des livres à la lueur vacillante d'une lampe à pétrole, celle où j'écorçais des branches de cornouiller soyeux avec mon canif. La cafetière en émail, boursouflée de rouille, était à sa place habituelle près du pot où mon père stockait le café. Sa casquette d'été bleue était pendue à un crochet près de la porte. Comme si le temps s'était arrêté, que rien n'avait changé depuis mon départ. Comme si j'allais voir mon père passer cette porte d'un moment à l'autre.

La sueur du déblayage avait séché en un froid pénétrant qui infiltrait mes os. Tout d'un coup, je me suis sentie assez fatiguée pour m'allonger sur le canapé et dormir. Je ne pouvais pas m'y risquer. Toute mon attention était requise pour survivre, pour éviter de mourir de froid. De lourds nuages violacés s'amoncelaient au nord-ouest, annonçant encore plus de neige, me rappelant combien il était risqué de passer l'hiver dans une cabane vide, à des kilomètres de tout voisinage. J'en étais consciente. Mais je savais que je devais venir.

J'ai fait plusieurs allers-retours au pick-up pour transporter des provisions, des sacs remplis de conserves, de café, de livres. De l'eau. Une lampe-torche et une douzaine de piles. Une hache neuve au cas où la réserve à bois serait vide. Des bougies. Un sac de couchage. Le pistolet de John, celui qu'il gardait dans sa table de chevet jusqu'à ce qu'il tombe malade et que je le range dans une autre pièce. Je ne voulais pas qu'il soit tenté de soulager sa douleur physique aux dépens de son âme. Je l'ai soupesé un moment, sa masse dérangeante, sans savoir quoi en faire. J'ai fini par le fourrer hors de vue dans un tiroir de la cuisine.

Comme il était étrange et bizarrement familier de penser que personne ne savait où j'étais, exactement comme quand j'avais vécu en famille d'accueil après la crise cardiaque de mon père. Sauf que je ne passerais plus mes journées à fixer la porte dans l'attente que quelqu'un vienne me chercher. Rentrer chez soi, c'était comme nager à contre-courant, à la recherche du début, des eaux propres et claires de mon enfance.

J'ai ouvert et refermé le tuyau du poêle pour déloger d'éventuels nids abandonnés. J'avais emmené un fagot de petit bois et de quoi me chauffer pour la nuit. J'ai superposé plusieurs bûches, j'ai ajouté des brindilles et une torsade de papier journal pour allumer. Les flammes se sont élevées immédiatement, des rubans de chaleur brillants qui ont éclairé les recoins de la pièce et repoussé les ombres tandis que le bois exhalait son haleine sèche dans un concert de crépitements. Il fallait que je vérifie l'état du cabanon avant la nuit.

Déballer un réchaud Coleman et une petite cafetière m'a remis en mémoire les matins d'hiver où mon père préparait le café avant qu'il fasse jour. J'étais réveillée par l'odeur, suivie du son de sa voix disant qu'il allait faire la tournée de ses pièges. « Rendors-toi, michúnkši. Je serai rentré pour te préparer le petit-déjeuner. »

Sur la table de la cuisine, j'ai disposé avec soin mes provisions et mon équipement sans m'inquiéter de l'épaisse couche de poussière qui recouvrait chaque surface. En inspectant mes empilements, je me suis aperçue que j'avais emporté une poêle et un couteau aiguisé mais oublié assiettes et couverts. Les placards de la cuisine étaient à peu près vides à l'exception d'une souris morte et de quelques insectes desséchés. J'ai trouvé deux assiettes, une poignée de couverts ternis et un mug blanc fêlé encore taché de café. Des objets de famille qui avaient pris de l'âge. La cuvette au rebord ébréché était là, appuyée contre le mur. Une poêle en fonte, à présent orange de rouille. Une gamelle pour chien dans un coin près du poêle. Šúnka.

J'ai hésité avant d'ouvrir la porte de la chambre qui avait été la mienne. Dans l'air vicié flottait une légère odeur de moisi. Au sol un tas de brindilles de genévrier jaunies gisaient éparses. Ma commode et un coffre pour les couvertures d'appoint étaient disposés contre le mur, près d'une étagère qui débordait de livres. Mon père croyait au pouvoir des histoires, écrites ou racontées autour du feu ou de la table de la cuisine. Pour lui, les livres étaient des armes dont on ne pouvait se protéger qu'en acquérant de la connaissance.

Le cadre d'une petite fenêtre encadrait les pins qui poussaient à l'arrière de la cabane. Mon lit, celui où je m'étais éveillée le dernier matin, avait été dépouillé de sa courtepointe étoilée, et il exhibait un matelas taché qui flanchait vers le milieu. *Je m'étais rendormie lorsque quelqu'un a tiré les couvertures. Une voix sonore, pas celle de mon père, a dit : « Elle est là. » Puis : « Rosalie, réveille-toi. »* Une femme en costume gris a dit que je n'avais pas de famille, que personne ne voulait de moi. Des souvenirs que j'essayais d'oublier.

J'ai fermé la porte pour conserver la chaleur et me suis dirigée vers le seuil de la chambre de mon père. Le lit était fait et couvert d'un drap en coton. Le compartiment qui servait de placard était vide à l'exception d'une paire de bottes poussiéreuses à l'orteil troué. Mon père avait tapissé les murs de pages de magazines des années 1960. Des photos sur papier glacé de Neil Armstrong et de Buzz Aldrin après le premier alunissage. Des articles sur l'astéroïde qui avait frappé la Sibérie en 1908. Des télescopes géants scrutant le ciel. Tout ce qui concernait les étoiles. Des images spectrales dont le papier s'était gondolé autour des punaises rouillées.

Sur une étagère qu'il avait fabriquée dans un chêne mort, encore des piles de livres, défraîchis par le temps. Tout en haut, une copie de *Prince noir*. Au revers de la couverture, le nom de ma mère était inscrit en lettres rondes d'écolière. J'ai passé mes doigts sur la page, en me demandant quel âge elle avait quand elle avait lu le livre, à quoi aurait ressemblé ma vie si ma mère avait vécu. J'ai glissé le livre dans ma poche arrière, comme je le faisais dans ma dernière famille d'accueil, à l'époque où je lisais avec un œil sur la porte.

À travers la fenêtre poussiéreuse, la lumière du jour baissait rapidement vers le crépuscule. J'avais eu l'intention de rester au moins quelques jours, mais j'ai senti soudain le besoin urgent de m'en aller. Quoi que j'aie pensé trouver ici, ce n'était pas le vide glacial de ce lieu abandonné. Mieux valait tout laisser derrière moi et revenir au printemps. Si je me dépêchais, je pouvais encore dégager le pick-up et retrouver mon chemin jusqu'à la route principale avant la nuit. Je pouvais rentrer à la ferme, mon seul foyer depuis de longues années.

Quelques flocons se sont mis à tomber en volutes paresseuses. Je pouvais presque entendre la voix de mon père me demander : « C'est quoi le plan, Rosie ? Regarde autour de toi, vois ce qu'il te faut pour survivre. » J'avais imaginé ce moment trop souvent pour partir maintenant. J'allais rester une nuit et au matin je déciderais quoi faire. Je suis sortie sur le seuil et j'ai rempli un seau de neige à faire fondre sur le poêle. Respiré une profonde bouffée d'air pur et coupant. Écouté le chuchotis familier des branches agitées par le vent. L'obscurité s'est nichée dans les bois, enveloppant la cabane comme un édredon moelleux. Au loin, une branche a craqué. Je n'avais pas peur. Je n'étais pas venue échapper à l'obscurité. Ni au silence, rompu seulement par le bruissement des feuilles sèches.

Pourtant j'étais devenue étrangère à ces bois ; il faudrait du temps avant que cet endroit me reconnaisse. Je sentais la tristesse qui l'habitait, la disparition des générations qui m'y avaient précédée. Les noms de ma famille, autant de murmures inaudibles. Je revenais trop tard. Les histoires de ma famille avaient déjà disparu ; il ne restait personne pour garder leur mémoire vivante. Au mieux, j'espérais faire la paix avec mon passé afin de pouvoir aller de l'avant, me trouver un vrai foyer, un endroit où me sentir chez moi.

*

Je me suis réveillée des heures avant le lever du soleil, emmitouflée dans mon sac de couchage, sur le lit gigogne le plus proche du poêle. Malgré un bonnet en tricot, deux pulls, des sous-vêtements longs et des chaussettes en laine, j'avais encore froid. Après avoir remis du bois dans le feu, je me suis assise sur le fauteuil à bascule, emmitouflée dans la couverture en laine. Les flammes s'élevaient, projetant de longues ombres à terre. Le tapis ovale en lirette, presque décoloré, était aussi froid que le sol.

C'est la faim qui m'a secouée, et j'ai traîné ma couverture jusqu'au réchaud Coleman pour préparer le café. J'ai fouillé le tiroir à la recherche d'un couteau pour étaler du beurre de cacahuète sur une tranche de pain. Quand j'observais le linoléum craquelé et le plan de travail en contreplaqué, je ne voyais que mon père dans cette cuisine. Je n'avais aucun souvenir de ma mère en train de cuisiner ni assise à table avec moi. Quand je demandais à mon père ce qui lui était arrivé, il répondait : « Qu'est-ce que ça change ? » Comme si son absence était la vérité brute et que les détails n'avaient pas d'importance. Mais je persistais à poser la question, je voulais savoir pourquoi elle était partie et comment elle était morte, convaincue que la réponse me donnerait une base sur laquelle construire mon histoire.

Une nuit, il est rentré tard après avoir encaissé son chèque mensuel en ville. Une longue mèche de cheveux gras retombait sur son front ridé, il avait les joues hérissées de barbe. Il était mince, amaigri par sa bataille pour arrêter de boire, la dernière en date, et il allumait chaque cigarette avec la fin de la précédente. Après avoir réchauffé ce qui restait du café du matin, il s'est affalé dans le canapé avec un sourire étrange.

« Son anniversaire aujourd'hui », a-t-il dit à voix basse, comme pour se parler à lui-même. Il a levé sa tasse à sa mémoire.

« Je t'ai déjà raconté comment je l'ai rencontrée ? Je venais de finir l'armée. En attendant la rentrée des classes, j'ai trouvé un job de charpentier. Un après-midi on a fini tôt et je jouais aux fléchettes chez Len, tu sais, le bar indien sur Washington. Je gagnais, je ratais jamais la cible.

« Vers cinq heures, les filles qui travaillaient à la conserverie finissaient leur service et venaient boire un verre avant de rentrer. La porte s'est ouverte d'un coup et une femme a fait irruption, seule, pas comme faisaient les autres en groupes de deux ou trois. Le soleil brillait derrière elle, on aurait dit un esprit. Elle avait des cheveux couleur plume de corbeau.

« J'ai lâché mes fléchettes et j'ai proposé de lui offrir un verre. On a parlé un peu, je m'en souviens. Elle était nerveuse, elle n'arrêtait pas de regarder derrière son épaule vers la porte, elle fumait clope sur clope et elle a à peine touché sa bière. Mais ces yeux, ma fille, elle avait des yeux comme les tiens, le regard d'un chevreuil juste avant que la flèche le touche au cœur. Elle avait de l'allure, on aurait dit qu'elle pouvait tomber en miettes ou te mettre en morceaux et qu'elle n'avait pas encore tranché. Les hommes voulaient tous l'approcher et les femmes la surveillaient comme si elle allait voler l'argent du pow-wow. Je l'ai sortie de là, je pensais pouvoir la sauver.»

Je lui ai posé la même question, déjà posée des douzaines de fois, dans l'espoir qu'il répondrait enfin.

«Qu'est-ce qui lui est arrivé, qu'est-ce qui est arrivé à ma mère?» ai-je murmuré. Je voulais rompre le silence qui l'entourait.

Sans répondre, mon père a levé sa tasse et l'a vidée. «Elle est morte.» Sans un mot de plus, il s'est dirigé vers la porte, a sorti sa casquette de chasse porte-chance, celle qu'il avait confectionnée lui-même avec un lapin malchanceux, il a pris sa veste et il est parti. Il avait cette façon de disparaître, d'aller marcher des heures, même dans l'obscurité. Quand je lui demandais où il allait, il répondait simplement: «Prier.»

Quand j'avais dix ans, il s'est absenté deux nuits durant. Quelques jours auparavant, il avait cessé de parler puis de dormir. Au moment de partir il a dit: «Tout ce que je t'apprends, c'est pour survivre. Chaque jour est un test pour voir si tu es prête.» À son retour, il n'a pas expliqué où il était allé ni pourquoi. Après ça, il a pris l'habitude de disparaître une ou deux fois par an. Si quelqu'un venait s'informer de mon éducation, je savais rester discrète comme une souris, la porte fermée à clé. Parfois, il me racontait une histoire fantastique d'êtres de tonnerre et de vol de chevaux, de raids sur le camp ennemi, de démons qui le réveillaient et galopaient dans ses veines à la recherche de son cœur. Une fois, il est rentré à la maison avec une barbe de deux jours, les yeux rouges et hagards, puant le whisky et la transpiration aigre, le T-shirt zébré de boue. Il a dit, comme pour s'excuser: « Rosie, si tu connais les étoiles et les plantes, tu ne seras jamais perdue ni seule.» Après sa mort, j'ai cessé de croire que c'était vrai. Mais c'est tout ce qui me restait de lui.

Quand la porte s'est refermée derrière lui le jour de l'anniversaire de ma mère, je me suis mise au lit, recroquevillée sous la courtepointe étoilée qu'elle avait confectionnée avant de mourir, avant qu'il lui arrive quelque chose. Elle avait cousu cette courtepointe à petits points réguliers qui racontait une autre histoire que celle de mon père. Une femme aux cheveux couleur corbeau, qui, penchée sur de larges bandes de tissu jaune et rouge, avait fabriqué cette courtepointe pour mon lit. Mon père m'avait dit un jour que l'étoile à huit branches venait d'anciens motifs de vêtements en peaux de bison, utilisés avant l'extermination des troupeaux. « L'étoile du matin. » Il passait son doigt sur les points délicats. « C'est là d'où nous venons. »

Le lendemain, il a fait comme si rien n'avait changé, comme s'il ne se rappelait pas m'avoir dit quoi que ce soit d'important. À son habitude, il s'est assis dans le jardin pendant des heures pour sculpter des pipes, des bols, des animaux. Parfois il débitait du bois à en faire trembler ses bras, le visage crispé en une grimace qui cachait celui que je connaissais. Quels que soient les démons qu'il portait en lui, c'est dans cette forêt qu'il était le plus en paix.

J'étais une enfant pragmatique ; je faisais avec ce que j'avais. Je m'étais construit un monde à moi au fond des bois et je naviguais très loin dans un canoë imaginaire fait d'une branche morte. Je voyageais dans les endroits dont m'avait parlé mon père et revivais les histoires lues dans ses livres.

Avec le passage des saisons, il me montrait les plantes qu'il connaissait bien, lesquelles étaient prêtes à être cueillies et quelles parties utiliser pour faire le thé, se nourrir ou se soigner. Nous cherchions des herbes sauvages au printemps, ainsi que des asperges précoces, des poireaux, du cresson d'eau et des morilles. L'été, nous partions à la recherche d'un épais bosquet d'aronias, des baies qui devenaient wasna une fois combinées avec du gras et de la viande de chevreuil séchée. J'ai appris à utiliser l'échinacée pourpre pour soigner une piqûre de guêpe ou un mal de dents. Mon père troquait contre du riz sauvage le gibier qui se prenait dans ses pièges. Chaque hiver, après la chute des feuilles, nous recueillions du chanšáša, du cornouiller soyeux, pour fabriquer le tabac traditionnel qu'il utilisait pour ses cigarettes.

Il était strict à sa manière et m'avait enseigné depuis mon plus jeune âge comment demander à chaque plante la permission de la récolter. Un été, il a insisté pour que je passe une journée entière assise sous un haut peuplier qui poussait près de la rivière où nous cueillions des plantes et m'a recommandé d'écouter et d'observer. Une fois bien sûre qu'il était hors de vue, je me suis déshabillée et j'ai nagé dans la rivière. J'ai rassemblé des branches pour me construire une hutte de castor. J'ai trouvé un framboisier noir avec une poignée de baies que les oiseaux avaient oubliées. Enfin, je suis retournée vers le peuplier, je me suis assise tranquillement et je l'ai observé dix bonnes minutes avant de m'endormir. J'ai rêvé qu'il me parlait, me remerciait pour le chanšáša que je lui avais offert et me révélait son véritable nom dakhóta, Wágchan. Il me soulevait jusqu'à ses plus hautes branches, à trente mètres du sol, d'où je pouvais contempler toute l'étendue de la terre dakhóta et voir le temps passer, les forêts grandir et disparaître.

À mon réveil, mon père se tenait au-dessus de moi, le regard sévère, l'air de penser que j'avais perdu mon temps à dormir.

Un jour, j'étais plus âgée, il m'a dit d'aller cueillir la sanguinaire qu'il utilisait pour ses douleurs cardiaques. Il m'avait expliqué que, mal employé, ce remède était assez fort pour tuer quelqu'un. En temps normal, il ne m'aurait pas demandé de cueillir cette plante moi-même, mais ce jour-là il était trop fatigué. Ses yeux étaient comme enfoncés dans leurs orbites et je n'aimais pas la teinte grise qu'avait prise sa peau.

J'ai trouvé un buisson vieux de plusieurs années. Le plant le plus ancien était haut ; les feuilles avaient la même forme que mes doigts. Les fleurs blanches qui s'ouvraient au printemps avaient disparu depuis longtemps pour faire place à des tiges de trente centimètres de haut surmontées de cosses charnues. L'une de ces cosses s'était fendue et une file de fourmis dont chacune portait une graine sur le dos redescendait le long de la tige pour disparaître dans leur maison souterraine. Les fourmis mangeraient le tégument et laisseraient le reste, de sorte que la graine elle-même passerait l'hiver au chaud et à l'abri jusqu'à son éclosion au printemps. J'ai trouvé une plante qui avait déjà semé ses graines, j'ai déposé une pincée de chanšáša près de la tige et lui ai demandé sa permission avant de commencer à creuser.

La racine était longue et mince, comme une carotte rouge. À mon retour, mon père m'a dit : « Tu t'en es bien tirée. »

À cette époque, Šúnka était ma seule amie. Elle venait veiller sur mes jeux dans la forêt et s'allongeait à proximité sans se laisser entraîner. Elle se couchait la tête tournée vers la cabane, comme pour écouter la hache de mon père qui coupait du bois. Je me disais parfois que c'était Šúnka qui l'aidait à tenir.

Le soir, quand nous revenions à la maison, mon père s'asseyait sur les marches pour fumer l'une de ses cigarettes roulées. De très loin sur la piste, je pouvais sentir l'odeur du mélange qu'il utilisait en guise de tabac, des plantes que je l'aidais à cueillir. Ensemble, nous nous asseyions en silence, à écouter, écraser un éventuel moustique, regarder les oiseaux se mettre au lit pour la nuit. « Si jamais il m'arrive quoi que ce soit, m'a-t-il dit un jour, tu me trouveras toujours ici. »

*

Un gargouillis sonore m'a avertie que le café que j'avais réchauffé était prêt. J'ai rempli ma tasse et refermé les doigts sur sa chaleur. Ne rien gâcher, une habitude d'enfance. Je ne savais pas que nous étions pauvres avant que les assistantes sociales me le disent. Ni eau courante ni électricité. Les toilettes dans un cabanon. Une forêt peuplée de bêtes fauves. Une enfant sauvage, sans mère. Quelqu'un à protéger.

Dans cette pièce froide pleine de courants d'air, j'étais entourée des souvenirs muets d'une famille que je connaissais à peine. À la lumière tremblotante du feu, j'ai pris conscience qu'en revenant j'espérais combler un vide que j'avais porté en moi toute ma vie. Je n'avais pas d'autre choix que de lui faire face. Il y avait une brèche ici ; j'en sentais l'arête tranchante. Je savais que le vent retombe juste avant une tempête, comme si le monde ravalait l'énergie qu'il s'apprête à déchaîner. J'attendais. J'étais rentrée chez moi en plein hiver ; autour de moi, tout n'était que givre et glace.

J'ai passé le reste de la nuit dans le fauteuil à bascule près du poêle et j'ajoutais parfois du bois en attendant le lent retour de la lumière. J'ai dû m'assoupir. À mon réveil, le ciel était d'un gris maussade. Il avait neigé toute la nuit, plusieurs centimètres supplémentaires s'étaient déjà déposés sur le seuil et rien ne présageait une accalmie.

Après une visite au cabanon, j'ai ouvert un nouveau passage vers la réserve de bois derrière la maison. À chaque foulée, je fracassais le silence en faisant éclater sous mon pied la croûte de gel. Je voyais d'ici mon père secouer la tête, incapable d'en croire ses oreilles. «Il n'y a plus de gibier à des kilomètres à la ronde, Rosie. Tu as sauvé la vie de nombreux animaux aujourd'hui.»

Ces derniers mois, j'étais devenue maladroite, les muscles affaiblis comme ceux d'une femme qui a veillé trop longtemps assise au chevet d'un homme mourant. Dans la chambre d'amis, devenue celle de John quand il était tombé malade, le ciel s'était réduit à la taille de la fenêtre et l'air était chaud et sec, rendu âcre par l'odeur métallique des produits chimiques. Un jour, j'avais observé John qui examinait son visage dans un miroir de poche. Avait-il vu le garçon effrayé, incrédule à l'idée que la vie puisse tourner court, sans excuse, bien avant qu'il soit prêt à partir? Il avait dû voir la vérité se refléter dans ses yeux caves et ses pommettes sévères.

J'ai rentré quatre brassées de bois et les ai empilées près du poêle. Après avoir refait fondre de la neige pour le ménage, j'ai récuré la table que nous utilisions pour tout : manger, coudre, lire ou jouer au crib, un jeu que mon père m'avait appris quand j'étais petite. J'ai récuré la crasse dans chaque entaille de couteau, chaque éraflure, chaque encoche. Dessous, j'ai trouvé mes initiales, près d'une lettre irrégulière taillée par une autre main : la lettre D. Pas la main de ma mère, Agnes, mais celle de quelque autre enfant ayant vécu ici autrefois.

Comme je m'attaquais aux placards de la cuisine, j'ai fini par me réchauffer et j'ai enlevé mon manteau. Je l'ai suspendu à un crochet à côté de la porte. Puis j'ai fouillé dans mon sac jusqu'à ce que je retrouve la casquette de chasse en fourrure de mon père, celle qu'il portait à sa mort. Toutes ces années, je l'avais gardée à la ferme, cachée dans mon tiroir. Je l'ai suspendue de nouveau au crochet qu'il utilisait toujours de son vivant, près de sa casquette d'été.

Le feu rugissait maintenant, donnant de la voix contre le vent qui avait commencé à hurler aux coins de la cabane, projetait le grésil à foison contre la fenêtre et cliquetait contre la porte, comme pour me rappeler l'audace de ma présence. «Tu peux encore t'en aller, voilà ce que j'entendais. Pars tant qu'il est encore temps.»

Mais non. Au contraire, j'étais exaltée de la violence de la tempête, d'être au cœur de cet ouragan d'hiver. Des trombes de neige s'abattaient au sol avec une hâte désespérée, comme pour le recouvrir le plus vite possible, comme si la neige était un fardeau trop lourd pour les nuages. À l'intérieur, la lumière faiblissait. J'allais bientôt avoir besoin de la lampe à pétrole pour voir ce que je faisais. Le torchon encore serré entre mes doigts, j'ai fini par m'asseoir et m'abandonner à la tempête. Les yeux fermés, respirant à peine, j'ai dirigé toute mon attention vers le vent, qui fulminait et retombait, menaçait, cajolait et punissait. Le toit grinçait et un courant d'air froid s'engouffrait dans les fentes des murs vétustes. Comme si le vent me cherchait ; comme si on avait encore des affaires à régler, lui et moi.

Je me suis mise à rire sans pouvoir m'arrêter. Je ne pouvais m'empêcher de penser à la respiration saccadée de John, à l'attente interminable d'une autre inspiration. Le choc – oui, même après ces mois d'agonie –, le choc de la mort elle-même. Ça me courait le long des bras, me pesait sur la poitrine, me picotait le crâne. Et puis j'ai ri plus fort encore et noyé le bruit du vent. Après tant d'années, j'étais de retour. Pour ça.

Ma gorge s'est enrouée et enfin je me suis tue. Assise sans bouger, je contemplais une fissure dans le mur de rondins et l'ondoiement d'un rideau déteint. Une étrange lourdeur m'emplissait les bras et les jambes. Un flot de pensées amères me tourmentaient, murmuraient qu'il était temps pour le nom d'Iron Wing de retourner à la poussière, sa place. Et pour finir, telle une lame de rasoir : qu'il n'y avait plus personne pour se soucier que je sois vivante ou morte. Mon fils lui-même se débrouillerait mieux avec la ferme en mon absence.

Sans même m'en rendre compte, j'étais debout à la recherche du pistolet de John, celui que j'avais emporté pour me protéger. Dans ma main, il était lisse, doux, tentant. Ce serait si facile. Et j'étais si fatiguée. Je l'ai fixé longtemps. Et soudain, entre deux rafales, j'ai entendu la voix de mon père.

«Rosie.» C'est tout, rien que mon nom.

J'ai ouvert la porte et mes cheveux m'ont fouetté les yeux. J'ai jeté le pistolet aussi loin que possible dans la neige. J'ai fermé la porte d'un coup d'épaule puis j'ai grimpé dans mon ancien lit, me suis emmitouflée dans la chaleur de mon duvet et j'ai dormi – dehors, la tempête faisait rage.

CHAPITRE TROIS

Rosalie Iron Wing
2002

Au matin je me suis habillée rapidement, j'ai rempli une Thermos de café chaud et fixé les raquettes de mon père à mes bottes. Un instant, j'ai cru percevoir un bref gémissement, le cri de Šúnka tout excitée d'aller courir dans les bois. Des années plus tard, je m'attendais encore à entendre sa voix.

Sans bien savoir où aller, mue par le besoin de bouger, de sentir le monde s'étendre au-delà des quatre murs de la cabane, je me suis dirigée vers la clairière où je jouais autrefois, mes pieds suivant le souvenir ténu qu'il leur restait de la piste. Où que je pose les yeux, il y avait une absence, un vide, un mutisme. Même les bois se taisaient aujourd'hui, les branches basses lourdes de neige, immobilisées. Les quelques oiseaux qui n'avaient pas fui vers le sud gardaient le silence. Je me suis demandé si je trouverais le chemin du retour.

Me fiant à l'instinct qui m'avait emmenée jusqu'ici, j'ai poussé plus loin. Je soulevais mes raquettes l'une après l'autre pour les enfoncer dans la neige fraîche et me frayer un chemin à travers bois. En peu de temps, j'étais essoufflée, un nuage de vapeur givrait mes cils et mes cuisses brûlaient sous l'effort. Mon esprit était vide, tout entier occupé à rejoindre la colline suivante.

Les arbres avaient beaucoup grandi depuis mon enfance. Je me servais de la hachette pour dégager les branches du chemin, satisfaite du résultat de mon travail. Après un coup d'œil à la dévastation que je laissais dans mon sillage, je n'ai pu m'empêcher de rire. Je retrouverais mon chemin.

La clairière était plus grande que dans mon souvenir. Enfant, je pouvais jeter une petite pierre d'un bord à l'autre, depuis les érables à sucre vers les genévriers. À l'époque, je pouvais à peine voir le soleil scintiller sur la rivière à travers les branches aériennes du cornouiller que nous coupions pour en faire des paniers. Des groseilliers à maquereau avaient poussé près de l'orée des bois et je pouvais toujours trouver des asclépiades dans l'herbe, ici et là, offrant leurs jeunes cosses à notre soupe. Cet endroit était notre épicerie, en même temps que ma salle de classe et mon terrain de jeu.

La branche morte qui me servait jadis de canoë avait disparu, après avoir lentement pourri jusqu'à se fondre dans le sol de la forêt et dans le lacis sans fin qui connecte les arbres à de minuscules créatures invisibles. Mon père m'avait un jour expliqué que les arbres se parlent à travers ce maillage, qu'ils partagent récits et nourriture et envoient à leurs voisins ce dont ils n'ont pas besoin.

«Nous vivons de la même façon. Nous apprenons des arbres en regardant et en écoutant. Quand tu frappes cet arbre avec ton gros bâton, Rosie, tu laisses une trace et toute la forêt l'entend. Alors elle se met à t'ignorer, à se taire sur ton passage. Mais si tu arrives à pas de loup» – il haussait les sourcils à mon intention – « si tu peux apprendre à marcher à pas de loup et à écouter, alors tu ne seras jamais à court d'amis.»

Il m'a fallu des années pour apprendre à marcher ainsi, à suivre ses pas sans un bruit. J'ai fini par savoir quand il s'arrêterait, comment m'agenouiller dans les feuilles sèches en me glissant sous leur peau sonore, à jauger les variations du vent. J'ai appris à sentir des yeux se tourner vers moi, à deviner la présence d'un autre animal. Il m'a enseigné à chasser le petit gibier, à vider un chevreuil et à sécher la viande. Nous découpions un trou dans la glace de l'hiver pour attraper du poisson. Au début de la fonte des neiges, nous recueillions la sève sucrée des érables et la cuisions sur le feu jusqu'à ce qu'elle se condense en sirop.

C'est au printemps que j'étais la plus heureuse, après la récolte des érables, quand les plantes familières revenaient de leur long hiver souterrain. Je passais mes journées à la recherche des nouvelles venues, comme l'anémone pulsatille, dont je caressais les feuilles velues et admirais la face retroussée à la délicate couleur violette. Quand je voyais rutiler les premières fraises des bois, j'en cueillais quelques-unes pour mon père. Il croquait dans le fruit et disait : «Wašté.» C'est bon. Il y avait tous les jours quelque chose de délicieux à cueillir : des crosses de fougère pour la soupe, des baies de bourdaine rondes et sucrées que j'avalais par poignées.

Autrefois, les plantes se déployaient à mon approche, exhibaient leurs feuilles et présentaient leurs dons. Je parlais avec elles et savais qu'elles appréciaient le son de ma voix, heureuses de mon attention. Elles aimaient encore mieux quand je chantais, que j'imite les chants de mon père ou que j'en invente de nouveaux. «Joli lapin à la douce fourrure blanche, sois mon ami. Je ne te mangerai pas. Je ne laisserai même pas mon père te manger. À moins que par erreur tu tombes dans l'un de ses pièges. En ce cas, désolée pour la soupe. Tu es délicieux.»

À présent, mon manteau, qui bruissait à chacun de mes pas, avertissait toutes les créatures de la forêt de mon arrivée. Les hauts pins, autrefois si bavards, se dressaient raides et mutiques. Je continuais de tourner en rond à la recherche des érables à sucre, qui seraient mûrs pour la récolte d'ici un mois. Où étaient les genévriers qu'aimait tant mon père ? Là où ces arbres auraient dû s'élever, je ne trouvais rien. Même adulte, je n'aurais pas pu, d'un jet de pierre, atteindre la lisière de ce large espace, avec ses trous irréguliers et sa vue dégagée sur la rivière.

J'ai élargi ma battue, convaincue que ma mémoire me jouait des tours puisque les érables à sucre devaient mesurer aujourd'hui plus de vingt mètres. Rien. Je vacillais à force de fouiller les bois ; je vieillissais à force de fouiller mes souvenirs. Soudain un frisson lucide m'a traversée, la clairvoyance qui succède à l'entêtement. Ce sont mes yeux d'enfant qui ont saisi ce qui s'était passé. C'est ici, là où j'avais regardé en premier, c'est ici qu'ils étaient autrefois. C'est ici que nous avions offert le chanšáša, que j'avais appris à poser des chalumeaux et à porter des seaux lourds de sève. Sous la neige, je le savais, je trouverais des souches : on avait abattu mes arbres pour leur bois précieux. À leur place, un épais bosquet de nerprun, un arbuste broussailleux venu d'Europe dont la propagation invasive évinçait souvent les arbres indigènes.

Je suis tombée à genoux dans la neige. J'ai pleuré là des larmes que je n'avais jamais versées pour mon père ni pour John. En lieu et place de ces arbres, un énième rappel : ce qui est précieux sera pillé ; ce qui est sans protection sera volé. Je n'avais aucun moyen de l'empêcher. Une únšika, une pauvre femme.

La tête encore baissée, j'ai senti mon attention s'éveiller. J'ai écouté en retenant mon souffle. Là, juste sous la légère brise qui venait d'animer les feuilles de chêne sèches, j'ai perçu un pas feutré. Sans même me retourner, je pouvais sentir un regard posé sur mon dos. Je n'ai pas bougé, mais j'ai concentré mon énergie en une conscience attentive. Je savais que ce qui m'observait s'en apercevrait. Prudence. J'ai déplacé mon poids vers l'avant et rapproché les mains du sol pour placer mon corps en position accroupie. J'étais peut-être une pauvre femme, mais je ne me laisserais pas faire.

Lentement, j'ai tourné la tête vers le bruit et j'ai vu des yeux jaunes de loup me rendre mon regard, à peine camouflé dans un fourré dégarni. Le chien était plus sombre que Šúnka, mais sa posture suggérait le même mélange de chien et de loup qui avait fait de Šúnka une si bonne chasseuse. J'ai forcé ma respiration paniquée à ralentir, j'ai légèrement détourné les yeux et j'ai attendu, immobile. Il semblait peu probable que le chien m'attaque, mais je m'étais peut-être approchée d'une proie récente. Au bout d'un moment, il a levé la tête, reniflé l'air et il est reparti dans les bois à grandes foulées régulières, comme obéissant à un appel invisible.

« Qu'est-ce que vous faites ici ? »

J'ai sursauté et pivoté sur moi-même au son de la première voix humaine que j'entendais depuis des jours. Tandis que j'étais concentrée sur le chien, une femme était apparue derrière moi et se tenait là, fusil sous le bras. Elle m'a examinée des pieds à la tête, a jaugé froidement mon manteau, mes raquettes à l'ancienne, mes cheveux noirs ramenés en une tresse lâche. Ses sourcils se sont rejoints pendant qu'elle étudiait les incohérences de mon passé. Elle a relevé le nez de son fusil de quelques centimètres.

« Vous êtes sourde ? Qu'est-ce que vous faites ici ? »

Malgré la menace dans sa voix, je ne pouvais pas répondre. Sa question me submergeait, je connaissais à peine la réponse moi-même, et j'étais encore hébétée par la montée d'adrénaline que m'avait causée son apparition soudaine. Je ne pouvais que la fixer sans un mot. Bâtie comme un bouledogue, les épaules larges et les jambes puissantes, elle respirait la force. J'ai observé les larges mains, les lourds cheveux noirs coupés court qui encadraient son visage. J'ai examiné son nez droit, le pli ferme de sa bouche, les yeux marron douloureusement honnêtes, vulnérables. Elle me rappelait quelqu'un mais je ne savais pas qui. J'ai rebasculé sur mes talons, les pieds toujours attachés aux raquettes. Je savais ce qu'elle voyait tandis qu'elle me fixait en retour : un sac d'os, ni jeune ni vieux.

« Rosalie ? Rosalie Iron Wing ? » Ses yeux se sont agrandis et elle a souri. « Tu n'avais pas épousé un fermier riche après que ton père… après… ? » Encore une fois, un silence a rempli l'espace entre nous. J'ai hoché la tête.

« J'ai vu de la fumée sortir de votre ancienne cabane ce matin. J'imagine que c'était toi. Digger et moi on est allés voir si quelqu'un avait fini par mettre le feu. » Elle a hoché la tête en souriant, ravie de ne pas avoir à chasser des braconniers. Elle avait même l'air contente de me voir, maintenant qu'elle savait que je n'étais pas là pour créer des problèmes. La tête penchée, elle me considérait avec une franche curiosité. Je devinais ses questions, son désir de savoir comment j'avais atterri ici. Quelle histoire à raconter en ville ! « Devinez qui j'ai croisé dans les bois...» C'est de bonne guerre, ai-je pensé en serrant les lèvres.

J'ai attendu, mais les questions ne sont pas venues. Elle avait peut-être remarqué les cernes sombres sous mes yeux, le chagrin qui courbait mes épaules comme un arc. Après un silence, j'ai hoché la tête et me suis relevée pour partir. C'est alors que cette inconnue a demandé, d'une voix si prévenante que j'ai failli fondre en larmes : «Je ne veux pas être indiscrète, mais c'est quand la dernière fois que tu as mangé ?» Je ne m'en souvenais pas.

*

Au centre de la clairière, la femme a bâti un grand feu en rassemblant des branches sèches et un arbre mort qu'elle a débité en quelques coups de la hachette qu'elle portait à sa ceinture. Elle se mouvait comme une femme née au pied d'un chêne, qui se baigne dans la rivière et aime manger ce qu'elle chasse tout en sachant que son heure viendra. En silence, sans hâte, elle a érigé une tour de bois, comme un bûcher funéraire en hommage aux érables perdus. Quand le feu a pris, j'ai mangé le pain et la saucisse de gibier qu'elle avait sortis d'un mouchoir rangé dans sa musette, puis, debout près des flammes, nous avons partagé ce qui restait de café dans ma Thermos. Derrière nous, à l'écart de la chaleur du feu, Digger dormait, museau entre les pattes.

«Je te connais, ai-je dit en la regardant, comme elle regroupait du bout d'un bâton les bûches incandescentes. Tu vivais à Milton.

– C'est vrai, a-t-elle acquiescé. L'hiver, mon oncle et moi on venait ici chasser le chevreuil. Je l'ai même aidé à construire un abri de chasse. Je n'aurais jamais pensé que j'y vivrais un jour. Un peu comme toi, en fait, a-t-elle ajouté avec un coup d'œil furtif à mon visage.

– Tu connaissais mon père ?» Je souhaitais qu'il soit autre chose qu'un souvenir qui n'appartenait qu'à moi.

«Un peu. Mon oncle et lui chassaient le chevreuil ensemble. Je me souviens qu'il était gentil avec moi. Calme, il parlait pas beaucoup.»

Sa voix assourdie a remué des souvenirs oubliés, et c'est alors que son nom et son histoire me sont revenus d'un coup. Ida Johanson. La fille unique du pasteur épiscopal et de son épouse, une femme amère à la langue acérée, connue pour se lamenter du manque de beauté physique de sa fille. J'avais parfois vu Ida se tenir avec sa mère à la porte de l'église pour accueillir les gens qui entraient. Ida – je pensais à elle comme « la pauvre Ida » – portait des robes de coton à manches bouffantes qui enserraient ses bras potelés et cachait ses grandes mains dans les plis de sa jupe. Une fois, Ida avait surpris mon regard et grimacé derrière le dos de sa mère. Mon éclat de rire avait attiré l'irritation de celle-ci. Me voyant debout sur le trottoir, elle avait dit très fort : « Passe ton chemin. Allez, tu n'as rien à faire ici. Ta famille et toi, vous êtes une honte pour cette ville. » Elle avait saisi la main d'Ida et l'avait entraînée à l'intérieur, mais pas avant que je voie le mot « Désolée » se former sur les lèvres d'Ida.

Deux ans avant la mort de mon père, quand Ida avait quatorze ans, une rumeur avait couru : l'un de ses cousins, ivre, avait parié qu'il prouverait qu'elle était vraiment une fille. En résistant, Ida lui avait cassé le nez, alors il l'avait assommée d'un coup de poing et l'avait laissée couchée dans le champ boueux derrière l'église, les vêtements déchirés. Elle avait disparu quelque temps. À son retour, fini, les robes en coton. Elle portait un jean et des chemises de flanelle, ses longs cheveux coupés au-dessus des oreilles. Elle avait refusé de témoigner contre son cousin, mais j'avais entendu dire qu'il était mort la même année dans un accident de chasse, tué avec son propre fusil. On aurait dit qu'une partie de leur famille était constamment impliquée dans des beuveries et des bagarres, jusqu'au jour où le pasteur avait trouvé une chaire dans un autre État et avait fini par déménager. Comme Ida refusait de les accompagner, ils étaient partis sans elle. L'oncle avec qui elle chassait lui avait laissé l'abri pour qu'elle ait un toit sur la tête.

Je l'observais à présent à la lueur du feu mourant et Ida avait l'air heureuse : le regard clair, les joues rougies par le vent. D'un bref mouvement de tête, elle a bu la dernière goutte de café et m'a rendu la tasse, s'essuyant la bouche du dos de son gant. Je l'ai regardée recouvrir de neige avec un bâton les bûches restantes, qui ont craché et soupiré comme le feu s'éteignait. Elle a sifflé Digger, qui a bondi et s'est enfoncé dans les bois, puis elle s'est tournée vers moi.

«J'ai de la viande de chevreuil. Je passerai.»

Enfin, elle est partie à grandes enjambées, suivant les traces de Digger dans la neige. Au-dessus de nos têtes chantait un bruant à gorge blanche. J'ai fait quelques pas et j'ai senti les courbatures dans mes jambes. Face à moi, la piste irrégulière qui me ramènerait à la cabane, clairement reconnaissable à une traînée de branchages brisés. Le soleil commençait déjà à décliner derrière les frondaisons, projetant des ombres entre les branches nues. Alors j'ai ressenti une profonde gratitude. Ida me connaissait moi, elle connaissait ma famille, ma cabane, ces bois. Elle reviendrait.

CHAPITRE QUATRE

Rosalie Iron Wing
2002

Trois jours après notre rencontre dans les bois, Ida tint sa promesse de m'apporter de la viande de chevreuil. La lumière du matin rechignait à poindre et montait lentement, comme s'il faisait trop froid même pour le soleil. J'étais installée à l'intérieur, sur mon fauteuil à bascule. J'y restais des heures, sans voir passer le temps. Vivre sans témoin m'autorisait à suspendre tout mouvement, la pensée même, et à me laisser dériver. Parfois, je rêvais de la naissance de mon fils, des plantes de mon jardin ou du contact chaud de la main de John sur ma peau. D'autres jours, j'avais l'impression de ne penser à rien du tout. Les jours de soleil, j'écoutais l'égouttement régulier de la glace en train de fondre, le souffle du vent, le heurt intermittent de la porte du cabanon, si j'avais oublié de fermer le loquet. J'avais le luxe d'avoir le temps de faire attention à ce qui se mouvait autour de moi. Rien d'obligatoire ; personne n'avait besoin de mon aide. Une fois de plus, je faisais l'inventaire, celui de ma propre vie.

Quand j'ai entendu le raclement des moufles de cuir qui dégageaient la neige, je ne l'ai pas tout de suite associé à un être vivant. C'est seulement en entendant l'impact d'un lourd sac à dos qu'on laisse tomber par terre, suivi du tintement léger de paquets qu'on empilait sur les marches de l'entrée, que j'ai compris qu'il devait s'agir d'Ida. Personne d'autre ne pouvait avoir l'idée de venir ici. Je me suis redressée, légèrement paniquée à l'idée d'une visite, mais je savais qu'elle ne frapperait pas à ma porte. Les usages de la campagne obéissaient à certaines règles. Si j'avais envie de compagnie, je sortirais. Sinon, Ida finirait ce qu'elle avait à faire et s'en retournerait d'où elle était venue. Je n'étais pas prête, pas encore. Je ne m'étais pas lavé le visage. Je ne me souvenais pas de m'être coiffée. Je n'avais qu'une seule tasse. Je suis restée à ma place, pétrifiée par les sons légers derrière la porte.

Le crissement des raquettes sur la neige sèche a cédé la place au silence. J'ai attendu. Au bout d'une heure, je suis allée ramasser les cadeaux d'Ida : baies séchées, du genévrier pour le thé et une gamelle de soupe, ainsi que des paquets de steaks, de saucisses et de côtelettes de chevreuil. Assez de viande pour tenir tout l'hiver. Resterais-je aussi longtemps? J'ai rangé la viande dans une glacière à l'extérieur, juste à côté de la porte, et j'ai bloqué le couvercle en y empilant quelques bûches. Je devrais trouver un moyen de la remercier.

Mes journées consistaient en quelques tâches routinières reliées par de paisibles moments où je me balançais dans mon fauteuil. Je coupais du bois, faisais fondre de la neige, lavais à la main mes quelques vêtements. J'observais par la fenêtre les subtiles modifications du paysage. Le vent amassait la neige en hautes buttes contre les buissons de viorne trilobée et corrigeait son travail le lendemain. Un matin, un lapin est passé comme une flèche, suivi par un coyote la minute d'après. Un autre matin, j'ai aperçu à mon réveil deux chevreuils se promener, s'arrêtant parfois pour grignoter les branchages des fourrés qui poussaient à la lisière des bois.

Pendant les heures que je passais à me balancer, mes doigts suivaient les points minuscules de ma courtepointe étoilée. Je l'avais trouvée dans le coffre en genévrier de mon ancienne chambre. Je cherchais des chiffons pour le ménage mais au lieu de ça, en ouvrant le couvercle, j'avais trouvé ma courtepointe, bien pliée, ses brillantes nuances de rouge et de jaune désormais passées, le coton usé et fragile. La délicatesse de ce geste m'a fait suspecter qu'Ida avait veillé sur cet endroit, réparé les fenêtres cassées et rangé ces quelques objets importants pour ma famille. Comme si elle avait su que je reviendrais un jour.

Après un si long repos, mes doigts mouraient d'envie de travailler. Inoccupés, ils se remémoraient les heures que j'avais passées, enfant, à apprendre comment manier l'aiguille, à apprécier le jeu des couleurs tout en m'échinant sur mes points irréguliers. La tête d'une femme penchée sur moi, si proche que je sentais l'odeur du café dans son haleine, ses doigts puissants qui me guidaient tandis qu'elle m'enseignait à pousser l'aiguille à travers le tissu épais. Une piqûre au pouce ; le tissu arraché à mes mains. Ma mère. Elle me revenait lentement ; j'étais reconnaissante pour chaque souvenir. Ma mère avait existé ; la courtepointe sur mes genoux était la preuve qu'elle m'avait connue. Même à Mankato, elle était avec moi.

DORMANCE

une graine rêve

CHAPITRE CINQ

Rosalie Iron Wing
1979

J'ai rêvé que ma mère m'appelait d'une voix où résonnait un désir douloureux. J'ai rêvé qu'une fumée âcre me piquait les yeux et brouillait sa silhouette, tandis qu'à l'aide d'une ramure de chevreuil elle tirait dans le feu un bloc fumant de bois humide. Les flammes étaient la seule lumière dans une obscurité si épaisse que les arbres avaient disparu. L'odeur des feuilles en décomposition se mêlait à la puanteur pisseuse de la peur. Derrière elle, la carcasse d'un chevreuil éviscéré était suspendue à une branche, une corde nouée autour de ses pattes, et par une blessure à la gorge, il se vidait de son sang dans une bassine. Elle s'est tournée vers moi, le visage dans l'ombre.

Je me suis réveillée en sursaut, grelottant dans l'humidité de ma chambre en sous-sol. Déjà la voix de ma mère s'était évanouie.

J'ai remonté la couverture jusqu'à mon cou, où ça me grattait la peau, et j'ai respiré la pluie infiltrée dans le sous-sol. Ma mère d'accueil, Shirley, me demandait toujours si j'épongeais ces fuites et chaque fois je répondais oui. Le silence au-dessus de moi m'a informée que toute la famille dormait encore. Chaque pas, chaque mouvement de pantoufles, chaque bruit de jouet qu'on laisse tomber se répercutait dans ma chambre par le plafond inachevé. Quand la lumière grise du jour pénétrait par la lucarne, trop petite pour s'y glisser, je savais qu'il était l'heure de me lever. Je devais absolument trouver un travail pour partir de chez Shirley, partir aussi loin que possible.

J'ai enfilé en vitesse un T-shirt pris dans l'un des sacs en plastique empilés contre le mur. Après avoir natté mes cheveux en une longue tresse, j'ai posé des lunettes à monture noire sur l'arête saillante de mon nez et cligné des yeux tandis que le monde retrouvait sa netteté. J'ai passé les bras dans le sweat trop grand que je portais la plupart du temps et j'ai rabattu la capuche. Alors seulement j'étais moi-même. Une haute et large silhouette, invisible aux autres, fantôme de la fillette que j'avais été. Je ruminais chaque jour ce que mon père me disait autrefois : « Pour devenir une chasseuse, Rosie, tu as intérêt à savoir t'asseoir en silence et attendre. » J'avais encore sa casquette en fourrure de lapin, celle qu'il portait toujours à la chasse, tout au fond du sac qui contenait mes quelques vêtements.

Je me suis tournée vers les livres que Shirley avait trouvés la veille sous mon matelas. Avec la monnaie des courses, j'achetais des romans d'occasion à la brocante et les relisais inlassablement. Ces livres étaient parmi les rares objets qui m'appartenaient. Quand les pages tombaient, je les scotchais avec soin. À présent ils gisaient en tas sur mes jeans aux poches retournées, dans un éparpillement de pages et de couvertures cornées. L'enveloppe qui contenait mon diplôme du bac était posée, froissée et déchirée, en haut de la pile.

J'ai ramassé l'exemplaire chiffonné de *Speaking of Indians*, un livre que j'avais acheté parce que mon père le possédait autrefois, et je l'ai glissé dans ma poche arrière. À chaque fois qu'il me fallait passer du temps à l'étage, je lisais assise dans la cuisine, loin de la télévision, de façon à avoir un œil sur la porte. Six années à attendre que quelqu'un vienne me chercher avaient formé en moi cette habitude, même si je savais que j'attendais en vain.

Après avoir soigneusement recueilli les livres et leurs pages volantes pour les trier plus tard, j'ai plongé la main au fond de l'un des sacs en plastique pour en tirer une petite trousse. À l'intérieur, une poignée de cigarettes, deux dollars fripés et une petite paire de ciseaux à ongles. J'ai extrait l'un des pull-overs de Shirley d'un des sacs et j'ai découpé un petit trou juste au-dessus du cœur, comme aurait pu le faire une petite souris. C'est mieux, ai-je songé en fronçant le sourcil et en considérant le trou d'un œil critique. Beaucoup mieux. Un point pour moi. J'ai replacé les ciseaux dans la trousse, fourré deux cigarettes dans ma poche avant de cacher la trousse dans le sac et j'ai jeté le pull-over dans la machine à laver ouverte.

*

À l'étage, j'ai refermé la porte de derrière avec précaution pour éviter que le bruit alerte Shirley. J'ai descendu à grands pas l'allée bosselée où des jouets en plastique délavé affleuraient sous les amas humides de feuilles mortes de l'automne dernier.

Des clôtures métalliques bordaient chaque jardin et découpaient le quartier en rectangles étriqués. Des ormes étaient plantés le long du trottoir, les racines coincées sous le béton, le feuillage brassé par les pots d'échappement. J'étais désolée pour eux. Pas plus que moi ils ne voulaient vivre ici.

L'air était frais et humide, une matinée de juin typique, avant la chaleur de l'été qui arriverait en juillet. Je savais que c'était puéril, mais je m'appliquais à poser le pied sur chaque fissure du trottoir tout en chantonnant une vieille comptine. Un chien du voisinage s'est mis à tirer sur la corde nouée à son collier en aboyant furieusement, jusqu'à ce que je l'appelle « Šúnka » d'une voix calme. À travers le grillage, il a touché ma main de sa truffe en guise de salut. Au coin de la rue, par la fenêtre de la brocante, j'ai jeté un œil à l'étagère des livres à un dollar près de la porte d'entrée. Que des romans à l'eau de rose. Non merci.

J'ai obliqué vers Cedar Avenue où grondait déjà la circulation dense du samedi matin. À pas vifs, pour me réchauffer, j'ai longé une vitrine vide, un concessionnaire auto qui annonçait des soldes estivales et une boutique de réparation d'aspirateurs.

Une poignée de tickets de loto jonchaient le sol devant le bar Cedar, où les hommes de mon quartier aimaient s'échapper après dîner. J'avais mis du temps à me repérer dans ces rues car tout semblait s'y répéter à l'identique : bâtiments bruns, rues goudronnées, visages blancs. J'ai vivement traversé la rue entre deux voitures pressées et j'ai suivi le trottoir jusqu'à ce qu'il soit remplacé par la voie ferrée, puis j'ai descendu un court chemin qui menait à la rivière Minnesota. La piste de terre disparaissait presque sous un épais bosquet d'arbres et quelques fourrés. La plupart des gens restaient là-haut, pour sentir le béton sous leurs chaussures. Dès que j'ai plongé dans l'ombre fraîche des peupliers qui poussaient sur la rive, le nœud crispé dans mes épaules a commencé à se relâcher.

Mon père m'avait dit un jour que cette ville, Mankato, aurait dû s'appeler Mahkato, du nom de l'un des chefs dakhóta dont le village, à l'origine, se trouvait là. Sans surprise, il avait suffi d'un quelconque employé ignorant pour inscrire ce changement dans le marbre. Je savais que les familles dakhóta descendaient autrefois la rivière depuis sa source du lac Big Stone, près de la frontière avec le Dakota du Sud, jusqu'à Mankato, où elle rejoignait la rivière Blue Earth avant de se diriger vers le Mississippi. Je l'avais appris en étudiant des cartes pour tenter de retrouver d'où je venais.

Les colons avaient trouvé cette terre idéale pour y faire pousser du maïs et la rivière permettait de transporter vers le nord des légumes en conserve. Quelqu'un avait même inventé une charrue pour labourer la terre dense de la prairie. Mais l'histoire que mon père reprenait immanquablement, c'était la pendaison de trente-huit guerriers dakhóta après la guerre de 1862. Cet acte avait peut-être eu un goût de justice pour ceux qui avaient perdu leurs proches, mais ils ne se doutaient pas qu'à l'avenir le principal titre de gloire de Mankato serait d'avoir été le théâtre de la plus grande pendaison de masse de l'histoire du pays. Mon père répétait : « Cette pendaison est une blessure qui ne guérit pas. »

Parfois, quand nous allions à Mankato faire des provisions, il me disait de fermer les yeux et d'écouter. Le ronflement des voitures sur l'autoroute ressemblait au souffle du vent dans l'herbe de la prairie, autrefois plus haute que moi. « Elle est encore là, ajoutait-il, c'est juste qu'on ne la voit pas. » Si tout ce bitume disparaissait, nous retrouverions les empreintes des troupeaux de bisons qui arpentaient cette terre. Une fois, il m'avait indiqué du bout des lèvres l'énorme statue du Géant vert, et derrière lui les champs de maïs à perte de vue.

«Voici ma terre natale. Et désormais toi et moi sommes les derniers porteurs du nom des Iron Wing.»

J'avais commencé à venir ici il y a plusieurs mois en truquant un mot d'absence pour sécher les cours, car j'avais besoin d'échapper à la ville et aux récriminations de Shirley. Ces derniers temps, j'avais du mal à me rappeler le visage de mon père ou le son de sa voix. Au cours des mois qui avaient précédé sa mort, il s'était mis à me demander de cueillir certaines plantes sans son aide. Et maintenant, je risquais d'oublier tout ce que j'avais appris.

Au bord de l'eau, j'ai sorti de ma poche une cigarette ratatinée, je l'ai ouverte puis j'ai émietté le tabac et récité une rapide prière tandis que les brins de tabac s'enfonçaient lentement dans l'eau. J'allais là presque tous les jours, attirée par le courant comme si je lui appartenais. Chaque bouteille vide et chaque branche brisée apportait une histoire du Nord, des nouvelles d'un monde auquel, enfant, on m'avait arrachée. Cette eau était la seule connexion avec ma terre natale.

Sur le chemin du retour vers le centre-ville, mon estomac grondait de faim et d'anxiété. Mon assistante sociale m'avait garanti une place dans un centre de réinsertion au cas où je ne parviendrais pas à trouver un travail et un logement d'ici mes dix-huit ans, en octobre. Quand elle m'a parlé de son plan, je n'ai rien dit. Après deux familles d'accueil, je n'avais aucune intention d'aller habiter là-bas. Plutôt être à la rue, pensais-je. La nuit, je ne fermais pas l'œil, inquiète de ce que j'allais faire.

Revenue sur le trottoir, j'ai dépassé un vieil homme qui se traînait avec un chien encore plus vieux que lui, avant d'entrer sur le parking du magasin général de Casey. En plus des pompes à essence et des piles de paillis, il y avait un tableau de petites annonces où les gens vendaient tracteurs, bois de chauffage et voitures d'occasion et proposaient du travail. Il y avait plus de boulots saisonniers en été, mais aussi plus de concurrence avec tous les jeunes bacheliers qui, comme moi, cherchaient du travail.

J'ai ouvert la grande porte en verre et me suis préparée à subir la climatisation, toujours réglée au maximum quelle que soit la température extérieure. Les vieux qui se retrouvaient là tous les matins pour le café étaient déjà assis à leur table habituelle devant le comptoir du rayon traiteur. L'un d'eux a fait un bref signe de tête à mon passage, les autres ont gardé le nez dans leur tasse.

Sur le tableau de petites annonces, j'ai ignoré celles des centres d'appel et les Devenez-riche-sans-bouger-de-chez-vous. J'ai repéré un flyer qui demandait : « TU VEUX TE FAIRE DE L'ARGENT RAPIDEMENT ? Rendez-vous début juillet sur le parking du lycée à tous les jeunes pour trois semaines d'écimage du maïs », va savoir ce que ça voulait dire. En général, j'évitais les garçons de ferme, leur cou brûlé de soleil, leur chemise à carreaux et leurs discussions à base d'hectares de terre et de « la moissonneuse-batteuse International Harvester de mon papa ». Mais à ce moment-là, j'étais quasiment prête à tout pour gagner un peu d'argent.

J'ai continué à lire : « 7 heures du matin, avec pantalon et haut à manches longues, gants, lunettes de protection, chapeau. Vêtements de pluie. Bottes. Apportez votre repas. Bien payé ! » Ce serait sûrement pas si terrible. Si je ne trouvais rien d'autre, j'essaierais ça.

Au rayon boulangerie, j'ai attrapé une miche de pain blanc que j'étais censée avoir achetée la veille. Tandis que je déambulais, des yeux me suivaient dans le miroir du plafond, s'attendant à ce que je vole quelque chose. Au bout de l'allée, j'ai failli marcher sur un garçon d'environ deux ans habillé en danseur d'herbe* qui essayait d'échapper à sa mère, une

* N. d. T. : La danse de l'herbe, *Grass dance*, est l'une des danses traditionnelles autochtones présentées lors des pow-wow, qui imite le mouvement des hautes herbes de la prairie. Elle se pratique en tenue de cérémonie, ou régalia.

boîte de donuts à la main. D'un geste vif elle l'a attrapé par la main et, comme elle se penchait vers lui, sa longue tresse s'est balancée en avant et sa barrette en perles a capté la lumière. Je la connaissais. Gaby Makespeace était au lycée avec moi mais elle avait arrêté l'école à dix-sept ans après être tombée enceinte. Nous étions devenues amies l'année précédente, quand j'étais assise derrière elle en cours de sciences humaines et sociales – deux Indiennes dans une classe d'élèves blancs. Elle disait que dans notre amitié, elle était la bouche et moi les oreilles.

J'étais surprise de la voir là. Gaby était plus petite que moi, et de sa carrure menue émanait une force coriace qui semblait vous avertir de ne pas trop approcher. Ses yeux sombres sautaient comme ceux d'un oiseau impatient, des rayonnages à son fils puis derrière son épaule, l'habitude nerveuse d'une femme qui s'attend à avoir des ennuis. Elle était, comme toujours, parfaitement maquillée et coiffée, sans un cheveu de travers. Sa tenue de pow-wow était un assemblage éblouissant de méticuleuses broderies de perles sur un tissu magenta qui lui arrivait à mi-mollet, révélant des mocassins décorés de perles assorties à sa robe. Plantée au rayon pain, Gaby avait l'air d'une reine étrangère en visite diplomatique. Pour mieux la voir, un des vieux du rayon traiteur s'est levé en faisant mine de lire un panneau sur la vitre. Une matrone corpulente se hâtait à la caisse pendant que sa fille, bouche bée, la montrait du doigt. Gaby les ignorait tous. Elle s'est emparée des donuts et les a remis en place.

« Mathó, tu dois rester à côté de moi. »

Puis elle m'a regardé et elle a souri :

« Hééé, je pensais justement à toi.

– Vraiment ? Pourquoi ?

– Tu vis près d'ici non ? Chez cette vieille peau ? »

J'ai ri. Gaby n'avait pas oublié mes coups de gueule contre Shirley. À cet instant, son fils a détalé dans le rayon et elle lui a couru après avec un petit signe de la main et un « À bientôt ! » par-dessus son épaule. Elle avait disparu. C'était aussi bien. Je n'étais pas d'humeur à ce qu'on m'interroge sur ma vie.

J'ai parcouru d'autres rayons avant d'apporter mon pain à la caisse. Pas de chance : ce matin, Barb était de service, une des filles de l'école que je pouvais pas supporter. Pire, en fouillant dans les poches de mon sweat et de mon jean, je n'ai trouvé que ma clé. Shirley avait pris la monnaie que je comptais utiliser pour acheter du pain. Dans ma hâte de sortir, j'avais oublié que j'aurais besoin d'argent. Le visage de Barb était plat, inexpressif; ses doigts pianotaient légèrement sur les touches de la caisse.

«Je les ai pas.»

Vingt-cinq cents. Ce qui me séparait de mon déjeuner. Le prix de la mauvaise humeur de Shirley.

«Je suis pas surprise, a dit Barb en faisant claquer son chewing-gum. Tout le monde sait que toi et les tiens vous êtes que des ivrognes assistés.

– Merci, Barb. Ça explique beaucoup de choses.

– Laisse tomber.»

Elle avait posé sa main potelée sur le pain, prête à s'en saisir et à le mettre de côté pour s'occuper de la file de clients qui me suivaient avec leurs caddies remplis de nourriture. Pas son problème. J'ai réfléchi à m'emparer du pain et à m'enfuir avec. La porte était près de la caisse; j'avais de longues jambes, agiles si nécessaire. Barb me détestait depuis que je l'avais battue au cent mètres et qu'elle m'avait craché «squaw» à l'instant où elle passait, deuxième, la ligne d'arrivée. Ses doigts se sont refermés sur le pain. Elle tournait déjà la tête vers le client suivant.

Une pièce de vingt-cinq cents est apparue sur le comptoir. Des doigts épais et terreux l'ont poussée vers Barb. «Voilà», a dit l'homme derrière moi. Je me suis détournée, gênée. Il m'a fait un petit signe de tête tout en déposant un pack de bières et deux pommes sur le tapis. Sans un mot ni même un regard, j'ai pris le pain et me suis esquivée.

Au bord de la route, j'ai ralenti le pas. À l'air libre, je respirais de nouveau et j'ai réfléchi à ce qui venait de se passer. Je ne l'avais pas remercié. Je me sentais mal d'avoir accepté la charité de quelqu'un mais c'était pire de l'avoir reçue sans gratitude. J'entendais la voix de mon père me rappeler: «Tu es une Iron Wing, Rosie. Sois toujours fière de qui tu es.»

Je suis revenue sur mes pas. L'homme se dirigeait vers un pick-up garé tout au fond du parking. Il ouvrait la porte quand je suis arrivée derrière lui. Quelque chose, le col élimé de sa veste en jean, sa façon de ne pas me chercher des yeux en sortant du magasin, me disait qu'il savait ce que c'était de ne pas avoir les vingt-cinq cents. Son pick-up était couvert de boue, la peinture défraîchie par des années au soleil. Des sacs de vingt-cinq litres formaient une haute pile sur la plate-forme arrière. Une fine pellicule de poussière recouvrait tout.

«Hé, ai-je dit. J'ai oublié de vous remercier.»

Il s'est arrêté pour m'écouter, une main sur la porte, toujours de dos.

«C'est rien.»

Je distinguais un sourire dans sa voix. Il a jeté son sac sur le siège avant, dans l'intention évidente de s'en aller sans me lancer un seul regard. Il ne serait pas témoin de mon humiliation dans le magasin; son application à ne pas croiser mes yeux était presque délicate.

«Attendez.»

Les mots sont sortis avant que j'aie le temps de réfléchir à ce que j'allais dire. Le fracas d'un fourgon à bestiaux dont l'embrayage faisait gémir le moteur. Quelle question lui poser? Qu'est-ce qui l'amenait dans ce magasin aujourd'hui, alors que j'y étais venue des centaines de fois? Ou bien comprenait-il que nos vies peuvent basculer en une seconde et nous faire abandonner ce que nous pensions être?

Il s'est tourné vers moi. Il était plus âgé, la vingtaine bien avancée. Nous faisions à peu près la même taille, un mètre quatre-vingts, les yeux à la même hauteur. Ses cheveux brun sable étaient coupés court. La casquette John Deere sur son haut front blanc indiquait qu'il était agriculteur. Pas étonnant qu'il ait l'air fort, avec ses larges épaules habituées à ramasser du foin et ses avant-bras aux tendons apparents – un homme qui travaillait de ses mains. Contrairement aux garçons arrogants que je connaissais de l'école, il avait l'air tranquille, il était planté là, l'air pas pressé. Ou peut-être fatigué. Sur ses joues, un début de barbe. Son T-shirt des Grateful Dead, si délavé qu'il en était presque illisible. Une ligne rouge révélatrice bordait ses yeux bleus, semblable à celle que je voyais dans les yeux du père de ma famille d'accueil après une nuit au bar.

Je pouvais le sentir détailler du regard la courbe sombre de ma joue, à peine visible sous ma capuche. Nous nous sommes étudiés un moment puis avons détourné les yeux.

Je n'ai pas trouvé quoi dire, alors j'ai marmonné : « Non, rien. » Je suis repartie et j'ai traversé le parking d'un pas vif. Un instant plus tard, j'ai entendu ronronner le moteur de son pick-up. Je ne me suis pas retournée.

CHAPITRE SIX

Gaby Makespeace
1979

Revoir Rosie m'a fait voyager dans le temps, même si ça faisait moins de trois ans que je ne l'avais pas vue. Il s'était passé tant de choses depuis qu'on aurait dit une autre vie. Rosie, elle, avait la même tête qu'au premier jour de notre rencontre, au lycée, quand elle avait quinze ans et moi seize. J'avais entendu dire qu'une nouvelle, une Indienne, venait d'arriver dans le quartier et qu'elle avait dû changer d'école en toute fin d'année. Çà, j'étais curieuse de voir sa tête.

Mon Dieu, c'était une torture de la voir passer dans les couloirs. Les autres filles riaient sous cape en voyant tomber son jean trop grand qu'elle devait remonter d'une main, une pile de livres dans l'autre. Moi-même j'en revenais pas de sa dégaine, on aurait dit qu'elle avait acheté ses vêtements au rayon garçons et n'avait jamais vu de miroir. Elle était super grande, des longues jambes de poulain empoté, des jambes que les garçons ne pouvaient pas s'empêcher de regarder. Et ces stupides lunettes à la Clark Kent – frangine, ça devrait être interdit de porter des trucs pareils ! En vrai, elle était pas mal, à peine quelques banales cicatrices d'acné, que la première cruche venue aurait su maquiller. Elle trimballait un gros sac à dos avachi et un livre dépassait de sa poche arrière. Sérieux.

On aurait dit qu'elle le faisait exprès pour qu'on se moque d'elle. En guise de ceinture, je le jure, elle portait une corde.

Personne n'arrive dans une nouvelle école sans que les autres essaient de comprendre ce que tu fais là. Cette fille ne prenait jamais la parole en classe à moins d'être interrogée, mais les rares fois où un prof se souvenait de sa présence, on voyait qu'elle avait écouté. Elle avait l'air de se ficher de ce que les autres pensaient d'elle. Ou d'être assise toute seule à la pause déjeuner. Elle sortait avec son livre et je l'ai peut-être vue une fois avec une pomme. Je l'ai rarement vue manger.

Après l'avoir observée quelques jours, j'ai décidé qu'on était si peu de filles autochtones à l'école qu'il fallait se serrer les coudes. On pouvait peut-être s'entraider. On avait même un cours ensemble, sciences humaines et sociales, vu que j'avais raté l'exam l'année d'avant. Le lendemain, je suis arrivée en cours un peu en avance et j'ai fait un gentil sourire à M. Warner, notre jeune prof blanc fraîchement sorti de la fac, encore persuadé que Colomb avait découvert l'Amérique. Je lui ai dit que je voulais changer de place pour aider la nouvelle à rattraper son retard. Il m'a jeté un œil surpris, il se demandait sans doute quelle aide une élève aussi médiocre que moi pourrait apporter, pourtant il a acquiescé et fait le changement.

Elle lisait quand je me suis assise, alors je l'ai dévisagée pendant une bonne minute. Mince alors, c'était une dure à cuire. Elle m'a pas décroché un seul regard. Enfin, quand j'ai compris que ce grand oiseau ne lèverait pas les yeux de son bouquin, je me suis penchée vers elle.

« Salut. » Je lui ai donné un petit coup de coude. « Je m'appelle Gaby. Gaby Makespeace. Je suis pas d'ici. Je vis chez ma tatie le temps de finir l'école. » Et j'ai attendu.

Elle a hésité avant de répondre, elle a remonté ses lunettes sur son nez et m'a lancé un regard de chouette en panique.

« T'inquiète, j'ai dit. Je mords pas. »

« Salut », c'est tout ce qu'elle m'a répondu. Après quoi – pas croyable – elle s'est replongée dans son bouquin. Je me suis penchée et je lui ai tapoté l'épaule.

« Excuse-moi, ton nom ?

– Oh.» Elle a rougi. «Rosalie. Rosalie Iron Wing. Je viens… du Nord.

– D'accord.»

Évidemment, je me suis renseignée sur son compte, auprès de ma tatie d'abord, qui met un point d'honneur à tout savoir sur tout le monde. Tatie Vera ne s'arrête jamais une seconde. Soit elle travaille, soit elle est bénévole à l'église, ou alors elle aide quelqu'un à faire un truc. Pourtant elle trouvait le temps de cuisiner tous les soirs pour Anthony et moi. Et de me bassiner avec les devoirs. Elle avait une photo d'elle et oncle Marvin près de son lit. Ils avaient acheté leur petite maison avant que les reins d'oncle Marvin lâchent à cause du diabète. Elle rit sur la photo, mais quand je suis venue vivre ici, elle avait déjà l'air tout le temps fatiguée.

J'ai attendu qu'elle commence à broder une tenue de pow-wow pour la fille de sa cousine, les mains occupées mais l'esprit disponible pour une conversation.

« Iron Wing, a-t-elle répété, feuilletant mentalement son carnet d'adresses pendant qu'elle enfilait avec soin trois perles argentées sur son aiguille. Ça fait longtemps que je n'avais pas entendu ce nom. Je connaissais un Ray Iron Wing à l'école mais je pensais qu'il était mort. Il paraît qu'il n'allait pas bien quand il a quitté l'armée. Un problème d'alcool, peut-être ? Après, il s'est collé avec ces Kills Deer. Que des ennuis. Elle est comment, sa fille ?

– Je ne sais pas encore.»

Je devais réfléchir à ce que m'avait dit ma tatie. J'ai changé de sujet.

«Et Anthony, il sort quand de l'hôpital ?» Défoncé à la coke et au vin de pomme, mon grand frère avait cru savoir voler. Au lieu de ça, il avait embouti un arbre avec la voiture de tatie. Cette andouille avait de la chance d'avoir survécu, surtout vu la fureur de ma tatie quand elle a appris qu'il avait démoli la caisse.

Tatie a soupiré jusqu'au tréfonds de ses os. «Ce gosse.» Elle a secoué la tête sans ajouter un mot de plus. La nuit précédente, je l'avais entendue parler à Ma au téléphone.

La raison qui nous avait conduits ici, c'était de l'éloigner de toutes les drogues qu'on trouvait à la réserve. Et de m'éloigner, moi, de son meilleur ami, Earl White Dog. Tatie ne savait pas qu'on était amoureux, Earl et moi. Ni qu'il avait déménagé chez son cousin pour vivre près de moi. Et d'Anthony qui, à l'hôpital, m'avait chuchoté qu'Earl s'était glissé hors de la voiture avant l'arrivée des flics.

«J'ai de la peine pour Rosalie.» Un plan a germé dans mon cerveau. «Elle m'a invitée à faire nos devoirs chez elle. Elle a vraiment besoin que je l'aide pour rattraper son retard.

– Ah?» a répondu tatie, candide, alors que dans sa tête un radar tournoie sans répit à l'affût du mensonge sous toutes ses formes. Entre nous, Anthony et moi on l'appelait la Chauve-Souris.

«Invite-la donc à dîner», a-t-elle ajouté pour que j'abatte mes cartes. Cette femme est aussi une joueuse de crib impitoyable et une redoutable adversaire au bingo. «Et on verra.»

*

J'ai dû quasiment harceler Rosalie pendant quelques jours pour l'amener à se confier. C'était pas qu'elle soit bizarre ni rien; simplement on aurait dit qu'elle n'avait besoin de personne. Un jour qu'on était assises dehors à la pause déjeuner, j'ai fini par l'interroger directement au sujet de Shirley.

«Alors, c'est quoi son problème?

– Je la déteste.

– J'ai compris. Je te demande pourquoi.

– Elle est faux jeton. Elle fait la gentille. Elle m'espionne, me rabâche que je suis trop grande, trop foncée, trop moche. Bête. Paresseuse. Que sans elle je serais à la rue.

– Ouais j'ai compris. C'est une salope.»

Quand je lui ai confié mon plan de faire nos devoirs ensemble, tout ce qu'elle a retenu c'était que je voulais aller chez elle. C'est la première fois que je l'ai vue s'animer vraiment, elle a paniqué. «Non, non, non, non. Tu peux pas aller là-bas.» Cette fille avait une blessure qu'elle cachait, comme nous tous, comme n'importe quel Indien en vie aujourd'hui. J'étais désolée pour elle. Je pense que c'est là qu'on est devenues amies, qu'on a su qu'on pouvait se confier nos galères.

«Écoute, j'ai dit pour la calmer. Ma tatie veut te rencontrer. Viens dîner à la maison.

– Je sais pas si je peux.»

Ses yeux étaient énormes derrière ses lunettes. Je savais pas encore qu'elle avait jamais été rendre visite à une amie ni dîner ailleurs que dans sa famille d'accueil. On aurait dit un papillon de nuit fébrile, attiré par la lumière, effrayé par la chaleur. Je sais pas ce qu'elle a dû négocier avec cette Shirley, mais elle a réussi.

Coïncidence, le soir où Rosalie est venue dîner, c'était aussi le soir où Anthony rentrait de l'hôpital. Tatie avait préparé une grosse marmite de soupe au bœuf et une pleine assiette de pain frit avant d'aller le chercher – avec la voiture de location vu que la sienne était au garage. On l'a croisée alors qu'elle partait, de sorte que tatie n'a eu que le temps de serrer la main à Rosalie. Elle s'est même pas souvenue de lui dire qu'elle avait connu Ray. Je me suis dit qu'elle aurait tout le temps de revenir nous voir.

Quand on s'est assises à la table de la cuisine, j'ai d'abord appris que cette fille était une sacrée mangeuse : elle a englouti deux bols de soupe et au moins deux galettes de pain frit, tartinées de beurre et de miel. J'ai étalé quelques livres de cours sur la table, en guise de preuve pour le retour de tatie. Puis on est sorties dans le jardin, on a dégagé les feuilles mortes des chaises en plastique que tatie avait trouvées dans un vide-grenier. C'était un de ces soirs de printemps presque parfaits où la chaleur de l'après-midi perdure, avec une touche de fraîcheur qui s'élève de la pelouse. Un colibri bourdonnait pas loin, attiré par le parfum sucré du lilas, qui semblait soutenir un des murs du garage. Après avoir fait du surplace un moment, il a filé rejoindre les fleurs blanches du pommier du voisin. Même le bruit de la circulation s'était un peu calmé. Encore mieux, les moustiques ne nous avaient pas encore trouvées.

Être assises dehors nous a aidées à parler de tout. La profonde attention avec laquelle m'écoutait Rosalie me donnait envie de lui dire des choses que je ne confiais à personne. Comment ça se passait à la maison, avec Ma, quand elle buvait. Que j'avais vu mon père une fois à un pow-wow et qu'il ne m'avait pas reconnue. Je lui ai parlé d'Earl, je lui ai dit qu'on était très amoureux, que c'était pas vraiment un dealer comme le pensait ma tatie – il vendait juste un peu d'herbe à ses amis. Je lui ai même raconté mon rêve secret de devenir une avocate qui aurait la peau du gouvernement et ramènerait chez eux tous les bébés arrachés à la réserve. Je ne me souviens pas qu'elle ait prononcé le moindre mot pendant que je parlais et elle ne m'a pas corrigée quand je me suis mise à l'appeler Rosie. Enfin j'ai ri et je lui ai dit que dans notre amitié, j'étais la bouche, et elle les oreilles. Elle a eu l'air d'aimer l'idée. J'ai aperçu son sourire malgré la pénombre.

Quand un bruit à l'intérieur a semblé annoncer l'arrivée de tatie et d'Anthony, Rosie a fait mine de se lever, mais j'ai levé la main et secoué la tête. « Laisse-les s'installer », j'ai dit. Ce n'est qu'au bout d'une demi-heure que tatie a relevé la moustiquaire pour laisser passer Anthony, qui clopinait en béquilles. Un énorme plâtre blanc enserrait l'une de ses jambes et il avait le bras droit en écharpe. Tatie, prise d'agitation, était encore à moitié fâchée pour sa voiture et s'efforçait de cacher combien elle était soulagée et heureuse de l'avoir à la maison. Après avoir refusé mon aide, elle a sorti une chaise de la cuisine pour qu'il s'asseye, puis une autre pour sa jambe et puis une couverture comme s'il était malade. Il l'a remerciée et elle a effleuré son épaule, mais elle avait les yeux tristes. Après un léger signe de tête à Rosie, elle est rentrée prendre sa douche avant d'aller se coucher. Elle devait se lever tôt pour son travail au centre de santé indien, où elle travaillait comme infirmière pour aider les gens à vivre avec le diabète. Chaque famille de notre connaissance semblait compter un diabétique.

On a gardé le silence jusqu'à ce que la maison se calme de nouveau, éclairée seulement dans le salon. Le ciel était maintenant bleu sombre et les étoiles s'allumaient peu à peu. Une fois sûre qu'on était seuls, je me suis tournée vers Anthony.

«Tu risques quoi?

– Assez gros. Earl a perdu son sac dans sa fuite et les flics l'ont trouvé. C'est pas grand-chose, mais avec mes antécédents, je risque de prendre du ferme. Peut-être une désintox, si j'ai de la chance.

– Merde.

– T'inquiète, Earl ne risque rien. On dirait l'homme-Tefal, sur lui rien n'accroche.»

Bien que ma tatie m'ait recommandé de ne plus voir Earl, on trouvait le moyen de se passer des messages par Anthony. J'avais besoin de le voir – jusque-là, j'arriverais pas à me concentrer sur autre chose. Pour me détendre, j'ai sorti un joint et l'ai allumé en aspirant profondément la fumée. Je l'ai passé à Anthony, il a pris une longue bouffée qu'il a retenue avant d'expirer. Il a tendu le joint à Rosie et lui a demandé si elle voulait fumer. Elle a hésité, le regard indéchiffrable. Elle a levé les yeux vers les étoiles et a secoué la tête.

Rosie était un drôle d'oiseau. Je l'ai regardée regarder Anthony et je me suis dit qu'il faudrait l'avertir de ne pas se faire d'idées à son sujet. Pour moi, mon grand frère était un raté, un camé et un coureur. Avant qu'il laisse tomber l'école, à dix-sept ans, les filles blanches gloussaient sur son passage, lui le voyou venu de l'autre côté de la voie ferrée. Il était pas beaucoup plus grand que moi mais – comme il aimait à le dire – c'était que du muscle. Il était plutôt intelligent, mais aucun professeur ne supportait son insolence. Et puis il partait au quart de tour. Au moindre signe de manque de respect, il était prêt à se battre. Il avait fait du football américain mais au bout d'une seule saison il avait été mis hors jeu pour avoir cogné le milieu de terrain adverse qui provoquait son équipe.

Et puis la dernière année, il s'était refait pousser les cheveux après avoir appris l'existence d'une organisation appelée AIM, le Mouvement indien américain, là-haut dans les villes jumelles, Minneapolis et Saint Paul. Il m'avait dit que ce groupe défendait les droits des Indiens partout. Ils résistaient aux violences policières, ils avaient occupé Alcatraz et manifesté jusqu'à Washington, sur un chemin baptisé la Piste des traités bafoués.

« Super, j'avais répondu. C'est pas ça qui va m'aider à trouver un boulot.» Tatie Vera me tannait pour que je trouve un job de serveuse ou de vendeuse au Kwik Store. Mais j'étais secrètement fière de lui car je savais que les ploucs blancs du coin lui menaient la vie dure à cause de ses cheveux tressés.

Le silence est retombé quelques minutes, dans le crépuscule, tandis que le joint faisait des allers-retours entre mon frère et moi. J'ai failli sursauter quand d'un coup Rosie s'est adressée à Anthony à voix haute, pas du tout comme une fille timide. Plutôt comme si elle comprenait quelque chose de lui que je ne voyais pas, moi qui l'avais connu toute ma vie. Il arrive qu'on ne voie pas une transformation qui a lieu sous vos yeux.

«Tu vas faire quoi ?»

Anthony avait tellement l'habitude de faire le malin que je m'attendais à ce qu'il lui balance une blague. Mais non. Comme s'il sentait que Rosie voulait vraiment savoir.

«Aucune idée, a-t-il lâché. J'ai pas trop le choix, je crois.» Il s'est interrompu, comme hésitant à poursuivre. Enfin il a ajouté : «Quand j'étais sur ce lit d'hôpital, la première nuit, encore à moitié bourré et shooté aux antidouleurs, un vieil homme est venu au pied de mon lit. Je voulais lui dire de s'en aller mais je ne pouvais pas parler. Le couloir était désert et je n'avais pas de compagnon de chambre. Il est resté là, debout, ses lèvres bougeaient comme s'il priait ou chantait. Il avait des cheveux gris nattés et un couteau à la ceinture. Au bout de quelques minutes, il a tendu la main droite devant lui, comme pour dire : "Ça suffit maintenant, arrête ça." Et il a disparu. Quand j'ai demandé à l'infirmière si elle avait vu un vieil Indien errer dans les couloirs, elle a dit qu'il arrive d'avoir des hallucinations quand on est sous antidouleurs.»

Incrédule, j'ai grogné : «Alors maintenant t'es sauvé ?

– Aucune idée, a-t-il répété, prenant ma question plus au sérieux que je l'entendais. Quand papa est parti, je savais pas quoi faire. Il a ouvert un trou en moi, en nous, que rien ne semblait pouvoir remplir. Quand mon pote Joey s'est tiré une balle l'an dernier, j'y ai pensé, moi aussi. Je veux dire, à quoi bon?»

À l'écouter, j'avais envie de pleurer. J'avais aussi envie de le secouer, de lui dire de se réveiller. Si tu ne te bats pas, t'as déjà perdu.

Rosie ne disait rien, elle restait assise là, comme à la recherche des mots justes. Je voyais la lumière du jardin se refléter dans ses lunettes et les faire briller comme les yeux d'un personnage de dessin animé. Puis elle a plongé la main derrière son dos et elle a sorti le livre qu'elle avait toujours dans la poche arrière de son jean. Elle me l'a tendu avec un signe de tête vers Anthony. La couverture était terne et abîmée, plusieurs coins de pages écornés. *Enterre mon cœur à Wounded Knee* de Dee Brown. Jamais entendu parler. Je l'ai tendu à Anthony, qui a eu l'air touché et l'a retourné pour déchiffrer la quatrième de couverture dans l'obscurité. Et marmonné une sorte de merci.

«Parle-nous de toi, Rosie, j'ai dit pour changer l'ambiance. T'as entendu nos histoires tristes. À ton tour maintenant.»

J'en ai pas cru mes oreilles quand elle s'est exécutée.

«Ils voulaient que j'oublie tout ce qu'avait été ma vie avant ce jour-là, a commencé Rosie à voix basse. J'étais censée leur être reconnaissante d'avoir un lit avec de vrais draps, des toilettes à chasse d'eau et une place dans leur famille de fantômes qui avaient besoin de moi pour remplir leur vide. J'avais tout perdu, et pourtant, si j'avais l'air triste, si je me contentais de triturer leur bouffe insipide avec ma fourchette, ils me traitaient d'ingrate.

«Le père de ma première famille d'accueil était chauffeur routier, jamais à la maison. Sa femme, ma mère d'accueil, avait accouché d'une fille qui était morte à l'âge de trois jours, une petite wanági qui hantait encore les pièces de leur petit pavillon. Quand Laura parlait, elle couvrait ses dents d'une main, comme gênée. N'importe qui pouvait voir sa déchirure. Mais elle était gentille avec moi. Son mari est resté à la maison deux jours de suite après mon arrivée et m'a tapoté la tête une fois de sa grosse main de routier avant de retourner se cacher derrière son journal. C'était pénible de la voir graviter autour de lui, comme un chien qui apporte les pantoufles. Le mal qu'elle se donnait pour préparer d'excellents dîners les deux soirs où il était à la maison. Mais elle ne savait pas comment donner bon goût à la nourriture, alors le rosbif était sec, la purée grumeleuse et les haricots flasques.»

Je commençais à m'apercevoir que mine de rien, Rosie savait bien raconter les histoires et qu'elle arrangeait les mots et les images dans sa tête. Cette fille n'était pas timide ; c'est juste qu'elle écoutait et recueillait les minuscules détails qui font vivre une histoire. Ce soir-là, on aurait dit qu'elle n'était plus avec nous, plongée profondément dans son évocation.

«Quand il est reparti, Laura a semblé à la fois perdue et soulagée. Elle a sorti jus d'orange et bouteille de vodka, même si elle essayait de me les cacher en me tournant le dos. Après, elle m'a emmenée faire du shopping à Kmart et elle a rigolé quand la voiture a heurté le trottoir. Elle voulait m'emmener vers les robes, les chaussures vernies, les petits serre-tête. Je suis allée droit au rayon garçons, j'ai choisi un sweat, un jean, des baskets. On est revenues à la maison sans accident et elle s'est endormie sur le canapé. Les assiettes s'empilaient dans l'évier. Je me suis assise à la table de la cuisine et j'ai réfléchi aux choix qui s'offraient à moi. Je n'avais que douze ans.

«Cette femme, Laura, elle avait l'alcool bienveillant. Peut-être bien que sa solitude était si profonde qu'elle la remplissait de la seule façon possible. Peut-être qu'elle me ressemblait un peu. J'ai décidé que je pouvais l'aider.

«J'ai repensé aux dîners insipides, alors j'ai fouillé dans le garage jusqu'à trouver une corde solide. Dans le jardin, près des fourrés, j'ai tendu un piège à l'endroit où j'avais repéré le plus d'excréments de lapin. Puis je suis rentrée et j'ai attendu. Ce soir-là, on a mangé des restes. Le lendemain soir, je me suis servi un bol de céréales pendant que Laura somnolait sur le canapé. Enfin, le surlendemain matin, un lapin dodu attendait dans mon piège. Avec un couteau de cuisine, je lui ai tranché la gorge et je l'ai dépecé, sortant son corps de sa fourrure comme on enlève un gant. J'ai étendu la peau sur l'un des massifs de roses pour la faire sécher. Je me réjouissais déjà du civet de lapin à venir. De la vraie nourriture.

«J'ai porté mon trophée à l'intérieur, où Laura était en train de s'occuper des factures à la table de la cuisine. J'aurais peut-être dû me débarbouiller avant. Quand j'ai brandi notre dîner, les mains encore ensanglantées, elle a hurlé : "Ne me fais pas de mal, ne t'approche pas." J'ai essayé d'expliquer, de lui dire que j'apportais de la viande fraîche, pour qu'on puisse manger un vrai dîner, mais j'ai fait un pas en avant qu'elle a pris pour une menace. C'est vrai que j'avais encore le couteau à la main. Elle s'est remise à crier, elle a couru vers la chambre et s'est enfermée. J'ai posé mon lapin sur la table. J'étais encore assise là quand un policier a frappé à la porte. Laura s'est précipitée pour le faire entrer, en pleurs, indiquant la cuisine...»

À ce moment du récit, j'ai croisé le regard d'Anthony et alors j'ai coupé Rosie, j'ai pas pu m'en empêcher. Toute cette histoire me parvenait à travers la loupe magique de ma défonce et j'ai explosé d'un énorme rire tonitruant. J'avais jamais rien entendu d'aussi drôle. Anthony, sur la même longueur d'onde, gloussait et gémissait de rire avec moi. Au bout d'une seconde, Rosie nous a rejoints et nous avons ri tous les trois jusqu'à en avoir mal au ventre et les larmes aux yeux. Mon Dieu, tatie aurait adoré cette histoire. Il fallait que je m'en souvienne pour la partager avec elle plus tard. Qui aurait deviné que derrière la grande Rosalie, le rat de bibliothèque, la bonne élève, se cachait une vraie Indienne chasseuse de lapins?

Une fois qu'on s'est calmés, Anthony lui a demandé où elle avait appris à chasser les lapins.

«Avec mon père. Avant sa mort.»

Nous avons observé un moment de silence en mémoire de son père. Mais la tragique histoire du lapin n'arrêtait pas de me revenir et puis Anthony a lâché une sorte de sifflement, comme un reste de rire, et on est repartis de plus belle.

On a fini par se calmer de nouveau et je lui ai demandé ce qui s'était passé après.

«Eh bien – elle a repris son sérieux – quand le flic est entré et m'a vue assise là avec mon lapin dépecé, il s'est détourné pour cacher un sourire. Je suppose qu'il était chasseur, lui aussi. Mais le mal était fait. Quelques heures plus tard, la femme en costume gris était de retour. Le lapin avait été enveloppé dans du papier journal et jeté à la poubelle. On a fourré mes nouveaux vêtements dans un sac de courses, avec la casquette de chasse de mon père. Laura n'arrêtait pas de tamponner ses yeux avec un mouchoir en répétant : "Ça ne va pas marcher, je n'ai pas les nerfs assez solides." Je ne lui en voulais pas. Elle avait ses problèmes à elle. Quand je suis repartie en voiture avec la femme en gris, assise sur le siège arrière, j'ai vu le visage fantomatique de Laura à sa fenêtre.»

Elle s'est interrompue pour regarder vers le ciel.

«Et elle m'a emmené vivre avec Shirley.»

Elle s'est levée en disant ces mots. Sans rien ajouter, elle nous a tourné le dos et s'est noyée dans la nuit tombante. Disparue, comme si j'avais rêvé.

CHAPITRE SEPT

Rosalie Iron Wing
1979

Au cours des deux semaines suivantes, j'ai consulté tous les jours le tableau des petites annonces chez Casey, mais rien ne s'est présenté. Pour finir, un dimanche soir, j'ai réglé mon réveil à six heures. Le lendemain matin, j'ai ouvert les yeux très tôt, de crainte d'être en retard, et j'ai entendu la pluie légère pianoter contre la vitre. Est-ce que les écimeurs travaillaient par ce temps? J'ai décidé que ça valait la peine de traverser la ville pour en avoir le cœur net. Je me suis habillée rapidement et j'ai tressé mes cheveux pour éviter qu'ils me gênent. Je n'avais ni bottes, ni lunettes, ni chapeau, ni vêtements de pluie. Comme déjeuner, je me suis préparé deux sandwiches à la confiture. En ouvrant le placard pour prendre un sac-repas, j'ai aperçu un rouleau de sacs-poubelle. J'en ai pris un et j'y ai découpé des trous à la va-vite pour le cou et les bras puis je l'ai enfilé par-dessus mon sweat. Affreux, mais c'était ce que je pouvais faire de mieux.

Quand j'ai eu parcouru les trois kilomètres qui me séparaient du lycée, la pluie avait cessé, mais mes chaussures étaient trempées, ainsi que tout ce qui n'était pas protégé par le sac-poubelle. Mes anciens camarades formaient un attroupement dense plein de sourires et d'embrassades, vêtus de K-Way et de ponchos de pluie, bariolés comme une volée d'oiseaux. J'ai perçu leurs regards en coin, les mains cachant un ricanement, un soudain éclat de rire. J'ai gardé mes distances et suis restée au bord du parking, mourant d'envie de devenir invisible, de me fondre dans la chaussée ruisselante.

À l'arrivée du premier car scolaire, le groupe s'est précipité, chacun pressé de se trouver une place dans l'une des grandes fermes, où on touchait les meilleurs salaires. L'autre moitié du groupe a vite rempli le car suivant et je suis restée en arrière avec deux garçons mal assortis, le premier petit et boutonneux, l'autre sac d'os pointus qui mesurait un mètre quatre-vingts. Je les ai reconnus de l'école. On avait tous les trois l'habitude d'être les derniers choisis.

Les cars sont repartis et j'ai remarqué un pick-up rouillé familier garé sur le parking. Le fermier de chez Casey était appuyé contre le plateau, la même vieille casquette John Deere vissée sur la tête. Il a craché une fois et secoué la tête. Il a ouvert le loquet du plateau et nous a fait un geste.

« J'espère bien que vous êtes meilleurs fermiers que vous en avez l'air », a-t-il dit en nous faisant signe de grimper à l'arrière, où il avait étendu une bâche usagée par-dessus les restes fétides de purin séché, avec deux bottes de foin en guise de dossier. S'il m'avait reconnue, il n'en a rien montré.

On s'est installés de notre mieux et le pick-up a démarré dans une embardée avant qu'on soit vraiment calés. Sur l'autoroute, mon sac-poubelle palpitait bruyamment, menaçant à tout moment d'être déchiqueté en petits bouts de plastique et emporté par le vent. Comme les autres, j'ai plongé mon menton dans mon sweat, enroulé les bras autour de mon abri noir et j'ai subi l'air humide et froid qui n'avait pas encore commencé à se réchauffer. Le fermier conduisait vite sur la départementale 15 et il s'est dirigé vers l'ouest avant d'atteindre New Ulm, la grande ville la plus proche le long de la rivière. L'un des garçons a montré du doigt la ferme Daly, où un car scolaire, garé dans l'allée, déversait une foule de lycéens sur une pelouse bien entretenue.

Comme le fermier ralentissait pour emprunter une route de gravier pleine d'ornières, j'ai remercié la pluie d'avoir imbibé la couche de poussière dense qui ne manquerait pas de s'élever plus tard en épais nuages. Mon sweat était trempé et lourd, mon jean collait à mes jambes. Le soleil de juillet s'élevait déjà bien au-dessus du brise-vent d'arbres à l'horizon et plus aucune feuille verte ne tamisait ses rayons cuisants. Nous étions le seul véhicule sur la route.

Maintenant qu'on pouvait s'entendre parler, les garçons se sont présentés. Le petit s'appelait Peter, le grand Carl. Puis Peter nous a dit en faisant un signe vers l'habitacle : « Je connais ce type. Mon père et moi on l'a croisé l'an dernier au magasin de bricolage. D'après mon père, sa famille comptait par ici, mais après la mort de son vieux, il a un peu craqué et il s'est mis à picoler. Il va pas tarder à perdre sa ferme. »

Je l'ai bouclée. Je n'étais pas impressionnée. Peter parlait comme un perroquet qui rabâche des potins.

La route tournait en épingle vers l'ouest, flanquée d'une haie de petits massifs de chênes et de tilleuls, puis de champs de maïs vert qui poussait en haies droites et disciplinées. Une carouge à épaulettes chantait ses trilles, perchée sur une quenouille qui poussait sur le bas-côté où la pluie avait formé des mares peu profondes. Deux ou trois kilomètres plus loin, après une demi-heure de route qui avait semblé beaucoup plus longue, on a bifurqué dans une longue allée bordée d'un verger à l'abandon qui regorgeait de jeunes pommes. On s'est garés en face d'une grange qui, décolorée par le soleil, avait pris une teinte grise. Des touffes de foin s'échappaient de la lucarne du haut. Un grenier à maïs en lattes de bois avait terriblement besoin d'un coup de peinture. Entourant une ferme à deux étages, une galerie indiquait que ce lieu avait connu des jours meilleurs. Aux stores presque tous baissés et à la moustiquaire qui ne pendait plus que par un seul gond, je me suis dit que le fermier devait vivre seul. De l'autre côté du jardin, un vieux coonhound à tête blanche saluait en remuant lentement la queue. Quelques poules picoraient le gravier épars.

Quand je suis descendue du pick-up, mon corps vibrait du soulagement d'avoir quitté la route. Je suis restée sur place et j'ai écouté la paix qui enveloppait les champs environnants.

Je n'avais pas connu un tel calme depuis que j'avais quitté mon foyer, depuis l'époque où j'étais éveillée chaque matin par le bruissement des branches de pin contre ma fenêtre.

«Hé !, a dit le fermier en claquant des doigts à mon adresse. Par ici. Tous les trois, les ouvriers agricoles, écoutez-moi bien. Je m'appelle John Meister et voici ma ferme, Green Meadow. Ce cabanon là-bas, c'est pour vous. Personne n'est autorisé à entrer dans la maison.»

En quelques phrases abruptes, il nous a expliqué pourquoi nous étions là. À ce que je comprenais, une machine était venue la veille arracher la plupart des panicules, mâles, d'une variété de maïs. De cette façon, c'est le pollen d'une autre variété qu'apporterait le vent aux fleurs femelles, pour former une nouvelle hybridation. « Orgie de maïs », a dit John, et il a marqué une pause comme s'il s'attendait à des rires, mais notre petit groupe avait les yeux rivés au sol. Il nous a regardés en secouant la tête de nouveau. «Votre travail, c'est d'enlever toutes les panicules que la machine a loupées.»

Il a pointé du doigt les jambes blanches et maigres de Carl. «T'as pas intérêt à avoir les jambes découvertes en plein champ de maïs. Tu vas choper un rash de maïs, à cause des bords coupants des feuilles. Imagine de petites coupures de papier partout sur tes jambes.»

John nous a tendu des gants dépareillés incrustés de boue et nous nous sommes répartis au bord du premier champ. Il nous a fait une démonstration rapide des meilleures façons d'attraper une panicule et de tirer d'un coup sec pour la laisser tomber par terre. Nous progressions lentement le long de la première rangée et mes baskets s'enfonçaient dans une boue détrempée par la pluie. L'eau des feuilles de maïs trempait mes manches et mon pantalon. À la moitié de la rangée, mes épaules me faisaient mal et mes bras pesaient des tonnes. Comme le soleil montait de plus en plus haut, la température a dépassé les 25 °C et le sac-poubelle s'est changé en enfer moite. Je l'ai bazardé entre deux rangées de maïs. Seule la perspective du salaire qui nous attendait m'a permis de tenir, de supporter mes muscles qui brûlaient, mes mains qui tremblaient de fatigue et la sueur qui inondait mon visage.

À midi, nous avions tous abandonné des couches de vêtements, jetés pêle-mêle près du bidon d'eau. Nos bras et nos visages étaient maculés de poussière ; les cheveux nous collaient au visage en bouclettes suintantes. Aucune importance ; nous ne pensions qu'à survivre. En plein après-midi, le soleil cognait furieusement et soulevait des vagues de touffeur humide qui déformaient l'air autour de nous. Même les corbeaux criards s'étaient tus et se désintéressaient du maïs. Carl a disparu le premier, suivi de Peter une heure plus tard. John et moi avons continué seuls. Je n'avais qu'un seul désir, lâcher, abandonner mon rêve de salaire, pour m'écrouler à l'ombre et ne plus jamais lever les bras. Mais quelque chose dans la manière dont John avait secoué la tête en nous regardant ce matin-là suffisait à me faire avancer. À chaque fois que je voulais laisser tomber, je regardais son cou transpirant et brûlé de soleil et j'attrapais une autre panicule.

Cette nuit-là, j'ai dormi comme une souche. Dans la soirée, j'avais dit à Shirley pour qui je travaillais et elle avait répondu : « Fais attention à toi avec lui. Cette famille, c'est une sale engeance, des ivrognes et des fornicateurs. Si tu t'avises de revenir enceinte à la maison, je te jetterai dehors si vite que t'en auras la tête qui tourne. »

J'ai quitté la pièce avant qu'elle se lance sur l'un de ses thèmes préférés. Quand mon réveil a sonné à six heures du matin, je l'ai éteint avec un grognement. Pas question d'y retourner. Non, rien au monde ne valait ça. Puis j'ai refermé les yeux. Vu le cou en sueur de John. Écouté les craquements de la maison qui tanguait sous le vent. Cette maison n'était pas la mienne, ce ne serait jamais chez moi. Je me suis redressée.

Le groupe assemblé sur le parking était plus petit que la veille et plus calme. Chacun bâillait, se frottait les yeux, étirait des épaules endolories. Contre toute attente, Carl était de retour, en pantalon cette fois. Peter a sauté de la voiture de sa mère à l'instant où nous grimpions à l'arrière du pick-up, les cheveux en bataille, comme s'il venait de tomber du lit. John était silencieux lui aussi et n'a pas dit grand-chose au moment de fermer le hayon. À son passage, j'ai perçu un effluve rance, l'haleine aigre de quelqu'un qui a forcé sur la bière.

John a emprunté les petites routes cette fois, nous épargnant le vent furieux de l'autoroute. Appuyée contre une botte de foin, j'écoutais les tap, tap des raccords d'asphalte. Quand John a passé la main par la fenêtre pour indiquer le ciel, j'ai plissé les yeux et aperçu une petite tache tout là-haut, un pygargue qui planait sur les courants d'air chaud, sa tête blanche à peine visible. Les deux garçons discutaient du nouveau jeu vidéo Space Invaders et ne s'étaient rendu compte de rien.

Le pire, le deuxième jour, c'est de savoir combien ça va être dur. Avec le soleil qui tapait de toutes ses forces ce matin-là, nous faisions davantage de pauses pour boire. Pourtant, à midi, nous avions couvert un peu plus de terrain que la veille. John avait l'air ravi de nos progrès.

À la pause-déjeuner, je me suis installée à l'ombre avec les garçons, près du bidon d'eau, nos bottes et nos chaussettes jetées de côté pour nous rafraîchir les pieds. J'ai sorti le livre que j'avais dans mon sac, *Moby Dick*, celui qu'on nous avait fait lire en cours d'anglais cette année. Je ne l'avais pas fini à temps, mais je voulais quand même savoir ce qui allait arriver au cachalot. Allongé sur l'herbe, Peter a lâché un long soupir. «Je vois pas comment on peut avoir envie de devenir agriculteur.»

«Moi non plus, a répondu Carl. Du sang, de la sueur et des larmes. Et encore de la sueur.» Il a mimé des doigts un riff de guitare.

Peter et Carl se sont mis à rire, sans s'apercevoir que John était arrivé par-derrière et avait entendu leur conversation. Ils ont sursauté tous les deux et se sont rués sur leurs bottes, tandis que John me demandait: «Et toi Rosalie? T'es d'accord avec eux?»

J'y ai réfléchi un instant. C'est vrai que le travail était monotone et qu'on mourait de chaud.

«Je sais pas trop pour l'écimage, mais j'aime entendre le vent souffler dans le maïs.»

John m'a regardée droit dans les yeux pour la première fois depuis que j'étais montée dans son pick-up la veille. Il a fait un bref signe de tête et un petit sourire, puis il a claqué dans ses mains, le signal de la reprise.

Plus tard dans l'après-midi, je me suis retrouvée à la fin d'une rangée en même temps que John et je lui ai lancé : « Et vous alors, pourquoi vous avez voulu être agriculteur ? »

Il a ri. «J'y ai jamais vraiment réfléchi. Je travaille dans ces champs depuis que je suis enfant. Je peux pas imaginer vivre ailleurs.» Il a enlevé sa casquette et essuyé son front humide sur sa manche. «J'aime voir le soleil se lever. J'aime l'odeur de la terre fraîchement labourée.»

«J'aime l'odeur de l'argent», a crié Peter.

On a tous ri. À part les grandes fermes où les cars scolaires s'étaient arrêtés, la plupart des fermiers que j'avais pu voir conduisaient de vieux pick-up et comptaient les cents, comme tout le monde. Peter avait l'air taillé pour un emploi de bureau.

Un matin, au bout de deux semaines sur trois, je me suis retrouvée seule à attendre le pick-up de John. Peter et Carl, maintenant bons copains, avaient un jour de congé afin d'aller s'inscrire à la fac pour l'automne. Après une hésitation, John m'a indiqué du menton la porte passager. «T'as qu'à monter devant aujourd'hui.»

Pendant plusieurs kilomètres, nous avons roulé en silence, sans chercher à le meubler par des banalités. Au bout d'un moment, il m'a demandé : «T'as prévu d'aller à l'université ?

– Nan.»

Une pause pendant qu'il allumait une cigarette. « Comment ça se fait, si je peux me permettre ? T'as l'air bien plus maligne que ces deux andouilles. Je t'ai jamais vue sans un livre.»

J'ai haussé les épaules. «J'ai besoin d'argent pour me louer un appart.

– T'es pas un peu jeune pour t'inquiéter déjà de ton propre logement ? Tes parents sont d'accord avec ça ?

– J'ai personne», et je me suis tournée vers la fenêtre.

On n'avait plus rien à se dire après ça. À la ferme, j'ai dit bonjour à Boomer, le vieux chien, en lui frottant les oreilles comme il aimait. John est sorti de la grange et m'a tendu une paire de gants assortis et de hautes bottes en caoutchouc pour la boue. J'ai à peine eu le temps de le remercier qu'il partait à grandes enjambées vers le maïs. Toute la matinée, on a travaillé en silence, à une bonne cadence. Une brise légère tempérait l'humidité. C'était toujours aussi crevant, mais j'aimais être dehors. Si je commettais l'erreur de regarder autour de moi, je ne voyais que du maïs de tous côtés et, le souffle coupé, je frisais la panique, comme si je risquais de me perdre dans la rangée interminable. Il fallait que je m'arrête et ferme les yeux pour écouter le frémissement léger du vent entre les feuilles, comme si le maïs chantait juste assez fort pour que je l'entende.

À midi, alors que je me dirigeais vers le pick-up pour aller chercher mes sandwiches à la confiture, j'ai entendu siffler. Je me suis retournée et j'ai vu John faire un signe vers la maison. Surprise de le voir à nouveau si amical, j'ai pensé : « Attention, va savoir ce qu'il pense pouvoir se permettre quand il est seul avec une fille. » Je suis montée sur la galerie pour entrer dans le vestibule, où une veste en laine était accrochée au-dessus d'une pile de packs de bières vides. La cuisine était assez grande pour contenir une longue table en bois où les ouvriers agricoles mangeaient autrefois à midi. Le poêle était couvert d'une pellicule de graisse et les placards blancs de traces de doigts. Mais c'était ordonné, comme chez un célibataire, avec une seule assiette et une seule tasse dans l'évier.

J'étais debout sur le seuil et John m'a invitée à entrer. Je n'ai pas bougé, alors il s'est retourné, m'a regardée et il est venu vers moi : « T'as aucune raison d'avoir peur de moi. Je sais pas comment on te traite en ville, là où tu vis, mais je suis pas comme ça. Ma maman m'a appris à respecter les femmes.

– Et ton papa ? Il t'a appris quoi ? »

Il s'est retourné vers le poêle, a craqué une allumette pour mettre la veilleuse en marche et a posé une poêle à frire noire sur le feu. « Il m'a appris ce que c'est qu'une dure journée de travail. À respecter l'argent. À vouloir toujours m'améliorer.

– Il t'a appris à boire ? »

Un silence pesant s'est installé pendant qu'il cassait les œufs dans le beurre frémissant. «Tu tournes pas autour du pot, hein?

– Ça fait gagner du temps.»

John est resté silencieux quelques minutes, concentré sur la poêle à frire. J'imagine qu'il devait se sentir seul à vivre là, sans personne. Apparemment, toute la ville s'était fait une opinion sur lui, alors peut-être que ça lui faisait du bien de parler avec quelqu'un comme moi, qui s'en fichait. On aurait presque dit qu'on avait ça en commun. On était des marginaux.

« J'ai jamais rien voulu faire d'autre que travailler à la ferme, a dit John en glissant un œuf dans mon assiette. À présent j'essaie juste de tenir le coup. Je veux pas être celui qui aura perdu cet endroit. Parfois l'inquiétude prend le dessus, voilà tout.»

Après le repas, il m'a proposé de me montrer la maison. Nous avons traversé une pièce après l'autre, il m'a indiqué le lambris d'origine de la salle à manger et la rampe en bois sculpté, usé et presque poli par endroits, le vernis érodé par son frère et lui, qui s'y laissaient glisser à toute vitesse. Il a marqué une pause en bas de l'escalier et il a levé la tête, comme s'il attendait quelqu'un.

«Ma famille a vécu dans cette maison depuis sa construction dans les années 1860, a dit John. Chaque génération a essayé de contribuer et d'y ajouter quelque chose. En tout cas jusqu'à moi.» Il a eu un rire bref et amer.

Je ne lui ai pas demandé s'il savait qui avait vécu là avant sa famille, avant que le gouvernement découpe les bois et la prairie en parcelles de soixante-cinq hectares. Je n'avais pas la patience d'apprendre aux gens leur propre histoire.

Je voyais que la maison était conçue pour la vie agricole. Le papier peint commençait à se gondoler dans les coins ; les planchers étaient éraflés et ternis. Un canapé doré détonait étrangement à côté d'un fauteuil inclinable dont l'appui-tête portait encore la tache sombre de la gomina de son père. Il y avait dans une encoignure un cabinet de porcelaine où étaient rangées les assiettes préférées de sa mère. John semblait espérer mon approbation, et m'observait du coin de l'œil. J'ai hoché la tête et je suis sortie.

Cet après-midi-là, on a travaillé dur en s'évitant réciproquement, comme si l'intimité inattendue du déjeuner avait débordé ce à quoi nous étions prêts. Bourru et mutique sur le chemin du retour, il m'a déposée devant le lycée sans un mot.

Le lendemain matin, les garçons et moi attendions son pick-up, mais John ne s'est pas montré. J'ai senti la peau de mes bras chauffer et le sang me monter à la tête. Il nous devait de l'argent et j'avais bien l'intention d'être payée. Le lendemain, j'étais seule à attendre, les deux autres avaient renoncé. Quand le pick-up s'est arrêté, je me suis ruée vers lui d'un pas furieux et j'ai cogné de la paume contre la vitre.

« Putain, qu'est-ce qui te prend ? » John a sauté du pick-up et claqué la portière.

« T'étais passé où ? » ai-je crié, sans m'inquiéter des autres écimeurs qui avaient cessé de monter dans le car afin d'assister au spectacle. Pour l'invisibilité, je repasserais.

« Mon pick-up est tombé en panne, OK ? Les amortisseurs ont lâché à force de trimballer tous les jours votre bande de morveux. Ça m'a coûté deux cents dollars de réparation. »

J'ai respiré un grand coup. « Alors t'essayais pas de disparaître sans nous payer.

– Hein ? Non. Non. Je ferais jamais ça.

– D'accord.

– D'accord. »

Après avoir claqué les deux portières, on est partis, laissant derrière nous une grappe de visages curieux et amusés. Une fois hors de la ville, la tension s'est dissipée en un silence paisible.

« Tu vis avec Shirley Martin ? C'est ta mère d'accueil ?

– T'as fait ton enquête ?

– Je me suis renseigné.

– Pourquoi ?

– Je me suis demandé : "Qu'est-ce que fiche une Indienne dans cette ville ?" La réserve la plus proche est à plus de cent kilomètres à l'ouest. Ils viennent faire leurs courses, mais y en a pas beaucoup pour vivre ici. Les gens ont la mémoire tenace dans le coin, ils sont rancuniers de cette vieille guerre.

– J'ai remarqué.

– Pas étonnant que tu sois tellement à cran.»

J'ai rien dit. Il y a des choses qu'on peut pas expliquer. J'avais lu des trucs sur la guerre, j'avais même visité le champ de bataille avec mon père. John pouvait faire pareil.

Après une longue matinée de travail aux champs, j'ai été une nouvelle fois invitée à partager son déjeuner. Il a improvisé un autre repas d'œufs battus et de porc en boîte. Après avoir saucé son assiette, John a allumé une cigarette et s'est servi un café pendant que je faisais la vaisselle.

«Qu'est-il arrivé à ta famille, si c'est pas indiscret?»

J'ai cherché quelque chose à dire, mais ma gorge s'est contractée et j'ai pas réussi à parler. Mon passé était trop à vif, trop en suspens, pour mettre des mots dessus. J'ai fini par dire: «Jamais connu ma mère. Mon père est parti chasser un jour et il n'est jamais revenu. On m'a dit que son cœur avait lâché. J'imagine qu'on m'a pas trouvé d'autre famille.»

Je lui ai su gré de son silence. Au bout d'un moment, il a demandé : «Il travaillait dans quoi?

– Il avait été à la fac grâce à une bourse de l'armée et il enseignait les sciences au lycée. Ils l'ont viré pour avoir dit que le peuple dakhóta venait des étoiles. Il est allé à une réunion du conseil d'administration pour le leur démontrer avec leur propre science. Mais ils ont dit que c'étaient des aberrations impies. Les parents refusaient qu'il enseigne ça à leurs enfants.

– Comment ça, leur propre science?

– Tu sais bien que la Terre est faite des mêmes éléments que les étoiles. Mon père leur disait que les éléments sont venus sous forme d'astéroïdes. Il a même apporté une revue scientifique pour montrer que les scientifiques blancs sont d'accord. Ils ont refusé de l'écouter. À la fin, ils lui ont donné une petite prime pour qu'il parte.

– Et il est parti?

– On vivait déjà dans la cabane que mon arrière-arrière-grand-père avait construite au nord d'ici, là où je suis née. Il n'aimait pas trop les gens, bruns ou blancs, et il préférait se tenir à l'écart des occasions de boire qu'offrait la ville. Il a décidé qu'on pouvait se suffire à nous-mêmes. Il savait chasser et poser des pièges et il m'a fait cours à domicile jusqu'à sa mort. Il m'a appris à poser un collet et à désigner les étoiles par leur vrai nom. À cueillir des plantes et à les utiliser. J'ai lu beaucoup de livres.

– Il t'a appris des trucs utiles, comme tenir une maison et cuisiner ?

– Pas vraiment.

– Ça, c'est le pompon. Jamais rencontré une fille comme toi.»

Cet après-midi-là, quand la chaleur s'est abattue si fort que la sueur ruisselait sur mon visage et trempait le foulard que je portais autour du cou, j'ai levé la tête et j'ai vu John m'indiquer les bois qui poussaient sur la frange nord du champ. Repoussant le maïs pour m'y frayer un chemin, j'ai coupé à travers champ avec une pause ici et là pour jeter un œil par-dessus les hauts plants. Enfin, j'ai atteint l'ombre où m'attendait John.

« Sacrément trop chaud pour travailler.» Il a enlevé ses gants. «Je veux te montrer quelque chose.»

J'étais si soulagée de ne plus être en plein soleil que j'ai d'abord rechigné à bouger. Il faisait beaucoup plus frais à l'abri des vieux chênes, une odeur de glaise s'élevait des feuilles en décomposition sous nos pieds. L'essentiel de la forêt originelle avait été défriché des années plus tôt, j'étais donc surprise de voir que la famille de John avait préservé ces quatre hectares de bois. C'étaient d'excellentes terres arables, le long d'un promontoire sur la rivière Cottonwood, un petit bras qui se jetait dans la rivière Minnesota plus loin à l'est. Au moins sa famille avait eu le bon sens de s'installer près de l'eau.

J'ai suivi John à travers bois sur un chemin rebattu par les chevreuils, jusqu'à ce qu'il s'approche d'une petite ouverture dans ces taillis denses. Il s'est arrêté, a regardé par terre puis il s'est agenouillé dans l'herbe haute. Il a déblayé les feuilles et les brindilles qui recouvraient une plaque de marbre où était gravée une inscription : Edward Thomas Meister, 1946-1970. Je l'ai aidé à nettoyer deux autres pierres tombales qui portaient les noms de ses parents.

«Voici ce qui reste de ma famille, a-t-il dit doucement. Mon grand frère Eddie devait hériter de la ferme, mais il a été tué au Vietnam.

«Eddie avait quatre ans de plus que moi, c'était mon héros, surtout quand il s'est engagé dans l'armée. Papa lui a dit qu'il devait y aller, qu'il se débrouillerait avec un employé et puis moi, après l'école. Ensuite maman est tombée malade, elle a eu un cancer du sein et elle est morte. On aurait dit que papa avait pris un coup de vieux du jour au lendemain. Je supportais pas de le voir laisser tomber la ferme. Je lui ai dit et répété qu'il fallait vivre avec son temps. Il ne voulait rien entendre.»

John a secoué la tête en regardant loin au-delà des arbres. Il a refermé les doigts sans serrer le poing.

«Un jour, on se disputait comme d'habitude et je pense qu'il en a eu marre de moi. Il m'a fixé droit dans les yeux et il a dit: "Faudra me passer sur le corps." J'avais dix-huit ans et j'ai compris qu'il était temps pour moi aussi de devenir un homme. Je me suis engagé mais ça n'a pas duré. Mon père a eu une attaque et on m'a autorisé à rentrer. Je pense que c'est la nouvelle de la mort de mon frère qui l'a emporté.

– Et ta mère, elle était comment?

– Un ange, a-t-il répondu. Elle gagnait des prix à la foire du comté pour ses tartes et ses tomates en boîte. Une nuit, alors que mon vieux, allongé sur son fauteuil, cherchait le sommeil dans la bière, je lui ai demandé pourquoi elle ne nous avait jamais emmenés loin d'ici. Elle m'a dit: "Ton père est un homme bien. Grâce à lui, nous avons l'estomac plein et un toit sur la tête. Il ne joue pas, il ne court pas les filles. C'est tout ce qu'on peut demander." Elle priait beaucoup. Avant de tomber malade, elle n'a jamais manqué l'église le dimanche. Je pense qu'elle a été déçue de voir ce que j'étais devenu.»

Il s'est redressé et a ôté d'un revers de main les brins d'herbe collés à ses genoux. Il s'est tourné sans rien dire et m'a fait descendre un raidillon vers la rivière qui m'a rappelé le chemin à Mankato où je passais une bonne part de mon temps libre. À mi-pente, il m'a tendu la main pour passer par-dessus un gros rocher. J'ai hésité avant de la prendre, j'ai senti la chaleur de sa peau, la force de ses doigts. Je l'ai vite retirée.

On s'est assis sur des rochers à l'ombre d'un peuplier qui penchait dangereusement, les racines exposées à l'eau qui érodait patiemment la rive d'année en année. Après avoir retiré nos bottes et nos chaussettes, nous avons plongé nos pieds transpirants dans l'eau fraîche qui courait sur les pierres couvertes de mousse. Je me suis aspergé le visage de sa fraîcheur et j'ai mouillé mon foulard avant de l'enrouler autour de mon cou. Puis je me suis allongée et j'ai senti la pierre soulager la douleur de mes épaules.

Comme sur le point de s'endormir, John a parlé d'une voix douce que j'entendais à peine par-dessus le clapotis de l'eau.

« Maman aimait tant ces bois que papa n'a jamais eu le cœur de défricher ce coin de terre. »

Après quelques minutes de silence, un léger ronflement s'est élevé. Je me sentais en paix allongée près de lui, et en sécurité, une sensation que je n'avais pas eue depuis des années. Une mèche de cheveux est tombée sur son front et j'ai dû résister au désir de la replacer.

Le silence était percé ici et là par le crissement somnolent d'une cigale, tandis que le feuillage au-dessus de nos têtes s'agitait en dessins changeants d'ombre et de lumière. Mon père appelait les peupliers le « remède étoilé » et il m'avait montré comment trouver, en brisant un rameau, la forme d'étoile qui se cachait à l'intérieur. Il disait que cet arbre était un des lieux préférés des pygargues à tête blanche pour leurs nids. Je me suis endormie à mon tour, en essayant de me rappeler comment il préparait le thé curatif à partir de l'écorce interne. Mais au lieu de ça, c'est Gaby qui m'est venue en tête, avec le souvenir de la dernière fois que je l'avais vue, un épisode que j'avais essayé d'oublier.

CHAPITRE HUIT

Rosalie Iron Wing
1979

Avant de rencontrer Gaby, je n'avais jamais eu d'amie proche. Je pense qu'aucune de nous deux ne savait ce que c'était d'avoir une meilleure copine, quelqu'un à qui confier ses secrets, toujours là pour te filer un coup de main, que ce soit pour refaire les devoirs de Gaby ou s'échapper de chez Shirley. On était faites l'une pour l'autre, deux jeunes coyotes qui apprenaient à chasser en meute pour survivre. Nous rêvions aussi d'aller habiter ensemble dans les villes jumelles, ou de passer une année à voyager pour assister à des pow-wow dans tout le pays. Gaby connaissait les danses de compétition, elle en avait même gagné quelques-unes avant de venir s'installer à Mankato. Mais ensuite elle se mettait à parler d'Earl, et nos rêves éveillés partaient en fumée.

Pour quelqu'un comme moi, qui n'avais jamais connu de véritable famille après le décès de mon père, c'était comme avoir gagné d'un seul coup une sœur, un frère et même une tatie chez qui je me sentais toujours la bienvenue. Au cours des premiers mois de notre rencontre, Gaby était pour moi une gorgée d'eau par un jour de canicule. Parfaitement douce et fraîche, elle étanchait une soif dont je n'avais même pas eu conscience.

Quelques semaines après la rentrée, l'année de mes seize ans, on était assises dehors pendant la pause déjeuner afin d'éviter la foule du réfectoire. Je déchiquetais en petits morceaux mon sandwich à la confiture pour le distribuer à une bande de passereaux quasi apprivoisés, dont certains venaient même manger dans ma paume. C'était une froide journée d'automne, avec des lambeaux de nuages qui filaient à travers le ciel et un vent qui annonçait de la pluie. Gaby grattait son vernis à ongles puis époussetait les écailles magenta de son pantalon pattes d'eph. Chevilles croisées, elle arborait les bottes à talons hauts que lui avait offertes Earl. Je me demandais ce que sa tatie Vera pensait de ces bottes.

«Je m'ennuie», a dit Gaby en poussant l'un de ses profonds soupirs mélodramatiques.

Je me suis frotté les mains pour me débarrasser des dernières miettes et j'ai observé les moineaux qui s'égayaient en direction des ormes tout proches, faisant fuir un corbeau à tire-d'aile. Depuis quatre mois qu'on traînait ensemble, j'avais appris que l'ennui était une sentence de mort pour n'importe laquelle de nos activités. Elle n'aimait pas lire ni étudier, ni rien qui requérait son attention et sa concentration pendant plus de quelques minutes. J'avais remarqué qu'elle passait les cours d'histoire, que nous avions en commun cette année, à gribouiller dans son cahier ou à enrouler une mèche de cheveux autour de son doigt en regardant par la fenêtre. La prof, Mlle Haglund, en avait déduit qu'elle n'écoutait pas et les notes de Gaby semblaient lui donner raison. Un jour pourtant, sûre de la prendre au dépourvu, Mlle Haglund avait commis l'erreur de lui demander quelles terres du Minnesota étaient incluses dans le traité de la Traverse des Sioux de 1851. Gaby s'était lentement détournée de la fenêtre et elle avait regardé Mlle Haglund droit dans les yeux avant de répondre.

«Ma terre. Et vous marchez dessus.»

C'était la Gaby que je préférais, la Gaby qu'elle dissimulait derrière un mélange de fumée de joint et de spray pour cheveux.

Honnêtement, je craignais que Gaby s'ennuie avec moi. Ou qu'elle se mette à écouter les blagues chuchotées qui flottaient derrière nous dans les couloirs : Bigfoot et Pocahontas, Laurel et Hardy, des provocations verbales chargées de persiflage adolescent. Gaby passait au travers, la tête haute, distribuant ici et là des doigts d'honneur. Les autres élèves sentaient bien qu'elle était prête à la bagarre n'importe où et n'importe quand. Moi, personne ne m'avait remarquée, du moins pas avant que Gaby me choisisse comme amie.

La plupart du temps, on allait chez elle après l'école et on bavardait dans le jardin sous prétexte de faire nos devoirs. Je lui avais raconté que la famille de Shirley dînait souvent sans moi, me laissant me débrouiller avec les restes du frigo. Que Shirley prenait mes livres, même si elle ne lisait jamais rien d'autre que des magazines people consacrés aux stars d'Hollywood. Gaby m'avait raconté la première fois qu'elle l'avait fait avec Earl et assurait qu'ils prenaient leurs précautions, qu'il se retirait pour éviter qu'elle tombe enceinte. Elle riait de l'expression qui se peignait alors sur mon visage et me disait que je comprendrais un jour.

Et la voilà qui me demandait : « Tu m'écoutes au moins ? » d'un ton mordant, impatient.

« Pardon. » J'ai secoué la tête. « Pourquoi tu t'ennuies ?

– Si je dois me taper encore un seul cours sur les classiques de la littérature écrits par des mecs blancs, je vais me tirer une balle.

– T'as pas lu le livre, hein ?

– Je me suis endormie dessus. Je veux me casser d'ici. Allons faire du shopping.

– Avec quoi ? On n'a pas d'argent.

– J'ai vingt dollars que m'a envoyés Earl. Ça suffit pour un ticket de bus jusqu'à l'Armée du salut, on y achètera des livres pour toi et un nouveau haut pour moi, et après un lait malté. Je t'invite. »

J'ai hésité avant de répondre. Je n'osais pas lui avouer que mon projet était de passer l'après-midi à la bibliothèque. J'étais tombée sur un livre au sujet des pétroglyphes de Jeffers, des dessins remontant à des milliers d'années, gravés par des peuples indiens venus de tout le pays. J'étais fascinée à l'idée que ces symboles racontaient des histoires, qu'ils recelaient un message pour nous. J'aurais voulu pouvoir en parler à mon père, lui demander s'il les avait vus. Jeffers était à cent cinquante kilomètres à peine de notre banc. Mais je ne pensais pas que Gaby comprendrait. Après une brève hésitation, j'ai accepté de suivre son plan.

On s'est faufilées hors de l'école sans se faire voir et on a sauté dans le bus jusqu'à l'Armée du salut sur Riverfront Drive. En passant les doubles portes vitrées, j'ai été subjuguée par l'immensité du magasin : des douzaines et des douzaines de portants, des vêtements d'occasion empilés partout, des corbeilles de décorations d'Halloween, des meubles, des jouets, des bureaux. Gaby m'a glissé dans la main un billet de cinq dollars en me disant de me lâcher, avant de se diriger vers le rayon vêtements. Elle n'avait qu'à enfiler une vieille veste et ajouter une ceinture et un T-shirt bariolé pour avoir l'air de sortir d'un magazine. Dans mon cas, tout l'argent du monde n'aurait pas suffi. Je suis allée droit au rayon livres.

Rétrospectivement, je regrette de ne pas avoir savouré davantage les détails infimes et parfaits de cet après-midi-là. Quand Gaby est venue me chercher et qu'elle a insisté pour que j'aille regarder les vêtements avec elle. Quand elle a déniché une extravagante robe de bal pour me la faire essayer et qu'on a tellement rigolé que j'ai failli craquer les coutures. Quand on a ajouté des chapeaux à nos tenues, un boa pour elle, une étole de fausse fourrure pour moi. Ensuite, elle a repris son sérieux et elle a trouvé une jupe en jean à ma taille et une chemise rouge qui seyait aux courbes bizarres de mon corps trop long. « Maintenant, tiens-toi droite, elle m'a ordonné tout en me guidant vers le miroir Tu vois ? T'es pas le monstre que tu crois. » J'ai ri. Ce jour-là, j'ai acheté des vêtements au lieu des livres, une première.

Plus tard, on était assises à une table devant un marchand de glaces avec à nos pieds deux sacs remplis, quand Gaby m'a dit d'un ton dégagé : « Rosie, j'ai un service à te demander.

– Bien sûr, tout ce que tu veux.

– Ça fait une semaine que j'ai pas vu Earl. Alors, j'ai comme qui dirait raconté à ma tatie que tu m'avais invitée à dormir chez toi.»

Je n'ai pas trop su quoi dire. Mais j'avais un mauvais pressentiment. À chaque fois que Gaby était avec Earl, elle devenait une inconnue, quelqu'un que je n'avais peut-être même pas envie de connaître. Mais j'avais peur de le lui dire.

«Ne t'en fais pas, a-t-elle continué, comme pour en finir. Si ma tatie appelle – elle le fera probablement pas –, t'as qu'à lui dire que je suis aux toilettes ou un truc du genre. Et puis après tu laisses un message chez le cousin d'Earl. Il saura où nous trouver.» Elle a marqué une pause. «Allez, Rosie, fais pas cette tête. Comment on peut passer du temps ensemble lui et moi? Je sais que tu supportes pas que Shirley t'espionne tout le temps. Eh ben, ma tatie est pas beaucoup mieux. Elle déteste Earl.

– Earl est un dealer, j'ai répondu. Tu vois ce qui est arrivé à Anthony. Il est en prison à cause d'Earl. Tu crois que c'est une coïncidence? Tu sais combien ta tatie sera blessée si elle s'en aperçoit ?»

Gaby a soupiré comme quand elle était à court d'arguments mais refusait de changer d'avis. Je devinais ce qu'elle pensait : je n'avais jamais été amoureuse, alors qu'est-ce que j'en savais?

«Écoute, a-t-elle dit en se penchant vers moi. Si Earl était vraiment un sale type, est-ce qu'Anthony serait son meilleur ami? Quand Anthony sortira, peut-être qu'on pourrait faire un tour tous les quatre.»

Mais bien sûr. À ces mots, j'ai failli me lever et m'en aller. Elle savait que j'avais un faible pour son frère, même si je ne l'avais rencontré qu'une seule fois. Visiblement il galérait, il se cherchait, mais il avait l'air d'être à nouveau sur la bonne voie. Gaby m'avait dit qu'Anthony discutait avec les membres de l'AIM qui rendaient visite aux détenus. Il essayait d'arrêter de boire et je voulais croire qu'il en était capable. On pourrait peut-être passer un peu de temps ensemble un de ces jours.

«C'est d'accord», ai-je acquiescé pour changer de sujet.

Ce soir-là, tatie Vera a appelé. Il était à peu près sept heures et je prenais mon temps pour nettoyer la cuisine après le dîner, au cas où le téléphone sonnerait.

« Oh, Rosie, c'est tatie Vera. Je ne veux pas t'embêter, j'appelais juste pour savoir si Gaby a tout ce qu'il lui faut. Je vais me coucher tôt, tu sais, pour le travail.

– Coucou, tatie Vera. Oui, euh… Gaby est… dans la douche. Elle peut te rappeler ?

– Non, non, dis-lui juste que j'ai téléphoné. Ne vous couchez pas trop tard, les filles. Ne restez pas debout toute la nuit à bavarder, entendu ?

– Promis. Je suis assez fatiguée », j'ai répondu en feignant mon plus beau bâillement. Aucune chance pour que je trouve le sommeil. Mon cœur battait à tout rompre et, à l'idée d'avoir menti à tatie Vera, j'avais les paumes moites de culpabilité. Mais j'avais promis à Gaby. J'ai résolu de ne pas m'inquiéter.

Le lendemain, Gaby n'est pas venue au lycée. J'ai essayé d'appeler chez elle après les cours mais personne n'a répondu. Elle n'est pas venue non plus le lendemain. Le troisième jour, en descendant les marches à la sortie de l'école, je suis tombée sur sa tatie qui m'attendait, bras croisés sur la poitrine. Les yeux de Vera m'ont transpercée comme un papillon en cours de biologie.

« Je sais que tu as menti pour couvrir Gaby, a-t-elle attaqué sans même dire bonjour. Tu penses probablement que c'était un geste d'amitié, pour lui permettre de filer en douce avec ce vaurien d'Earl. Je sais aussi que tu n'as pas de mère ni de famille pour t'apprendre à être une vraie amie, sans ça je t'aurais botté le cul plutôt que de parler avec toi. »

J'ai ouvert la bouche pour m'expliquer, mais elle a levé la main et poursuivi bille en tête.

« Écoute le grand service que tu as rendu à ton amie. Il y a quelques nuits, alors qu'elle était censée être avec toi, elle a été arrêtée avec Earl en plein deal. Il va se retrouver en prison pour un bon moment et j'en suis bien contente. Comme Gaby est mineure et qu'elle n'a jamais eu affaire à la justice, le juge s'est montré indulgent. Mais elle est aussi enceinte, alors elle purgera sa peine dans un foyer pour filles-mères. »

Elle a fait un pas vers moi et j'ai reculé, dans sa voix la rage était palpable.

«Je ne veux plus jamais entendre parler de toi. Ne contacte pas ma nièce.»

Elle est retournée à sa voiture d'un pas furieux avant de démarrer en emportant avec elle la seule amie que j'avais jamais eue.

CHAPITRE NEUF

Rosalie Iron Wing
1979

Les longues journées torrides de juillet sécrétaient leur propre rythme épais et le travail des champs rendait mes mains calleuses. Le matin, je m'éveillais à l'aube, et le soir, je m'écroulais sur mon lit avant la nuit, trop fatiguée pour rêver. Ma peau avait cuit pour prendre une riche teinte brune et sentait le pollen de maïs ; mes cheveux étaient striés par la lumière du soleil. J'avais encore grandi car tendre la main vers les panicules avait redressé mon dos courbé par la timidité. Le maïs me rendait forte. Chaque matin, il me saluait d'un murmure de ses feuilles vertes.

Trois semaines après le début du travail, alors que nous étions presque venus à bout du dernier champ de maïs, John nous a dit qu'il nous paierait en liquide le lendemain après-midi.

Peter et Carl étaient revenus travailler en causant chambre de résidence, cours et crédits universitaires. Ils évitaient de me regarder, comme s'ils savaient que je ne serais pas des leurs. Et ils avaient raison. J'avais besoin de cet argent pour m'en aller, comme je l'avais dit à John, mais mes notes aussi posaient problème. La conseillère d'orientation m'avait dit que j'avais très bien réussi les examens d'entrée mais que mon absentéisme avait fait baisser ma moyenne. Avant de trouver ce travail, mon projet était de chercher un emploi au supermarché du coin. À moins que quelqu'un m'accepte pour faire son sale boulot, étant donnée mon expérience de ménage chez Shirley et de baby-sitter pour ses plus jeunes enfants après l'école.

Mais la promesse de cet argent avait tout changé, cet argent durement gagné que j'allais recevoir demain. Cette nuit-là, je me suis assise sur mon lit avec un bout de crayon et une feuille pour estimer ce que j'allais toucher. J'avais épluché les petites annonces et pensais avoir assez pour la caution d'un appartement et le premier mois de loyer, si je me trouvais une colocataire. Bien sûr, il faudrait que je trouve un nouveau travail, à moins qu'une vieille dame me laisse habiter son sous-sol en échange de tâches domestiques. Je pouvais aussi m'acheter un ticket de bus pour les villes jumelles et y louer une chambre tout en cherchant du travail. Soudain, ma vie était pleine de possibilités et toutes m'arrachaient à cette maison pour ne jamais y revenir. J'aurais voulu appeler Gaby pour partager la bonne nouvelle avec elle. Au lieu de ça, j'ai fredonné et imaginé ma satisfaction quand j'annoncerais à Shirley mon départ. J'ai failli éclater de rire en y pensant.

C'est alors que je l'ai entendue descendre l'escalier du sous-sol à pas lourds, on aurait dit qu'elle avait senti ma bonne humeur. Elle venait rarement ici, se contentait de me confier sa lessive pour que je la lave, la plie et la range à l'étage. Comme si ce n'était pas vraiment un espace familial, juste une pièce vide à remplir de linge sale. Alors pourquoi maintenant, pourquoi aujourd'hui ? Peut-être avait-elle un bon côté, après tout ; peut-être qu'elle se rendait compte que, moi partie, mon travail gratuit lui manquerait.

J'ai fourré mon papier et mon crayon dans la poche de mon sweat et je suis restée assise. Shirley a pris son temps, comme si elle inspectait tout sur son chemin avant d'ouvrir ma porte pliante en PVC sans prendre la peine de frapper. À sa façon d'examiner ma chambre, on aurait dit qu'elle craignait de se salir.

Certains disaient que Shirley était une jolie femme, surtout pour ses presque quarante ans. Elle allait souvent chez le coiffeur pour teindre ses cheveux d'une couleur proche du noir et les friser en boucles rêches autour de sa tête. Ses ongles étaient vernis d'une teinte que j'appelais rouge vampire. Personne ne voyait combien elle se laissait aller à la maison, vêtue d'une robe de coton informe et chaussée de pantoufles à la semelle usée. Mais c'étaient ses yeux qui la trahissaient et révélaient le démon cupide et vorace qui la possédait. Pour elle, je n'étais qu'un chèque mensuel d'allocations. Ses yeux, tels des rasoirs, laissaient partout sur ma peau des coupures invisibles. J'attendais, le corps tendu jusqu'au moindre muscle.

« Eh bien, Rosalie, j'ai appris que tu m'as fait des cachotteries, a-t-elle dit d'une voix aussi douce que celle du serpent à sonnettes avant de mordre.

– Je ne vois pas de quoi tu parles. » Bon sang, j'avais l'air d'une enfant qui boude.

« Oh, je pense que si. Un gentil jeune homme, un de ceux avec qui tu travaillais, a parlé à sa mère, qui fait partie de mon club de cartes, de l'argent que vous allez recevoir pour votre travail à la ferme de Machin-Chose. Je pensais que c'était du bénévolat, un prétexte pour sortir de la maison. Or j'apprends que tu vas être payée demain. »

Je me suis dressée d'un bond, paniquée, et j'ai arpenté la pièce sous son regard perçant.

« C'est mon argent. Tu n'as aucun droit. Je l'ai gagné.

– Tu n'as aucune idée de combien ça me coûte de t'entretenir, a-t-elle sifflé. Ce n'est que justice qu'on partage cet argent. Tu peux en garder la moitié. Faut-il que j'appelle ce fermier ou bien puis-je compter sur toi pour faire ce qui est juste ?

– Non ! »

Je me suis dirigée vers la porte afin de m'échapper et elle a attrapé ma natte comme pour m'arrêter. Sans réfléchir, je l'ai giflée aussi fort que possible, concentrant toute ma rage, ma haine, ma frustration dans l'impact de ma main sur sa peau. Puis je me suis enfuie.

Je me suis dirigée vers la rivière. M'y suis plongée aussitôt jusqu'aux genoux, encore tremblante, avec en bouche l'arrière-goût amer de la rage assouvie. Après, je me suis recroquevillée sur l'herbe de la rive, les bras autour de mes genoux humides, la tête baissée, éprouvant un vide que je n'avais encore jamais connu. Comme si la bribe d'espoir qui m'avait tenue en vie s'était asséchée et envolée. Je suis restée couchée et frissonnante tandis que la température baissait lentement et que le soleil sombrait derrière les arbres. Je suis restée couchée toute la nuit à écouter les bruits de la ville endormie. Aux petites heures, un campagnol m'a dévisagée d'un œil curieux avant de trottiner vers la poubelle, là-haut sur le trottoir.

Quand les premiers rayons du soleil ont enfin paru à l'est pour éclairer la rivière d'une lueur douce, j'ai lentement traversé la ville jusqu'au parking du lycée. Je me suis assise sur le rebord du trottoir et j'ai attendu.

Peter est arrivé le premier, déposé par sa mère, la perfide joueuse de cartes. Il m'a jeté un œil et il a dit : « Merde, dure nuit ? »

Je n'ai pas répondu.

*

Après une dernière journée éreintante dans les champs, on s'est rassemblés autour du bidon d'eau, debout, et on a attendu que John revienne de la maison avec notre argent. Je me suis demandé ce qui prenait si longtemps. Je m'étais mise à faire les cent pas dans le jardin en mâchouillant une mèche de cheveux, anxieuse à l'idée de rentrer à la maison après ma dispute avec Shirley. Je savais qu'elle m'attendrait, furieuse, ruminant sa revanche. Elle avait peut-être déjà appelé mon assistante sociale.

Enfin, John est sorti et s'est planté en face de nous, tout sourire. Il payait en liquide et a compté lentement les billets dans chaque main. J'avais gagné un tas de sous, plus d'argent que je n'en avais jamais vu de toute ma jeune vie.

L'aboiement d'un klaxon a brisé notre petit groupe. Les deux garçons se sont rués vers la voiture de l'ami qui les emmenait vers leur nouvelle vie de campus. John devait me raccompagner en ville comme d'habitude. Il n'avait pas l'air de vouloir se dépêcher.

«Rosie.» Son changement de ton m'a surprise. Depuis quand étais-je devenue Rosie? «Si tu n'es pas pressée de rentrer, asseyons-nous une minute.»

On s'est assis sur une balancelle ombragée par un massif de lilas touffu du côté nord de la maison. Pendant quelques minutes, on est restés silencieux, à regarder les chênes tout au bout du champ.

John s'est éclairci la gorge. «Rosie, cet endroit c'est pas grand-chose, pas comme dans le temps. Mais c'est un début. Deux personnes peuvent en faire quelque chose. Tu pourrais avoir un vrai foyer ici, avec moi.» Ses mains calleuses tordaient sa casquette. «Ce que j'essaie de te dire, c'est qu'on pourrait se marier.» Il avait l'air d'un petit garçon à ce moment-là, avec son T-shirt déchiré et son jean délavé presque blanc, les genoux tremblants de trac.

«Quoi? Pourquoi? ai-je demandé une fois remise du choc. Tu m'as payée. Tu ne me dois rien.»

Il a réfléchi un moment, à la recherche des mots justes. «Pour ne pas être seul, je pense. Cette maison est trop grande pour rester vide. Toi, tu as besoin d'un endroit où vivre. Je pense qu'on pourrait s'entraider.»

Ça, je comprenais. Nous éprouvions la même solitude. Je n'avais ni famille, ni amis, ni communauté qui me réclament. Tout ce que je souhaitais, c'était être en sécurité et trouver un endroit où personne ne me dirait qu'on ne voulait pas de moi, que j'étais laide ou que je n'arriverais jamais à rien. Peut-être que c'était aussi son cas.

Quand même, je le connaissais à peine. Je me suis rappelée ce que m'avait dit mon père un jour : «Quand tu seras en âge de le faire, épouse un Dakhóta.» Quand je lui ai demandé pourquoi, il m'a répondu : «Sinon, on finira avec de l'eau dans nos veines.» Il n'aurait pas approuvé ça, pas du tout. Mais de mon côté, je n'avais pas apprécié qu'il meure. Parfois il faut se débrouiller et faire de son mieux avec ce qu'on a.

«Je ne peux pas t'épouser, j'ai dit sans détour. Mais j'ai besoin d'un endroit pour quelques mois. Je peux aider avec les travaux de la ferme, au moins jusqu'à ce que je trouve un boulot.

– Doux Jésus, tu sais ce que les gens diraient si une adolescente venait vivre ici?

– Que t'es un ivrogne et un fornicateur?»

Il a soupiré. «Ce que tu suggères, ça marcherait peut-être dans les villes jumelles. Mais par ici, les gens pensent encore que le concubinage est un péché.

– Mais ce serait pas du concubinage. Je serais ton employée.

– Personne n'y croirait.»

Un silence embarrassé s'est abattu entre nous. Enfin il a repris: «Rosie, il y a des nuits où j'ai peur de ne pas tenir jusqu'au matin. Je n'arrive pas à dormir. Si je m'assoupis, je me réveille en croyant entendre mon frère qui m'appelle ou ma mère qui remue les casseroles dans la cuisine. Je ne veux plus vivre seul ici.»

Pendant qu'il parlait, je visualisais le trou noir de son vide intérieur, un endroit que je connaissais bien. J'ai eu pitié de lui. Plus tard, je m'interrogerais : aurais-je pris une autre décision sans la dispute avec Shirley à propos de l'argent? Elle me volait mon rêve au moment où il devenait réalité.

Plus que tout, j'espérais que la ferme serait un endroit sûr pour un moment. Je n'avais pas l'intention de rester longtemps, j'ai supposé qu'il s'en doutait. Le mariage, c'était pour éviter à la ville de s'épuiser en commérages. Dans mon cœur, c'est la rivière que je choisissais. En attendant d'être prête à partir, je resterais ici, près de l'eau qui coulait tous les jours jusqu'à l'endroit où j'étais née. Quand j'ai hoché la tête, il a dit : «Alors c'est entendu», et il m'a fait un bisou sur la joue.

*

On s'est mariés au palais de justice le jour de mon dix-huitième anniversaire. Des rafales venues du nord arrachaient les quelques feuilles encore accrochées aux arbres, tandis qu'un nuage de merles noirs assemblés au sommet des branches semblaient se moquer de moi avec leurs appels rauques. Les yeux rivés au sol, John serrait dans son poing un simple anneau d'or, vêtu d'un jean et d'une chemise à carreaux, la casquette fourrée dans sa poche arrière. Je me tenais à ses côtés dans une robe de laine rouge achetée aux fripes, le cou légèrement empourpré. Nous ne nous sommes pas parlé, sinon pour répéter les vœux. Le juge nous examinait avec curiosité et il a fait appel à la secrétaire de la salle d'à côté pour nous servir de témoin.

J'ai failli quitter le tribunal quand il m'a été dit clairement que le mariage impliquait que je change de nom. Je suis restée si longtemps sans prendre le stylo que John s'est inquiété. Pour finir, il a accepté que je garde mon nom de famille et que j'y ajoute Meister, sans trait d'union. Tout comme lui ne pouvait pas supporter l'idée de perdre la terre familiale, je ne pouvais pas vivre sans mon nom de famille, tout ce qui me restait dans cette nouvelle vie.

Shirley et moi avions à peine échangé deux mots depuis l'été. À mon retour chez elle ce dernier jour de travail, la nouvelle de mon mariage avec John avait coupé court à sa menace d'appeler mon assistante sociale. Elle a ouvert grand la bouche, comme un poisson hors de l'eau, elle ne comprenait pas que quelqu'un veuille de moi. Dernier chantage, elle a déclaré que je pouvais continuer à vivre sous son toit jusqu'à ma majorité mais qu'il faudrait lui payer un loyer. J'ai rétorqué que c'était illégal. Elle a eu un petit sourire railleur, certaine que je ne la dénoncerais pas. D'une façon ou d'une autre, elle obtiendrait la moitié de mon argent. Elle n'a pas été invitée au mariage.

Après la brève cérémonie, John nous a ramenés en silence à la ferme et je me suis rongé les ongles jusqu'au sang. J'ai secoué la tête quand il a proposé d'aller dîner au restaurant du Centre des anciens combattants. Il a emporté mon sac de vêtements à l'étage et l'a déposé près de la commode dans l'une des chambres d'amis, en marmonnant que dans la sienne les tiroirs étaient déjà pleins. Je l'ai suivi avec mon carton de livres. Les derniers rayons du soleil faisaient rougeoyer deux fenêtres orientées ouest. Un lit simple avec un couvre-lit en coton blanc était poussé contre le mur, avec une table et une lampe à son chevet et un tapis tressé sur le plancher. Il m'a laissée seule et j'ai retiré lentement ma robe pour la suspendre dans le placard près d'une demi-douzaine de robes vichy décolorées qui avaient dû appartenir à sa mère. Deux paires de chaussures utilitaires usagées étaient disposées par terre. La chambre sentait la poussière et la naphtaline.

C'était étrange de venir s'installer dans une maison de famille et de faire comme si j'en faisais partie. De parcourir ces pièces comme si leur histoire était devenue la mienne. J'ai failli éclater de rire à cette idée. Alors que la chambre se remplissait d'ombres, je me suis allongée et j'ai contemplé une craquelure au plafond, le papier peint avec ses roses enchevêtrées. Je me suis endormie.

Cette nuit-là, je me suis réveillée dans une obscurité opaque. Durant quelques instants de panique, je n'ai pas su où j'étais et j'ai retrouvé la sensation d'arriver seule, à douze ans, dans une maison étrangère. Seule la perspective de mon évasion m'a détendue assez pour que je me rendorme. J'avais dissimulé le reste de ma paie de l'été au fond d'un tiroir de la commode, dans la casquette de chasse de mon père. Ce n'était pas assez pour un appartement, mais c'était un début. Je resterais jusqu'au printemps, lorsqu'il serait plus facile de voyager. En attendant, j'espérais trouver un moyen de regagner l'argent nécessaire pour commencer une nouvelle vie.

D'ici là, il faudrait que je m'en tire de mon mieux avec ce mariage. Je n'étais pas naïve, tout a un prix. Je me targuais de savoir jauger quelqu'un et de deviner non seulement ce qu'il voulait mais aussi quel compromis il accepterait. Certaines personnes sont tout bonnement cupides, Shirley par exemple, qui ne me regardait jamais sans avoir des dollars dans les yeux; Shirley qui cédait parfois à la méchanceté au simple motif que je n'avais pas de famille pour l'en empêcher.

Le truc, c'est que je ne comprenais pas ce que John voulait de moi. Une fois, je l'avais surpris à regarder mes seins, mais il s'était détourné comme embarrassé et il n'avait que vingt-huit ans. J'ai pensé qu'il voulait peut-être une femme de ménage, une ouvrière agricole bénévole quand c'était nécessaire, quelqu'un dans son lit qui aurait une dette envers lui. À mes heures de terreur, voyant qu'il buvait une demi-douzaine de bières après dîner, j'ai imaginé qu'une fois ivre il révélerait enfin sa méchanceté intrinsèque, et qu'avec ses poings ou sa langue il me réduirait en miettes comme d'autres brutes dont j'avais croisé le chemin.

Les premières semaines, je l'ai attendu de pied ferme, surveillant ses moindres gestes, depuis son pas lent pour sortir de la grange, jusqu'à sa posture à la fenêtre quand il étudiait le ciel, une tasse de café dans une main et dans l'autre une tartine de pain grillé qu'il s'était préparée lui-même. À l'époque, je ne faisais rien du tout, pour bien lui montrer qu'il ne s'était pas acheté une cuisinière, ni une bonniche, ni une fille à monter quand ça lui prenait. J'ai attendu qu'il trouve à redire, qu'il s'offusque de la vaisselle empilée dans l'évier, du sol qui n'était pas balayé, du fait que j'étais toujours en jogging et que je dormais dans la chambre d'amis. Il n'a jamais dit un mot. Il se préparait des œufs frits à déjeuner comme il l'avait toujours fait, en me proposant poliment de cuisiner pour moi aussi, et il nettoyait après manger.

Il n'avait pas l'air fâché ni même surpris de mon comportement. Il semblait se satisfaire du simple fait qu'il y ait une présence vivante dans la maison et que le reste n'avait pas d'importance. L'hiver, la ferme tournait au ralenti, alors il passait la plupart de ses journées à bricoler dans la grange. Le soir, il buvait de la bière et regardait la télévision installé dans le fauteuil inclinable de son père.

Une fois que j'ai compris que John me laisserait tranquille, j'en ai eu marre de rester à la maison. Un lendemain de tempête, comme il était tombé près de trente centimètres de neige, j'ai enfilé un sous-pull sous mes vêtements, déniché une paire de bottes de neige dans le placard et emprunté une veste matelassée pendue près de la porte de derrière. À mes premiers pas dehors, l'air était si vif que j'en ai eu le souffle coupé. J'ai noué une écharpe autour de mon visage et traversé l'allée puis j'ai longé la grange, où j'apercevais une ampoule nue allumée au-dessus de l'établi. Au moment de passer le coin de la grange, j'ai failli tomber, bousculée par le vent.

Face à moi s'étendait un champ de neige immaculée, un néant glacé qui se confondait avec le ciel pâle. De temps à autre, des bourrasques déchaînaient des tourbillons de poudreuse. Après de grosses chutes de neige, il arrive qu'un troupeau soit désorienté et que les bêtes meurent gelées. J'étais obligée d'abriter mes yeux du soleil tant la réverbération était forte.

Je savais où je voulais aller. Tout au bout du champ se trouvaient les bois où nous avions marché cet été, ceux qui menaient à la rivière. Les arbres bloqueraient le vent et créeraient un petit sanctuaire.

Ce que j'ignorais, c'était la profondeur de neige tombée dans le jardin, loin du rempart de la grange. Dès les premiers pas, je me suis enfoncée jusqu'aux genoux où la croûte glacée a meurtri ma peau en dépit des épaisses couches de vêtements. À chaque pas je m'enlisais dans la neige tout en m'efforçant d'extraire mon autre botte. Plus d'une fois j'ai perdu l'équilibre et basculé. Enfin, après une dernière chute, je me suis allongée sur le dos et j'ai contemplé le ciel clair, sans le moindre nuage ni oiseau de passage.

Pelotonnée dans la neige, j'ai senti le calme qui s'installe quand la terre est au repos. C'était paisible d'être allongée là. L'énergie frénétique de la récolte avait fait place à la saison des longues nuits froides, quand les rares oiseaux qui n'ont pas fui vers le sud ne s'occupent que de survivre, réservant leurs chants pour le printemps. L'hiver avait un avant-goût de ce qu'était mourir, se dégager des liens qui nous contraignent, se libérer de nos corps. Dans mon enfance, l'hiver était le temps où l'on se racontait des histoires, où on raccommodait, où on rêvait au printemps à venir.

Quand le froid a pénétré mon pantalon, je me suis relevée et j'ai sué sang et eau pour couvrir les quatre mètres qui me séparaient du bord du champ, où se dressaient encore des cannes de maïs coupé, souvenir de la saison passée. Je ne parviendrais pas au bois aujourd'hui. Même pour une si courte distance, j'étais en sueur et à bout de souffle, un état dangereux par cette température.

Après être rentrée à la maison, je me suis débarrassée de mes vêtements humides dans le vestibule, engourdie de froid, mouillée jusqu'aux os et grisée par l'effort. J'allais me préparer un sandwich au beurre de cacahuète pour déjeuner, comme à mon habitude, mais j'ai trouvé sur la table de la cuisine une assiette avec un sandwich à l'œuf et, près de l'assiette, un mug. Une cafetière fumante était prête. Sur ma chaise, celle que je préférais pour la vue dégagée qu'elle offrait par la fenêtre, une paire de raquettes et un long bâton de marche. Les lanières de cuir étaient raides et jaunies, mais en bon état. Là, ça m'a déconcertée, vraiment. Qu'est-ce que cherchait John ?

Le lendemain matin, j'ai enfilé les raquettes et me suis servie du bâton de marche pour progresser dans la neige profonde. J'avançais beaucoup plus facilement, même si je n'étais pas encore assez à l'aise pour couvrir une distance significative. Il m'a fallu une semaine pour atteindre les arbres. Des empreintes de dindon sauvage traversaient les bois, le long de la crête vers l'est, puis dévalaient le promontoire pour franchir la rivière vers le champ ouvert de l'autre côté. Je les ai suivies en descendant à flanc de colline, me retenant aux branches des fourrés pour garder l'équilibre. Abritée du vent par les arbres, je n'entendais que ma respiration haletante et le couinement de la neige s'aplatissant sous mes raquettes, un pas après l'autre. Quand je suis enfin parvenue au bord de la rivière, je me suis assise pour me reposer. L'eau était gelée sauf près du bord : une légère brume s'élevait d'une brèche et un faible gargouillis filtrait de dessous la glace.

Le lent ruissellement de l'eau m'a rappelé ma forêt, le ruisseau écumant qui dégringolait la colline, et toutes les fois où je m'y étais arrêtée avec mon père pour cueillir du cresson de fontaine et des oignons sauvages. Nous buvions dans nos mains en coupe, jusqu'au jour où il a décrété que l'eau n'était plus saine. C'était par un matin de janvier comme celui-ci, où le givre qui frangeait chaque branche scintillait au soleil, que mon père n'était pas rentré. S'il avait été avec moi en ce moment, il aurait préparé un feu et du café, improvisé un civet d'écureuil avec les dernières pommes de terre sauvages qu'on pouvait trouver à la lisière des bois. Il m'aurait raconté des histoires, celles du temps passé, qu'on ne peut partager que quand le sol est couvert de neige.

J'ai éparpillé des bouts de pain sur la glace, j'ai tiré une pomme de ma poche et l'ai posée sous un fourré de cornouiller. J'ai émietté la dernière cigarette que j'avais prise à Shirley. Pas volée, prise, dans un geste visant à équilibrer notre relation d'une façon que Shirley n'avait jamais comprise. Qu'est-ce que j'aurais donné, alors, pour un mot gentil.

J'avais du mal à l'admettre, mais les raquettes étaient un acte de gentillesse. Pour être honnête, vu mon silence glacial de ces quelques mois – mon refus de cuisiner ou de nettoyer, le fait que je montais lire dans ma chambre le soir quand John regardait la télé –, même vivre avec moi était un acte de gentillesse en soi. J'étais venue prête à me battre, prête à me défendre contre ce qu'il se sentirait en droit d'exiger. Tôt ou tard, avais-je pensé, il se rendrait compte qu'il avait commis une erreur en m'épousant et il m'ordonnerait de partir. Ou bien il dévoilerait le monstre qui se cachait en lui et l'illusion de la sécurité éclaterait. Or, tandis que je m'attendais à tout moment à découvrir sa laideur, sa gentillesse me désarmait, exposant mon être écorché à la vive lumière du soleil d'hiver.

Au cours des jours suivants, j'ai commencé à faire de petits efforts, rien de plus que ce que ferait une invitée serviable. La pommeraie avait vite éveillé mon intérêt, il me semblait que je pouvais m'y rendre utile. Visiblement, ces arbres n'avaient pas été élagués depuis des années et leurs branches poussaient dans tous les sens. Après avoir passé une matinée à les observer, j'ai perçu toute l'énergie qu'accaparaient les petites pousses germant aux jointures des plus grosses branches, vu la forme qu'il fallait donner aux arbres pour qu'ils portent le poids des pommes mûres à la fin de l'été. À l'aide d'outils empruntés dans la grange, j'ai émondé et coupé et scié des branches jusqu'à ce que toute cette pommeraie d'une douzaine d'arbres ait l'air bien soignée. Au printemps, les arbres utiliseraient toute cette énergie retrouvée pour produire des fruits. Peut-être même que j'apprendrais à faire des tartes.

Je me suis aperçue que les journées passaient beaucoup plus vite avec les mains occupées. John avait l'air si reconnaissant quand je prenais le temps de préparer le dîner, même si ce n'était pas grand-chose, un hamburger et des petits pois trouvés au congélateur. Une nuit, j'ai senti qu'il me suivait des yeux pendant que, comme à mon habitude, je montais l'escalier assez tôt pour aller lire. Je me suis arrêtée, la main sur la rampe, le regard attiré vers l'arrière, par-dessus mon épaule. Sa bière qu'il n'avait pas ouverte était posée sur le plateau près du fauteuil. John m'a rendu mon regard, ses yeux indéchiffrables dans l'ombre. J'ai tendu la main et, comme un homme qui se noie, il m'a rejointe.

CHAPITRE DIX

Rosalie Iron Wing Meister
1980

Aux premiers jours de mai, un coq vigoureux a lancé son appel depuis la grange, son cheptel de poules impatientes de sortir explorer le jardin à la recherche d'insectes et de jeunes pousses. Une semaine plus tôt, dans la pommeraie, de petits bourgeons s'étaient déployés en feuilles du jour au lendemain. Une demi-douzaine de poussins duveteux pépiaient dans la grange. À tous les coins de la ferme, la vie renaissait.

Les poules se sont mises à caqueter aussitôt qu'elles ont entendu mes pas à l'extérieur de la grange. Quand j'ai ouvert l'enclos, elles se sont précipitées vers moi, picorant mes bottes jusqu'à ce que j'aie éparpillé au sol des restes de nourriture et quelques poignées de graines. Après avoir rempli leur abreuvoir, j'ai recueilli les œufs qu'elles avaient pondus. J'ai salué mes préférées par leur nom : Curly Girl, Snowpants, Big Red.

Après la ruée sur la nourriture, j'ai pris Curly Girl dans mes bras et j'ai caressé ses plumes douces. Dans la lumière tamisée de la grange close, le plafond a grincé sous une bourrasque soudaine qui a soulevé un nuage de foin pourri et une odeur piquante de pisse de poulet. La grange semblait immense, construite pour contenir tout ce dont une ferme avait besoin, et bien plus encore. Un tracteur était garé à l'arrière, près d'une pile de planches usagées qui attendaient qu'on leur enlève leurs clous. Une couverture rongée par les souris et une selle en cuir craquelé étaient posées sur la plus haute barre de la stalle vide. Une vieille scie pendait à un clou, ses dents émoussées percluses de rouille.

La porte s'est ouverte d'un coup et Curly Girl s'est envolée de mes bras avec un piaillement irrité. John est entré avec un grand sac en travers de l'épaule et a refermé la porte du pied. Il s'est arrêté net en m'apercevant dans l'ombre.

«Rosie. Il a émis un petit rire. Tu m'as fait peur.

– Désolée.

– Pas grave. Je m'attendais pas à te voir ici, c'est tout.»

Il a déchargé le sac sur une palette avec un grognement et l'a fait pivoter pour l'aligner avec les autres sacs. Ôtant sa casquette, il s'est essuyé le front avec la manche de sa veste.

«Un de ces jours, a-t-il dit, je vais vider tout ce bric-à-brac.» Il a regardé autour de lui comme s'il voyait les lieux par mes yeux. «Tout sauf cette selle. L'appartenait à mon père. Dans sa jeunesse, on travaillait les champs avec les chevaux. La seule fois que j'ai vu mon vieux pleurer, c'est quand on a dû vendre ces bêtes.

– Pourquoi vous les avez vendues?

– Pour l'argent. On n'avait pas les moyens de les garder, pas après avoir acheté un tracteur qu'avait besoin de réparations et de carburant. Les chevaux, c'étaient des bouches à nourrir. Je crois pas que mon père a tellement aimé son travail de fermier après leur départ. Il aimait pas la tournure des choses, qu'il disait.

– Comment ça?

– Il disait toujours que cultiver, c'était prendre soin de sa famille. Que si on savait y faire, ça marchait comme un tout. Les chevaux tiraient la charrue et on se servait de leur crottin pour fertiliser les champs. Un bon fermier faisait tourner ses cultures et prenait soin de sa terre. C'est comme ça que mon père a appris et c'est ce qu'il nous a appris à Eddie et à moi. Mais tout a été chamboulé après la Seconde Guerre mondiale. Semences hybrides, engrais chimiques, nouveau matériel. Les fermiers comme mon père sont restés à la traîne.

«Mais je dirai ça pour mon vieux. Il s'est toujours acquitté de ce qu'il devait, en sorte qu'il m'a laissé la ferme libre de dettes. C'est grâce à ça que je m'en suis tiré ces dernières années. Et maintenant qu'on est deux» – il m'a souri gentiment – «je pense qu'il est temps de faire quelques changements.»

*

Pendant la vaisselle du petit-déjeuner, j'ai observé deux lapins jouer dans la poussière, se poursuivre l'un l'autre avant de détaler pour se cacher dans les herbes hautes. Pas une seconde je n'ai envisagé de poser un collet; cette époque était révolue.

J'ai rajouté de l'eau à un rameau de pommier bourgeonnant qui fleurissait dans un pot de confiture, un cadeau déposé là par John avant mon réveil. Après les nuits interminables et les journées lentes et froides, j'apprenais le rythme nouveau du printemps, la renaissance d'une ferme à la saison des semis. Comme John était dans les champs avant l'aube, j'avais pris la relève du ménage et de la cuisine, sans quoi ce n'était pas fait. Le matin, le plus souvent, je m'attardais avec mon café et profitais du calme. Ensuite seulement, j'aspirais les tapis, balayais les sols, pliais la lessive et préparais deux sandwiches à l'œuf pour le déjeuner de John. J'avais appris la règle de trois pour le dîner : faire décongeler de la viande, bouillir des patates, ouvrir une boîte de légumes.

Quand le téléphone a sonné, j'ai supposé qu'un fournisseur appelait John.

«Salut Rosie, quoi de neuf?»

J'ai immédiatement reconnu la voix et le rire bref de Gaby, sûre de son effet. Je ne l'avais pas vue ni eu de nouvelles d'elle depuis que je l'avais croisée au magasin de Casey, l'été précédent.

«Oui, je sais, hein, ça fait trop longtemps», a-t-elle continué comme je me taisais. «J'ai su par ma tatie, Radio-réserve, que tu t'étais casée. T'es en cloque?» Encore son rire.

Du Gaby tout craché. J'ai soupiré. «Non, c'est pas ça. J'avais juste besoin d'un endroit où rester pour un temps.

– Frangine, y a des façons plus simples de trouver un logement. T'aurais dû m'appeler. On a pas beaucoup de place pour le moment, avec Anthony qu'est sorti de prison, mais j'aurais pu passer des coups de fil.

– Je sais, j'aurais dû appeler. Comment va Anthony ?

– Il a arrêté de boire. Pour le moment. Il te dit bonjour. Tu sais, il a toujours eu un faible pour toi.

– Qui, Anthony ? Je te crois pas.

– Il m'a dit qu'il t'avait observée le soir qu'il est sorti de l'hôpital, comme tu étais réservée. Il a dit que t'étais une survivante. Mais te fais pas d'idées. Il est plus sur le marché, il vient d'apprendre qu'il va avoir un enfant avec sa nouvelle copine.

– Félicite-le de ma part.» Je le pensais vraiment.

«Alors, comment ça se passe, le mariage ?» m'a demandé Gaby plus sérieusement.

J'ai hésité. Je savais pas quoi dire.

«Bon, écoute, a dit Gaby sans attendre ma réponse. Je suis désolée pour cette nuit-là, de t'avoir demandé de mentir pour moi. Ma tatie et moi, on en a beaucoup parlé, comme tu peux imaginer. Elle l'a pas dit directement, mais je sais qu'elle se sent coupable de la façon dont elle t'a parlé. C'était pas ta faute. Alors pour s'excuser, elle m'a demandé de te mettre en garde. Elle dit que les Meister ont toujours été de gros buveurs au coup de poing facile, et pas seulement entre hommes. Elle te conseille aussi de demander à Meister comment sa famille a eu cette ferme où vous vivez.

– Dis à tatie de ne pas s'inquiéter. Je vais bien. Et je dirai à John de rendre la ferme.»

On a rigolé toutes les deux, comme au bon vieux temps.

«Tu sais qu'il fallait que je passe le message. Bref, on devrait se voir. Ma tatie s'occupe du petit Mathó pendant que j'étudie pour avoir mon examen d'entrée. Mon fils, au bout du compte, c'était la claque qu'il me fallait pour arrêter les conneries. Tu verras, un jour je serai avocate et je reprendrai la terre, howah ! Appelle-moi !» Elle a raccroché avant que je puisse répondre.

J'ai reposé le combiné en souriant. J'étais soulagée d'avoir des nouvelles de Gaby et surtout de savoir que tatie

Vera m'avait pardonnée. J'ai attrapé le balai et j'ai commencé à nettoyer, soulevant un petit nuage de poussière jusque dans le cellier. J'entrais rarement dans cette petite pièce dont je n'aimais pas les coins sombres, l'odeur de crottes de souris, les nombreuses rangées de bocaux poussiéreux remplis de tomates et de haricots verts. J'ai tiré la longue ficelle qui pendait de l'ampoule nue au-dessus de ma tête et j'ai étudié les bocaux, en me demandant si c'était la mère de John, Edna, qui avait mis toute cette nourriture en conserve. Sur l'étagère inférieure étaient posés une énorme marmite émaillée, un carton entamé de bocaux en verre et un sac de joints en caoutchouc et de couvercles. Puis, en me tournant vers le recoin sombre, j'ai repéré une boîte à chaussures sur laquelle était écrit « Graines d'Edna » en lettres tremblées, à peine déchiffrables sous la poussière et les toiles d'araignées.

Tous mes projets de ménage s'étaient évanouis quand j'ai posé la boîte sur la table de la cuisine et que j'ai entrepris d'examiner son contenu. À l'intérieur, de petites enveloppes étaient rangées minutieusement, chacune étiquetée et scellée. J'en ai sorti quelques-unes avec soin, en commençant par les « Tomates allemandes d'Edna » et les « Haricots précoces de Judith ». Après avoir lu le nom, je versais quelques graines dans ma paume et admirais leur singularité. La larme blanche et douce de la courge, le sombre ovale du haricot. Nous avons passé la matinée ensemble, les graines et moi, et à midi, il m'a semblé que nous nous connaissions déjà mieux.

Quand John est entré pour déjeuner, je lui ai servi une louche de macaronis au fromage et j'ai ajouté deux hot dogs trop cuits. Je lui ai dit que j'avais trouvé les graines. Il a répondu que c'était sacrément dommage qu'elles ne soient pas utilisées. Ses mots ont flotté au-dessus de la table, comme une possibilité que je n'avais jamais envisagée. Je me suis immobilisée, la louche à la main.

« Je veux faire un potager. » J'ai ressenti un frisson de stupéfaction en prononçant ces mots. John s'est contenté de coincer sa serviette sous son menton et il a hoché la tête.

« Je sortirai le motoculteur après déjeuner et je le passerai dans le jardin de derrière. Tu sais ce que tu voudrais planter ?

– Oui. » Tout. Dès mon inventaire sommaire du matin, j'avais senti les graines s'activer une fois exposées à la lumière, à la chaleur de ma main.

Après avoir nettoyé les restes du déjeuner à la cuisine, j'ai rejoint John derrière la maison, où il admirait un large rectangle de terre fraîchement retournée, noire et humide des pluies du printemps.

« Regarde un peu ce sol, a-t-il dit. Sûrement l'un des plus riches du comté. Mon père a travaillé dur pour garder ces champs et ce jardin en bon état. Il s'assurait qu'Eddie et moi, on y épandait beaucoup de purin. Il surveillait notre travail, et chaque fois qu'on perdait le rythme, il disait : "Une nation qui détruit son sol se détruit elle-même." Franklin D. Roosevelt. »

J'ai acquiescé sans vraiment écouter, distraite par l'odeur fertile des vers de terre, du vieux purin et du sol humide. John est retourné labourer son champ et j'ai admiré la parcelle retournée qui semblait immense. Il me fallait maintenant comprendre comment planter les graines. Les enveloppes ne comportaient pas d'instructions, sûrement qu'Edna savait déjà quoi faire. Sauf que moi je n'avais jamais connu de jardiniers. Ma famille d'accueil mangeait du maïs en conserve en guise de légumes et mon père m'avait appris à cueillir des plantes sauvages, pas à les faire pousser. J'aurais pu aller à la bibliothèque mais je ne voulais pas perdre de temps. Les graines étaient prêtes. Et la journée était idéale, l'air frais du matin réchauffé par le soleil de l'après-midi. Les poules erraient dans le jardin, grattaient, caquetaient, se battaient de temps en temps. Au loin, j'entendais le faible vrombissement du tracteur de John.

Certes, je ne m'y connaissais pas en jardinage. Mais je me suis dit que les graines, c'étaient toujours des graines, qu'elles viennent d'une citrouille ou qu'elles tombent d'un arbre. Les graines ont besoin de terre, d'eau et de soleil. J'ai pensé à une chose que disait mon père : nous apprenons en observant les arbres et les plantes qui nous entourent. Je me suis souvenue de l'échinacée pourpre avec sa tête de semence piquante qui sèche tout l'hiver et s'éparpille au printemps. En forêt et dans la prairie, les plantes étaient répandues par le vent et par leurs racines voyageuses ; les arbres, les fourrés et les plantes médicinales choisissaient et se disputaient les endroits les plus propices tout en construisant une communauté.

Je savais par où commencer. J'ai émietté le tabac de l'une des cigarettes de John que j'avais apportées de la maison et j'ai récité une courte prière. Puis j'ai pris une profonde inspiration et me suis mise à jardiner. Après avoir sélectionné une enveloppe pour chaque type de plante – tomates, haricots verts, laitues, carottes, betteraves, navets – j'ai versé toutes les graines dans un saladier, comme une forêt miniature. Puis je me suis rendue au centre de la parcelle et j'ai répandu les graines par poignées. J'ai ratissé chaque zone pour qu'elles soient recouvertes d'une pellicule de terre. Aucun nuage dans le ciel n'annonçait de pluie, alors j'ai traîné le tuyau d'arrosage jusqu'au jardin et l'ai arrosé copieusement.

Ce soir-là, j'ai ouvert l'un des bocaux de haricots verts d'Edna et je les ai servis avec un ragoût tout fait. Quand John a repoussé son assiette, il a allumé sa cigarette d'après le repas et m'a demandé : « Alors, où tu en es de ton jardin ?

– Tout est planté.

– Sérieux ? » Ses sourcils se sont arqués comme deux points d'interrogation. « Les tomates, les carottes, tout ?

– Ouais, fini. »

Il a émis un sifflement admiratif. Sa femme était sans doute la jardinière la plus rapide qu'il ait jamais connue.

« Vu que c'est ton premier potager, tu pourrais passer voir Judith et George, plus loin sur la route. Judith est l'une des meilleures jardinières que je connaisse. Ce serait gentil de ta part d'aller la rencontrer. »

J'ai haussé les épaules. John a écrasé sa cigarette dans son assiette et quitté la table. J'ai entendu son fauteuil couiner en se renversant vers l'arrière et la télévision murmurer. Les soirs où il s'endormait comme ça, je me glissais dehors, où l'obscurité m'attirait à elle comme une vieille amie. Ce soir-là, le temps était si doux que je suis allée faire un tour au bout de la longue allée, après la boîte aux lettres, jusqu'à ce que je puisse voir le ciel sans l'obstacle des arbres. Un engoulevent est descendu en piqué avec un gazouillis, accompagné par les trilles d'un chœur de rainettes crucifères dans le marais de l'autre côté de la route. L'idée m'a traversée de marcher toute la nuit pour voir où j'arriverais au petit matin. C'était le printemps et j'étais encore là – je plantais même un potager. Il y avait toujours une raison de ne pas partir, j'avais pas mes baskets aux pieds ou pas d'argent sur moi. Mes plans n'étaient pas plus avancés que l'hiver précédent. Mais ce n'est pas pour autant que j'avais envie de rencontrer les voisins.

J'ai continué de scruter le ciel à la recherche de motifs familiers. Une brise légère a remué les feuilles proches, comme si la voix de mon père me murmurait à l'oreille. « Regarde, Rosie : les Wichíyanna šakówin, les Sept Petites Filles, sont connectées à la Butte de l'Ours dans le Dakota du Sud. En prenant soin de faire sur terre ce que nous voyons dans les étoiles, nous pouvons ouvrir une connexion au sacré. Nous appelons ça kapémni – il en est là-haut comme ici-bas. » Il croyait que les anciens transmettaient leurs connaissances sous la forme de mythes car ce genre de savoir dépasse les mots. Elle ne peut être dite que par symboles. J'ai contemplé en bas de la route, au loin, la silhouette des arbres qui se découpait nettement contre le ciel nocturne. Mon père voyageait désormais avec les étoiles, réuni au vaste mystère qui l'avait tant fasciné de son vivant.

*

Le lendemain matin, John a chargé une pièce de tracteur sur la plate-forme de son pick-up et nous avons emprunté la route de gravier vers l'est, en direction de l'autoroute. Nous nous rendions à New Ulm, la seule ville des environs assez grande pour disposer d'un supermarché, d'une rue commerçante et même de quelques grands magasins. Il conduisait le bras posé sur le volant, visiblement pas pressé de retourner à ses semis.

John a ralenti là où la route s'incline vers la rivière Cottonwood. Comme les roues martelaient le petit pont de métal, j'ai jeté un œil à l'eau qui s'engouffrait par-dessous, gonflée de pluies de printemps, flanquée sur chaque rive d'un bosquet d'arbres. Il arrive que ces petits ponts n'enjambent rien de plus qu'un fossé de drainage qui évacue l'excès d'eau des champs. Dénués d'arbres, les fossés sont bordés d'herbe grasse. Partout où se posait mon regard, je voyais des champs rectangulaires, de longues rangées rectilignes et des coins de clôtures à angles droits, des terres découpées pour s'adapter aux machines.

« Comment ta famille a-t-elle obtenu ce terrain ? ai-je demandé comme si de rien n'était, le visage tourné vers la fenêtre.

– Oh je sais pas trop, comme tout le monde. Dans les années 1860, le gouvernement distribuait des parcelles de soixante-cinq hectares à quiconque s'engageait à la cultiver pendant cinq ans. Il suffisait de revendiquer un terrain, de le faire arpenter et c'était à vous. La légende familiale raconte que le fils de Heinrich a chassé pas mal d'Indiens de cette parcelle à coups de fusil de chasse. » Il s'est interrompu, l'air de prendre conscience de ce qu'il avait dit. « Le prends pas mal, Rosie. C'est qu'une vieille histoire. »

Je n'avais rien à dire. Je connaissais déjà cette histoire.

Au cours des six derniers mois, j'avais remarqué que, dans le coin, chaque petite ville était organisée suivant un même modèle. Les champs prenaient fin abruptement à la lisière des villes, où un magasin de matériel agricole arborait plusieurs rangées de moissonneuses-batteuses et de tracteurs gigantesques en nuances aguicheuses de rouge vif ou de vert récolte, ainsi qu'un cortège de caravanes. Il y avait toujours une rue principale, un château d'eau et une voie ferrée qui courait le long des énormes silos gris des élévateurs à grain, surmontés d'un bras en métal qui, à l'automne, prélevait le grain dans les semi-remorques. Chaque ville avait une école et un terrain de base-ball. Les plus grandes villes offraient parfois en périphérie quelques fast-foods et de grandes surfaces qui vendaient de tout.

New Ulm, l'une des plus grandes villes le long de la rivière Minnesota, était devenue un centre d'affaires animé et prospère où tout le monde venait faire ses courses pour la semaine. Nous avons traversé au ralenti un quartier de petits pavillons de plain-pied où de majestueux ormes bordaient les trottoirs tout propres, sans la moindre trace de poussière ou de feuille morte. Des tulipes rouges et jaunes commençaient à percer dans les jardins bien entretenus. À l'approche du centre-ville, la rue se remplissait d'immeubles de deux à trois étages, dont les vitrines annonçaient des agences immobilières, des soldes de prêt-à-porter, ou encore un magasin d'antiquités.

Après avoir déposé la pièce de tracteur chez le réparateur, John a dirigé le pick-up vers une rue de la partie historique de la ville. Les bâtiments semblaient dater d'une autre époque, quand les chevaux tiraient encore des chariots remplis d'objets à troquer et que les femmes voyaient l'ourlet de leurs longues jupes souillé par la poussière de la route. La voie ferrée récente avait été accueillie comme un signe de progrès, une connexion précieuse avec les régions de l'Est plus civilisées. John a emprunté State Street et s'est garé face à un bâtiment en brique, devant lequel se trouvait un mémorial.

« Tous les élèves de New Ulm connaissent l'histoire des fondateurs, a dit John. Même moi, un cancre qui s'intéressait plus aux filles qu'à l'histoire, j'ai trouvé ça assez captivant. Voici l'une des rares villes agricoles qui s'est construite autour d'une idée, en plus de ce que la compagnie de chemin de fer ou les spéculateurs immobiliers voulaient. Les fondateurs ont construit ce hall comme lieu de rassemblement pour la communauté allemande. Il n'y manquait sans doute ni de bière ni de polka. Les gens d'ici sont très fiers de leur héritage.

– Ce bâtiment n'a pas l'air si ancien, ai-je dit.

– Non. Le premier a été détruit en 1862. »

John m'a dévisagé brièvement avant de redémarrer son pick-up. « Je dois te montrer autre chose. »

Quelques pâtés de maisons plus loin, nous nous sommes garés près d'un haut monument blanc construit sur le terre-plein central d'une rue très passante. Une clôture décorative faite d'une lourde chaîne reliant des poteaux bas entourait des buissons taillés et un massif de fleurs.

«Vas-y. Lis ça.»

John a allumé une cigarette tandis que j'ouvrais la portière. Je suis descendue du pick-up et me suis plantée devant le monument. J'ai commencé à lire.

CE MONUMENT EST ÉRIGÉ PAR L'ÉTAT DU MINNESOTA POUR COMMÉMORER LES COMBATS ET LES INCIDENTS DE LA GUERRE DES SIOUX DE 1862, QUI A PARTICULIÈREMENT AFFECTÉ NEW ULM.

QUE SOIT HONORÉE LA MÉMOIRE DES CITOYENS DES COMTÉS DE BLUE EARTH, NICOLLET, LE SUEUR ET DES COMTÉS ADJACENTS, QUI VINRENT SI COURAGEUSEMENT AU SECOURS DE LEURS VOISINS DU COMTÉ DE BROWN ET QUI PAR LEUR ACTION PROMPTE ET LEUR BRAVOURE AIDÈRENT LES HABITANTS À DÉFAIRE L'ENNEMI LORS DES DEUX BATAILLES DE NEW ULM, DE SORTE QUE LES DÉPRÉDATIONS DES SAUVAGES S'ARRÊTÈRENT À LA FRONTIÈRE ALORS QU'ELLES AURAIENT, AUTREMENT, ATTEINT LE CŒUR DE L'ÉTAT.

LES INDIENS SIOUX INSTALLÉS PRÈS DES RÉSERVES DE REDWOOD ET DE YELLOW MEDICINE À LA SOURCE DE LA RIVIÈRE MINNESOTA SONT ENTRÉS EN RÉBELLION OUVERTE LE 18 AOÛT 1862. ILS ONT MASSACRÉ PRESQUE TOUS LES BLANCS DANS ET AUTOUR DES RÉSERVES...

Un épuisement soudain a menacé de me faire tomber à genoux. Le vent, accentué par la course des voitures dans un sens et dans l'autre, a agité mes cheveux autour de mon visage. J'ai chancelé, failli tomber, et me suis rattrapée à la pierre fraîche, les mots gravés rugueux sous mes doigts. Rien de nouveau, un simple rappel, encore une vieille histoire. Respire. Lentement, j'ai remonté la capuche de mon sweat.

L'APRÈS-MIDI DU 19 AOÛT, UNE BANDE D'UNE CENTAINE DE GUERRIERS ONT ATTAQUÉ NEW ULM, TUANT PLUSIEURS CITOYENS ET BRÛLANT UN GRAND NOMBRE DE BÂTIMENTS...

À la fin de la seconde bataille, le 23 août, trente-quatre défenseurs avaient été tués et soixante blessés. Sur le monument, parmi les noms de ceux qui étaient morts au combat : Heinrich Meister. L'arrière-arrière-grand-père de John.

Je suis remontée dans le pick-up et j'ai refermé la portière. Je suis restée assise en silence. Sans regarder John, j'ai demandé : « Pourquoi tu m'as amenée ici ?

– Il faut que tu saches à quoi tu vas devoir faire face. Les gens d'ici sont gentils, serviables, polis en apparence, mais ils n'ont pas oublié cette guerre. Ils célèbrent cette histoire. C'est leur façon de rendre hommage à ceux de leur famille qui sont morts. Et toi… tu es toi.

– Y a ton nom de famille, là. Tu célèbres cette histoire toi aussi ? » J'avais la main crispée autour de la poignée de la portière, prête.

« J'imagine que mes ancêtres l'avaient bien cherché, a-t-il répondu calmement. On ne peut pas confisquer une terre et affamer des familles sans qu'elles se défendent. » Il a haussé les épaules. « Je suis pas aussi ignorant que tu as l'air de le penser. Je me doute qu'il existe une autre version de cette histoire. »

CHAPITRE ONZE

Marie Blackbird
1862

J'étais allongée dans l'obscurité, l'oreille à l'affût des soldats pendant qu'Iná dormait. Chaque nuit, ma mère et moi montions la garde à tour de rôle, même si aucune de nous deux n'aurait pu faire grand-chose en cas d'attaque. Pourtant, je serrais les doigts autour du manche en os de mon couteau, tremblante de froid, et de peur aussi, c'est vrai. À quatorze ans, j'étais en âge de m'occuper de ma famille, mais jamais je ne me serais attendue à ça. Couchée dans notre abri de fortune, une hutte de feuilles et d'herbes sèches, non loin de la carcasse carbonisée du thípi de notre famille. J'avais conscience de chaque souffle de vent, de chaque craquement de brindille. Mon Até, mon père, était encore à la bataille. J'avais compté dix jours depuis qu'on l'avait laissé au camp près du lac Wood.

Une pluie légère s'est mise à tomber, à pianoter doucement contre les branches coupées, sa froidure dégoulinant sur mon visage et ma mince couverture. En cette saison où les arbres se libèrent de leurs feuilles, nous aurions dû être en train de chasser et de faire sécher du maïs, de nous préparer à l'hiver. Ma famille avait toujours eu un potager, bien avant que l'agent des affaires indiennes essaie de transformer les hommes en fermiers. Je me souvenais quand nous chassions et que nous recueillions des plantes, avant que notre nourriture soit enfermée à clé dans un entrepôt par l'agent. Avant qu'elle nous arrive en paquets, distribués comme une aumône, comme si nous étions des parents pauvres. Dans la file d'attente, Iná m'avait dit : « Qui sommes-nous, si nous ne pouvons même pas nous nourrir tout seuls ? »

Avec l'arrivée imminente de l'hiver, je sentais qu'Iná s'inquiétait de savoir comment nous allions survivre. Même si nous réchappions à une capture par les soldats, nous n'avions pas le temps de nous préparer pour la saison qui arrivait et personne n'était à la chasse. À notre retour du lac Wood, nous avions retrouvé notre jardin piétiné, les haricots déracinés, la viande sèche volée. Pas de nourriture ici et pas de nourriture à espérer de l'agent désormais. Nous ne pouvions tenir que quelques jours avant le retour d'Até.

Une bourrasque s'est engouffrée dans notre abri, soulevant un tourbillon de feuilles bruissantes, et Iná s'est pelotonnée autour de mon frère nouveau-né, appelé Chaské jusqu'à ce qu'on puisse lui donner un nouveau nom. Quand le vent est retombé, le calme n'était plus brisé que par le grondement sourd de mon estomac. Et puis je les ai entendus : une plainte tendre, la peine de nombreuses voix qui, depuis les ombres, pleuraient pour leurs proches, pour être libérées de ce monde, pour être vengées. J'ai chuchoté à Iná : « Elles sont revenues, Iná, elles sont revenues. » Avant de dormir, elle avait frotté mes bras et mes jambes avec des rameaux de genévrier. Elle avait glissé dans mes poches de minuscules fagots de chanšáša pour me retenir et empêcher la brume de m'emporter dans l'heure suspendue qui précède l'aube. Je l'entendais prier doucement, dire à nos parents qu'il était temps de quitter leur maison et de retourner vers les étoiles. « Votre mémoire vivra », a-t-elle murmuré.

Sa voix m'a calmée, mais je savais que le sommeil ne reviendrait pas cette nuit. Plus que toute autre chose, je désirais m'éveiller de ce cauchemar et retrouver ma vie d'avant les combats.

Quand la lumière froide du soleil a enfin éclairé les frondaisons, Iná s'est levée pour s'occuper du feu, découvrant les charbons qu'elle avait gardés au chaud toute la nuit. Je l'ai observée ajouter des brindilles et souffler sur les braises rougeoyantes, les joues plissées par l'inquiétude, une feuille morte perdue dans sa longue natte. Quand une petite flamme s'est élevée, elle l'a alimentée avec les branches que nous avions rassemblées la veille, assez pour faire tenir le feu quelques heures de plus.

« Marie, je vais chercher du bois », a dit Iná, employant le nom wašicu que m'avait donné le missionnaire. Elle a noué son sac autour de son épaule. « Et relever le collet. » Sa voix était plate, sans espoir. Nous savions toutes deux que le gibier avait déserté la forêt depuis de longs mois.

La couverture enroulée autour de mes épaules, je me suis assise tout près du feu pendant que Chaské dormait dans son porte-bébé à mes côtés. J'ai glissé sa pochette chekpá sous la couverture, j'ai épousseté le tissage en épines de porc-épic que ma mère avait confectionné pour son lit. Il dormait sans bouger, sa joue ronde détournée de l'éclat du feu. J'ai posé la dernière bûche sur le feu en prenant garde de le protéger des étincelles et de la fumée. Iná avait promis de revenir avant que Chaské se réveille, avant qu'il pleure de faim. Le cri strident d'un faucon tout proche m'a presque fait sursauter, j'ai retenu un hurlement d'une main sur ma bouche. J'étais fatiguée d'être toujours apeurée, incapable de dormir à cause des horreurs que j'avais vues.

Nous étions l'une des nombreuses familles qui vivaient dans les bois le long de Mní Sota Wakpá, la rivière Minnesota, dans une nouvelle réserve trop petite pour nous nourrir tous. Iná m'a raconté que, quand j'avais l'âge de Chaské, nous ne venions ici qu'en été pour planter notre potager, cueillir des baies et des prunes et ramasser les plantes qui serviraient de remèdes.

À l'époque, j'avais les joues aussi rondes que Chaské, mais elles avaient disparu avec le manque de nourriture. J'étais trop maigre ; ma jupe pendait mollement sur mon ventre plat et mes hanches étroites. J'aurais voulu être davantage comme ma cousine, Margaret Thunder, qui était grande, le visage agréable et les manières calmes. J'étais trop turbulente d'après Iná, et trop prompte à dire ce que je pensais. Aucun homme ne voudrait d'une femme qui ne savait pas tenir sa langue. Au moins, j'étais meilleure jardinière que Margaret. Cet été, on m'avait confié la tâche de planter le maïs en prenant soin de former des buttes de terre comme on me l'avait appris. J'avais fait la preuve de mon habileté, ce qui m'avait rapprochée du jour où je serais prête à me marier. Mais tout ça n'avait plus d'importance.

J'ai retiré quelques brindilles de mes longues nattes et essuyé la poussière de mon visage avec le bord de ma jupe. Il n'y a pas si longtemps, j'accordais beaucoup d'importance à mon aspect, surtout quand de jeunes garçons passaient près du potager où Margaret et moi tenions les oiseaux à distance en chantant. Un homme, Whirling Wind, venait plus souvent que les autres. Il m'aidait même à rapporter mon panier à la maison quand Margaret et moi cueillions des baies. J'étais contente qu'il ne se moque pas de nous comme ses cousins. Avant de m'endormir, je pensais à son regard engageant, à ses mains fortes et toujours délicates avec son cheval. Je me demandais s'il pensait à moi.

Il avait maintenant disparu lui aussi. Là où j'apercevais d'habitude la lumière des feux voisins, assez proches pour sentir leur fumée, il n'y avait plus rien. Notre tiospaye, nos cousins et cousines, nos oncles et tantes s'étaient dispersés au début des combats. Certains, comme nous, avaient suivi les hommes dans la bataille jusqu'à ce que ça devienne trop dangereux. D'autres avaient fui pour rejoindre leur famille à l'ouest ou au nord. Margaret avait disparu avec sa famille. Quand j'ai demandé à Iná ce qui était arrivé à notre village, elle n'a pas su me répondre. Mais je savais. Les colons avaient pris la terre pour nous laisser mourir de faim, et maintenant ma famille était en danger.

La nuit où mon père était parti rejoindre le cercle des soldats, je m'étais couché le ventre vide, après un autre jour sans les rations promises. Même ma lune avait cessé de venir, tant j'avais faim. Je rêvais d'un chevreuil dont la graisse coulerait dans le feu en grésillant, d'un épi de maïs vert rôti dans sa feuille, de groseilles cueillies jusqu'à ce que leur jus me coule sur les doigts. Dans mon sommeil s'est immiscé l'appel impérieux d'un tambour. Quand je me suis éveillée le lendemain matin, Até était parti. Je comptais maintenant les jours jusqu'à son retour.

Une branche sèche a craqué sous un pas lourd. J'ai pivoté vers le bruit, espérant le retour de ma mère. Mais ce n'était pas elle. Un Indien blessé, que je ne connaissais pas, marchait lentement vers moi, appuyé sur son arc de chasse comme sur une canne. Il avait une loque nouée à la ceinture et des jambières en peau de chevreuil tachées de sang séché. Il portait un manteau de soldat qui n'était pas à sa taille et un chapeau noir assombrissait son visage. J'ai étouffé un cri et saisi le manche de mon couteau. Il s'est arrêté au bord de la clairière. Puis il a parlé d'un ton gentil.

« N'aie pas peur, thakóža.

– Je n'ai pas peur, ai-je répondu sans parvenir à empêcher ma voix de trembler. Je peux veiller sur moi. Et sur mon frère.

– Je te crois.

Il a ôté son chapeau et s'est frotté le front.

« Je m'appelle Two Bears. Est-ce que tu as de l'eau ? »

J'ai hésité. On m'avait appris à toujours offrir à manger et à boire à n'importe quel visiteur, même s'il arrivait boiteux et sale, sentant la sueur et pire encore. Mais la guerre avait tout changé, elle avait transformé le monde que je connaissais en une masse mouvante de chaos, de mort et de faim. Parfois, l'ennemi portait l'uniforme des soldats, parfois la peau de ma famille. J'ai plongé une gourde dans le seau d'eau et l'ai posée par terre à mi-chemin entre nous. Sans jamais quitter l'étranger des yeux, j'ai reculé et me suis assise devant mon frère.

Two Bears a grogné pour me remercier, ou peut-être parce qu'il avait mal, tout en se penchant pour soulever la gourde et boire avec une telle hâte que l'eau a coulé sur son menton. Du gâchis. Il s'est essuyé la bouche du dos de sa manche boueuse. Claudiquant vers la large souche que nous utilisions pour couper du bois, il s'est appuyé sur son bâton de marche et s'est assis lentement, avant d'étendre sa jambe blessée devant lui. Il a fixé le feu pendant plusieurs minutes sans un mot. Son menton est tombé sur sa poitrine et il s'est mis à ronfler.

Je n'osais pas faire un geste. Au lieu de ça, je fixais Two Bears en jetant parfois un coup d'œil aux arbres où ma mère avait disparu depuis une bonne heure. Qu'est-ce qui lui prenait de s'absenter si longtemps?

«Thakóža, tu as un nom?» Il était réveillé.

«Zitkádansapa. Marie Blackbird.

– Et tes parents?

– Mon Iná s'appelle Mahpíyamaza. Mon Até s'appelle Mázakhoyaginape. Il est au combat.

– Était-il au lac Wood?

– Han. Nous l'avons suivi et nous avons aidé à monter le camp. Après cette bataille, il nous a renvoyées. Nous attendons son retour.

– Thakóža, vous risquez d'attendre longtemps. La plupart des guerriers survivants ont été capturés et emmenés.

– Tu l'as vu? Tu as vu mon Até?

– Non.

– Alors il va venir, je le sais. Ma mère dit que nous nous dirigerons vers l'ouest pour voir nos cousins, là où nous avons récolté le thípsinna cet été.

– C'est bien. Vous n'êtes pas en sécurité ici.»

Il a fait un geste en direction du seau d'eau. Cette fois, après avoir rempli la gourde, je la lui ai tendue. Il a bu lentement et me l'a rendue, puis s'est mis debout avec difficulté.

«Merci, thakóža. Dis à ta mère que les soldats viennent par ici. Ils rassemblent les familles et les emmènent dans un camp. Ils seront là au matin.»

Il a fait demi-tour et il est reparti d'où il était venu, disparaissant lentement dans les bois, un fantôme qui rentrait chez lui clopin-clopant.

Peu après, ma mère est revenue avec un lourd fagot dans les bras, ployée sous le poids du sac sur son dos. Assez de bois pour tenir toute la nuit. En déposant son fardeau, elle a vacillé et s'est rattrapée à l'arbre le plus proche.

« On va manger », a-t-elle dit en accrochant une bouilloire à un crochet au-dessus du feu. Après l'avoir en partie remplie d'eau, elle y a jeté quelques poignées de maïs, de haricots et de courge séchée ainsi que quelques herbes émiettées qu'elle a tirées de son sac. Pendant que la soupe cuisait, je lui ai raconté la visite du guerrier et son avertissement au sujet des soldats. Iná a fixé la direction que Two Bears avait prise. Enfin, elle a soupiré. « Nous ne pouvons pas les distancer. Il va nous falloir survivre jusqu'à ce que ton père nous retrouve. »

Une fois la soupe finie, ma mère a pris Chaské sur son dos, m'a dit de lui apporter son sac et elle a suivi une piste de chevreuil qui s'enfonçait dans les bois. J'ai inspiré profondément l'odeur de la terre, de la pluie et des plantes mourantes. Comme nous passions sous les imposants chênes rouges, je sentais les glands pressés sous la fine semelle de mes mocassins et je me suis demandé si nous ne devrions pas les récolter pour en faire de la farine. Enfant, j'utilisais leurs petits bérets comme des paniers quand je jouais dans l'herbe haute avec ma poupée en feuilles de maïs. Mais Iná n'a pas ralenti le pas ni jeté le moindre regard autour d'elle. Elle marchait si vite que j'avais du mal à suivre.

D'habitude, à cette période de l'année, nous récoltions des noix, faisions sécher de la viande et tannions les peaux pour confectionner de nouveaux mocassins. Nous faisions partie des familles qui avaient conservé les anciens modes de vie : nous quittions la réserve pour chasser le chevreuil, travaillions des journées durant à préparer l'hiver, et Iná faisait sécher au soleil des courges du potager découpées en lanières torsadées ainsi que des plantes et des baies sauvages. Elle était connue comme l'une des meilleures jardinières du village. Et Até était un bon chasseur à l'époque où le gibier était encore abondant dans ces bois. Je n'osais pas demander comment nous allions survivre à l'hiver, une fois que les soldats seraient arrivés.

Je connaissais des familles qui s'étaient construit des maisons en bois comme celles des colons, qui étaient devenus chrétiennes, avaient coupé leurs cheveux et portaient des pantalons. Iná elle-même appréciait le tissu qu'elle trouvait au magasin général et l'utilisait pour nous coudre des jupes d'été. Mais elle redoutait la nourriture qu'on nous distribuait. Elle s'inquiétait de ce qui arriverait quand les femmes ne sauraient plus où trouver des remèdes, quand les hommes cesseraient de chasser, s'ils se mettaient à boire, à la place. Elle disait que notre nourriture était sacrée car elle créait la vie. «Cette nourriture n'a pas d'âme, m'avait dit Iná en plongeant sa main dans un sac de farine. Que deviendrons-nous quand nous n'aurons plus que ça ?» Moi, je l'aurais mangée de bon cœur, si j'avais eu faim.

Iná marchait tête baissée et suivait un chemin couvert de feuilles sèches et d'aiguilles de pin, tandis qu'un vent frais tirait sur son châle. Après une courte distance, elle s'est arrêtée, elle a regardé autour d'elle et sondé le sol avec son bâton de marche. Elle a fini par heurter un objet solide et elle a grogné, satisfaite.

«Marie.» Elle m'a indiqué le sol. «Déplace cette pierre.»

Dessous se trouvait une épaisse strate de feuilles en décomposition. Iná a tiré un sarcloir en os de son sac et me l'a tendu. Quelques minutes plus tard, j'avais creusé un trou peu profond d'environ soixante centimètres de largeur et découvert une couche de peau de chevreuil. Suivant les instructions de ma mère, j'ai retiré la peau et les bâtons entrecroisés qui la soutenaient, révélant une fosse. J'ai respiré le souffle sec des graines restées en dormance toute une année. Je connaissais cet endroit : j'avais aidé à creuser la fosse, à la remplir de la récolte de l'année passée, de longues tresses de maïs séché, des spirales de courge séchée, des pochettes en peau de chevreuil remplies de haricots. De remèdes récoltés pour soigner les rhumes l'hiver et le mal d'estomac, pour panser les blessures et soulager le mal de dents. Au printemps, une partie de ces provisions nous avaient nourris quand les annuités tardaient à arriver*. Nous avions même assez pour partager avec la famille de Margaret.

---

* N. d. T. : Aux XIXe et XXe siècles, la stratégie coloniale du gouvernement des États-Unis a notamment consisté à faire signer aux peuples autochtones une série de traités pour légaliser la confiscation de leurs terres et la faire passer pour un échange contre des « annuités », des biens en nature et une éducation des enfants autochtones dans les pensionnats (*boarding schools*) - en réalité une assimilation et une acculturation forcées.

«J'avais fait ces réserves en cas de mauvaise récolte, a dit Iná. Nous emporterons ce que nous pouvons. Nous avons besoin de nourriture pour l'hiver et de graines à faire pousser au printemps. Nous laisserons le reste pour notre retour.»

Iná a appuyé le porte-bébé contre le tronc d'un arbre voisin. Elle s'est glissée par l'entrée de la fosse et, quand elle a touché le fond, une couche de terre s'est détachée de la paroi. Seule sa tête dépassait du bord. En utilisant ses mains comme des yeux, elle a tâtonné autour d'elle. Ses doigts se remémoraient le maïs qu'ils avaient écossé, la courge qu'elle avait coupée finement avec son couteau. Elle a soulevé un sac de maïs et me l'a tendu, suivi d'un sac plus petit de haricots. Elle a fouillé les parois jusqu'à ce qu'elle trouve un paquet de graines de courge. J'ai attrapé sa main et l'ai aidée à sortir du trou avec précaution, jusqu'à ce qu'elle soit allongée haletante sur le sol.

«Marie, te rappelles-tu comment nous avons recouvert la fosse l'automne dernier? m'a-t-elle demandé, encore essoufflée.

– Han, Iná.

– Occupe-toi de ça pendant que je nourris ton frère.

J'ai replacé les bâtons en travers de l'ouverture, je les ai recouverts de la peau de chevreuil, j'ai ajouté une couche de terre et enfoui le tout sous une épaisse couche de feuilles. Ma mère a approuvé d'un hochement de tête et j'ai roulé la grosse pierre par-dessus. Iná a répandu un peu de chanšáša en travers des feuilles et murmuré une rapide prière pour la protection des graines, pour qu'elles restent à l'abri.

«Examine bien cet endroit, Marie, pour pouvoir le retrouver.»

J'ai fait lentement un tour complet sur moi-même et observé les rochers jumeaux à l'ouest, la colline derrière eux. La pierre qui servait de repère était plate au sommet avec des rayures gris foncé et gris clair qui brillaient au soleil.

Comme nous nous apprêtions à partir, Iná s'est arrêtée et a retiré le sarcloir en os de son sac. Du doigt, elle a frotté avec tendresse le bord rêche de l'omoplate de bison avant de me la passer. «Ça appartenait à ma mère. Elle n'utilisait que ça. Elle disait que les outils wašicu en acier balafrent la terre. Nous ne pouvons pas l'emporter. Enterre-le avec les graines, pas trop profond. Fais vite.»

Je suis retournée en hâte vers la fosse, j'ai roulé la pierre de côté et creusé juste assez profond pour recouvrir l'os de terre. Après avoir lissé les feuilles à nouveau, j'ai replacé la pierre et j'ai couru pour retrouver ma mère.

Cette nuit-là, Iná m'a montré comment coudre des enfilades de graines dans nos jupes, dans les plis de nos couvertures, dans l'ourlet du chaud vêtement de bébé de Chaské. Mes doigts tremblaient de froid et de faim tandis que je cousais dans ma jupe des points rapides et irréguliers, repliant le tissu sur une double rangée de grains de maïs, bleus, roses et crème. La wamnáheza, le maïs pour notre soupe traditionnelle. Ma mère craignait que les soldats ne nous prennent tout ce qui avait de la valeur. Elle savait aussi que si nous manquions de nourriture, ces graines devraient être cachées même aux nôtres, qui chercheraient désespérément à nourrir leurs enfants. Elle devait mettre à l'abri assez de semences pour pouvoir replanter. À n'importe quel prix.

J'ai fait un double nœud au bout de mon fil et l'ai coupé d'un bref coup de couteau. Nous avons travaillé tard dans la nuit. J'aurais pu m'endormir aussitôt mais Iná a dit que nous n'avions pas le temps de nous reposer. Elle m'a montré comment coudre rapidement une pochette en peau de chevreuil pour la remplir de maïs puisé dans son sac, puis elle en a fait une seconde pour les haricots. Elle a placé les deux pochettes dans un panier en osier que je porterais. Iná prendrait Chaské sur son dos dans le porte-bébé, le reste de la nourriture était stocké dans des sacoches pendues à son cou.

D'une pochette brodée de perles qu'elle conservait à côté de sa couche, Iná a sorti avec soin un petit objet. Elle a pris ma main et a placé sur ma paume un épi ridé aux vieilles graines rouge sang.

« C'était un cadeau de ta grand-mère, ta Khúŋši, qui m'a donné ces graines à mon mariage. Tu dois veiller sur elles.»

Iná a enveloppé de nouveau le petit épi et a suspendu la pochette à mon cou, où elle pesait lourd sur ma poitrine frêle.

Malgré mon jeune âge, j'ai compris la responsabilité que ma mère venait de partager avec moi. Quoi qu'il arrive, je devais être assez forte pour protéger cette pochette et le panier d'osier dont je serais chargée au matin. Sans hommes pour chasser, obligées de laisser derrière nous les plantes médicinales dont nous dépendions depuis des générations, nous n'avions que ces graines pour survivre.

Une fois couchée, tout habillée et chaussée de mes mocassins, j'ai attendu que le soleil révèle la nouvelle vie qui nous attendait.

CHAPITRE DOUZE

Rosalie Iron Wing Meister
1980

Au cours des deux jours qui ont suivi mes semis, j'allais chaque matin au jardin guetter des signes de vie. Rien. Chaque fois, j'étais accueillie par le sol nu. Était-ce normal ? Fallait-il replanter ? Dans le doute, j'ai décidé de suivre le conseil de John et d'aller faire la connaissance de Judith.

J'ai enveloppé dans un linge une douzaine de muffins un peu brûlés et j'ai parcouru le bon kilomètre qui me séparait de sa ferme. Une allée tortueuse menait à une ferme de deux étages à moitié peinte en jaune tournesol. Des ronces poussaient le long de la clôture ; de hautes tiges d'asperges datant de l'année précédente oscillaient doucement sous la brise. Loin de l'ordre strict auquel tenait John, la ferme de Judith semblait se disloquer en beauté, éclatant d'un trop-plein de vie et de luxuriance. La grange penchait et les pommiers dégoulinaient de fleurs blanches, parfumant l'air d'un doux nectar. Les poules flânaient dans le jardin. Un vieux clébard a remué la queue à mon approche.

« Bien le bonjour, voisine, retrouvez-moi au jardin ! »

J'ai cherché des yeux et aperçu une femme d'un certain âge me faire signe, agenouillée entre deux plates-bandes surélevées. Judith portait une chemise de flanelle aux manches retroussées et des bottes d'hommes aux lacets défaits. Des cheveux gris et secs s'échappaient de son large chapeau de paille. Elle était assez vieille pour avoir des enfants de mon âge, mais robuste, avec des bras musclés et des jambes courtes et puissantes. On distinguait même de loin ses yeux bleus, perçants et mobiles, qui observaient tout.

Bizarrement, on aurait dit que chacun de ses bacs recelait une rangée de bouteilles de lait en plastique. Mais pendant que je m'approchais, Judith a soulevé l'une d'elles, dévoilant ce qui se cachait dessous : une jeune pousse ! À chaque rangée, des écriteaux identifiaient des plantes : tomates, brocolis, courges, haricots verts, aubergines. Je me suis arrêtée devant l'un des bacs. Elle s'est redressée, une main derrière son dos et l'autre abritant ses yeux. Elle avait des manières brusques, comme une maîtresse d'école qui ne s'en laisse pas conter et dit ce qu'elle pense. J'ai apprécié qu'elle ne porte pas de gants dans son potager.

«Tu dois être la femme de John, a-t-elle dit. Moi c'est Judith. Je ne voulais pas débarquer trop tôt, vous êtes quand même des jeunes mariés.» Elle a ri. Pire encore – elle a cligné de l'œil. Sans attendre de réponse, elle m'a entraînée vers une table de pique-nique bancale où étaient disposés des plateaux de semis à repiquer. «Si ça ne te dérange pas, parlons pendant que je travaille.»

Judith a emporté deux plateaux vers une rangée qu'elle avait déjà commencée. Après avoir creusé plusieurs petits trous avec son déplantoir, elle a tiré un récipient de son seau plein d'outils.

«Voici l'ingrédient magique, a-t-elle dit en saupoudrant le contenu d'une grande cuillère dans chaque trou. Du sel d'Epsom. Si tu n'en as pas, j'ai un carton supplémentaire. T'as qu'à m'en racheter quand tu iras en ville. Si tu veux, je peux aussi te donner quelques boutures de framboises. John m'a dit qu'il a tondu les vôtres au printemps dernier. Voilà bien les hommes. Se fichent de tout ce qui n'est pas équipé d'un moteur ou d'une paire de nichons.» Elle m'a regardé en coin et elle a souri. «Ça te choque ? Je dois être trop habituée à dire ce qui me passe par la tête.

– Ça, tu peux le dire ! » a lancé une voix grave derrière nous.

Judith a ri et appelé derrière son épaule : « Eh bien, depuis combien de temps t'es là, à écouter notre conversation ?

– Assez pour en avoir entendu plus que j'aurais voulu !

– Si tu ne l'as pas déjà deviné, a dit Judith, voici mon mari, George. »

George s'est approché de moi et s'est essuyé les mains soigneusement avec un mouchoir. Il mesurait une bonne tête de plus que Judith et avait le ventre rond d'un amateur passionné de patates en sauce – les boutons latéraux de sa salopette de fermier étaient sur le point d'éclater. Il portait un bandana rouge autour du cou et un large chapeau de paille à plume de dinde curieusement seyant. Quand il a souri, il y avait dans ses yeux une gentillesse sincère. Il a tendu la main, m'a serré les doigts avec délicatesse et s'est incliné en murmurant : « Enchanté, chère madame. »

« Bonté divine, a dit Judith. Garde tes bêtises pour les champs.

– Ne fais pas attention à elle, a répliqué George, qui me tenait encore la main. Elle crève de jalousie. »

Je n'ai pu m'empêcher de rire et ils ont ri avec moi. Bientôt, nous étions assis à table ensemble à boire de la limonade et à décortiquer les bords brûlés de mes muffins. Judith travaillait en ville comme principale de collège, un emploi qui leur permettait de gérer la ferme à leur guise. George avait hérité cent trente hectares de son père, qui avait vécu confortablement d'élevage de bétail. Dix ans plus tôt, après une légère crise cardiaque, George avait vendu le bétail et loué la moitié de son terrain à des voisins.

« Je me considère comme un artiste de la terre, a dit George tandis que Judith levait les yeux au ciel. Riez tant que vous voulez, chère épouse, mais je trouve que c'est la démarche qui compte. Les variétés artificielles, les engrais dernier cri et les équipements à un million de dollars, très peu pour moi. Qu'on me donne un cheval et une charrue, je vivrai heureux jusqu'à la fin de mes jours.

– Tu ne veux pas plutôt dire un hamac et une bière ? a demandé Judith. Sans mon travail, ta ferme aurait fait faillite depuis belle lurette.

– C'est juste, ma chère, très juste. Je ne suis pas fait pour le jeu dangereux qu'est devenue l'agriculture. De nos jours, il n'y a pas beaucoup de marge de manœuvre pour une ferme familiale. Les coûts s'envolent tandis que le prix de vente des récoltes est en dents de scie. Je ne sais pas comment John réussit à s'en sortir.»

Il m'a lancé un regard curieux, comme pour me poser la question. Je ne savais pas quoi lui dire.

«À présent, je dois vous laisser à votre travail, mesdames, a-t-il dit en soulevant son chapeau vers chacune de nous et en se levant de table.

– Est-ce que tu as eu le temps de commencer ton potager? m'a demandé Judith après son départ. Edna avait toujours les meilleures tomates.

– J'y travaille.»

La vue des plates-bandes de Judith où poussait un légume à la fois m'avait causé un choc que je n'avais pas tout à fait surmonté. Peut-être que je ferais mieux d'aller chercher un livre à la bibliothèque, après tout. Peut-être qu'il était encore temps de reprendre à zéro.

*

Quand j'ai avoué ma première tentative de jardinage à John, il a fait de son mieux pour ne pas rire. Ce soir-là, j'ai lu le premier livre de ma vie sur le sujet. J'ai appris que les graines dépendaient de moi, la jardinière, pour la plupart de leurs besoins. En échange, je recevrais une abondance de nourriture à manger et à mettre en conserve. Hmm. Beaucoup de travail, mais c'était donnant, donnant.

Au cours de la semaine suivante, j'ai aligné mes plates-bandes comme le livre me l'expliquait. J'ai marqué chacune d'elle avec un piquet et le nom de la culture écrit sur un bout de plastique. Puis j'ai planté une deuxième tournée de graines, soulagée de n'avoir pas utilisé toutes les enveloppes d'Edna.

C'est dix jours plus tard environ, comme je charriais le tuyau d'arrosage au milieu du potager, que je l'ai aperçue :

une créature verte et menue avait percé la fine croûte de terre, et une petite feuille s'apprêtait à se déployer, encore coiffée de la capsule brune de la cosse. Dix centimètres plus loin, une autre pousse verte, et une autre encore, et ainsi de suite jusqu'au bout de ma rangée de haricots un peu tordue. Une vie nouvelle que j'avais contribué à mettre au monde. De la nourriture que j'avais plantée. À partir de là, j'étais accroc.

Malheureusement, mes toutes premières semailles émergeaient ici et là dans tout le potager. J'avais du brocoli dans mes haricots, de la laitue qui surgissait entre deux rangées, des pousses de tomate en bataille qui jaillissaient au petit bonheur. Le livre n'offrait pas de solution pour ma situation. J'étais contrariée de retirer les plants en trop. Ce serait un terrible gâchis de nourriture et un manque de respect envers les graines.

Tout était si mélangé que cette première saison a été assez désastreuse. J'ai noyé le brocoli par un arrosage excessif et les haricots verts ont dépéri sur leur tige quand j'ai cherché à compenser mon erreur. J'ai appris trop tard l'existence des doryphores. La première fois que j'ai tenté d'éclaircir les carottes, j'ai arraché tous les jeunes plants d'une plate-bande avant de m'apercevoir de mon erreur. J'ai essayé de les replanter aussitôt mais ils sont tous morts.

Pourtant, la saison n'a pas été un échec total. J'ai ressenti un frisson de fierté la première fois que j'ai rempli mon panier de tomates mûres. Sur leurs branches élancées, les haricots séchaient magnifiquement en longues cosses fanées remplies de graines parfaites. Quand j'ai inscrit sur une enveloppe «Haricots pinto de Rosalie & Edna, 1980», je me suis sentie connectée à Edna, qui avait conservé ces graines pour nourrir sa famille et les avait soigneusement rangées et étiquetées pour la prochaine personne qui en aurait pris soin.

Affairée que j'étais à planter, à désherber et à récolter, je me suis dit que je n'avais pas le temps de penser à mon départ. Je me laissais porter, jour après jour, par les besoins du jardin. J'ai décidé que l'hiver me laisserait largement le temps de me préparer à partir. Je n'avais pas oublié la recommandation de

Gaby, pourtant mes sentiments envers John s'étaient radoucis. J'aimais dormir avec lui. C'était facile de cohabiter avec un homme qui connaissait la valeur du silence.

Au cours de l'été, je m'étais attachée à cette terre et à la rivière qui la bordait. Certains jours, je croyais entendre des chants, mais c'étaient les feuilles des peupliers qui bruissaient dans le vent. Ou alors j'apercevais du coin de l'œil un mouvement à la lisière des bois, mais je n'étais jamais assez rapide pour le saisir. Même le terrain m'était étrangement familier, comme si mes bottes suivaient une ancienne piste autochtone.

Puis le vrombissement du tracteur éparpillait soudain mes pensées comme une volée d'oies sauvages après un coup de feu. Tout ce qui me restait était la mémoire des ancêtres de ma famille, enterrés quelque part dans cette vallée fluviale, dont les histoires avaient disparu. Pour le moment, j'étais contente d'être revenue sur cette terre, de marcher dans leurs pas. Les plantes m'apaisaient, la longue patience des arbres me réconfortait. J'avais maintenant la certitude que, de même que les saisons ne cessent de revenir, je trouverais un jour le chemin du retour.

*

Un samedi soir de plein été, je balayais la cuisine après le dîner quand John m'a appelée depuis le salon, élevant la voix pour couvrir son match de base-ball.

« Rosie, a-t-il dit. Viens une minute. »

J'ai fini de vider la poussière dans la poubelle, remis le balai dans son étroit placard et suspendu mon tablier humide à la poignée. Je me suis avancée sur le seuil de la cuisine, où il pouvait me voir. J'étais lessivée après une journée de jardinage et de ménage et n'avais qu'une seule envie, prendre un bain et aller me coucher.

« Je pense que toi et moi nous devrions aller à l'église demain matin, a-t-il dit, les yeux encore rivés à la télévision. J'ai croisé Bob, le pasteur, au magasin de bricolage hier. Il m'a sermonné jusqu'à ce que je lui promette qu'on viendrait. Il a dit que c'était dommage que la famille ait disparu après la mort de maman. Les gens veulent faire connaissance avec ma nouvelle épouse.»

J'avais redouté ce moment. Sans regarder John, j'ai hoché la tête.

Au matin, j'ai enfilé ma robe de laine rouge, celle que j'avais achetée pour notre mariage, malgré la chaleur matinale qui annonçait une journée accablante. J'ai dû prendre quelques kilos, j'ai pensé en remarquant le tissu tendu sur mes seins et mon ventre. Nos finances ne nous autorisaient pas de nouveaux vêtements au-delà du strict nécessaire, mais de toute façon les vêtements ne m'intéressaient pas tellement. Tresser mes longs cheveux et porter mon unique paire de chaussures de ville, voilà le mieux que je pouvais faire. Même ainsi, John a haussé les sourcils quand il m'a vue près de la porte et a approuvé d'un rapide hochement de tête. Tout propre, avec sa plus belle chemise, le visage rouge et rasé de frais, il avait l'air jeune et plein d'espoir.

L'église luthérienne du pasteur Bob, immaculée, se trouvait à un pâté de maisons de la rue principale de New Ulm, après le magasin de bricolage et à bonne distance de l'église catholique. Son vitrail rayonnant et son haut clocher témoignaient de la foi solide de la communauté. Après l'incendie de l'ancienne église dix ans plus tôt, à cause d'un défaut du circuit électrique, les hommes avaient mis leurs talents en commun et érigé une église comme on construisait les granges autrefois. Les épouses avaient couvert les tables en bois de plats chauds, de salades de Jell-O et de gâteaux nourrissants recouverts de glaçages faits maison. Deux années de ventes de gâteaux avaient financé l'orgue, le plus beau de la région. Des bénévoles veillaient à la propreté impeccable de l'église et préparaient un repas après chaque enterrement.

Par les chaudes matinées comme celle-ci, les gens s'assemblaient devant l'église pour se dire bonjour jusqu'à ce que les premiers accords d'orgue annoncent qu'il était temps d'entrer. John et moi étions venus tôt pour faire les présentations avant le culte. J'essuyais mes paumes moites sur ma robe et j'avais la gorge nouée.

Pendant que nous montions les marches vers l'entrée, notre arrivée a causé force regards et chuchotements et quelques personnes nous ont toisés sans cacher leur désapprobation. J'avais vu le monument aux morts, je savais que certains portaient encore en eux l'histoire de leurs ancêtres tombés en défendant leur maison contre les miens. Leur famille leur avait transmis, en même temps que ces histoires, une méfiance et une haine qui couvaient depuis lors. Ils ne s'en prendraient pas à moi directement, bien sûr, mais ils trouveraient le moyen de me faire savoir le fond de leur pensée. Ma présence, comme le monument, ravivait de vieilles blessures.

Debout derrière John, j'ai senti le remous autour de moi, comme un animal cerné. J'ai redressé les épaules, fixé mon regard au-delà des paroissiens en direction du cimetière, et j'ai affecté l'air le plus stoïquement indien dont j'étais capable. John fouillait la foule des yeux à la recherche de visages familiers et semblait ne s'apercevoir de rien.

Heureusement, les deux premières personnes que nous avons rencontrées étaient Lester Thompson et sa femme, Elly Mae, un couple âgé dont l'accueil chaleureux semblait naître d'une gentillesse sincère. À leurs yeux, il ne faisait aucun doute que j'étais de la famille puisque j'avais épousé un membre de la congrégation. Lester m'a tendu une main calleuse tandis qu'Elly, toute souriante, s'accrochait à son bras, perchée sur des jambes si fines qu'on aurait dit qu'elles allaient flancher. John m'avait dit que Lester possédait une grande ferme à plusieurs dizaines de kilomètres au sud et que son fils en avait repris la gestion quotidienne.

«Ravi de vous rencontrer, jeune dame.» Lester m'a serré la main avec vigueur. «La famille de John est là depuis presque aussi longtemps que la mienne. J'espère que vous vous sentez la bienvenue. Si vous avez besoin de quoi que ce soit, faites appel à moi et à Elly Mae.»

Après ce long discours, il a hoché la tête et conduit sa femme vers la porte de l'église.

Nous allions enfin entrer, après avoir répondu à quelques salutations amicales et à quelques regards froids supplémentaires, quand une large main s'est abattue sur l'épaule de John. « Attends une seconde, a fait une voix bourrue. Tu ne me présentes pas ta femme ? »

John a pivoté lentement en dégageant son épaule et je me suis retournée aussi sur un homme âgé qui se tenait un peu trop près de nous.

« Bonjour, monsieur le maire Jackson. Je ne vous avais pas vu. Ça, c'est Rosalie.

– Bien, bien. » Il m'a jeté un coup d'œil avant de me tendre la main. « Bien. Nous sommes tous heureux que John se soit enfin casé. On commençait à se faire du souci. » Il a ri de bon cœur sans raison, son gros ventre secoué sous sa cravate rayée, sa chemise blanche déjà tachée de sueur.

« Pardon, monsieur le maire, on était sur le point de…

– Bien sûr, bien sûr. Donne de tes nouvelles. » Le maire nous a gratifiés d'un sourire bien exercé. Juste avant qu'on se retourne, il m'a arrêtée en me touchant l'épaule. « Madame Meister – Rosalie – dites-moi si vous avez besoin de quelque chose, quoi que ce soit. Ou si quiconque vous fait des problèmes parce que vous êtes indienne. Je n'ai pas un gramme de racisme en moi, mais il y a des gens par ici qui ne partagent pas mes sentiments. Les gens sont ce qu'ils sont, comme je dis toujours. »

Je me suis détournée sans répondre.

L'intérieur de la chapelle était chaud et étouffant, avec tous ces corps les uns sur les autres. J'ai parcouru du regard la salle bondée et me suis demandé ce qu'aurait pensé mon père en me voyant ici. Il reprochait aux églises leur soutien aux pensionnats et refusait d'y mettre les pieds. Il disait que les pensionnats avaient brisé des familles, y compris la sienne. Il ne pouvait pas pardonner les générations d'enfants volés.

La tatie de Gaby, Vera, qui était chrétienne, m'avait expliqué la situation autrement. Elle me disait de penser aux pensionnats comme à des erreurs dont étaient responsables les dirigeants des églises, mais pas la foi elle-même. Prier c'est prier, avait-elle dit, que ce soit à haute voix dans une grande église blanche ou à voix basse en privé au bord d'une rivière. J'aurais aimé que davantage de chrétiens voient les choses comme Vera. Ils n'auraient peut-être pas déployé tant d'efforts pour nous convertir.

Comme nous nous asseyions au centre d'un long banc en bois, j'ai eu la sensation que l'air se refermait sur moi, dans un mélange écœurant de livre de cantiques moisi et de lotion bon marché. J'ai essayé de retenir ma respiration tandis que le pasteur Bob montait les marches vers sa chaire et annonçait le premier cantique. Entre la clameur sonore de l'orgue et ma robe en laine qui me grattait affreusement, j'ai commencé à paniquer. Une sueur froide perlait sur mon front et me picotait les aisselles, une goutte roulait lentement le long de mon ventre. Je me sentais nauséeuse et j'ai regretté mon petit-déjeuner. Pourtant j'avais presque tenu jusqu'au bout du sermon quand j'ai dû me lever si brusquement que le pasteur Bob s'est interrompu, surpris. Je me suis frayé un chemin entre les genoux osseux d'un couple âgé trop choqué pour être furieux et j'ai ignoré les têtes qui se tournaient en bloc pour assister à ma fuite le long de l'allée centrale. J'ai passé la porte et remonté le couloir vers le sanctuaire béni des toilettes.

J'ai ouvert grand la porte, je suis passée à côté d'une femme qui se tenait debout près du lavabo et j'ai atteint de justesse la cuvette avant de vomir. Une fois l'estomac vide, je me suis essuyé la bouche du dos de la main et me suis adossée à la paroi. Les yeux fermés, j'ai marmonné une prière éperdue pour que la femme du lavabo ait le tact de me laisser tranquille. Va-t'en, va-t'en, va-t'en...

« Tout va bien, ma chérie ? » J'avais oublié de fermer le loquet. La femme s'est penchée vers moi, son haleine empestait la vieille cigarette. Elle avait les cheveux frisés comme un caniche blond. « Je sais que le pasteur Bob est parfois barbant à mort, mais il n'a pas l'habitude de rendre les gens malades. À moins que... » Elle m'a pris le menton dans la main et a tourné mon visage pour l'examiner de plus près. « Est-ce qu'il se peut que tu sois enceinte ? »

Je l'ai fixée, sous le choc, et me suis redressée péniblement. Ça expliquerait mes seins sensibles, la nausée que j'avais ressentie toute la matinée. Je n'avais pas voulu ça. Je me suis dirigée vers le lavabo pour me laver les mains, en espérant qu'elle comprendrait le message et qu'elle s'en irait. Au lieu de ça, elle m'a suivie et m'a tapoté l'épaule.

«Ne t'inquiète pas. Tu connais le père ? Nous avons une société des femmes catholiques qui peut t'aider à placer un enfant non désiré.»

Au moment où elle m'a dit ça, j'étais en train de prendre une serviette en papier après m'être aspergé le visage d'eau froide. J'ai peut-être glissé, impossible de me rappeler, quoi qu'il en soit j'ai agrippé des doigts le rebord du distributeur, l'ai arraché du mur et, entraînée par mon poids, je l'ai flanqué par terre dans un grand fracas. Enfant non désiré ! La femme a porté la main à sa bouche et elle a tourné les talons.

J'ai cogné du pied la caisse sous le lavabo et me suis ruée dans le couloir. John était là, en compagnie du pasteur Bob, qui s'est dirigé vers moi avec sollicitude. John s'est tourné aussi et son inquiétude s'est muée en surprise quand je suis passée devant eux en ignorant le pasteur et sa main tendue. J'ai continué, passé la porte, descendu les marches de l'église et rejoint le parking.

John a couru après moi. «Qu'est-ce que tu fous ? a-t-il craché en m'attrapant le bras.

– Je suis enceinte.»

Je me suis dégagée et me suis dirigée vers le pick-up.

«Comment tu le sais ?

– Je le sais, c'est tout.

– Ben merde alors.»

John a émis un sifflement ébahi et n'a pas cessé jusqu'à ce qu'on arrive à la ferme.

*

Mon père m'a dit une fois que les femmes gardent leurs cheveux longs parce que ça fait partie de leur âme. Il m'a dit de ne jamais me couper les cheveux ; qu'ils étaient de la couleur des plumes de corbeaux. Il m'aidait à les brosser après le bain, quand ils étaient emmêlés et que ça me tirait. Parfois, il chantait en même temps qu'il passait le peigne, avec lenteur et patience, puis il les tressait exactement comme il fallait, pas trop serré, et il nouait les bouts avec une ficelle de coton rouge. Pour me protéger.

Quand j'ai eu dix-huit ans, mes cheveux atteignaient ma taille. L'après-midi où John et moi sommes rentrés de l'église, je me suis plantée devant le miroir de la salle de bain, ciseaux à portée de main. Voilà le visage que j'évitais chaque matin, comme j'évitais de reconnaître la vérité, de reconnaître que je faisais déjà un choix. Je m'étais menti à moi-même en pensant que je m'éveillerais un jour, que je prendrais mon argent et que je commencerais ma vraie vie. Que je déménagerais dans les villes jumelles, trouverais un travail, louerais mon propre appart. Ou que je rentrerais chez moi pour voir si la cabane de ma famille était encore là. Mes choix s'étaient maintenant réduits à un unique chemin étroit.

Je savais que si j'hésitais trop longtemps, je perdrais courage. J'ai saisi ma natte de la main gauche, j'ai pris les ciseaux et j'ai entrepris de couper. Mèche par mèche, la natte s'est défaite, mon dos soulagé peu à peu de son poids en même temps que les trombes noires tombaient par terre. Les lames métalliques raclaient, c'était le son d'une porte qu'on barricade pour toujours. Quand j'ai eu fini de couper, la fille née dans les bois avait disparu. À la place, un nouveau moi, une femme plus dure et plus forte, prête à devenir mère et à élever un enfant.

Mes cheveux coupés étaient le dernier souvenir de ce que j'avais perdu. Je n'avais jamais pu pleurer mon père, alors me couper les cheveux était un geste à son adresse, ma façon dakhóta de faire le deuil d'un parent perdu. Je porterais sa mémoire aussi longtemps que je vivrais. Les yeux qui m'ont rendu mon regard dans le miroir étaient pleins de doute. Comment retenir ce que mon père m'avait enseigné alors que tout autour de moi s'entêtait dans une autre histoire, un autre mode de vie ? J'étais comme au bord d'une rivière, une petite pierre que le courant userait sans doute avec le temps. Pourtant, cet enfant avait du sang Iron Wing, l'espoir d'une autre génération dans une famille qui avait presque disparu de cette terre.

Je savais ce que ça aurait signifié pour mon père de voir la famille continuer, même si l'enfant portait le nom d'un homme blanc.

J'ai ri quand j'ai compris à quel point j'étais devenue vulnérable. Je n'étais plus le fantôme intouchable qui n'avait rien à perdre. D'une façon ou d'une autre, malgré l'héritage de ma famille perturbée, des générations qui avaient souffert et disparu sans laisser de trace, je protégerais cet enfant. Il allait naître dans un monde hostile, aussitôt désigné comme une menace. Avec ces poussées de vie, je comprenais enfin ce que s'inquiéter pour l'avenir voulait dire.

J'ai fermé les yeux. Le rêve de remonter la rivière pour retrouver ma maison n'était plus qu'écume à la surface de l'eau, évaporée à la lumière éclatante du soleil. Je savais déjà que le premier nom de cet enfant serait Wakpá. Rivière. Un enfant né de l'eau, en mouvement perpétuel.

GERMINATIONS

une graine s'éveille

CHAPITRE TREIZE

Rosalie Iron Wing Meister
1981

Une nouvelle vie s'enracinait dans mon corps, mon souffle devenait souffle pour l'enfant, je me transformais de l'intérieur. D'abord j'ai tout vomi, comme pour me purger de tout ce qui était venu avant moi, de tout ce qui avait fait de moi ce que j'étais. Puis j'ai dormi. Je restais au lit bien après que John était parti aux champs, je faisais la sieste l'après-midi et je retournais me coucher avant la nuit. La terre et moi traverserions l'hiver ensemble, nous attendions patiemment le printemps pour renaître.

Tandis que je m'enfonçais dans ma léthargie, John s'est jeté dans le travail, déterminé à nourrir sa nouvelle famille, à faire ses preuves. Il s'était remis à déborder de rêves pour la ferme, comme s'il avait changé du jour au lendemain, tout comme moi. Il a passé une dernière soirée à boire des bières sur le fauteuil de son père, puis il m'a annoncé au matin qu'il arrêtait. À partir d'aujourd'hui, a-t-il dit agrippé à sa tasse de café comme un naufragé agrippe une corde, il serait sobre. Il a allumé une cigarette les doigts tremblants. J'ai gardé mes doutes pour moi et je l'ai resservi sans un mot.

Avec le sevrage, les semaines qui ont suivi ont tourné à la torture. John s'est mis à fumer deux paquets de cigarettes par jour, tout en nageant dans le café. Le surmenage était son remède, mais cela ne rassasiait pas les spectres qui hantaient ses cauchemars. Fébrile, transpirant, il se levait à l'aube les traits tirés. Mais il a tenu parole. Au bout de deux mois, le manque a semblé s'apaiser. Son visage était moins bouffi, il a retrouvé l'appétit puis, enfin, le sommeil. Le soir était le moment le plus difficile, l'heure où l'ombre le pressait d'ouvrir une canette.

Pour calmer sa nervosité et soulager mes chevilles gonflées, nous avons commencé à nous promener sur la route de gravier juste avant le coucher du soleil, une fois la poussière retombée. Je marchais la main sur le ventre et sentais parfois les tressaillements de l'enfant que je portais. Dans la lumière déclinante, John me parlait de ses espoirs pour son fils; il était déjà certain que cet enfant serait un garçon, un garçon qui perpétuerait son nom. Thomas Meister, nommé d'après son grand-père.

Les mots de John formaient un mur autour de ma famille, autour de mon propre nom, comme si j'appartenais à un passé qui ne comptait plus. J'étais devenue invisible pour lui. Je voyais la route qu'il avait pavée pour cet enfant, les rêves naïfs d'un père qui pense pouvoir maîtriser l'avenir. Je sentais sa peur sous-jacente, son besoin de protéger. Mais je connaissais le pouvoir du nom. Je savais qu'un nom tirait sa force de l'enfant; que l'enfant deviendrait son nom.

«Notre enfant s'appelle Wakpá.»

John n'a rien dit pendant quelques minutes. J'ai senti sa stupéfaction à m'entendre suggérer un nom dakhóta. Il savait que la communauté de sa petite ville se dresserait vent debout contre ça. Je me doutais qu'il imaginait leur réaction, qu'il se rappelait les critiques qui l'avaient poursuivi, un jeune qui boit trop et s'était rebellé contre son père. Le pasteur donnerait des conseils malvenus et on enverrait une matrone me faire entendre raison. J'ai attendu. Il lui faudrait, comme chacun de nous, faire un choix.

«Je pense...» Il s'est interrompu pour allumer une cigarette et regarder le ciel infini rempli d'étoiles. «...que ce nom ne rendrait pas service au petit. Tu connais les gens.» Je connais les gens de *chez toi*, aurais-je pu répliquer. Si inquiets de remuer le passé que même un nom est un souvenir trop vif.

Au lieu de ça, j'ai répondu : « Je ne demande pas la permission. » Je n'avais pas besoin d'un bout de papier pour nommer mon enfant.

*

Au début du printemps, quand les oies ont commencé à remonter la rivière vers le nord, alors que je rêvais d'anémones pulsatilles perçant la neige en fusion, mon fils est né. Sa tête ronde était couverte de cheveux noirs et raides qui ont ravi les infirmières. De minuscules doigts bruns empoignaient ce nouveau monde et mes seins gonflés de lait. J'étais complètement consumée par cet être, par la façon dont mon corps répondait à ses besoins. Le miracle que John et moi avions créé ensemble a renforcé notre lien. L'une des infirmières l'a photographié avec son fils Thomas dans les bras, un grand sourire peint sur le visage et un cigare éteint entre les dents.

Mais au terme du premier mois, les jours s'étaient fondus aux nuits sans sommeil, aux couches mouillées et au perpétuel bercement d'un enfant qui refusait toute consolation. John et moi sommes devenus irritables à force de fatigue, des cris ininterrompus d'un enfant coliqueux et exigeant. Je ne connaissais rien à ça. Et je n'avais pas de famille à qui demander conseil.

Un après-midi où John s'était enfui dans ses champs, je me suis retrouvée seule avec cet étranger qui avait pris le contrôle de ma vie. J'aurais voulu m'enfuir en voiture, retrouver le temps où je ne devais m'inquiéter que de moi-même. Je n'arrivais à rien faire, ni la vaisselle, ni la lessive, encore moins le potager. J'avais les cheveux sales, le T-shirt couvert de bave et un jogging qui tenait debout tout seul.

On a frappé à la porte. « Bon Dieu, je me suis dit, si c'est encore un putain de vendeur à domicile ou un évangéliste qui fait du porte à porte, il va s'en prendre une. » Tenant d'un bras mon bébé rageur qui semblait écumer davantage à chacun de mes balancements, j'ai ouvert brusquement la porte.

C'était Gaby, les cheveux bien peignés, parfaitement habillée avec une veste en cuir et une longue jupe, avec à la main une couverture entourée d'un ruban bleu layette. On s'est regardées un moment et elle s'est mise à rire. Avant que j'explose, elle est entrée, elle a posé son cadeau et m'a pris le bébé sans un mot. Elle l'a niché au creux de son bras, l'a bercé avec délicatesse et complimenté à voix basse pour sa beauté, sa voix saine, la vigueur de son corps palpitant de colère. Elle l'a emporté vers le canapé où elle l'a déposé après avoir poussé un tas de linge. Elle a changé sa couche mouillée, puis m'a montré comment l'emmailloter confortablement dans sa nouvelle couverture pour qu'il se sente en sécurité et cesse de battre des bras dans le vide glacé du monde. Tout en commençant de lents va-et-vient avec mon bébé soudain tranquille, elle a remué les doigts en direction de mon jogging et m'a indiqué l'escalier. «Va t'occuper de ça, a-t-elle chuchoté. Ici, je gère.»

Plus tard, quand j'ai retrouvé mon humanité, elle m'a raconté qu'elle avait été acceptée dans une petite université des villes jumelles. Elle prévoyait d'habiter chez une cousine et de rentrer les week-ends pour voir son fils Mathó, qui vivrait avec sa tatie Vera. Elle ne savait pas quand elle pourrait revenir me rendre visite. En voyant ma tête, elle m'a assuré que je n'aurais pas le temps de la regretter, qu'avoir un enfant était un cadeau magnifique. «Y a que les deux premiers mois qui sont vraiment chiants», a-t-elle ajouté. Et on a rigolé en chœur, comme au bon vieux temps.

*

Gaby avait raison, bien sûr. Avec le temps, tous les trois – moi, John et Tommy, que j'appelais encore Wakpá en privé – avons trouvé une nouvelle façon d'être ensemble, un rythme adapté aux besoins du bébé. Sa naissance semblait avoir apporté la prospérité à la ferme. Nous avions enfin de l'argent à la banque. John prenait confiance en lui au fur et à mesure qu'il gagnait le respect des autres agriculteurs du coin – à la basse saison, il se joignait même à eux dans un café de New Ulm où ils tuaient le temps à blaguer, à parler politique et à échanger des anecdotes.

Quand je sentais que l'hiver nous avait trop retenus à l'intérieur, j'emmitouflais Tommy et j'accompagnais John en ville. Il tenait à emmener son fils voir les gars, à l'exhiber. Pères et grands-pères eux-mêmes, ils s'exclamaient qu'il avait grandi et qu'il était bien plus beau que son père. Avec moi, ils se montraient péniblement polis et chacun levait sa casquette tout en gardant les yeux rivés sur John et le bébé. Enfin, je m'esquivais avec Tommy pour aller faire des courses. John nous rejoignait au supermarché où nous déambulions dans les rayons en choisissant de nouveaux jouets, puis on partageait un lait malté à la buvette.

Mais l'agriculture est une collaboration fragile avec un monde en perpétuel changement. Le matin, pendant la sieste de Tommy, j'ai commencé à lire le journal qu'on nous livrait dans la boîte aux lettres. Je voyais bien que John avait un don pour les plantes, qu'il savait lire la météo et déchiffrer le sol. Il aimait la terre comme un frère, s'inquiétait de la moindre altération. Mais pour ce qui était d'une vision d'ensemble des affaires du pays et de leurs conséquences pour les agriculteurs, ça lui passait par-dessus la tête. Il disait simplement : « Le président a sûrement une bonne raison d'avoir pris cette décision. Je ne suis qu'un petit fermier ; je dois faire confiance au gouvernement de Washington. »

Je me contentais de secouer la tête en songeant que faire confiance au gouvernement n'avait pas très bien marché pour les Indiens. Avant d'épouser John, je n'avais jamais beaucoup réfléchi à l'agriculture. Et maintenant que je lisais le journal, je ne comprenais pas pourquoi le président Carter décrétait un embargo sur les céréales à l'encontre de l'Union soviétique. Le temps que Reagan lève l'embargo un an plus tard, le mal était fait ; les agriculteurs avaient perdu un gros marché et les prix avaient baissé. Pour ne rien arranger, les taux d'intérêt s'étaient mis à grimper. Les taux bas de la décennie passée avaient incité beaucoup de gros fermiers comme Bill Daly à acheter toutes sortes d'équipements coûteux. Avec la baisse de la valeur des terres agricoles, une tempête se préparait à l'horizon.

Bien entendu, la chance a tourné pour nous en même temps que pour tout le monde. D'abord une fuite dans le toit : à défaut de pouvoir la réparer, des marmites recueillaient les égouttements. Puis le tracteur est tombé en panne, le pick-up a eu besoin d'un nouveau moteur et, bien sûr, Tommy ne cessait de grandir. John enchaînait les crédits à la consommation. J'ai dû commencer à jeter les enveloppes tape-à-l'œil et leurs offres à taux zéro avant qu'il tombe dessus. J'ai compris qu'à moins de trouver une solution, on ne pourrait pas garder la ferme.

CHAPITRE QUATORZE

Rosalie Iron Wing Meister
1986

Nous avons fêté le cinquième anniversaire de Tommy avec un gâteau fait maison, décoré d'un glaçage blanc et de vermicelles de sucre, comme il aimait. Il a gonflé ses joues rondes pour souffler les bougies pendant que son père l'exhortait à ne pas cracher partout sur le gâteau. Au bout de trois souffles humides et avec un peu d'aide de John, les bougies ont fini par s'éteindre. Tandis que Tommy s'employait à remplir sa cuillère de gâteau et de glace, John a disparu dans la pièce d'à côté. Il est revenu en poussant un vélo rutilant muni d'un guidon noir et d'une paire de roulettes. Il a actionné la sonnette et Tommy a fait volte-face et fixé le vélo tandis qu'une cuillérée de glace lui dégoulinait sur les cuisses.

« C'est à moi ? a demandé Tommy.

– Il y a écrit sur la carte que ce vélo est pour un certain M. Thomas Meister, a dit John. Connaissez-vous quelqu'un qui porte ce nom ?

– C'est moi ! C'est mon vélo. Je peux en faire ?

– Trop tard pour ce soir, fiston. On ira faire un tour demain, d'accord ? »

Je m'étais mise à préparer des gâteaux d'anniversaire à la demande de John, car sa mère en avait toujours fait pour lui et son frère. Tout en le recouvrant d'aluminium, j'ai essayé de me rappeler si j'en avais jamais eu moi-même. L'automne d'avant sa mort, mon père m'avait emmenée pêcher le doré jaune au lac Big Stone. Nous avions pêché tout notre quota et avions frit nos prises sur le feu. Le meilleur anniversaire que j'aurais pu imaginer, allongée dans mon sac de couchage, à regarder les étoiles.

Après avoir couché Tommy, John est revenu à la cuisine et s'est assis pour finir sa part de gâteau. Sans qu'il me le demande, j'ai rempli sa tasse de café. Après quasiment cinq années de sobriété, les soirées étaient encore difficiles pour lui. Je laissais la cafetière allumée jusqu'à l'heure du coucher.

«Je sais ce que tu vas dire, Rosie, alors te fatigue pas, a dit John. Le vélo est d'occasion et Gordon m'a fait un bon prix quand il a su que c'était pour l'anniversaire de mon fils. Je lui ai donné un acompte de vingt dollars. Il a dit que le reste pouvait attendre.

– Il dit toujours ça, j'ai répondu. Et après il me réclame l'argent chaque fois que je passe au magasin de bricolage.

– Je veux juste offrir un truc chouette au petit, voilà tout.

– C'est toi qu'arrêtes pas de dire qu'il n'y a pas d'argent. Tommy a plus besoin de nouvelles chaussures que d'un vélo.

– Et moi je dis : t'inquiète pas, a déclaré John d'une voix neutre. Je m'en occupe.» Il a mangé en silence, seul le raclement de sa fourchette résonnait dans la pièce. «Et puis j'ai un plan. Je compte louer à George ces soixante-cinq hectares.

– Vraiment ?

– Ouais. George a perdu son métayer quand Bill Daly a coulé. Il a déjà accepté de me les louer.»

Depuis que j'avais rencontré John, il m'avait toujours dit que les agriculteurs avaient besoin de plus en plus de terrain juste pour survivre. Économies d'échelle. Mais prendre une parcelle en fermage, c'était un gros pari à une époque où la pire crise agricole depuis la Grande Dépression faisait la une des journaux tous les matins. Récemment, un fermier en faillite et son fils avaient tué deux banquiers à Parker, une petite ville à moins de deux cents kilomètres de chez nous. Quelques semaines plus tôt, un fermier avait tué sa femme, son banquier et son voisin avant de se suicider. La violence s'intensifiait autour de nous. Les bars du coin prospéraient et de plus en plus d'hommes battaient leurs femmes. Chacun connaissait quelqu'un qui avait perdu sa ferme, sa famille ou la vie.

John est sorti tôt le lendemain matin, vêtu de son unique costume, les cheveux gominés, les yeux brillants d'espoir. Quand il est revenu l'après-midi, le costume avachi et la cravate défaite, quelque chose avait changé en lui. À la banque, il avait demandé à parler à son banquier, l'homme qui avait prêté de l'argent à sa famille tous les printemps aussi loin qu'il s'en souvienne. La famille de John pouvait toujours compter sur l'argent nécessaire aux semences, et son père obtenait le prêt d'une simple poignée de main car il avait toujours remboursé ses emprunts après la récolte d'automne. Son banquier, a-t-il appris, était parti à la retraite. À sa place, frais émoulu de l'université, un beau parleur qui ne connaissait rien à l'agriculture.

«Je lui ai expliqué que j'avais déjà parlé à George de l'affermage du terrain.» John était rouge de colère. «Et ce col-blanc de mes deux – pardon – m'annonce que je ne peux pas prétendre à un prêt. Il me raconte que mes méthodes sont dépassées. J'avais envie de lui dire qu'il laisse les hommes s'occuper d'agriculture. Mais je l'ai bouclée ; on a trop besoin de cet argent. Il a fini par accepter le prêt en raison de la relation ancienne de ma famille avec la banque, à condition que je lui montre un contrat où quelqu'un s'engageait à acheter mon maïs. J'ai dit : "Donnez-moi mon prêt et je vous donnerai votre preuve." On a tourné en rond jusqu'à ce qu'il appelle son chef. Quelqu'un d'ici, qui connaissait ma famille. Il m'a accordé le prêt. Pas autant que ce que je demandais, mais assez pour l'affermage.»

*

Ce printemps-là, les pluies, arrivées trop tôt et trop fort, ont noyé les jeunes plants dans les champs. John a ressemé, le visage creusé d'inquiétude à l'idée de cette dépense supplémentaire.

Puis la belle saison a tardé et les plants ont attendu la venue de la chaleur. Elle est arrivée d'un coup, comme gonflée des prières de mille fermiers. Les nuages se sont évaporés et les plants ont cuit puis séché dans les champs, vides, leurs feuilles ourlées de brun, tandis que la couche arable se soulevait et partait avec le vent.

John sortait tous les jours avant l'aube et restait dans ses champs après le coucher du soleil, comme si sa détermination pouvait suffire à faire venir la pluie. Tommy apprenait à se faire prudent et discret quand son père était de mauvaise humeur et s'efforçait de ne pas renverser son lait à table ni de cogner son camion en jouant. Moi je marchais sur des œufs. Nous avons entrepris de rationner l'eau strictement pour éviter que le puits s'assèche. Les douches étaient un luxe hebdomadaire. On étendait les vêtements dehors pour les aérer entre deux utilisations. Des taches de sel bordaient le cou et les aisselles de tous nos vêtements.

Une nuit, alors que j'étais déjà à l'étage, j'ai entendu le son caractéristique d'une bouteille qu'on décapsule. Peu après, une autre. Et une autre. Puis j'ai entendu John parler à voix basse, angoissé, presque en colère, argumenter avec un Dieu qui refusait de prêter l'oreille. La sécheresse a persisté et il a continué à boire. Il attendait que je sois au lit avant d'ouvrir sa première bière, il refusait de le faire devant moi ou Tommy. Il s'endormait souvent sur le fauteuil. Un matin, je l'ai retrouvé encore assoupi. Les épaules affaissées, le menton couvert de barbe, vaincu. J'aurais voulu trouver un moyen de l'aider.

*

Après avoir posé un paquet de steaks hachés sur le plan de travail pour les faire décongeler, je suis sortie avec Tommy travailler dans le jardin. Avant qu'il sache marcher, je l'installais sur une couverture avec deux cuillères et un vieux bol ébréché sur lequel tambouriner. Désormais, en petit garçon curieux, il était plus souvent à mes côtés, pour m'aider à enlever les doryphores ou à pailler les plants. Comme il se penchait pour remplir son seau de paille, une mèche de cheveux noirs est tombée sur son front. Quand il a levé le regard vers moi, tout fier de me montrer son travail, j'ai senti un souvenir remonter lentement à la vue des traits de mon père qui émergeaient sur son jeune visage. Un front large, des yeux marron enfoncés, un sourire en coin. Une peau qui brunissait vite au soleil d'été. J'ai fermé les yeux, pour tenter de garder cette image.

Immobile, j'avais les mains inoccupées posées sur le ventre. Quand Tommy m'a touché l'épaule, je me suis redressée en sursaut. Il a tourné la tête pour attirer mon attention vers son bras. Les ailes remuant imperceptiblement, un papillon monarque s'y était posé. Tommy était raide de joie et retenait son souffle de peur que son nouvel ami s'envole. « On peut le garder ? » a-t-il murmuré. J'ai secoué la tête. Il n'a pas insisté. Le papillon est resté là une minute entière avant de s'élever sur une brise fraîche, ses ailes trémulant tandis qu'il s'éloignait rapidement. Tommy l'a suivi des yeux jusqu'à ce qu'il soit hors de vue.

Une fois le soleil au zénith, aux heures les plus chaudes de la journée, nous avons pris la route de New Ulm pour faire des courses et rendre nos livres à la bibliothèque. Sur la rue principale, le seul magasin de vêtements pour femmes, Dee's Boutique, avait les fenêtres condamnées, alors que la fripe de la rue voisine florissait, son parking à moitié plein. Au feu, je me suis arrêtée derrière un pick-up équipé d'un pot d'échappement vrombissant et d'un autocollant qui disait : « Le crime ne paie pas… L'agriculture non plus. »

Je me suis garée devant le bureau du journal local, à côté du Pit Stop, le bar du coin où les potins circulaient avec les bières. Comme Tommy allait commencer l'école cet automne, je me disais que je pouvais aider en gagnant un peu d'argent. Avec un peu d'insistance, j'avais obtenu l'accord de John pour chercher un boulot. J'étais tombée sur une annonce dans la gazette de New Ulm, le *Dispatch* : on cherchait quelqu'un à temps partiel pour écrire des notices nécrologiques. J'étais douée pour raconter des histoires – à en croire ce que m'avait dit une prof d'anglais au lycée – et j'avais décidé de postuler aussitôt.

Quand nous sommes entrés, une sonnette a retenti au-dessus de la porte à notre entrée. Un homme âgé aux sourcils comme des chenilles, qui portait une cravate fatiguée sur une chemise en coton délavé, était assis à un bureau près de la fenêtre. Il m'a regardée par-dessus ses lunettes de lecture.

«Je peux vous aider?»

J'ai lâché la main collante de Tommy, tiré la candidature de ma poche arrière et l'ai posée sur le comptoir. Mon pouce a laissé une empreinte de confiture de framboise au coin de la page.

«Je voudrais postuler pour les notices nécrologiques.»

Il m'a fixée sans répondre. En attendant qu'il décide s'il devait ou non m'adresser la parole, j'ai jeté un œil aux liasses de papier entassées sur les bureaux vides. Un seul ordinateur, deux machines à écrire, des téléphones, un pot plein de crayons. Des paquets de journaux de la semaine précédente étaient empilés contre le mur. L'odeur de poussière, d'encre, de papier. Le téléphone a sonné. L'homme l'a ignoré.

«Vous avez le bac?

– Oui, monsieur.

– Vous savez taper à la machine?

– Avec un doigt seulement.

– C'est quoi, le dernier livre que vous avez lu?

– *Georges va à l'école*.»

Il a fait la grimace. «Le travail est payé cinq cents le mot, la plupart font entre cinquante et cent mots. Sauf pour les hommes politiques.

– Ça me convient.»

Il m'a entraînée de l'autre côté d'une porte battante, m'a indiqué un bureau et m'a tendu une feuille couverte de griffonnages à peine lisibles.

«Montrez-moi de quoi vous êtes capable. Le propriétaire d'une provenderie locale a fait une crise cardiaque dans un motel la nuit dernière. C'est pas sa femme qu'était avec lui, d'après le rapport du shérif.»

Après avoir installé Tommy avec papier et crayon à un autre bureau, j'ai glissé une feuille dans la machine à écrire. Puis j'ai remonté mes lunettes sur mon nez, et au bout de quelques instants de réflexion j'ai commencé à taper.

«La famille d'Earl James Wilkinson, figure de sa communauté, a la tristesse de vous faire part de sa perte soudaine. Le 12 août, M. Wilkinson a été saisi d'une crise cardiaque pendant qu'il était en voyage d'affaires pour la provenderie locale. Alors qu'il rentrait retrouver sa famille, la douleur l'a contraint à s'arrêter dans un motel. Il sera très regretté.» Suivaient les informations pour la cérémonie.

J'ai sorti la feuille de la machine et je la lui ai tendue. L'homme l'a lue et l'a déposée sur son bureau dans un casier qui débordait.

«D'accord. Je suis le rédacteur en chef. Ralph Lindquist. Vous êtes embauchée. On vous appellera quand on aura besoin de vous.

– Je serai payée pour ce que je viens d'écrire?»

Ralph a esquissé son premier sourire. Il a hoché la tête puis s'est remis au travail.

*

Nous avons descendu la rue sur un long pâté de maisons pour arriver à la librairie dans une chaleur suffocante, l'air lourd d'humidité tremblait au-dessus du bitume. La brise du matin était retombée, les oiseaux s'étaient tus et pas une feuille ne bougeait dans les arbres alentour. Tommy avait les cheveux agglutinés sur son front humide. Mon T-shirt me collait à la peau et ma lourde natte me pesait. Pour des gens accoutumés aux froids cinglants de l'hiver, ces brefs pics de chaleur étaient intolérables. Nous survivions en trouvant de l'ombre ou, mieux, de la climatisation. Comme à la bibliothèque, mon refuge préféré.

Nous avons tendu notre pile de livres à la bibliothécaire, Mary Watson, qui nous a accueillis d'un sourire amical.

«Regardez qui voilà: Mme Meister et Tommy. La chaleur vous convient-elle?»

En toute saison, la météo était le sujet de prédilection de toute la ville. Le bon climat au bon moment, c'était crucial pour les agriculteurs.

De l'autre côté de la pièce, une lecture pour les enfants de l'âge de Tommy était sur le point de commencer. Tommy m'a tirée par la manche pour m'y entraîner. La lectrice bénévole nous a dévisagés un moment, surprise. Elle avait perdu sa langue. Puis, comme si elle retrouvait ses bonnes manières : « Bienvenue, installez-vous. »

Les femmes et leurs enfants se sont écartés, bien plus que nécessaire, pour nous faire une place dans le cercle. Les autres enfants regardaient Tommy avec une curiosité non dissimulée. « Maman, maman, a chuchoté une petite fille. Est-ce que c'est un vrai Indien ? »

La bénévole a repris son livre et s'est mise à lire. Tommy était fasciné par l'histoire, sa petite main brune reposait sur mon genou.

*

Notre dernier arrêt était une visite à George au musée du Maïs, où, deux matinées par semaine, il expliquait la miraculeuse histoire du maïs à une poignée de touristes. George affectionnait particulièrement mon fils. Quand Tommy était bébé, il insistait pour le prendre dans ses bras pendant que je discutais avec Judith ; maintenant qu'il avait grandi, il le faisait sauter sur ses genoux.

Tommy a descendu la rue en courant sans m'attendre, a ouvert tout grand la porte du foyer municipal et disparu dans la fraîcheur de l'obscurité. George était assis à une table pliante, les lunettes perchées sur le nez, un livre de poche à la main. En voyant accourir Tommy, il a mis sa tasse en sécurité et posé les mains sur les genoux.

« Eh bien, bonjour, jeune homme. Quel plaisir que toi et ta mère me rendiez visite ! Rosalie, sers-toi du café. Que puis-je faire pour vous aujourd'hui ? »

Tommy a fait claquer sur la table son *Georges fait du vélo*. « Lis, s'il te plaît. » Il a indiqué la tête du singe sur la couverture. « C'est toi ! »

Pendant que George occupait Tommy, j'ai pris le *Star Tribune* de Minneapolis qui traînait dans un fatras de papiers. J'ai eu un mouvement de fierté à l'idée que, désormais, je travaillais moi-même pour un journal, si humble soit-il. Aux dernières pages du journal, je suis tombée sur une photo de Gaby Makespeace, enfouie à côté des petites annonces. Elle prenait la parole lors de quelque événement local et indiquait de la main la rivière derrière elle. J'ai lissé le journal et examiné son visage énergique et ses longs cheveux.

On s'appelait tous les deux ou trois mois, dans les quelques moments qu'elle parvenait à voler à ses études. Elle était maintenant en école de droit, en première année, la seule femme indienne de sa classe, et payait ses frais d'inscription avec l'aide de la tribu, d'une bourse et de prêts étudiants. Quand elle m'avait annoncé son admission, elle s'était exclamée : « Imagine un peu, Rosie ! Moi, le cancre, dans cette école ! Je voudrais que M. Warner puisse me voir aujourd'hui. »

L'article qui accompagnait la photo citait une intervention de Gaby au sujet de la pollution causée par le ruissellement des produits chimiques agricoles dans la rivière Minnesota. D'après elle, les agriculteurs étaient en train de détruire la rivière, qui se trouvait sur les terres ancestrales dakhóta. « L'eau, c'est la vie. Il nous faut protéger cette rivière pour nos enfants. » Sur la photo, elle semblait plus âgée, fatiguée. Je savais ce que John aurait répondu à son argument. Que si les produits qu'il utilisait étaient dangereux, le gouvernement ne les aurait pas autorisés.

George a achevé sa lecture pour Tommy et s'est tourné vers moi. « Il est futé, ton garçon. Dis-moi, comment s'en sort John avec ce temps ? »

J'ai haussé les épaules. « Comme tout le monde en ce moment. » J'ai marqué une pause, hésitant à parler de l'article à George. Certains fermiers étaient susceptibles quand on les interrogeait sur leurs méthodes de culture. Mais bon, ai-je pensé, autant jouer franc-jeu. « Tu penses que c'est vrai, cette histoire de produits chimiques ? » J'ai indiqué la photo de Gaby.

George a soupiré et gardé le silence un moment avant de répondre. « Bonne question, Rosalie. Personne ne sait vraiment ce que ces produits chimiques nous font. On sait qu'on les retrouve dans notre eau. Beaucoup de fermiers s'inquiètent des effets que ces produits peuvent avoir sur leurs familles. Mais si une ferme est gérée par quelqu'un d'autre, comme une grosse entreprise, alors ce n'est qu'un risque commercial parmi d'autres. On continue d'asperger les champs jusqu'à ce que quelqu'un vous fasse un procès et gagne.

– Pourquoi personne ne porte plainte ? »

George a ri. « Qui ? Nos frères migrants qui ont besoin de ces boulots pour survivre ? Un pauvre fermier comme moi, qui vit sur le salaire de sa femme ? C'est facile de critiquer, Rosalie, et beaucoup plus difficile de résoudre le problème. Qui peut se permettre de refuser une meilleure rentabilité alors que ça peut t'éviter l'endettement ou la vente de ta ferme ? »

J'ai regardé Tommy dessiner un arbre sur la serviette en papier de George. « Ce qu'on m'a appris, c'est que nous avons une responsabilité envers l'eau. La protéger, pour nos enfants et nos petits-enfants.

– Moi aussi, Rosalie, moi aussi. » George a vidé sa tasse. « Bon, c'est l'heure d'aller nourrir le monde. »

*

Après avoir tergiversé toute la journée, j'ai appelé Gaby. La maison était vide ; personne pour remettre en cause ce que je faisais.

« Rosie, ça fait trop longtemps », a dit Gaby. Elle m'a parlé de la fac de droit et de son stage dans le groupe de travail Save Our Rivers, qui travaillait à nettoyer les rivières de l'État. Quand elle m'a demandé ce que je faisais, à part la ferme, je lui ai dit : « Je travaille pour le *Dispatch*.

– Journaliste ! Je suis impressionnée. Tu devrais t'intéresser à cette histoire de pollution des rivières, ça va être énorme.

– ... à la rubrique nécrologique, ai-je ajouté calmement.

– Oh. Pour des Blancs morts ?

– Principalement. » Dans une zone à quatre-vingt-dix-huit pour cent blanche, il tombait sous le sens que les Blancs prennent plus de place à la rubrique nécrologique.

« Eh ben. T'as toujours été bonne en anglais. » Une pause gênée. « Vas-y Rosie, dis-moi.

– J'ai lu l'article où tu parles des produits chimiques dans la rivière. Je me pose des questions pour mon fils. Est-ce que c'est sûr pour lui d'y nager et de manger les poissons qu'il y pêche ?

– Je ne laisse pas Mathó y jouer ni y pêcher, à moins qu'il relâche les poissons. C'est pas seulement la rivière, Rosie. Ces produits s'infiltrent dans les nappes phréatiques. Et selon la direction du vent lors des aspersions, ils touchent aussi les beaux légumes que tu fais pousser. Pense aux travailleurs migrants qui respirent cette saleté toute la journée. » Elle s'est interrompue comme si elle venait d'avoir une idée. « Dis, le pow-wow de Mankato a lieu dans quelques semaines. T'as qu'à venir et je t'en dirai plus sur mon travail. Et puis il est temps que nos fils fassent mieux connaissance. J'ai dit à Mathó que Tommy était son cousin. »

J'ai entendu la porte d'entrée s'ouvrir. John et Tommy rentraient du magasin.

« J'essaierai de venir. Je dois y aller. Au revoir. »

CHAPITRE QUINZE

Gaby Makespeace
1986

En approchant des terrains de pow-wow de Mankato au milieu de la matinée, j'ai inspiré profondément la fumée, le bacon frit et le café en train de chauffer sur le feu. « Cette odeur, c'est chez moi », ai-je pensé, et j'ai senti mes épaules se détendre pour la première fois depuis des semaines. Des tentes, des pick-up et des camping-cars étaient installés en cercle autour d'une clairière, ainsi que quelques thípi, et les familles préparaient le petit-déjeuner autour de leurs feux de camp. Une grand-mère avait commencé à faire frire du pain, chaque boule de pâte grésillait en tombant dans la casserole d'huile bouillante, et j'ai eu l'eau à la bouche en passant à côté. Je marchais lentement, appréciant la chaleur du soleil sur mon visage, la douce fumée des bâtons de fumigation pour la prière du matin.

Je me suis rappelée ces week-ends où je m'éveillais sous la couverture à côté d'Anthony, respirais l'odeur des feux de camp et me rendormais satisfaite et confiante. Le vendredi matin, sur instruction de Ma, on retournait nos poches et on fouillait les recoins du canapé pour trouver de quoi payer l'essence. On plantait la tente à chaque pow-wow auquel nos moyens nous permettaient d'aller. Pendant qu'Anthony et moi allions glaner du bois pour le feu, Ma s'esquivait en disant de ne pas l'attendre. Je ne lui demandais jamais où elle allait. Au matin, Anthony et moi on se baladait dans tout le campement à la recherche de quelqu'un qui nous offrirait un petit-déjeuner pendant que Ma roupillait dans la tente. À l'un de ces pow-wow, j'ai vu Anthony voler un sac pour la première fois et prendre de l'argent à une femme blanche pendant qu'elle examinait des bagues de turquoise. On fait ce qu'on peut, pour survivre.

Comme je ne suis plus trop portée sur le camping, Mathó et moi on a pris une chambre à l'hôtel le plus proche. Je me suis assurée qu'il avait assez mangé au buffet avant de nous présenter sur le terrain de pow-wow. On a fait la tournée, papoté, bu du café, pendant que les commerçants installaient leurs stands de bijoux, couvertures, chapeaux avec insignes autochtones, T-shirts, chemises à franges. Les stands de pain frit rivalisaient par la longueur de leurs files d'attente, et on apprenait par le bouche-à-oreille où trouver les meilleures galettes, les plus fraîches ou les plus grandes. Ou les tacos indiens les plus remplis de viande, les plus gros, les plus gras. À certains pow-wow, on trouvait encore de la soupe pasdayapi et des burgers de wapiti, parfois juste à côté du stand des mini-donuts. La preuve qu'on est civilisés.

Ce jour-là, j'étais habillée en vue de la Grande Entrée, les cheveux coiffés en natte plaquée et retenus par une barrette de perles. Mon régalia de danse préféré était un peu serré à cause de l'excès de fast-food et de mes nuits de veille à la bibliothèque de la fac de droit. Mais ces sacrifices porteraient leurs fruits. En tout cas je l'espérais.

J'ai tendu la main pour démêler les longues franges de la nouvelle tenue de danseur d'herbe de Mathó que tatie Vera avait terminée deux jours plus tôt, car elle s'était aperçue qu'il avait beaucoup grandi pendant l'été. Il s'est écarté de moi. Apparemment, à huit ans, il était trop vieux pour les effusions maternelles. Surtout celui d'une mère aussi absente que moi. Pendant qu'on attendait Rosie et Wakpá, Mathó tournoyait sur lui-même et faisait virevolter les franges autour de lui. Ses petites jambes étaient aussi costaudes que de jeunes arbres, son ventre rond comprimé par la ceinture. Il n'avait jamais rencontré son père et je n'avais pas l'intention de rendre visite à Earl en prison. Mathó ne me l'avait jamais demandé non plus.

J'ai vu Rosie nous chercher de l'autre côté du cercle. Elle était assez grande pour voir par-dessus la foule, alors j'ai agité la main jusqu'à ce que j'attire son regard. Ses cheveux avaient repoussé. Je n'avais jamais compris pourquoi elle les avait coupés avant l'arrivée de son fils. Drôle de façon de l'accueillir dans ce monde, comme s'il était né du deuil. Ça expliquait peut-être pourquoi il pleurait si fort la première fois que je suis venue lui rendre visite, pourquoi personne ne pouvait consoler cet enfant. Rosie le tenait comme s'il était en verre. Je n'avais pas eu d'autre choix que de le lui prendre, de l'envelopper bien chaudement dans la couverture que j'avais apportée comme cadeau et de l'endormir avec une berceuse.

Et voilà qu'il marchait à ses côtés comme un petit homme, inquiet de la lâcher pour cavaler comme un enfant. On voit comme il s'accroche à la main de sa maman, comme ils se ressemblent déjà. Rosie, elle, n'a jamais changé : les mêmes lunettes, maintenant retenues avec du scotch; des bottes râpées ; un horrible machin en paille sur la tête. Wakpá, bouche bée, dévorait des yeux tout ce qui l'entourait et surtout le tournoiement de franges jaunes qu'était devenu Mathó. Quand Mathó s'est arrêté et qu'il a titubé avec un sourire patraque, l'air sonné, Wakpá a ri. Ça leur a suffi pour détaler ensemble et aller admirer la fourrure de castor dans la tente de l'un des vendeurs.

Rosie et moi nous sommes étreintes, moi très consciente de mon corps bien en chair d'étudiante de droit alors qu'elle n'était qu'un long muscle élancé. La revoir, c'était comme retrouver ma sœur préférée, quelqu'un à qui je pouvais parler de tout. Elle n'avait pas l'air habillée pour danser, mais on pourrait chercher avec Vera pour lui trouver une tenue. On s'est assises à une table de pique-nique et je lui ai versé du café de ma Thermos.

« Alors, Rosie, combien de temps tu peux rester ? » Toujours cette question avec elle. On aurait dit un poulain apeuré.

« Oh, tu sais, jusqu'après la Grande Entrée, a-t-elle répondu évasive, comme à son habitude.

– Qu'est-ce qu'il en pense, John, que Wakpá vienne à un pow-wow ?»

Rosie a haussé les épaules. «Il ne pense qu'à la sécheresse. Il est malade d'inquiétude à l'idée de perdre toute sa récolte. On était déjà dans le pick-up pour venir ici quand il a crié à Tommy : "Pas de mohawk !" Je ne crois pas qu'il sache seulement ce que c'est qu'un pow-wow.»

C'était probablement le cas de beaucoup de gens du coin. Malgré le travail de quelques familles qui cherchent à éduquer les gens au sujet de l'histoire dakhóta grâce au pow-wow, j'imagine que le citoyen moyen n'a aucune idée de ce que nous faisons. Un pow-wow est un événement festif, mais c'est aussi une façon d'honorer les ancêtres et de danser pour celles et ceux qui ne peuvent pas danser. C'est indescriptible, cette sensation qui vient du tambour, l'énergie que je ressens quand je danse sur une bonne chanson. C'est comme voler.

«Nous allons nous mettre en place pour la Grande Entrée dans quinze minutes environ, j'ai dit. Ça nous laisse pas beaucoup de temps.

– Je suis désolée d'être aussi en retard. J'avais quelques bricoles à vérifier au jardin.

– Rosie, je comprends pas ta fascination pour l'agriculture. Personne n'a oublié que le gouvernement a essayé de nous forcer à devenir des fermiers.

– Ce n'est pas de l'agriculture, en tout cas pas comme dans les grands champs. Le potager, c'est autre chose. C'est une façon de nourrir ma famille.

– J'en connais un rayon sur nourrir sa famille. J'appelle ça tatie Vera. Et McDonald's.»

J'ai tapoté mon ventre mou. On a ri ensemble.

«J'aime être avec les plantes.» Rosie avait l'air embarrassée de l'avouer.

«Tu leur parles ?

– Bien sûr. Je chante parfois.

– Alors tu ne viens presque jamais aux pow-wow ni aux événements communautaires. Au lieu de ça, tu restes chez toi à chanter pour tes plantes. On dirait le stéréotype que les Blancs ont des Indiens, qu'on murmure à l'oreille des plantes.

– Je ne murmure pas, a rétorqué Rosie, très sérieuse. Elles me disent de quoi elles ont besoin. Ou elles me le montrent. Quand Wakpá et moi sommes au jardin, que les oiseaux chantent, que le vent souffle, je suis heureuse. Je ne sais pas comment t'expliquer, ça me rappelle chez moi. Si je vais quelque part où les gens boivent ou sont agressifs, je me sens mal et ça fait remonter des souvenirs auxquels je ne veux pas penser.

– Je comprends. Mais rappelle-toi, il y a des gens qui travaillent dur pour changer les choses.

– Je sais.»

Un silence s'est abattu. Quand Rosie et moi nous retrouvions, on aurait dit que nous nous aidions mutuellement à changer de perspective. Je savais qu'elle voulait en savoir plus au sujet de la rivière, mais je ne savais pas par où commencer ; il y avait tant à dire. J'aurais voulu lui raconter que certains jours, j'avais besoin de m'échapper du bureau, que je remontais la rivière en voiture jusqu'à ce que je trouve un coin tranquille pour m'asseoir dans les hautes herbes sur la rive, et me remémorer pourquoi je faisais ce travail. Les yeux fermés, j'écoute l'eau, parfois les clapotements des vagues contre le bord d'un canoë qui passe. Parfois, un gros poisson saute près de la rive, ou bien un grand héron sort des hautes quenouilles qui poussent dans les hauts-fonds. J'imagine mes ancêtres dans ce canoë, les grands-mères et les bébés, et voilà, je suis de nouveau en colère. J'ai décidé de communiquer à Rosie tout ce que nous savions – car c'est ainsi que les grandes entreprises nous affaiblissent, en déformant la réalité jusqu'à ce qu'on se monte les uns contre les autres.

«OK, Rosie, il ne nous reste que quelques minutes. J'ai promis de t'en dire plus sur mon travail.» J'ai inspiré profondément. «À la naissance de Mathó, j'ai pris conscience que jusque-là, j'avais vraiment servi à rien. J'ai réfléchi : quel genre de vie attendait mon petit chinkši ? Quel monde pourri allait-il recevoir en héritage ? Et comment je pouvais changer ça ? C'est alors que j'ai fait un rêve. Tu me connais, je suis plutôt pragmatique, mais ce rêve était plein de sens. J'ai rêvé que la rivière pleurait, que personne n'était là pour l'aider. Les femmes, les porteuses d'eau, avaient disparu. Pas d'arbres, pas d'animaux pour venir boire. Et à mon réveil, je savais ce que je devais faire. Aider notre sœur à guérir. C'est pour ça que j'étudie le droit.»

Je me suis penchée vers elle, je voulais tellement qu'elle comprenne pourquoi c'était important. «Voilà ce que tu dois savoir, Rosie, puisque tu es une fermière. Je suppose que tu es au courant des kilomètres de drains agricoles et de fossés qui aident à garder les champs au sec?

– Oui, a répondu Rosie. John a ajouté un nouveau fossé de drainage au printemps dernier. Il était content de pouvoir travailler si tôt dans ce champ.

– Est-ce qu'il t'a dit où est évacuée l'eau?

– Non, je n'ai pas pensé à demander.

– L'eau drainée dans le fossé depuis les champs charrie avec elle énormément de produits chimiques, engrais et pesticides. Elle s'écoule dans le fossé jusqu'aux petites rivières, comme la rivière Cottonwood, qui se jette dans la rivière Minnesota, puis dans le fleuve Mississippi, lequel emporte ces eaux de ruissellement jusqu'au golfe du Mexique, où elles créent une zone morte où rien ne peut vivre. Certains de ces produits chimiques pourraient causer le cancer. Mais ce n'est pas tout. Pense à ça, Rosie, la prochaine fois que tu es dans ton jardin. Ces fabricants de produits chimiques sont de mèche avec les entreprises de semences. Aujourd'hui, ces grandes entreprises de semences sont les mêmes qui vendent les pesticides et les herbicides que vous utilisez dans vos champs. Un sacré business.» J'ai consulté ma montre. Presque l'heure d'y aller.

«Tu vis peut-être dans une ferme, Rosie, mais tu dois quand même penser comme une Dakhóta. Tu ne peux pas rester les bras croisés pendant qu'on empoisonne la rivière ou la terre et qu'on détraque nos graines. Pense aux sacrifices de nos ancêtres. Tu dois faire un choix.»

Avant que Rosie puisse répondre, Mathó et Wakpá ont accouru vers nous, frappant la table pour départager le vainqueur, tous deux hors d'haleine. « Maman, maman, a dit Mathó. Ils se mettent en place. Allez ! »

On a serré Rosie et Wakpá dans nos bras, puis on s'est dépêchés de prendre place dans la ligne, Mathó en compagnie des autres danseurs d'herbe. Je dansais encore la danse du châle de fantaisie, mais je n'avais plus mon jeu de jambes d'autrefois. Aucune importance ; à ces pow-wow traditionnels, nous étions là, pour la plupart, pour danser avec le cœur. Bien sûr, il y en a qui viennent draguer… Howah !

Avec le premier battement de tambour, la longue ligne des danseurs et danseuses s'est avancée. Nous suivions les anciens combattants et la garde d'honneur, les porteurs de drapeaux et le bâton de l'aigle. Chaque groupe a pris son essor au moment d'entrer dans l'arène, et chacun de nous insufflait à ses mouvements la meilleure énergie possible. Je me sentais si chanceuse d'être là avec mon fils.

Mathó est passé devant Rosie et Wakpá pour exhiber ses plus beaux pas de danse, se courbant comme l'herbe sous le vent. Incapable de résister au tambour, Wakpá s'est précipité dans le cercle en sautant dans tous les sens dans un effort pour imiter Mathó. J'ai cru d'abord que Rosie le suivrait et danserait avec nous. Mais elle ne l'a pas fait. Elle attendait dans l'ombre, je ne pouvais pas voir son visage. Toujours à regarder et à écouter, emplie d'une peur vivante que rien n'égalait, sinon le moteur inconnu qui la poussait de l'avant.

Quand la danse a pris fin, elle et Wakpá ont disparu dans le lent remous de la foule.

CHAPITRE SEIZE

Rosalie Iron Wing Meister
1986

C'est un mégot, dans le cendrier de la cuisine, qui a déclenché le feu. Il s'est avéré que la mixture maison employée par Edna pour polir la table était très inflammable, surtout lorsqu'une étincelle, attisée par une brise légère venue de la fenêtre ouverte, avait atterri sur une pile de factures en souffrance.

À l'étage, j'ai émergé en toussant, un goût de fumée dans la bouche. Les yeux me brûlaient. Une alarme stridulait au loin. Est-ce que je rêvais ou est-ce que c'était vrai ? Une secousse brutale à l'épaule m'a réveillée d'un coup et l'adrénaline a envahi mon corps. John sortait du lit en toussant et il m'a crié par-dessus le raffut de l'alarme : « Je… Tommy… Vite ! »

J'ai bondi sur mes pieds, attrapé ma chemise de nuit et j'ai couru au rez-de-chaussée. Comme John s'occupait de Tommy, je me suis ruée vers le placard du couloir où se trouvait l'extincteur, en priant pour qu'il ne soit pas périmé. Un nuage de fumée s'épanchait par la porte de la cuisine. À l'intérieur, j'ai vu que les flammes avaient déjà consumé les rideaux et léchaient les murs. Je voulais à tout prix empêcher le feu d'atteindre la cuisinière à gaz, alors j'ai pressé la poignée fermement tandis qu'un jet de mousse blanche se déversait dans la pièce, par-dessus la table, sur les murs. Les flammes ont d'abord résisté, mais j'ai aspergé sans m'arrêter jusqu'à ce qu'il ne reste plus qu'un mur noirci, une table fumante et une bonbonne vide.

J'ai lâché l'extincteur et couru vers le cellier. J'ai attrapé la boîte de graines, mon corps se mouvait à l'instinct. Je sortais en courant par la porte de devant quand j'ai failli percuter John qui remontait en hâte avec le tuyau d'arrosage à la main. Nous nous sommes dévisagés, sidérés, gagnés par l'horreur. Tommy ! Où était Tommy ?

John m'a bousculée pour entrer dans le couloir enfumé et grimper les marches quatre à quatre. Quelques secondes plus tard, il dégringolait lourdement l'escalier avec Tommy qui se frottait les yeux dans sa couverture. John m'a rejointe d'un pas furieux, j'étais restée pétrifiée de peur, ma boîte toujours à la main.

«Putain, c'est quoi ton problème, Rosalie ? T'as quoi dans la tête ? Je t'ai dit d'aller chercher Tommy. Et tu ressors avec ça ? Des graines ? C'est tout ce qui compte pour toi ?»

Il m'a toisée avec une telle rage que je l'ai à peine reconnu. À ce moment-là, je pense qu'il m'aurait frappée s'il était arrivé le moindre mal à son fils. Au lieu de ça, il suffoquait, les veines du front gonflées par la force du sang qui parcourait son corps.

«J'ai cru… tu as dit…

– Je t'ai dit de prendre Tommy. Je t'ai dit de prendre Tommy ! »

Alarmé par les cris de son père, Tommy a tendu les bras vers moi. John a serré le corps de son fils contre lui et j'ai senti qu'il lui coûtait de le laisser aller.

«Comment puis-je te faire confiance ?» a-t-il craché, avant de se retourner et de rentrer dans la maison. Mes genoux ont cédé et je me suis écroulée avec Tommy dans l'herbe humide. J'ai été prise d'un tremblement si fort que Tommy m'a demandé : « Maman, qu'est-ce que tu as aux mains ?»

Quelques minutes plus tard, John est ressorti dans le jardin avec une couverture et un petit sac de voyage. Il les a jetés devant moi et m'a tendu les clés du pick-up.

«J'ai appelé Judith. Elle vous attend. Je vais rester veiller sur la maison.»

Il a tourné les talons sans un mot de plus. Je ne sais comment, j'ai déposé Tommy dans le pick-up et j'ai conduit jusqu'à la maison de Judith, tout éclairée. George et elle sont sortis nous accueillir et nous ont pris en charge sans poser de question. En voyant ma tête, Judith m'a enveloppée dans la couverture que nous avions apportée et a dit à George de coucher Tommy. Elle m'a emmenée à la cuisine et a rempli la cafetière. J'ai posé la tête dans mes bras et tourné mon visage vers le mur. Le café prêt, Judith a déposé un mug fumant sur la table et elle y a ajouté une dose de whisky.

«T'es sous le choc. Bois ça, ça va aider.»

On est restées assises en silence pendant ce qui m'a paru un long moment. Enfin, un oiseau solitaire a chanté pour réveiller les autres. L'ombre est devenue grisaille.

«Tu as besoin de repos.

– Pas encore.

– Très bien, alors viens me donner un coup de main au jardin.»

J'ai ri et Judith a ri avec moi.

«Judith...» Je me suis interrompue aussitôt. J'ai pris une inspiration saccadée. «Judith, il aurait pu mourir par ma faute.

– N'importe quoi. D'après ce que m'a dit John, c'est toi qui as éteint le feu. À quoi il pensait avec son tuyau d'arrosage ?

– Il pensait que je m'occupais de Tommy. Et je pensais qu'il s'en occupait.

– Il n'y a pas eu de mal. Le petit va bien, même si Edna s'est probablement retournée dans sa tombe pour cette table. John a pris peur, c'est tout. Les gens disent des trucs horribles quand ils sont sous le choc. Repose-toi. Tu te sentiras mieux.»

Là-haut, dans la chambre d'amis de Judith, j'ai plongé dans un sommeil troublé. J'ai rêvé d'une voix de femme qui sonnait comme le vent, comme l'eau sur les rochers. Elle murmurait :

Le premier signe est venu de l'ouest, un frêle voile de fumée contre le bleu profond du ciel. Le vent portait l'odeur de brûlé, la drapait dans mes cheveux et autour de mes épaules. La peur faisait bruire les feuilles des arbres, éveillait des souvenirs de sacrifice, du feu qui envahissait la prairie, allumé par la foudre des êtres de tonnerre. La peur accélérait les pas de ceux qui pouvaient fuir. Je courais avec eux, je suivais d'un pas sûr des chemins sans jalons, mes pieds lisant la terre bien mieux que mes yeux. Soudain, j'ai trébuché et dévalé jusqu'à l'eau la pente raide d'une colline et j'ai su que je serais sauvée si je parvenais à traverser.

Je marchais à pas vifs sur mes jambes flageolantes, avec dans les bras un paquet que j'ai serré fort en tombant. Mes bras étaient si fatigués. Le soleil était obscurci par la cendre ; en plein jour je ne distinguais rien. La fumée me piquait les yeux. Dans mon dos, j'ai perçu le grondement d'un appétit vorace, la terre consumée, la faim qui nourrissait la faim, la langue nerveuse des flammes qui enflaient et s'élevaient de plus en plus haut tandis que la fumée se changeait en nuage qui nous cachait les uns aux autres. J'ai entendu quelqu'un tousser, puis quelqu'un d'autre. Nous devions être nombreux. Nous nous sommes hâtés le long de la rivière, à la recherche d'un passage sûr. Les plus âgés s'arrêtaient en route et nous ne pouvions pas nous arrêter pour les aider. Quand ma mère est tombée, je l'ai su à la douleur qui a traversé mon cœur. Je l'ai appelée : «Iná ! Iná !» Mais elle n'est pas venue…

*

Je me suis réveillée en sursaut, haletant comme si j'avais couru. Sans réfléchir, j'ai attrapé le téléphone et composé le numéro de Gaby. Elle a répondu à la deuxième sonnerie.

«J'espère que ça en vaut la peine», a-t-elle dit.

En quelques phrases brèves, j'ai expliqué ce qui s'était passé. Elle a grogné. «Où est le problème, Rosie ? Tout est bien qui finit bien. John va se calmer.

– Ça je le sais. Mais, Gaby, je comprends pas ce qui m'a pris. Je n'avais qu'une certitude, tirer ces graines de là, quoi qu'il arrive. Je ne me suis pas occupé une seconde de savoir si Tommy était vraiment en sécurité. Je n'ai pensé qu'au feu, et ensuite à ces graines.»

Elle a gardé le silence si longtemps que j'ai fini par lui demander si elle était encore là.

« Crois-moi ou non – Gaby a pesé ses mots avec soin –, mais il y a des circonstances où les femmes doivent prendre des décisions difficiles, faire des choix parfois impardonnables. Nous devons voir au-delà et être prêtes à faire le nécessaire pour sauver les nôtres, même si ça nous brise le cœur. Ma grand-mère avait une âme de fer à cause de ce que lui avait coûté sa vie. Il faut du courage pour faire ce que tu as fait. En d'autres temps, cet acte aurait pu sauver ta famille, voire toute la tribu. »

Les yeux perdus dans l'obscurité, j'écoutais Gaby. « Penses-y. Le feu est une force purificatrice dans le monde. Il nettoie les forêts du bois mort, il stérilise ce qu'il brûle et peut nous consumer tous si on le laisse faire. Certaines graines ont besoin du feu pour germer. Peut-être que c'est ton cas ? »

Tout ça n'avait aucun sens, mais je me suis tue. J'étais morte de fatigue. J'ai remercié Gaby et j'ai raccroché.

John est passé plus tard dans la matinée pendant que je dormais, et Judith lui a expliqué pourquoi je n'étais pas allée chercher Tommy. Il a semblé accepter l'explication et on est rentrés chez nous dans l'après-midi. John ne s'est jamais vraiment excusé, mais il a reconnu auprès de Tommy que j'avais éteint le feu.

Une ligne était franchie cependant. Je savais qu'en dépit de tous les efforts de Judith, John se demandait toujours pourquoi je ne m'étais pas occupée de Tommy en premier. La question couvait entre nous, ténue et obsédante, tel l'enjeu d'une guerre ancestrale.

CHAPITRE DIX-SEPT

Rosalie Iron Wing Meister
1987

Tommy s'est agenouillé dans l'herbe pendant que je lui montrais comment la tige délicate du haricot de terre poussait en s'enroulant autour des tiges de plantes plus hautes. De près, il émanait de lui une odeur de petit garçon en sueur, de sel, de terre et d'innocence. Ses ongles sales suivaient la tige rampante jusqu'au sol, à travers un enchevêtrement de feuilles vertes et d'herbes, comme je le lui avais montré. Il a enfoncé la pointe du déplantoir de quelques centimètres et libéré la plante. Alors qu'il nettoyait les restes de terre collés aux racines, il a découvert le petit haricot que nous récoltions.

«Regarde ! J'en ai trouvé un !

– Bravo. On appelle parfois ce haricot la "cacahuète des porcs". À l'automne, les souris ramassent ces haricots. Mon père, ton unkán, m'a raconté que les femmes dakhóta apportaient toujours un peu de maïs pour le troquer contre les haricots de la petite souris.

– Pourquoi ?

– Pour que les bébés souris ne meurent pas de faim. Personne ne veut que ses enfants aient faim. C'est pourquoi nous partageons toujours la nourriture.»

Tommy a réfléchi un moment. « C'est pour ça qu'on apporte des pommes de terre à ce magasin ?

– Oui. Nous prenons soin les uns des autres. »

Tommy a ajouté son haricot au sac que nous emportions lors de nos cueillettes. Il en a tiré la pomme que j'avais prise pour lui et l'a posée sur le sol. « Pour le peuple souris. »

J'avais commencé à enseigner à Tommy ce que j'avais appris sur les plantes par mon père, quand j'étais enfant. Tous les deux, nous fouillions les bois au bord du champ et plus loin le long de la rivière. Il m'aidait à ramasser du gingembre sauvage pour préparer un thé contre ses maux d'estomac, et de la charbonnière, une lamiacée que nous utilisions en cataplasme. Il apprenait à repérer le raisin d'ours et à savoir quand les cerises sauvages étaient mûres. Au printemps, je lui avais montré la sève pourpre qui donne son nom à la sanguinaire.

Nous avions ramassé assez de haricots pour cuisiner un petit plat pour le dîner et nous sommes allés nous rafraîchir à la rivière. À sept ans, Tommy était grand pour son âge. Rapide, il a dévalé la colline devant moi et enlevé ses chaussures pour patauger dans les eaux lentes. Pendant que je le regardais lancer des pierres presque jusqu'à l'autre rive, je me suis rappelée mes propres journées d'enfant à harponner des poissons imaginaires et à attraper des ménés. À faire des ricochets et à chercher des tortues. À l'époque, je m'étais demandé pourquoi mon père ne pêchait pas dans la rivière, pourquoi il se tenait loin de l'eau. Quand je le lui avais demandé, il avait détourné la tête, sa bouche crispée formant une ligne dure.

Quand il a été temps de rentrer, Tommy a remonté la colline comme un cabri, bondissant d'un rocher à l'autre à la poursuite d'une couleuvre taureau qui s'échappait en ondulant, dérangée en pleine sieste sur une pierre chaude. Au sommet, au détour d'un large tronc d'arbre, nous nous sommes trouvés nez à nez avec un énorme chevreuil mâle qui semblait aussi surpris que nous. Tommy s'est figé sur place. J'ai posé les mains sur ses épaules et nous avons reculé lentement, pas à pas, jusqu'à mettre l'arbre entre nous et le chevreuil. Dès que nous avons été hors de vue, l'animal s'est désintéressé de nous, s'est ébroué deux fois et a détalé à travers champs, sa queue blanche comme un éclair dans sa course.

«Maman, où est-il parti?» Tommy a couru voir dans quelle direction le chevreuil avait disparu.

Je n'ai pas pu lui répondre tout de suite. J'étais soudain perdue dans ce rêve où ma mère s'occupait du feu, un chevreuil suspendu à une branche au-dessus d'elle. Sa voix qui appelait mon nom. Les routines réglées qui tissaient désormais mon monde m'avaient presque fait oublier ce rêve.

«C'était un chevreuil mâle, ai-je dit enfin. Ici, c'est chez lui. Il était plus effrayé que nous. Tu as vu à quelle vitesse il est parti ?»

«Ouais.

– Si nous avions été en train de chasser aujourd'hui et que nous avions d'abord prié puis offert du chanšáša, alors il aurait peut-être donné sa vie pour nous nourrir.

– Pourquoi?

– Nous dépendons tous les uns des autres pour notre survie. Les plantes que nous cueillons donnent leur vie; le chevreuil donne sa vie. Parfois, nous donnons la nôtre aussi. Il faut être respectueux, savoir que la vie d'une plante ou d'un animal est un don qui nous permet de vivre. On ne prend jamais plus que ce dont on a besoin.»

Nous avons tant tardé qu'à notre arrivée, John nous attendait assis à la table toute neuve de la cuisine. J'ai rangé mon sac de cueillette dans le cellier et envoyé Tommy à l'étage pour se changer.

«Je croyais que nous avions rendez-vous avec la maîtresse ce soir», a dit John sans me regarder. Après l'incendie, il s'était mis à m'interroger sur les activités de Tommy, comme s'il ne pouvait pas me faire confiance.

«Oui. Il y a un reste de gratin, ça ne prendra qu'une minute à réchauffer.»

La cuisine s'est emplie d'un silence que seul brisait le bruit du couteau avec lequel je coupais la laitue pour une salade.

John s'est levé. «Tommy est assez grand pour m'aider à faire quelques tâches après l'école.» Il a pris une bière dans le frigo. Je n'ai pas répondu.

*

La maîtresse de Tommy, Mme Gunderson, était une dame à quelques années de la retraite, que ses jeunes élèves adoraient comme une grand-mère. Tommy s'est assis à sa place pour faire des coloriages et nous nous sommes assis face à elle sur deux petites chaises.

«Tommy est un élève très brillant.» Elle était tout sourire. «Le seul devoir qui lui a posé problème a été celui qui consistait à dessiner sa famille. Quand je l'ai interrogé au sujet de ses grands-parents, il a dit qu'il n'en avait pas. Est-ce vrai ?

– Oui, c'est vrai, a répondu John. Mes parents sont décédés tous les deux avant la naissance de Tommy. Et Rosalie – eh bien, elle peut vous parler de sa famille.»

Il m'a regardé les sourcils levés, une invitation explicite à partager mon histoire. J'ai gardé les lèvres closes. Un silence embarrassé a flotté entre nous.

«Je vois. J'ai dit à Tommy que nous pouvions simplement écrire leurs prénoms s'ils ne sont plus en vie. Mais il n'est jamais revenu avec leurs prénoms.

– Oh. Ce devoir a dû être perdu, a dit John en me jetant un coup d'œil. Mes parents étaient Harlan Meister et Edna Horst.

– Bien sûr, j'ai connu leurs familles, a-t-elle répondu en notant soigneusement les deux noms. Et vos parents, Rosalie ?»

Elle s'est tournée vers moi avec une curiosité qui m'a paru déborder la simple politesse.

«Mon père était Ray Iron Wing. Et ma mère Agnes Kills Deer.»

J'ai attendu, mais le stylo de Mme Gunderson n'a pas bougé.

«C'est donc vrai que votre fils est… en partie indien. Je me demandais, vous savez, car il… vous ressemble beaucoup et, bien sûr, les autres enfants ne sont pas toujours très gentils.

– Pas très gentils ? ai-je demandé, une tension nouvelle dans la voix.

– Vous savez comment sont les enfants. Ils aiment se taquiner, se donner des sobriquets.

– Quels sobriquets ?

– Eh bien, "Grand Chef" ou "Cheval Fou" ou "peau-rouge", des choses comme ça. "Sauvage".

– Et vous laissez faire ?

– Oh non. Non, non, non. Plus d'une fois, un garçon s'est retrouvé dans le bureau du directeur pour en avoir traité un autre. Mais je ne les entends pas toujours. Et votre fils n'est pas du genre à rapporter. »

J'ai senti une vague de chaleur enfler en moi, un signe dangereux. J'entendais encore les voix du lycée chanter « squaw », ou « Pocahontas » sur mon passage dans le couloir. J'ai senti la rage ancienne et familière me picoter la peau des bras et la poitrine. Piqûres d'ortie.

« Madame Gunderson. » Elle s'est tournée vers moi avec un sourire qui s'est figé quand elle a croisé mon regard. « Je veux parler aux parents de ces enfants.

– Je crains de ne pas pouvoir…, a-t-elle commencé, mais j'ai frappé sur la table d'un coup assez violent pour éparpiller le dossier de Tommy.

– Je veux parler aux parents de ces enfants ! » Ma voix avait enflé, comme si ça pouvait l'aider à me comprendre.

« Rosie, je pense que tu en as assez dit. Allons-nous-en. » John m'a attrapée par le bras et a fait signe à Tommy de se lever. Il m'a poussée hors de la pièce comme si j'étais sur le point d'émettre des menaces. Mme Gunderson nous a suivis des yeux, la main pressée sur le cœur.

John a secoué la tête sans s'arrêter pendant que nous retournions à la voiture. N'ayant peut-être jamais remarqué la peau brune de son fils lorsqu'il le regardait, il ne s'était pas rendu compte que le monde l'avait déjà marqué comme différent. Il avait beau connaître l'histoire et savoir comment certains de ses voisins considéraient les Indiens, il n'était pas préparé à voir son propre fils traité de cette façon. Il ne voulait pas admettre, même en son for intérieur, que dans cette communauté, un mince vernis de politesse revêtait une hostilité latente. Il n'était pas là quand des vendeurs surgissaient à l'improviste au rayon où je faisais mes courses, il ne voyait pas les mères serrer leurs enfants contre elles quand Tommy et moi nous rejoignions le cercle de lecture de la bibliothèque. Il n'entendait pas le silence s'abattre sur nous à notre entrée au café. Il avait fait l'expérience avec sa famille d'être l'objet de commérages, mais avoir une tête d'Indienne dans une communauté chrétienne vivant sur une terre dakhóta, ça lui échappait complètement.

Une fois Tommy endormi dans sa chambre, je suis allée dans le salon où John regardait la télévision dans son fauteuil, une canette de bière sur la table à côté de lui. Je me suis assise sur le canapé et j'ai attendu qu'il éteigne la télé. Il y avait beaucoup à discuter.

« Je veux faire l'école à Tommy, à la maison.

– Je ne pense pas que ce soit une bonne idée, a répondu John. Il faut qu'il apprenne à se défendre. Si les autres enfants s'en prennent à lui parce qu'il est indien, il ne peut pas se contenter de fuir. Ça empirera la situation quand il sera plus grand.

– Non, c'est faux. » J'ai senti mon visage s'empourprer. « Savoir qui il est lui donnera la force dont il a besoin face à toute la merde qu'il va devoir subir dans la vie.

– Il sait qui il est. C'est mon fils, il porte le nom des Meister. Si c'était assez bien pour moi, c'est assez bien pour lui. Je lui enseignerai ce qu'il a besoin de savoir pour être un homme. »

Silence.

« Rosie, je sais que tu t'inquiètes pour lui, a-t-il continué de la voix calme qu'il utilisait quand j'étais en colère. Je suis inquiet moi aussi. S'il doit reprendre cette ferme un jour, je dois le lui enseigner. Tu comprends ? Suivre ta voie risque juste de faire de lui une cible.

– Pourquoi il ne pourrait pas apprendre de nous deux ?

– C'est ce qu'on a fait. Tu l'emmènes à des pow-wow et tu lui montres les plantes. Maintenant qu'il est plus grand, il faut qu'il passe plus de temps avec moi, à apprendre la ferme. À son âge, je savais déjà manœuvrer le tracteur.»

Sans réponse de ma part, il a rallumé la télé.

Je me suis enfuie à l'étage et je suis restée éveillée, les yeux fixés au plafond, secouée par notre conversation. Comme j'avais été naïve, il y a des années, de penser que je n'avais besoin que d'une maison. Je comprenais maintenant pourquoi mon père m'avait conseillé d'épouser un Dakhóta. Il avait essayé de m'avertir à propos de ce moment, quand le cœur d'un enfant serait en jeu. Il était convaincu que grandir dans une famille mixte faciliterait un éloignement des valeurs dakhóta.

Mon conflit avec John prenait ses racines dans ce que nous étions au plus profond de nous. Chacun était fermement convaincu que sa propre voie était la meilleure pour l'enfant. Je redoutais que Tommy grandisse désorienté, incapable de réconcilier le conflit de son sang. Notre fils, un jour ou l'autre, devrait choisir entre deux chemins.

Des générations entières avant moi avaient été réduites au silence, forcées à dissimuler leurs cérémonies et leur langue sous terre, au fond des bois, et de porter avec elles ces savoirs, comme un lien vital à notre culture. Je n'abandonnais pas mon fils. Chaque fois que nous cueillions des plantes, que nous offrions notre chanšáša à l'eau ou récitions une prière en regardant le soleil se lever par-dessus les arbres, Tommy apprenait de moi, comme j'avais appris de mon père. Sans mots, sans livres, je lui enseignerais de mon mieux ce dont il avait besoin pour vivre dans ce monde.

Le lendemain, Tommy et moi sommes sortis au jardin comme d'habitude, mais c'était plus important que jamais. Après une nuit sans sommeil, j'avais besoin du réconfort des plantes autour de moi, du langage muet de leur endurance, de leur capacité à survivre, à s'épanouir, à s'adapter. Mon père m'avait une fois montré un cerisier sauvage qui avait perdu la plupart de ses feuilles tandis qu'un jeune arbre florissait non loin. L'arbre-mère avait choisi de sacrifier sa propre santé pour sa progéniture et d'envoyer sa part de nutriments à l'autre arbre pour l'aider à combattre un champignon. Le jeune arbre avait guéri et, avec le temps, l'arbre-mère aussi avait vu ses feuilles repousser.

Dans le potager, j'ai expliqué à Tommy que les cosses fanées devaient avoir une texture sèche comme le papier, qu'elles ne devaient pas être douces ni humides. J'en ai ouvert une pour lui montrer les haricots noirs bien alignés, désormais suffisamment secs pour que nous les conservions tout l'hiver.

« Comme la souris des haricots ?

– Comme la souris des haricots. »

Pendant que Tommy remplissait son panier, je lui ai dit que nous allions mettre de côté les plus beaux haricots pour les replanter au printemps, de façon à ne jamais manquer de nourriture. Il a pu remplir sa propre enveloppe de graines et écrire son nom dessus.

Nous étions en pleine cueillette quand une volée dense de merles noirs est apparue. Des douzaines, puis des centaines d'oiseaux se sont posés sur les plus hautes branches des chênes de l'autre côté du champ. Ils appelaient encore et encore de leurs voix rauques avant de s'envoler de nouveau, leurs corps noirs criblant le ciel bleu pâle, virevoltant et tourbillonnant, comme reliés par une seule pensée. Quand ils sont passés au ras de nos têtes, j'ai entendu le murmure de leurs ailes, j'en ai senti la grâce sacrée. Aussi fasciné que moi, Tommy était assis, immobile, et fixait le ciel bouche bée, oubliant de respirer.

Les oiseaux venaient de disparaître quand John, rentré des champs plus tôt que d'habitude, a appelé Tommy. En entendant son nom, Tommy m'a regardée, comme s'il hésitait. Durant un instant, aucun de nous deux n'a bougé.

« Allez va, ton père veut te voir. »

Il a essuyé ses mains sur son jean et il a couru vers la grange. Le soir, au dîner, il exultait de son après-midi en compagnie de son père : « Je dois aider à nourrir les poules. Et le week-end, je peux conduire le tracteur. »

À l'heure du coucher, John a annoncé qu'il lirait une histoire à Tommy. Je me suis arrêtée dans le couloir, un tas de linge dans les bras, pour écouter la voix hésitante de John réciter l'histoire de David et Goliath. « Et après ça ? ai-je maugréé pour moi-même. L'église ? » Tout juste : alors que John n'était jamais retourné au culte, il s'est mis à déposer régulièrement son fils au catéchisme. Tommy apprenait à chanter des hymnes de sa douce voix flûtée, à réciter les Dix Commandements et à distinguer le ciel et l'enfer. Il posait des questions au sujet du diable et de l'Enfant Jésus. Entouré d'adultes approbateurs, il apprenait que les croyances de son père étaient bénies par Dieu, l'Église et la communauté. Soucieux de plaire, Tommy s'est mis à passer de moins en moins de temps avec moi, jusqu'à ce que je cesse de lui demander s'il voulait m'aider au jardin ou aller cueillir des plantes dans les bois.

Parce que c'est de ça qu'il se souvient, Thomas a grandi convaincu que je l'avais laissé tomber. Et il ne peut pas me le pardonner.

CHAPITRE DIX-HUIT

Rosalie Iron Wing
2002

Dix-sept jours après ma rencontre avec Ida dans les bois, mon attention au monde a commencé à se relâcher. Après tant de jours sans parler ni entendre de voix humaine, ma peau semblait se décoller de mon corps, couche après couche. Des images du passé affleuraient puis se dissolvaient, mon histoire s'effilochait pour faire place à un néant incolore et dépouillé. Je n'envisageais plus de partir. C'était comme si j'étais peu à peu remodelée par l'isolement hivernal, l'emprise mortelle du froid, l'obscurité persistante. Imperceptiblement, cette solitude tant attendue devenait ma plus rude épreuve, la crête acérée où je tenais en équilibre.

Les jours se fondaient les uns aux autres et j'ai commencé à être négligente. J'ai failli geler une nuit où, sans le faire exprès, j'avais laissé le feu s'éteindre. Je me suis éveillée d'un rêve peu après minuit, les pieds engourdis, les doigts raides de froid. Brusquement alarmée, j'ai pris conscience que rester en vie était un choix à refaire chaque jour si je voulais survivre à l'hiver. Il fallait que je garde le feu allumé en permanence, sans quoi je mourrais de froid, tout simplement.

Rester en vie signifiait que je devais raviver le feu avant de m'endormir, me réveiller pendant la nuit pour ajouter du bois et quitter mon lit chaud à l'aube pour alimenter le poêle et faire chauffer de l'eau pour le café. Je n'avais pas de chaudière d'appoint au mazout qui se déclenche lorsque les températures descendent au-dessous de zéro, un luxe que je n'avais jamais apprécié à sa juste valeur à la ferme. Pas non plus l'efficacité salvatrice d'une tronçonneuse, un outil que je n'avais pas pensé à apporter. Je devais faire avec ce que j'avais.

Ce matin-là, après l'avoir échappé belle, j'ai fait l'inventaire et me suis aperçue que j'avais consommé l'essentiel de la réserve de bois derrière la cabane. J'ai repensé aux longues marches que nous faisions avec mon père pour chercher des branches tombées et des souches encore saines puis les charrier jusqu'à la cabane, où il passait des heures à débiter chaque chargement en bûches de dimensions appropriées au poêle. À l'époque, nous utilisions une luge sur laquelle je m'asseyais avant qu'elle soit chargée. Il avait ajouté des panneaux latéraux articulés et remplacé les lames métalliques par de larges lattes lisses pour permettre à la luge de glisser sur la neige et les feuilles mortes.

Je savais que je trouverais, sous le monticule de neige à côté de la pile de bois, la quincaillerie de mon père, un fabuleux bric-à-brac accumulé « au cas où » : pièces détachées de voiture, outils cassés, grillage, cageots, bouteilles de whisky, abat-jour, un fauteuil et une machine à laver à manivelle. La neige recouvrait quasiment un pick-up Ford tout rouillé, aux pneus crevés, avec des toiles d'araignée qui flottaient par une vitre entrouverte. Après une fouille rapide, j'ai retrouvé la luge, étonnamment en assez bon état, à part ses lattes de bois presque entièrement pourries. Avec un marteau et quelques clous, j'ai fixé les parties en bois encore solides à une plaque de métal qui avait autrefois appartenu au toit, en recourbant un côté pour la faire glisser.

J'ai attaché mes raquettes et me suis mise en chemin vers les arbres, avec dans l'oreille le lointain écho de l'aboiement joyeux de Šúnka et du sifflement de mon père. La lumière du soleil perçait en douceur autour de moi, des rayons vagabonds s'accrochaient aux branches ourlées de neige et se reflétaient dans la blancheur jusqu'à faire étinceler la forêt. Tout en plissant les yeux pour me protéger de cet éclat, je me suis rappelée que mon père avait mentionné un jour que le nom du mois de mars en dakhóta signifiait « yeux douloureux » ou « cécité de neige ».

Une fois la luge chargée de branches et de morceaux de troncs, je l'ai traînée jusqu'à la cabane dans la neige profonde, ce qui m'a valu une bonne suée. Après avoir déchargé le bois sur le seuil de la porte d'entrée et l'avoir recouvert d'une vieille bâche, j'ai fait un voyage supplémentaire pour rassembler du petit bois et remplir de neige fraîche un seau que j'ai déposé sur le poêle. Fatiguée, en sueur, je ne désirais qu'une chose, m'asseoir avec une tasse de thé, mais il me restait une petite corvée. Chaque matin, quand j'étais enfant, mon père et moi laissions des restes sous le vieux chêne rouge derrière la cabane, pour les animaux de passage. Je suis allée chercher un bol de viande qui restait de mon dîner de la veille et je l'ai apporté sous le même arbre, avec ses branches massives largement déployées et ses quelques glands encore accrochés aux rameaux. J'ai jeté le petit tas de viande et raclé le bol avec une poignée de neige.

À mon retour, j'ai eu la surprise de voir un chat errant perché sur le capot de la vieille Ford. Ses yeux jaunes m'ont examinée d'un regard froid de prédateur. Une fourrure emmêlée couvrait ses épaules décharnées et ondulait sur ses flancs aux côtes apparentes. Il prenait un risque en se nourrissant dans le jardin ; j'avais récemment aperçu des excréments de renard dans le coin. Il devait être affamé pour s'exposer comme ça, surtout en plein jour. Je me suis demandé comment il était arrivé là. Peut-être qu'il était resté, comme moi, bloqué sous la neige après une tempête, de sorte qu'il en était réduit à vivre de campagnols et de lapins.

Je lui ai tourné le dos et suis repartie vers ma cabane en marchant lentement pour ne pas l'effrayer. J'avais vu assez de chats errants pour savoir qu'ils ne veulent pas qu'on les approche. Mais je pouvais peut-être l'aider à passer l'hiver. Je n'étais pas contre un autre être vivant dans les parages.

Ce soir-là, j'ai préparé une simple soupe à partir d'un paquet de saucisses de chevreuil d'Ida auxquelles j'ai ajouté des carottes de la ferme et des patates de la récolte de l'automne précédent. Une fois le bouillon refroidi, j'ai retiré à la cuillère la nappe de gras congelé et l'ai mise dans une gamelle, accompagnée d'une louche de viande et de légumes. Avec des repas réguliers, mon nouveau voisin, que j'avais déjà surnommé Šazí, « Orange », pourrait peut-être s'en sortir en cas de bagarre.

Šazí et moi avons vite trouvé une routine. Le soir, je cuisinais pour nous deux et mettais sa portion de côté dans un bol que je déposais chaque matin sous le chêne. Il était le plus souvent à la même place, sur le capot du pick-up, et attendait d'entendre la porte se refermer pour s'approcher de la nourriture. Depuis la fenêtre de la chambre, je le regardais sauter du pick-up sur le tas de bois, cheminer avec précaution d'une bûche à l'autre, sauter sur le toit du cabanon, faire un dernier bond improbable jusqu'à une branche basse du chêne pour enfin descendre le tronc, toutes griffes dehors, jusqu'à sa nourriture. Il la dévorait en quelques bouchées hâtives, tout en jetant aux arbres environnants des coups d'œil paranoïaques.

Je pouvais presque entendre le grognement sceptique de John devant ce gâchis de temps et de nourriture. « Ces chats ne sont que des bêtes sauvages, aurait-il dit, des bons à rien. » John n'aurait pas été jusqu'à noyer une portée de chatons non désirés, comme certains fermiers de notre connaissance, mais il n'aurait pas bougé le petit doigt pour les garder en vie. Les animaux devaient gagner leur pitance, comme notre vieux Boomer, qui était un bon chien de chasse en son temps et gardait un œil sur la maison quand nous partions. Boomer savait voyager en pick-up et s'asseoir sur commande, et il avait fini par mourir de vieillesse dans son sommeil, comme tout chien qui se respecte. Il connaissait sa place dans le monde.

Ce chat, quant à lui, ne désirait que quelques restes pour ne pas mourir de faim. Il m'avait signifié clairement qu'il ne me devait rien, il gardait ses distances et m'observait avec une hostilité mal dissimulée. Mais pendant les heures sombres au cours desquelles je m'accoutumais au silence de la perte, Šazí était l'étincelle de vie qui me rattachait au monde. Sa faim me donnait un but. Il a dû sentir que je n'avais pas grand-chose à lui donner à part ce bol de restes. Je n'avais pas non plus besoin de son affection et j'évitais toute tentation de l'attirer plus près, de former un lien qui lui coûterait son naturel fauve et indompté. Je voulais qu'il survive à sa façon et n'être rien d'autre pour lui qu'une main secourable. L'enfant en moi aspirait encore à courir à travers bois pour ressentir alentour la liberté des créatures sauvages.

Mais c'était sans compter la solitude partagée qui nous a rapprochés une fois sa survie assurée. Une semaine plus tard, alors que le dégel de mars commençait et que la glace s'égouttait paresseusement sur le seuil, j'étais en train de couper du petit bois sur une large souche près de la réserve, à bonne distance de l'arbre de Šazí. Il s'était habitué à mes allées et venues dans le jardin et savait que je ne m'approcherais pas de lui. Quand il avait fini de manger, il nettoyait son pelage avant de bâiller. Il me regardait travailler quelques minutes, étudiait les buissons voisins, puis regagnait d'un pas nonchalant son repaire dans le pick-up, où j'avais glissé une vieille couverture.

Je me suis surprise à guetter les apparitions épisodiques de Šazí en dehors des heures des repas. En observant la prudence de son pas sur le champ couvert de neige, l'attention soutenue avec laquelle il examinait le monde autour de lui, j'ai appris un nouveau genre de silence, qui n'était pas fait de mort ni de perte. Je me suis rappelée la sensation d'être connectée à chaque saison, d'écouter profondément, de trouver un lieu de repos au cœur de la solitude de l'hiver.

J'ai étudié la patience du chêne rouge, elle qui se perfectionnait d'année en année, et sa résistance au froid. À l'automne, elle se préparait en aspirant sous terre l'énergie du soleil, pour la stocker dans ses racines, un peu comme je conservais la récolte de mon jardin. Tout au long d'une saison en apparence trop froide pour que rien ne survive, l'arbre attend, simplement, continue de grandir intérieurement et rêve du printemps. Sans bien comprendre encore la raison de mon retour, je commençais à songer que c'était pour ça, pour retrouver un langage que j'avais connu autrefois. Le langage de cet endroit.

*

Le lendemain matin, je me suis levée à l'aube, incapable de dormir, percevant les gargouillements lointains du printemps. Comme je me frottais les bras devant la fenêtre pour me tenir chaud, j'ai vu une lapine à queue blanche se glisser sous l'escalier par un espace entre deux planches. Il est rare que les lapins cherchent à s'abriter si près d'une maison, ils préfèrent cacher leur tanière en terrain dégagé. Elle devait être désespérée pour venir risquer une rencontre avec une humaine, sans compter Šazí, ou le renard, dont, la veille, j'avais de nouveau aperçu les traces autour du chêne.

Mon père m'aurait dit de ne pas m'inquiéter, que c'était la manière dont la nature prenait soin d'elle. «Je t'ai déjà raconté l'histoire de la lapine et du renard?» m'avait-il demandé un jour, à déjeuner. Cet après-midi-là, je n'étais pas d'humeur pour les contes de mon père.

«Non», lui avais-je répondu. Je ne voulais pas l'écouter, mais je savais que je n'avais pas le choix.

«Eh bien, il y avait un vieux renard qui se croyait plus malin que la lapine et se vantait qu'il la mangerait un de ces jours, avec des cornichons et de la moutarde, comme sur ton sandwich.

– Il n'a pas dit ça.

– T'as raison. Ketchup peut-être. En tout cas, la lapine se transforme en arbre mort et trompe le renard, qui lui casse quand même une branche pour en avoir le cœur net, puis s'en va en trottinant. Quand la lapine se retransforme, elle a le nez plus court, là où la branche a été cassée. Le lendemain, quand le renard s'aperçoit qu'il a été trompé, la lapine se cache derrière un arbre. Refusant d'être berné une seconde fois, le renard dévore l'arbre tout entier et s'en va avec la panse qui racle le sol, un peu barbouillé. La lapine a beaucoup ri et a vécu assez longtemps pour élever ses bébés.»

J'ai plissé les yeux, pas convaincue. «Ce vieux renard lui mangera ses enfants quand ils seront grands, pas vrai?

– Sûrement. Mais s'il ne le faisait pas, il y aurait bientôt trop de lapins qui courraient dans tous les sens, mangeraient toute l'herbe et toutes les baies et les plantes que tu aimes cueillir. Quand il ne resterait rien, on mourrait tous de faim. C'est pas ça que tu veux, pas vrai?

– Non.

– Tu vois, c'est pour ça qu'on a besoin du renard en plus des lapins. C'est la loi de la terre, le moyen par lequel la nature maintient l'équilibre entre tous nos cousins.»

Pour s'assurer que j'avais bien compris la leçon, quelques jours plus tard, il m'a enseigné à fabriquer un collet, à y prendre moi-même un lapin, à le dépecer et à préparer un ragoût. Je devais avoir dix ou onze ans. C'était dur la première fois, même si j'avais appris que la faim est un bon professeur. Je savais déjà que si on m'obligeait à choisir entre la vie du lapin et mon ventre vide, je serais prête à jouer au renard. Le soir où j'avais raconté à Gaby et Anthony l'histoire du lapin tué chez ma première famille d'accueil, et qu'ils avaient ri, j'avais deviné qu'ils n'avaient jamais connu la faim comme moi. Ça vous transforme.

Quand le lapin à queue blanche a disparu dans les bois, je suis allée dans la chambre de mon père et j'ai regardé autour de moi. Sur le mur, près des photos et des articles au sujet de l'espace, il avait punaisé sa propre carte du ciel, avec le mot «Wicáŋhpi» écrit au-dessus en majuscules épaisses. Par la suite, il s'était mis à veiller parfois plusieurs nuits d'affilée pour contempler le ciel. Il me montrait l'étoile Polaire, me disait que son véritable nom était Wicáŋhpi wazíyata et il me demandait de le répéter sans arrêt jusqu'à ce que je le mémorise. Parfois, il me réveillait pour que j'aille regarder les étoiles avec lui.

Il parlait sans arrêt et il en revenait toujours au même point, à son argumentation face au conseil d'administration de l'école qui l'avait licencié pour avoir enseigné la science autochtone. «Une preuve?» disait-il, et je savais ce qui suivrait. Rien de ce que je pouvais dire ou faire n'entraverait son flot de paroles. Je fermais les yeux.

« Vous voulez une preuve ? Que vous faut-il de plus sinon des milliers d'années d'astronomie que les scientifiques occidentaux commencent tout juste à saisir ? Nous, les Indiens, nous utilisons les étoiles pour nous guider dans la récolte de nourriture et dans nos cérémonies depuis que nous sommes là. Mais oui : la connaissance des étoiles est un mode de vie qui inclut notre spiritualité. On ne peut pas faire de la science sans se préoccuper de la façon de l'utiliser. Il faut se comporter en membre de la famille.

– Ne voient-ils pas que la terre se meurt ? Il est temps que les gens cessent de faire comme si on pouvait se servir sans limites… »

Pendant ses diatribes, ma tête dodelinait peu à peu vers ma poitrine jusqu'à ce que je m'endorme. Je me réveillais toujours au lit, après avoir rêvé d'étoiles et d'animaux et d'oiseaux-tonnerre. Mon premier réflexe était de vérifier s'il était encore à la maison. Parfois, quand il était resté éveillé toute la nuit, il disparaissait. Un matin, je me suis réveillée et la porte de devant était grande ouverte, le vent faisait voler ses papiers dans la pièce et une bouteille de whisky était posée sur la table à moitié vide. J'ai vidé le reste dans la neige, écœurée par l'odeur et par ce que ça lui faisait.

À chaque fois qu'il revenait, mon père disait que ça n'arriverait plus. Mais il n'avait pas toujours les moyens d'acheter ses médicaments pour le cœur, parfois il enterrait les pilules dans les bois quand il se sentait ralentir, qu'il ne trouvait plus ses mots. Je m'en apercevais toujours quand il arrêtait de les prendre. Il restait au lit, assoupi des jours durant, ou alors il arrêtait complètement de dormir pour passer des heures plongé dans ses étoiles, ses cartes du ciel et ses bouquins.

Quand j'y repense, je me dis qu'il m'a appris à survivre. Enfant, je savais déjà piéger ma nourriture, allumer un feu et m'occuper avec des livres jusqu'à ce qu'il rentre à la maison, parfois plusieurs jours après son départ. J'étais fière de pouvoir survivre seule. Je ne le lui ai jamais dit, il y a eu des jours où mes collets restaient vides, où tout ce que tu me laissais dans le placard, c'était un sac de farine moisie. Où j'en venais à croire que les coyotes aboyaient après moi et se rapprochaient de plus en plus de la cabane. Est-ce que tu sais combien de temps peut brûler un feu quand la réserve de bois s'épuise ? Surtout les jours d'hiver comme celui-ci ? J'étais trop petite alors pour manier la longue hache qui servait à couper le bois. J'avais froid et faim, et si peur que je me cachais sous les couvertures et m'endormais en pleurant et en essayant d'oublier le gouffre qui brûlait dans mon estomac. J'aurais voulu pouvoir dire : «J'ai toujours su qu'un jour ou l'autre, tu ne reviendrais pas. Que tu me laisserais toute seule et que je devrais me débrouiller.»

J'ai mon propre fils désormais, le petit-fils que tu n'as jamais rencontré. Il est grand, comme toi, avec les mêmes yeux enfoncés, le même menton fort et obstiné. Mais je vais te dire une chose : quand c'était un petit garçon, j'ai pensé que l'essentiel que j'avais à lui offrir, c'était de grandir en sécurité dans une maison où il n'aurait jamais faim et ne serait jamais abandonné des jours durant. Aujourd'hui, je n'en suis plus si sûre. Ce que tu m'as appris m'a aidée à m'en sortir pendant des années difficiles, après que j'ai été enlevée. Je sais que ça m'a rendue assez dure pour survivre. Est-ce que j'ai transmis ça à Thomas ? Je n'en suis pas sûre. L'avenir le dira.

Mon père avait couvert sa carte du ciel de dessins d'oiseaux-tonnerre et de tortues, d'ours, de serpents et de salamandres qui représentaient les constellations dans leurs moindres détails. Comme je lissais un coin fripé de la carte, j'ai trouvé une inscription de sa main.

«Trouve le lieu dont parlent les Indiens», avait-il écrit. Le lieu animé où toutes choses sont créées. Je me demande s'il l'a jamais trouvé.

CHAPITRE DIX-NEUF

Marie Blackbird
1889

Une grue du Canada, un mâle solitaire, a atterri dans le champ d'en face après avoir décrit un lent cercle et estimé qu'il y serait en sécurité. J'aurais voulu le détromper, mais c'est le moi d'avant qui parle, celui qui voit le danger derrière chaque arbre, qui sursaute quand le vent fait claquer la porte. Je l'avais regardé déployer ses ailes, filer dans le vent plus vite qu'un homme n'a jamais filé sur un cheval et ralentir juste à temps pour laisser son corps pesant se camper sur deux longues pattes frêles. Comme les miennes, ai-je pensé, car les années de faim à Crow Creek ne m'avaient laissé que la peau sur les os.

L'oiseau a fait un pas ou deux, il marchait comme un homme, c'était un autre oiseau à présent, presque aussi haut que moi. Autrefois, il y a bien longtemps, nous aurions pu converser et échanger des récits de ce que nous avions vu. Mais quand il a lancé son appel, *kar-r-r-r-o-o-o*, je n'ai pu qu'imaginer ce qu'il voulait dire. C'est ce son qui m'a touchée, comme s'il avait convié le passé à former un cercle autour de nous. Comme s'il me disait qu'il avait toujours été là et qu'il serait toujours là, en dépit des clôtures, des arbres coupés, des bâtiments de bois et de brique qui poussaient comme des champignons dans toute la région. Son cri rauque disait que le Missouri continue de serpenter vers le sud et que le vent continue de chanter par les vastes plaines. Nous sommes encore là, lançait la grue, et cette terre est à nous.

Peut-être, ai-je pensé, et peut-être pas. Ce que les colons blancs appelaient progrès se déchaînait comme une tempête furieuse partout sur notre terre, et aucun de nous n'était assez fort pour lui résister. Sinon, comment les Dakhóta avaient-ils fini si éparpillés, acheminés par ici comme des sacs de farine ou enfuis vers le nord, emportés dans toutes les directions comme des graines d'asclépiade à l'automne ?

Après plus de vingt hivers dans cet endroit appelé Santee, une autre réserve pour nous enfermer comme le bétail de l'homme blanc, après avoir appris les dures leçons des plaines, d'une nouvelle rivière, de plantes qui étaient un mystère à notre arrivée, l'idée de repartir me terrorisait. Quoique ce ne fût pas ma terre natale, je voyais la beauté du Nebraska. Mais j'avais promis à Iná, ma mère, de retourner un jour à Mní Sota.

À la vue du soleil qui s'élevait au-dessus du toit de ma voisine, j'ai cueilli le dernier épi de maïs, d'un geste assez brusque pour l'arracher à sa canne fanée. Le maïs était presque aussi haut que chez nous, quand nous le faisions rôtir sur le feu et que nous faisions sécher les graines pour les planter au printemps. La terre n'était pas aussi bonne ici et il ne pleuvait pas autant, mais le maïs avait appris à survivre, tout comme nous. Le temps avait passé depuis cette nuit où, pendant des heures, j'avais cousu des graines dans ma jupe. Chaque jour, j'adressais une prière de gratitude à ma mère pour sa présence d'esprit, pour le maïs qui avait contribué à nous nourrir tout l'hiver.

J'ai laissé la dernière rangée pour les chevreuils et pour les pies affamées qui nichaient dans les cimes proches. Et pour ma voisine, dont le maïs ne poussait pas aussi bien que le mien, quoique j'aie partagé mes graines avec elle. Elle ne savait pas chanter pour elles. J'ai hissé le panier sur ma hanche et l'ai emporté jusqu'à ma petite maison, où je l'ai déposé juste derrière la porte. Ce soir, je tresserais le maïs pour pouvoir le suspendre et le laisser sécher.

La pièce principale de la maison était assez grande pour accueillir deux lits, une table et des chaises, et un poêle à bois pour le chauffage. Je me suis lavé les mains dans le seau qui servait à nettoyer les légumes. Puis je me suis tournée vers le petit miroir pendu à un clou dans le mur. Le visage qui m'a rendu mon regard n'était pas le mien ; une étrangère avait pris ma place. De profonds sillons tiraient les coins de ma bouche vers le bas, comme pour retenir ma colère. Mes yeux étaient noirs de chagrin et de honte, mon visage encadré de cheveux argentés qui me rendaient plus vieille que mes années. Tous mes rêves émanaient de la guerre.

Comme si vivre dans cette réserve ne suffisait pas, je devais m'habiller comme une femme blanche. C'était l'une des nombreuses règles de l'institut de formation Santee, où j'aidais à cuisiner pour les élèves dakhóta qui apprenaient à devenir des professeurs, des pasteurs et des fermiers. J'ai tiré mes longs cheveux en arrière comme me l'avait enseigné Mlle Williams, je les ai enroulés à grand-peine autour de mes doigts maladroits et les ai fixés bien serrés sur ma tête avec des épingles. Je n'arrivais pas à les lisser comme les professeures blanches. La plupart du temps, ça ne m'inquiétait pas trop, mais aujourd'hui c'était différent. Je voulais que rien ne prête flanc à la critique. J'ai retiré les épingles pour recommencer et cette fois j'ai réussi à réunir presque tous mes cheveux en un gros chignon. Ça ferait l'affaire. J'ai ôté mes mocassins, glissé mes larges pieds dans une paire de bottines étroites et recouvert ma tête d'un bonnet noué sous le menton. Mon père ne m'aurait pas reconnue.

J'ai entendu un jappement aigu et joueur, celui du chien errant qui vagabondait d'une maison à l'autre à la recherche de restes de cuisine et de souris traînardes. Au moins je savais où trouver ma fille, Susanne, qui aurait volontiers passé toutes ses journées à courir les bois si elle avait pu. La porte s'est ouverte avec fracas et elle s'est précipitée à l'intérieur, tout essoufflée de ses jeux avec le chien, une mèche de cheveux noirs collée à son front en sueur, sa peau brune contrastant avec ses yeux bleus. Elle venait d'entrer à l'école et faisait maintenant le chemin avec moi tous les matins. J'étais fière qu'elle apprenne si vite, qu'elle sache déjà parler la langue des wašicu et même lire leurs livres. Si seulement elle était aussi rapide pour se préparer le matin. Les professeurs étaient très à cheval sur les horaires.

Pourtant, nous ne pouvions nous empêcher de musarder au cours du long trajet vers l'école. L'air était frais et pur, un soulagement après la chaleur aride de l'été. Les arbres ne poussaient pas si haut par ici, sauf près de la rivière ou sur les collines, plus fraîches, qui retenaient l'eau dans des ravines. Nous sommes parvenues au sommet d'une petite côte et j'ai aperçu l'école étalée devant nous, avec ses hauts bâtiments de brique, un dortoir pour les élèves qui habitaient loin, une église, une forge et même un jardin. Susanne est devenue plus docile, s'est mise à marcher tranquillement à mes côtés et m'a pressé fort la main quand je l'ai quittée devant sa salle de classe.

*

Au milieu de la matinée, les assiettes du petit-déjeuner des presque deux cents élèves étaient débarrassées, nettoyées et mises à sécher sur les longues tables. J'avais déjà rempli d'eau la grosse marmite et quelques os de bœuf y mijotaient pour déjeuner. Le sol était balayé, les seaux à ordures vidés. La cuisinière en chef n'aurait rien à redire. Sauf à la nouvelle que je lui apportais. Après avoir lissé ma jupe d'une main moite et anxieuse, j'ai attendu un moment tranquille pour lui parler.

« Excusez-moi, cheffe, je peux vous dire un mot, quand vous aurez le temps ? »

Elle m'a fixée un long moment sans un mot, les yeux plissés de soupçon. Enfin, elle s'est essuyé les mains sur son tablier.

« Qu'est-ce que c'est ?

– Dans trois jours, j'épouserai le professeur d'agriculture, Oliver Bordeaux. On lui a offert un travail là-bas, chez nous, pour enseigner l'agriculture aux familles dakhóta qui sont retournées à Mní Sota. Nous partons à la fin de la semaine. »

Quel regard perçant elle m'a lancé à ces mots ! Elle était Ho-Chunk et me tenait donc pour responsable de ce qui était arrivé à son peuple après la guerre. Alors qu'ils n'avaient pas participé aux combats, le gouvernement avait décidé de les déporter quand même, à la demande des Blancs. Elle a haussé les épaules et elle est retournée pétrir sa pâte à pain. Elle m'a ignorée tout le reste de la matinée, ne parlant qu'aux autres femmes. Ça ne me dérangeait pas ; j'étais habituée à son caractère. Et puis dans quelques jours je serais partie. Je retournais chez moi, à cette terre que je n'avais pas revue depuis que j'étais toute jeune fille. Oliver et moi espérions même obtenir un bout de terre dans la vieille réserve, près de la rivière, là où j'avais vécu autrefois.

Je travaillais à l'institut depuis 1870, quand il avait ouvert pour former une poignée d'élèves dakhóta. Les garçons apprenaient à cultiver, à ferrer des chevaux et à fabriquer leurs propres outils. Les filles apprenaient à tenir une maison et à coudre. J'étais trop vieille pour y étudier, mais j'avais été embauchée pour cuisiner. À vrai dire, j'aimais travailler là-bas, car les élèves avaient le droit de parler dakhóta, contrairement aux pensionnats, où ils étaient punis s'ils parlaient leur langue. Nous avions entendu des histoires de l'école Carlisle, plus à l'est, où certains chefs de tribu avaient envoyé leurs enfants. Il paraît qu'ils étaient revenus wašicu dans leur manière de parler, de prendre leurs familles de haut. Certains n'étaient pas revenus du tout. À Santee, nous avions même une bible et un livre de cantiques en dakhóta. Je ne savais pas lire mais Susanne apprenait déjà. J'étais si fière d'elle.

Quoi que la cuisinière en chef pense de moi, elle avait dû passer le mot de mon départ à la direction de l'école. Le lendemain, le directeur m'a dit qu'une professeure wašicu et une élève dakhóta souhaitaient me poser des questions pour le journal de l'institut, *Iapi Oaye*. Je n'avais pas grand-chose à leur raconter. Tout ce que je pouvais dire, c'était que j'avais plaisir à nourrir les élèves, à les voir rire ensemble. Nous avions tous connu trop de malheur pour une seule vie.

On m'a dit d'attendre dans une des salles de classe vides. J'étais heureuse d'avoir quelques minutes pour moi. Je venais de dépasser les quarante hivers, mais je me sentais bien plus vieille. C'était le cas de tous ceux qui avaient survécu à Crow Creek, avant que le gouvernement nous déplace à Santee. Encore maintenant, c'était dur de repenser à cette époque. Si peu à manger, la viande avariée, pas de forêt aux environs pour cueillir des plantes. Les collines étaient couvertes de petites tombes, dont celle de mon petit frère, Chaské. Nous n'avions jamais reparlé de cette période, ma mère et moi, avant qu'elle meure. Nous avions voulu que Susanne grandisse sans cette ombre sur sa jeune vie.

Je me suis assise à l'une des tables des élèves. J'aurais voulu pouvoir enlever mes chaussures. Le chemin du retour était long, après les avoir portées toute la journée. J'ai lissé ma jupe, mes doigts cherchaient à s'occuper et j'ai souhaité un instant avoir ma boîte à couture avec moi. J'aurais pu profiter de ce moment pour coudre quelques pièces supplémentaires à la courtepointe à laquelle je travaillais – une étoile du matin, mon motif préféré – à partir de vêtements que j'avais trouvés dans la boîte de dons de l'église.

Enfin, une jeune femme, Esther Langley, est entrée. Elle avait été embauchée le mois précédent pour enseigner les arts ménagers. Derrière elle, une élève timide déjà grande, Sarah, avait à la main un crayon et une feuille de papier pour prendre des notes. Elles se sont installées à des tables voisines et Esther m'a remerciée de leur accorder ce moment. Je lui ai dit que je ne savais pas grand-chose.

Esther a souri et elle a dit : « Nous allons juste vous poser quelques questions et vous pouvez répondre, ou pas. Vous vous appelez Marie Blackbird, n'est-ce pas ? »

J'ai hoché légèrement la tête.

« Est-ce que votre famille vit ici aussi ?

– Ma mère, Mahpíyamaza, est décédée l'an dernier. Nous pensons que mon père, Mázakhoyaginape, est mort à la prison de Davenport, en Iowa. »

Nous ne savions pas précisément quand ni où mon Até était mort. Deux ans après qu'il avait été fait prisonnier, alors que nous vivions dans un endroit indigne même pour des animaux, une lettre était arrivée, écrite en dakhóta par un missionnaire de la prison. J'avais demandé au révérend Williamson, qui connaissait notre langue, de nous la lire. J'en avais gravé les mots dans mon cœur. *Mitakuye hécen eha wówapi cicage…*

Quelle joie nous avions ressentie à l'idée que mon Até était vivant et cherchait de nos nouvelles ! La lettre avait rendu à ma mère l'espoir de le revoir. Nous l'avions conservée avec soin dans un petit morceau de peau de chevreuil noué par un tendon, rangé tout au fond du panier en osier. Elle priait pour lui chaque jour.

Quand les guerriers survivants avaient été relâchés l'année suivante, en 1866, ils nous avaient rejoints à Santee, mais lui n'était pas parmi eux. Le peu de courage qui restait à ma mère s'était effondré. La nuit, je l'entendais s'adresser à lui en chuchotant, comme s'il était allongé près d'elle. Elle lui disait que les soldats nous avaient enlevées à notre terre, puis nous avaient envoyées en bateau dans un endroit où la moitié de notre peuple était mort de faim et de maladie. Nous avions laissé nos morts derrière nous, certains dans des tombes peu profondes et anonymes, d'autres seuls dans les bois ou rendus à la rivière.

J'étais plongée si profondément dans mes pensées qu'il m'a fallu un moment pour prendre conscience qu'Esther parlait de nouveau. « Excusez-moi, Marie, vous voulez que je répète ? Nous vous remercions d'avoir travaillé toutes ces années dans notre école. Depuis le tout début, si je comprends bien. »

Encore un hochement de tête. J'étais fatiguée. Je ne voulais pas me souvenir de tout ça.

« Et à l'époque, vous êtes devenue chrétienne et vous assistiez régulièrement aux offices de l'église épiscopale ? »

Hochement de tête. Au cours des terribles années qui avaient suivi la guerre, beaucoup d'entre nous s'étaient convertis.

« Très bien. Vous êtes aussi membre du Wínyan omníciye – est-ce que je l'ai bien prononcé ? –, l'association des femmes de la paroisse qui se voit tous les mercredis. On m'a dit que vous êtes une couturière accomplie. J'ai eu le plaisir de voir la courtepointe que vous avez confectionnée pour la vente de charité de l'église. Très belle, vraiment.»

Elle a attendu une réponse tout en continuant de me fixer. Il n'y avait rien à dire. Sarah gardait les yeux sur son papier comme une bonne wínyan dakhóta.

«Je suis sûre que vous êtes heureuse de rentrer chez vous, m'a pressée Esther. Est-ce qu'il y a quelque chose qui va vous manquer ici ? Que vous regrettez de laisser derrière vous ?»

Alors j'ai compris. Cette nouvelle enseignante venait de l'Est et ignorait ce qui nous était arrivé. Pour des raisons que je saisissais mal, cela m'emplissait de rage, une émotion qui surnageait rarement sous le poids écrasant de mon chagrin. J'ai ouvert la bouche pour répondre puis je me suis interrompue. Pendant des années, j'avais eu peur de parler et c'était devenu une habitude. Le silence a duré et un torrent de mots rageurs menaçait de percer à la surface. J'étais trop fatiguée pour les retenir plus longtemps. C'est alors que, ne parlant qu'en dakhóta, j'ai fait le seul discours de ma vie, adressé à une femme qui ne pouvait pas me comprendre et à une élève dont j'ai brisé le cœur.

«Je laisse derrière moi les os de mon Iná, dans votre cimetière pour Indiens. Je laisse derrière moi l'absence de mon Até, qui est mort tout seul dans une prison loin d'ici. Je laisse derrière moi la tombe de mon seul frère, Chaské, qui n'a pas vécu assez longtemps pour voir son second hiver. Vous distinguez peut-être les wanági qui me suivent encore et pleurent leurs proches perdus dans un pays qui n'est pas le nôtre.

«Les wašicu ne savent pas ce que c'est de venir d'un endroit qui nous façonne comme la rivière creuse son lit dans le sol. Ils sont aveuglés par la certitude que leur Dieu, leur civilisation valent le sacrifice de si nombreuses vies. Nous sommes traités comme des enfants ignorants qui auraient besoin de professeurs. J'ai vu mon frère mourir de faim et les membres de ma famille être emportés par la maladie. Peu importe le salut qui m'attend, paraît-il ; je ne peux pas pardonner la mort de tant d'enfants.»

Une pause, tandis que je m'efforçais de maîtriser ma colère, que le sang me montait aux joues, que mes poings se crispaient sur mes genoux. L'enseignante m'avait posé une question, mais je ne pouvais pas lui donner la réponse qu'elle voulait. Pas encore. Pas avant d'avoir dit ce qu'on avait tu, toutes ces années.

« Le pasteur dit que haïr est un péché ; eh bien, je suis une pécheresse. Il dit que nous devons nous pardonner les uns aux autres pour ce qui ne peut pas être défait. Je demande : que sait-il du pardon ? Maintenant qu'ils ont notre terre, nous pardonnent-ils d'avoir défendu nos familles ? Pardonnent-ils les bébés qui sont morts de faim quand leur seul crime était d'être nés indiens ?

« Laissez-moi vous dire ce que je sais du pardon. Le pardon est venu avec des dents acérées et l'œil le plus bleu, avec une haleine qui puait le whisky et un coup de poing qui m'a projetée à terre. L'œil le plus bleu me suit désormais, et apprend à lire dans votre classe. Dans quelques jours, nous partirons pour rentrer chez moi et elle sera à l'arrière du chariot, cet œil le plus bleu, ce rappel, cette enfant bâtarde. Ma mère, Mahpíyamaza, m'a enseigné le pardon en me disant : "Tu dois aimer cette enfant, c'est le seul moyen pour toi de survivre." Avec le temps, j'ai connu la sagesse de ses mots. Cette enfant est innocente, elle est sacrée, peu importe comment elle est venue au monde. Ma mère m'a dit : "Élève-la comme une wínyan dakhóta. Que l'amour soit ta vengeance et ton honneur restauré car tu n'auras pas cédé à leur violence." La plupart du temps, je le fais. J'essaie. Je prie en tenant entre mes mains le livre que je ne peux pas lire, et j'en appelle à Wakhán Thánka, à Dieu, à Jésus, pour m'aider à pardonner.

« Voilà ce que je laisse derrière moi. Le souvenir de tout ce que j'ai perdu. »

Quand j'ai eu fini de parler, Sarah pleurait en silence et se frottait les yeux. Esther nous regardait l'une après l'autre, sa question morte sur sa langue. Elle n'avait entendu mon histoire que par le ton de ma voix, par mes yeux qui ne croisaient pas les siens. Mais elle savait, elle savait.

Plus tard, Susanne et moi sommes rentrées ensemble à la maison et nous avons coupé à travers champs vers le cimetière où Mahpíyamaza était enterrée. Pendant que Susanne cueillait des fleurs sauvages pour sa grand-mère, je me suis assise près de la tombe et j'ai dit à mon Iná: «Nous nous reverrons dans l'autre monde.» Je savais qu'elle aurait été heureuse que je rentre à la maison avec son unique petite-fille, sa thakóža adorée.

Nous allions voyager dans un chariot plein de vêtements, des outils d'Oliver, quelques casseroles, des poêles et assez de nourriture pour tenir plusieurs semaines. J'emporterais le panier en osier où se trouvaient les graines, celui qu'Iná m'avait donné de nombreuses années auparavant. Elle avait toujours souhaité retourner chez nous, être enterrée avec ses ancêtres. J'emportais une mèche de ses cheveux que j'avais promis de déposer un jour sous les peupliers près de la rivière. J'entendais ses derniers mots : « Retrouve-les, michúŋkší, disleur qu'on ne les a pas oubliés.»

CHAPITRE VINGT

Rosalie Iron Wing Meister
1987

Avant sa mort, mon père m'avait dit que chacun de nous a une voie, une raison d'être que le Créateur a choisie pour nous. Tout comme une fauvette sait chanter, construire son nid et voler vers le sud en hiver, je découvrirais ma raison d'être à travers mes choix. Mais la mort de mon père et la naissance de mon fils m'avaient montré combien la vie peut se montrer capricieuse et nous emporter comme la samare ailée d'un érable, une graine poussée par le vent qui cherche un lieu où prendre racine.

Le journal était ainsi devenu pour moi un lieu d'ancrage et m'offrait un espace pour mûrir. Après un an de notices nécrologiques, j'avais été promue au poste de correctrice, ce qui évitait à Ralph d'embaucher davantage de personnel. Il avait décroché un gros client publicitaire, Agri-Tech, et avec lui assez de recettes pour que je travaille deux jours par semaine au bureau, pendant que Tommy était à l'école. Ralph m'avait attribué mon propre bureau, couvert d'éraflures, doté d'un unique tiroir, cassé, ainsi qu'une machine à écrire électronique qu'il voulait absolument que j'apprenne à utiliser et un dictionnaire. J'ai ajouté une photo de mon fils et apporté ma propre tasse à café de chez moi. Maintenant que la ferme était hypothéquée, ma paie faisait une grosse différence. John disait même qu'il ne savait pas comment on s'en serait sortis sans.

Ralph s'est mis à m'encourager à écrire de courts articles en plus du reste de mon travail, à condition que j'arrive à le faire dans le cadre de mes heures de travail habituelles. Voir mon nom imprimé dans le journal pour la première fois a été l'un des moments les plus excitants de ma vie. J'ai eu l'impression d'être une vraie journaliste, même si mon sujet n'était que le couronnement de la princesse des Journées du maïs. Il faut bien commencer par quelque chose.

Aujourd'hui, j'attendais que Ralph ait fini son coup de téléphone pour lui montrer à quoi je m'étais employée en dehors de mes heures de travail. Depuis le pow-wow de l'année précédente, où Gaby m'avait parlé de la rivière, j'avais effectué des recherches sur les produits chimiques, les drains agricoles, les déversements d'hydrocarbures, les poissons toxiques. Le soir, longtemps après que John était allé se coucher, je lisais jusqu'à en avoir mal à la tête.

Toutes mes lectures confirmaient ce que j'avais appris de Gaby, mais aussi de mon père et de mon jardin, ainsi que les leçons muettes des plantes sauvages. Les chênes près de la rivière laissaient tomber leurs glands à l'automne, dont certains ressèmeraient les bois et d'autres seraient mangés par les dindons sauvages, qui à leur tour finissaient dans nos assiettes. Prendre soin des chênes, c'était aussi prendre soin de ma famille. Nous avons tous besoin de la rivière pour survivre. Comme mon père me l'avait souvent rappelé, l'eau est notre premier remède, car elle nous permet de vivre, ce qui la rend sacrée. Les produits chimiques utilisés pour l'agriculture nous mettaient tous en danger.

Quand j'essayais d'en parler à John, ça ne l'intéressait pas et il me traitait comme si je ne comprenais pas vraiment. Gaby, quant à elle, jouait le rôle du coyote que j'avais vu dans les dessins animés de Tommy, toujours à courir après le géocoucou : moi. Elle appelait deux fois par semaine pour me parler du groupe de travail, me résumer un article qu'elle venait de lire au sujet du classement du faucon pèlerin comme espèce menacée ou me dire comment s'était passé le conseil tribal. J'avais assisté une fois à une session du groupe de travail et on m'avait extorqué la promesse de faire publier un reportage par le journal. « Pourquoi nous ? » avais-je demandé. Je ne voyais pas ce qu'un article dans un petit journal de campagne pouvait changer.

« Parce que les fermiers le lisent, avait répondu Gaby. La plupart de ces journaux, en dehors des villes jumelles, ont peur de dire quoi que ce soit qui puisse mettre en danger leurs recettes publicitaires. Tu es la seule journaliste qui comprenne ça. »

*

Gaby semblait croire qu'il était impossible que j'échoue, vu l'importance de la rivière pour la région. J'ai essayé de la prévenir qu'il n'y avait aucune garantie. Elle s'est contentée de m'envoyer toujours plus d'informations. Comme John, elle n'entendait que ce qu'elle voulait.

Quand Ralph a raccroché, j'ai rassemblé mes notes et respiré un grand coup. Il n'était pas commode, surtout par les grands froids comme aujourd'hui, où il se collait au radiateur et à son cliquetis sonore, une écharpe en laine serrée autour du cou. Il portait même des mitaines. Chaque matin, il arrivait en se plaignant du froid et claquait la porte derrière lui aussi vite que possible tandis que ses lunettes s'embuaient dans la chaleur soudaine. Il menaçait sans cesse de monter à bord du prochain car vers le Texas, d'où il était originaire. Marié à une fille du Minnesota et aujourd'hui divorcé, il restait dans la région pour être proche de ses deux filles. Certains jours, j'aurais voulu lui payer moi-même un aller simple.

« Ralph, je peux te parler une minute ? »

Il m'a regardée par-dessus ses lunettes de lecture, toujours fâché d'être interrompu, pour jauger si je me laisserais envoyer sur les roses. Je l'avais vu aboyer sur la stagiaire et s'excuser par la suite dans un murmure, comme pour éviter que je l'entende. Je n'étais pas impressionnée par ses fanfaronnades de Texan.

Il a poussé le soupir affairé du rédacteur en chef dérangé par la reporter en herbe.

«Tu as cinq minutes, après...»

Sans se donner la peine de finir sa phrase, il a indiqué la pile de papiers qui vacillait sur son bureau.

J'avais préparé une brève intervention dont j'espérais qu'elle convaincrait Ralph de publier cet article. Les agriculteurs avaient besoin de savoir tout ça. Sinon, comment seraient-ils informés des effets qu'avaient ces produits chimiques sur la rivière ? Mais au bout d'environ trente secondes, Ralph a fait un geste pour m'interrompre. Sans un mot, il a tendu la main vers mes notes et les a parcourues rapidement. Puis me les a rendues.

«Pas question. Je ne dis pas que ce n'est pas un bon sujet. Et je vois que tu as pris le temps de faire des recherches. Mais ça ferait paniquer les gens. Pire encore, tu sais qui paie nos factures ? Agri-Tech. Ils nous achètent une page entière chaque semaine. Et qu'est-ce qu'ils fabriquent ? Des engrais. Ils nous laisseraient tomber comme un sac de merde.

– Mais... qu'est-ce qui va se passer si on ne dit rien?

– On laisse ça aux scientifiques et aux politiciens. À un moment ou à un autre, quelqu'un va trouver un moyen de résoudre ce problème. Et quand ça arrivera, on en fera notre putain de une. D'ici là, j'ai un journal à faire tourner.»

Fin de la discussion.

Je suis retournée à mon bureau, étourdie de ce refus abrupt. De temps en temps, je le sentais lancer un coup d'œil coupable dans ma direction. Je me refusais à lui parler ou à le regarder. Enfin, il est venu à mon bureau et y a déposé un communiqué de presse. Des mois plus tôt, le gouverneur Perpich avait proclamé 1987 année de la Réconciliation entre les communautés dakhóta et blanche. J'avais plusieurs fois demandé à couvrir cet événement. Apparemment, il me donnait un os à ronger.

Ralph s'est éclairci la gorge. «Je me disais qu'on devrait peut-être faire quelque chose avec cette histoire de l'année... euh... de la Responsabilité.» Tiens tiens, voilà que c'était son idée maintenant ? J'ai haussé les épaules. L'année était presque terminée, que restait-il à dire ? J'ai répondu que j'y réfléchirais.

Ce soir-là, je me suis trouvé un tas de prétextes pour ne pas appeler Gaby. La vaisselle à faire, les devoirs de Tommy, le coucher, le rangement. Un peu avant neuf heures, à court d'excuses, j'ai décroché le téléphone.

« Rosie, tu tombes bien, je reviens tout juste de la réunion. Des nouvelles du côté de Ralph ?

– C'est pour ça que je t'appelle. Il a refusé. Il a dit qu'il perdrait son meilleur client publicitaire.

– Quoi ? Tu plaisantes. Tu lui as parlé de... »

Elle s'est lancée dans une liste des millions de raisons pour lesquelles il devait publier cet article – impossible de refuser. Peut-être qu'elle pouvait lui parler elle-même en tant qu'abonnée, en tant qu'habitante de la région...

« S'il te plaît, ne fais pas ça. » Je ne voyais pas comment ces deux-là pourraient avoir une conversation productive.

« Pourquoi pas ? a-t-elle rétorqué. Toi, tu n'as pas l'air d'en être capable.

– Parce que j'ai besoin de ce travail.

– C'est tout ce qui t'importe ? Tu ne peux pas le laisser gagner. Il faut que ces gens répondent de leurs actes, de ce qu'ils font à la rivière. Tu comprends ça ?

– J'essaierai encore. C'est tout ce que je peux faire pour le moment. »

Un silence a flotté entre nous. Je savais que Gaby s'était heurtée à une résistance inflexible chez tous les journaux qu'elle avait démarchés. Enfin, d'une voix plate qui ne lui ressemblait pas : « Faudra qu'on trouve une autre idée, voilà tout. » Elle a poussé un long soupir dont nous savions toutes les deux qu'il signifiait que c'était *elle* qui devrait trouver une autre idée. Je l'avais laissée tomber. « Au fait, je voulais te dire qu'Anthony va courir ce mois-ci, en l'honneur des trente-huit guerriers dakhóta. Ils vont courir toute la nuit, de Fort Snelling à Mankato, pour finir au parc de la Réconciliation pour une cérémonie. » Quand Gaby parlait d'Anthony, elle retrouvait la voix de celle qu'elle était autrefois, la fille que j'avais connue à l'école. «Il est rentré. Il jure qu'il est clean. Je le crois, Rosie. Je pense qu'il a gagné, cette fois.» Quand on a raccroché, j'ai senti qu'elle m'avait pardonnée.

Le matin du 26 décembre, Tommy et moi nous sommes levés très tôt pour aller à Mankato ; j'avais dit à John qu'on avait des courses à faire. On s'est garés au bord de la route et, en silence, on a regardé les coureurs passer lentement. Derrière eux venait une procession de chevaux puissants, leur souffle tel un nuage blanc dans l'air froid, avec plusieurs cavaliers portant un bâton ou un drapeau tribal. Un jeune homme avec un tambour chantait en marchant, suivi par tout un groupe de gens qui marchaient ou couraient et une file de voitures encore plus importante. J'ai reconnu Anthony, ses cheveux tressés en une longue natte. À la tête des coureurs, il portait un bâton en bois décoré de perles et de trente-huit plumes qui s'agitaient au gré du vent. Il courait en boîtant, le visage rougi par le vent, mais je voyais sa détermination à porter le bâton jusqu'au parc, où les anciens se préparaient à les accueillir.

J'ai su alors ce que je pouvais écrire sur l'année de la Réconciliation. Sur le chemin du retour, nous nous sommes arrêtés au bureau du journal, bien qu'il soit fermé pour la journée. J'ai installé Tommy à un bureau avec des crayons et j'ai glissé une feuille blanche dans la machine à écrire. J'ai songé aux suites de la guerre de 1862, où trente-huit guerriers condamnés à la hâte avaient été pendus à Mankato, lors de la plus grande exécution de masse du pays. Leurs corps avaient été enterrés dans des tombes peu profondes puis exhumés pour être étudiés par des médecins locaux, dont le docteur Mayo, qui avait conservé le corps de Cut Nose pour l'examiner personnellement.

J'ai pensé à mon père qui avait perdu son emploi d'enseignant, à son combat contre la dépression et l'alcoolisme. À sa colère que notre histoire ne soit pas enseignée à l'école. Au lieu de ça, il nous fallait protester contre des mascottes sportives et des stéréotypes. Contre des acteurs de cinéma qui se brunissaient le visage. Contre des touristes et leurs appareils photo. Contre les files d'attente des aides sociales. Contre l'alcoolisme.

« En plus d'avoir tout volé, fulminait-il, ils veulent nous faire porter le chapeau. »

Les services sociaux brisaient des familles autochtones, envoyaient des enfants comme moi dans des familles d'accueil blanches. Chaque semaine, les journaux publiaient des histoires d'Indiens qui roulaient en état d'ivresse, ou annonçaient l'augmentation de la consommation de crack dans les réserves, ou une arrestation pour crime organisé. Pas étonnant que tant d'enfants autochtones se suicident.

Mais il y avait tellement d'autres choses à dire sur l'histoire de la course. Ce que les gens ne voyaient pas, car ils choisissaient de ne pas voir. Contrairement au monument de New Ulm, tout de pierre et de fierté rageuse, construit en mémoire des colons morts, les Dakhóta avaient créé un mémorial qui offrait une guérison dans la prière et dans le rituel. Ce que les deux monuments avaient en commun, toutefois, c'était la mémoire. Chacun tentait de trouver une façon de faire son deuil.

Mes doigts, suspendus au-dessus de la machine à écrire, cherchaient une brèche pour entrer dans cette histoire. Finalement, j'ai écrit au sujet d'Anthony, comment il avait franchi la Traverse des Sioux, lieu de la signature du traité de confiscation des terres dakhóta, les doigts engourdis et la cheville tordue. Anthony portait la mémoire du sang des hommes tombés à la guerre ou morts de faim en prison, sans avoir pu protéger leurs familles. Son combat contre la drogue et l'alcool était le seul moyen qu'il avait pour calmer les voix qui ne lui laissaient pas de répit. Lui qui avait fait de son mieux pour être fort, il avait dû apprendre à vivre avec son chagrin.

Pendant la course, son fils Hinhán et son neveu Mathó avaient roulé en voiture derrière lui. Ces jeunes garçons l'avaient vu courir pour eux, pour qu'ils puissent grandir heureux et en bonne santé. L'année de la Réconciliation, ai-je écrit, c'était guérir des blessures du passé. C'était se remémorer les prières et l'amour qui nous ont aidés à survivre. C'était le rude et profond travail du pardon.

J'ai déposé mon article sur le bureau de Ralph et nous sommes sortis. Une neige légère tombait délicatement sur le trottoir en épais flocons qui captaient la lumière brumeuse du soleil. Paisible.

Mon histoire n'a jamais été imprimée. À la place, Ralph a grappillé quelques citations dans les communiqués de presse et c'en est resté là. Je ne sais pas s'il a compris ce que j'essayais de dire. Il devait savoir que je ne l'écrivais pas vraiment pour le journal. C'était une prière, je pense, pour Anthony. Et pour Gaby, qui nous a fait signe en passant devant notre pick-up avec son fils. Et pour Tommy, qui regardait passer les coureurs, appuyé contre mon épaule.

POLLINISATION

et le Maïs dit
connais-moi

CHAPITRE VINGT ET UN

Rosalie Iron Wing Meister
1996

La porte-moustiquaire a claqué assez fort pour faire fuir les oiseaux perchés sur la mangeoire devant la fenêtre de la cuisine. Tommy a fait irruption dans la pièce et s'est jeté sur la chaise la plus proche, ses longues jambes étendues devant lui. J'ai fermé le livre que j'étais en train de lire.

«Je pensais que tu travaillais avec ton père aujourd'hui.

– Oui. Il s'est mis en colère et m'a dit d'attendre à la cuisine, comme une fille.»

Tommy passait encore ses week-ends à aider aux champs. Mais il avait quinze ans et, manifestement, le travail agricole ne l'intéressait pas tellement. Plus d'une fois, mon mari et mon fils étaient rentrés déjeuner dans un silence boudeur. Loin de l'enfant doux qu'il avait été, Tommy était devenu un adolescent maussade et amer, qui passait de longues heures dans sa chambre à lire et à jouer à des jeux vidéo. Quand il avait rejoint l'équipe de cross-country l'année précédente et commencé de longues séances d'entraînement, je m'étais demandé si c'était une excuse pour être loin de la ferme.

Tommy était devenu grand et mince, avec une carrure dégingandée mal adaptée aux lourds travaux de la ferme. Il pouvait à peine soulever une botte de foin. Il ressemblait tellement à mon père, avec ses yeux enfoncés et ses fortes pommettes, que j'en sursautais parfois quand je tombais sur lui sans m'y attendre. Ses courts cheveux noirs hérissés soulignaient ses oreilles légèrement décollées. Même son rire, pourtant rare, et ses doigts fuselés m'étaient familiers.

À présent, il se rongeait les ongles en attendant son père. Quand John est arrivé, il a contemplé les épaules étroites et courbées de son fils depuis l'encadrement de la porte. Tommy avait plus l'air d'un chien battu que d'un garçon de ferme. Sans un mot, John a disparu dans la pièce qui était devenue son bureau. Au bout de quelques minutes, il a appelé Tommy, qui s'est levé avec hésitation. Je suis restée assise et j'ai écouté.

« Puisque tu ne vaux rien comme fermier, rends-toi utile autrement. » J'ai entendu John lui tendre une liasse de papiers – les factures, reçus et enveloppes fermées qui tendaient à s'accumuler sur son bureau. « Note tout ce qu'on gagne dans une colonne. Note tout ce qu'on dépense dans une autre. Fais une pile avec les factures à payer. »

Sans explication supplémentaire, John a quitté la pièce, il est passé devant moi et il est reparti dans ses champs.

Je me suis préparée au déluge de récriminations qui ne tarderaient sans doute pas à déferler du bureau. Au lieu de ça, silence. Au bout d'une heure, j'ai glissé un œil dans l'entrebâillement de la porte. Tommy était penché sur sa tâche, une expression satisfaite sur le visage. Ce soir-là, quand il a montré son travail à son père, John a émis un sifflement approbateur. Il lui a donné une tape sur l'épaule et lui a dit qu'il avait bien travaillé. Au bout d'un mois, Tommy a convaincu son père de le laisser tout passer sur ordinateur. Il a appris tout seul les bases de la comptabilité et s'est intéressé à l'agriculture pour la première fois. Je voyais bien qu'il était heureux des compliments qu'il recevait enfin de son père.

Depuis quelques années, je m'étais habituée aux repas silencieux pendant lesquels John feuilletait le journal, avec Tommy sur ses genoux en train de lire un livre. Maintenant que Tommy s'intéressait à l'entreprise familiale, nos dîners se remplissaient de conversations animées. Tous les deux parlaient rendement, marchés à terme, prix de livraison, intrants, subventions et de comment dépenser au mieux l'argent qu'ils s'attendaient à recevoir au vu des prix actuels, les plus hauts depuis dix ans. Si j'émettais une opinion, ils m'écoutaient poliment puis reprenaient comme si je n'avais rien dit. Ils semblaient sentir combien ces rêves pouvaient être éphémères et désiraient s'accrocher à ces moments, où ils voyaient se refléter l'un en l'autre le meilleur d'eux-mêmes.

*

John a appelé depuis le vestibule, où il enlevait ses bottes de travail. « George m'a prévenu qu'il y a une réunion publique ce soir avec le directeur commercial de Mangenta. »

J'étais avec Tommy à la table de la cuisine, je buvais un café pendant qu'il faisait ses devoirs. Sans lever les yeux de son cahier de maths, Tommy a demandé : « C'est quoi, Mangenta ? »

John est arrivé dans la cuisine et m'a saluée en me posant une main sur l'épaule.

« C'est l'entreprise qui construit un nouveau laboratoire de recherche à la sortie de la ville. Il y avait un article sur le sujet dans le journal de ta mère la semaine dernière. »

Tommy a grogné. « Comme si je lisais ce truc. »

Ces temps-ci, j'en étais passablement mécontente, moi aussi. Ralph avait rédigé un édito dithyrambique à la gloire du nouveau maire, Jerry Gustafson, pour avoir persuadé Mangenta d'établir ses infrastructures dans la région. J'avais essayé de lui faire part de mes inquiétudes mais ça lui passait au-dessus de la tête. Il m'avait accusée de craindre le progrès.

« Ce type veut parler de révolutionner les semences, a ajouté John. Ça m'a tout l'air d'un baratin commercial. Mais ça ne fait pas de mal d'aller l'écouter. Je me disais qu'on pourrait y aller tous ensemble, sans doute que toute la ville y sera. »

J'ai préparé un dîner rapide tandis que John enfilait sa dernière chemise propre de la semaine et s'essuyait le visage avec un linge humide plutôt que de faire couler l'eau dans l'évier. La seconde moitié d'août avait apporté une chaleur implacable et pas la moindre pluie. Même les meilleurs champs étaient à sec et dépendaient de l'irrigation que pouvaient se permettre les agriculteurs. La réunion offrait une distraction bienvenue à l'angoisse de ce qui se passerait si la sécheresse se poursuivait. Après un rapide repas de hamburgers et de haricots verts, on a pris la voiture pour rejoindre le foyer municipal et on s'est garés dans le parking presque plein, tandis qu'une longue file de voitures et de pick-up attendait derrière nous.

La pièce retentissait de salutations bruyantes entre les fermiers, qui ne s'étaient pas beaucoup vus depuis que les semis avaient commencé. John s'est fait alpaguer dès l'entrée et Tommy l'a suivi d'un pas traînant.

J'ai parcouru la pièce des yeux et aperçu George, qui m'a fait un bref signe de tête. Il donnait des instructions à deux jeunes qui rajoutaient des chaises pliantes pour que la nombreuse assistance puisse s'asseoir. J'allais saluer Judith, assise au fond de la pièce, quand j'ai entendu Ralph m'appeler. Je me suis retournée pour le voir débouler vers moi, le visage tout rouge à cause de la chaleur.

«Rosalie, c'est Dieu qui t'envoie !» Il s'est essuyé le visage avec un mouchoir. «La voiture de ma fille est tombée en panne sur une petite route et je dois aller la chercher. Prends des notes, tu veux, et écris quelque chose pour l'édition de jeudi. Rien de trop compliqué. T'es un ange.»

Heureusement, depuis quelque temps, j'avais toujours un carnet de notes et un stylo dans mon sac. «C'est d'accord», lui ai-je lancé alors qu'il s'éloignait. Je me suis frayé un chemin dans la foule et j'ai trouvé une place à côté de Judith, qui avait l'air pâle et fatiguée. Je lui ai dit que je ne l'avais pas reconnue sans son grand chapeau de jardin.

«J'ai une migraine, m'a dit Judith. Je jurerais que ça vient chaque fois que les Peterson aspergent leurs champs, mais George dit qu'on ne peut rien faire. En tout cas, j'ai des framboises prêtes à être cueillies, si tu veux passer demain.»

Peu après six heures, George a ouvert la réunion. John était assis au deuxième rang avec Paul Johnson, l'un de nos voisins, un agriculteur à la voix douce qui tenait précautionneusement sa tasse de café entre ses gros doigts calleux, les jambes écartées, le jean glissé dans des bottes poussiéreuses fermement plantées dans le sol. Tommy était assis de l'autre côté de John, le nez dans un livre. En face d'eux était installé le maire Gustafson, l'un des gros propriétaires terriens, lui aussi tout juste rentré des champs.

« Bonsoir, chers amis, a dit George, en parcourant du regard la salle bondée. Comme beaucoup d'entre vous le savent, je m'appelle George Hansen, je suis fermier dans le coin et historien du musée local depuis toujours. Je ne vais pas vous retenir trop longtemps car je sais que les fermiers se lèvent tôt. Nous avons reçu une demande de ce jeune homme, Mark Schafer, qui veut vous parler de Mangenta, l'entreprise de semences qui construit une nouvelle usine à l'ouest de la ville. Il a l'air assez enthousiaste du travail de sa firme, alors j'espère que vous allez l'écouter. »

Comme Schafer se levait et saluait la foule, une voix l'a interpellé : « Vous pouvez faire pleuvoir ? » Un chœur d'acclamations s'est élevé pour approuver le chahuteur. Quelque chose chez ce jeune homme à la cravate négligemment relâchée, aux manches bien retroussées sur sa chemise immaculée, agaçait son public. On aurait dit un énième col-blanc venu nous dire comment gérer nos fermes. Tout le monde avait ses corvées qui attendaient à la maison. Des factures impayées qui s'empilaient. Quelques-uns lançaient déjà des regards vers la porte.

Schafer a levé les mains et montré les paumes, comme pour se rendre. « Je ne peux pas vous promettre la pluie. » Il dirigeait son sourire d'un côté de la pièce à l'autre. « Mais qu'en dites-vous si je vous promettais une saison sans s'inquiéter de la pyrale du maïs ? Et si je pouvais diviser par deux votre facture de pesticides tout en augmentant votre rentabilité ?

– Je vous épouserais ! » a lancé la voix depuis le fond de la salle.

Après que les rires se sont calmés, les fermiers ont écouté Schafer avec attention. Même Tommy avait fermé son livre et tiré un carnet de notes et un crayon de sa poche.

Schafer a fait les cent pas dans la pièce tout en décrivant sa révolution semencière, un nouveau produit qui allait changer les vies et les revenus de tous les fermiers. Après des années de recherche, Mangenta avait mis au point une graine dont les gènes avaient été hybridés à une bactérie présente dans le sol afin de contrôler la pyrale du maïs, le cauchemar de tout cultivateur. D'autres gènes rendaient les plantes tolérantes au pesticide le plus populaire de Mangenta, de sorte qu'il suffisait d'asperger et de laisser faire. Moins de temps passé aux champs, des coûts plus bas pour l'agriculteur. Comment dire non?

Dans la salle, quelques têtes acquiesçaient en estimant de tête les bénéfices. John et Tommy ont échangé un regard et Tommy s'est penché sur son carnet pour faire ses propres calculs. Il a montré la page à son père avant de tourner à nouveau les yeux vers Schafer, coudes sur les genoux, comme pour s'assurer de ne pas en perdre une goutte.

Je savais aussi bien que n'importe qui dans la salle ce que signifierait une telle augmentation. Pour les familles habituées à s'en sortir de justesse les années où la récolte était touchée par une maladie ou une sécheresse, voilà qu'un espoir naissait de pouvoir remplacer un tracteur ou acheter une nouvelle moissonneuse-batteuse, voire de mettre un peu d'argent de côté pour les études des enfants. Ces familles n'avaient pas seulement soif de pluie; elles avaient faim d'une vie un peu plus facile, d'un remède à l'angoisse qui s'emparait de chacune d'elles depuis le moment des semences jusqu'à ce que la récolte soit parvenue indemne dans l'élévateur à grains. La plupart de ces gens – s'ils étaient agriculteurs depuis assez longtemps – savaient ce que c'était de ne pas dormir de la nuit en pensant à l'hypothèque à payer et aux emprunts d'équipement à rembourser. La plupart des épouses, comme moi, travaillaient en ville pour aider à joindre les deux bouts. De l'argent pour survivre aux longs hivers.

Au deuxième rang, un vieil homme aux cheveux argentés s'est levé avec difficulté, en s'accrochant au dossier de la chaise de devant. Lester Thompson. Je me suis rappelée que je les avais rencontrés à l'église, lui et sa femme Elly Mae, des années plus tôt. Ils avaient été gentils et j'avais été heureuse de rendre la pareille de mon mieux lorsque j'avais écrit la notice nécrologique d'Elly Mae l'année précédente. Schafer s'est interrompu, toujours souriant.

« Ma famille cultive cette terre depuis des générations, a commencé Lester. Depuis l'arrivée de mon arrière-grand-père, qui s'est installé en 1865. Nous avons fait du blé, du maïs, de l'élevage, du soja, du foin – bref, tout ce que vous voulez – et on s'est débrouillés je ne sais comment pour en vivre décemment, malgré tout ce qui peut aller de travers dans une ferme. Et maintenant vous me dites, jeune homme, que vous disposez d'une graine magique qui va résoudre tous les problèmes ? À moins que vous vous appeliez Jacques et que ce soit un haricot, je dois vous poser la question : où est le piège ?

– Ha, ha, ha ! Très bien, monsieur, bonne question, a répondu Schafer en s'adressant à toute la salle. Le seul piège, comme vous dites, c'est que vous devez signer un contrat avec nous pour vous engager à cultiver nos graines. Et vous devez nous racheter de nouvelles semences chaque année. Mais soyez sûrs que vous ferez quand même des bénéfices, malgré cette dépense supplémentaire.

– De nouvelles graines ? C'est déjà ce que nous faisons avec l'hybridation. Pourquoi un contrat ?

– À Mangenta, nous considérons qu'il est important de protéger le processus breveté par lequel nous avons créé ces nouvelles variétés.

– Je ne suis pas sûr de comprendre ce que vous venez de dire, jeune homme. Dites-moi : que se passe-t-il si ce bon vieux George ici présent décide de cultiver cette nouvelle semence et qu'elle arrive jusqu'à mon champ ? Je ne peux pas contrôler le vent, vous savez ?

– Avec tout mon respect, monsieur, il s'agirait d'une violation du brevet, qui nous donne le contrôle absolu sur le matériau génétique du maïs. Mangenta serait parfaitement en droit de poursuivre quiconque violerait son brevet.

– Vous voulez dire que je n'ai le droit de faire pousser votre maïs que si j'ai un contrat.

– C'est exact.

– C'est donc là que Mangenta fait son profit.

– Oui, a répondu Schafer en s'essuyant le front avec une serviette en papier. Mais n'oubliez pas que vous aussi, agriculteurs, vous augmenterez vos profits. Notre entreprise doit rentabiliser ce qu'elle a investi pour développer cette nouvelle technologie.

– Technologie ? Je croyais que nous parlions de graines.»

Lester s'est assis en secouant la tête, tandis qu'un concert de voix s'élevait soudain et que fusaient questions et commentaires. George s'est mis debout pour demander le calme. Le maire s'est levé de sa chaise et a rejoint George face à l'audience tandis que la clameur s'éteignait lentement.

«Je rejoins Lester sur un point, ce jeune homme nous a donné de quoi réfléchir, a dit le maire Gustafson. Chacun de vous doit décider ce qui est le mieux pour sa ferme. Mais pendant que vous faites vos calculs, je voudrais ajouter quelque chose. Mangenta innove avec ce nouveau laboratoire de recherche qui ouvre juste à l'entrée de la ville le mois prochain. Non seulement nous aurons accès à la recherche la plus avancée que pourront produire ces fermiers de bureau, mais ils nous ont promis que cette usine créerait de nouveaux emplois. Vous savez tous que nous avons perdu de nombreux agriculteurs ces deux dernières années. Faisons preuve de bon sens et anticipons. Voilà tout.

– Monsieur le maire !» John est intervenu avant que Gustafson ait pu se rasseoir. «Est-ce que vous planterez ces graines sur votre propre terre ?

– C'est déjà le cas.»

Dans le bourdonnement de conversations qui s'est élevé à la suite de cette révélation, une voix de femme a tenté de se faire entendre par-dessus le brouhaha.

«Monsieur le maire, monsieur le maire, une question, s'il vous plaît.»

Tout au fond de la salle, Gaby Makespeace s'était levée, entourée d'hommes qui la regardaient avec curiosité. La dernière fois que je l'avais vue, c'était quelques mois plus tôt, pour un café rapide entre deux réunions ; elle était si occupée à faire des procès que nos chemins ne se croisaient presque plus. Ce soir-là, elle était habillée en tailleur et talons hauts, comme si elle sortait tout juste du tribunal. Ses cheveux sombres étaient relevés en un chignon lâche et elle portait de longues boucles d'oreilles à perles qui captaient la lumière. Quelques fermiers se sont rejetés dans leurs chaises, bras croisés sur leurs larges poitrines, et l'ont regardée avec une hostilité non dissimulée.

« Qu'y a-t-il, mademoiselle Makespeace ? a répondu le maire. Nous en avons à peu près fini ici.

– Monsieur le maire, comment pouvons-nous être sûrs que ces graines sont sans danger ? Faites-vous confiance...

– Pas maintenant, mademoiselle Makespeace », a conclu le maire. Il a regardé autour de lui pour voir si d'autres questions, plus sages, attendaient une réponse. Quand il a regardé dans ma direction, ma main s'est dressée.

« Eh bien, bonsoir, Rosalie. Je vois que toute la famille est là ce soir ? Que puis-je faire pour vous ?

– Je pense que la question qu'essayait de vous poser maître Makespeace, c'était de savoir s'il est possible de se fier à une entreprise de produits chimiques agricoles pour vendre des semences. C'est Mangenta qui a produit l'agent orange au cours de la guerre du Vietnam, et voilà qu'ils achètent les brevets de nos semences. Comment ne pas s'inquiéter pour tous les fermiers et travailleurs migrants qui sont exposés à ces produits chimiques tous les jours ? Et pour nos rivières, avec le ruissellement ? »

J'ai mis un point d'honneur à ne pas regarder John ni Tommy qui s'étaient tournés vers moi, bouche bée.

« Excusez-moi, monsieur le maire, a dit Schafer en levant la main. Je pense que je peux répondre à cette question. Avec ces nouvelles semences, vous appliquez votre pesticide une seule fois, au lieu de renouveler les applications. Plus la peine pour le cultivateur de dépenser du temps et du carburant pour se débarrasser des mauvaises herbes. Donc moins de produits chimiques qui ruissellent depuis les champs. Ça devrait aider la rivière. De cette façon, vous nettoyez l'eau *et* vous augmentez vos bénéfices. C'est imbattable !

– Mais, monsieur le maire…

– Merci bien, Rosalie. Ce sera tout pour ce soir, les amis, a dit le maire. Il a indiqué une table contre l'un des murs. Monsieur Schafer a une table avec des brochures de son entreprise. Je suis sûr qu'il sera heureux de répondre à toutes vos questions. Merci d'être venus. Et prions pour que la pluie vienne bientôt.

– Amen ! » s'est exclamé le public en chœur.

Comme la réunion se dispersait, de nombreux hommes se sont rangés devant la table de Mangenta pour prendre des brochures et poser des questions. Gaby a échangé quelques mots animés avec le maire avant de quitter la salle à grandes enjambées, sans regarder personne. Ses cheveux étaient striés de gris aux tempes et de grands cernes se creusaient sous ses yeux. Elle avait l'air fatiguée, comme quelqu'un qui carbure au café et à l'insomnie.

La femme assise à côté de Judith s'est penchée et a dit : « Mon mari l'appelle Gaby Mate-pénis. Il aimerait que quelqu'un lui dise de rester chez elle et de s'occuper de ses affaires. »

Judith a répondu : « La ferme, Maybelle, t'es en train de te ridiculiser. »

Mais je me fichais de Maybelle. J'étais déjà en train de rejoindre Gaby, qui s'était arrêtée pour jeter sa tasse en carton dans la poubelle près de l'entrée. Elle a souri en me voyant et m'a serrée fort dans ses bras.

« Merci », a-t-elle chuchoté, en reculant d'un pas sans lâcher mes bras. C'est alors qu'elle a aperçu le carnet que j'avais à la main. « J'ai toujours su que tu nous soutiendrais. On se voit bientôt, on a plein de trucs à se raconter. Je suis en retard pour une réunion. Je dois filer. » Elle a disparu par la porte dans l'air humide du soir. J'ai fait mine de la suivre.

« Tu vas où ? » La main de Tommy sur mon épaule m'a arrêtée. Ses yeux sombres souriaient, curieux. « Ouah, c'est quoi, ce regard ?

– Rien. » J'ai respiré profondément.

Il a regardé dans la direction où avait disparu Gaby. «C'était la maman de Mathó? Elle a bien changé. Maman, je sais que c'est ton amie, mais tu devrais faire attention. Papa dit que c'est une extrémiste qui ne comprend rien à l'agriculture.»

Avant que je puisse lui répondre, John nous a rejoints, avec quelques brochures dans sa poche arrière. «Mon père aurait fait une attaque à cette réunion. Lester et lui auraient chassé ce type de la ville à coups de pied. Les temps ont changé, pour sûr.» Il m'a regardée. «Rosie, je sais que tu travailles pour le journal, mais est-ce qu'il fallait vraiment que tu interviennes comme ça? Chacun fait du mieux qu'il peut.

– Oui, John, il fallait que j'intervienne. Est-ce que ça te pose un problème?»

Il allait répondre mais il s'est tu et a indiqué la porte. Comme nous sortions sur le parking, George nous a rejoints.

«John, je peux te dire un mot?

– Bien sûr, George.

– Ça me plaît pas trop, ces nouvelles semences. C'est peut-être seulement parce que je me fais trop vieux pour ces nouveautés, mais j'aimerais étudier la question avant que ça soit utilisé sur ma terre. Je veux pas t'apprendre ton métier, juste prendre mon temps, c'est tout.

– Pas de problème. Pour le moment, j'essaie de survivre à cette saison. Je m'inquiéterai des graines de l'an prochain quand j'aurai sorti cette récolte des champs.»

*

Après un trajet silencieux, fenêtres baissées pour attraper la fraîcheur du soir, chacun plongé dans ses pensées, Tommy est monté directement dans sa chambre tandis que je me suis installée dans la chambre d'amis pour travailler, avec une tasse de café réchauffé. Depuis le seuil, John m'a annoncé qu'il allait se mettre au lit, car il devait se lever tôt.

«J'en ai pas pour longtemps, j'ai répondu. J'aide Ralph pour un article de dernière minute.»

Il a hésité. Mais il a seulement dit: «Fais attention, Rosie.»

Dès qu'il a eu le dos tourné, j'ai sorti l'épais dossier que je constituais depuis ma tentative de faire publier mon reportage sur les produits chimiques agricoles et la rivière, quelques années plus tôt. J'étais heureuse d'avoir continué à le mettre à jour avec les dernières nouvelles glanées à la bibliothèque. Je connaissais la longue liste de procès en souffrance intentés à Mangenta en raison de l'agent orange, et le risque que ça représentait, d'acheter des semences à une entreprise qui veut vous vendre des pesticides.

Si je parvenais à établir une connexion entre ces fabricants de produits chimiques et le danger qu'ils constituaient pour nos semences et notre eau, Ralph serait obligé de publier mon article. Agri-Tech avait cessé ses annonces publicitaires depuis des années, de sorte que cette excuse ne valait plus rien. J'ai travaillé toute la nuit et je me suis traînée au lit juste avant que John se lève, à quatre heures du matin. C'était encore un texte brut qui nécessiterait une révision de Ralph, mais je n'avais jamais écrit d'article aussi important.

Je n'ai dormi que quelques heures, trop impatiente d'aller au bureau pour rester couchée. Après avoir déposé Tommy chez un de ses copains, je suis allée droit à la rédaction, espérant y trouver Ralph. Comme il n'était pas là, j'ai laissé mon article sur son bureau qui débordait, avec un mot qui disait de m'appeler s'il avait des questions. Je ne pouvais pas attendre, j'avais promis à Judith de l'aider à récolter ses framboises.

Jeudi matin, j'ai attendu la livraison du journal. John était déjà sorti, Tommy dormait encore et j'avais quelques minutes pour savourer mon article. Il était en première page, avec ma signature. Sauf que ce n'était pas mon article. Ralph l'avait vidé de son contenu ; toute ma recherche avait été caviardée. Il ne restait qu'un texte insignifiant au sujet de la réunion dont le point central était une citation du maire, heureux d'accueillir Mangenta et leurs produits de qualité dans notre communauté.

J'ai immédiatement appelé Gaby et laissé un message sur son répondeur pour qu'elle me rappelle. L'article dans le journal n'avait rien à voir avec ce que j'avais écrit. Ralph l'avait charcuté, je pouvais lui montrer la version originale…

et ainsi de suite, jusqu'à ce que je sois à court de mots. Je lui ai laissé cinq messages les trois jours suivants, mais elle ne m'a jamais rappelée.

Mon second appel a été pour Ralph.

«Je démissionne, espèce de merde.»

CHAPITRE VINGT-DEUX

Rosalie Iron Wing Meister
1998

Avec le recul, je ne pense pas que publier mon article aurait fait la moindre différence. Mangenta était comme un train de marchandises en roue libre et accélérait avec chaque nouveau fermier qui décidait de monter à bord. Nous avons été parmi les premiers à adopter ces nouvelles graines. Tommy avait montré à son père une feuille de comptes qui promettait des jours meilleurs, et après avoir étudié les chiffres John s'est persuadé que le changement était en route, qu'il le veuille ou non. Il entendait encore la voix de son papa lui dire à l'oreille qu'il perdrait la ferme avec ses idées folles, mais John voulait avoir le dernier mot avec ce nouveau procédé.

Après ma démission, la perte de mon salaire s'est fait sentir. John ne s'est jamais plaint, même si je lisais l'inquiétude sur son visage et le voyais boire le soir, pour réussir à dormir. Il avait accepté de cultiver ce nouveau maïs en contrat avec l'usine d'éthanol, qui nourrissait l'insatiable appétit du pays pour le carburant. L'entreprise fournissait le plan de culture, les semences, les produits chimiques et même de l'aide pour la récolte. John a reçu une liste de matériel à acheter et de modifications à faire dans les champs et les bâtiments. Tommy l'a aidé à négocier auprès de la banque le prêt dont nous avions besoin, qui représentait une somme d'argent bien plus élevée que ce que John pouvait gagner en une année.

Quelques mois avant la première livraison de graines, j'ai frappé à la porte de la chambre de Tommy. C'était un jeune homme désormais et il la gardait toujours fermée. Il m'a invitée à entrer d'une voix grave qui déraillait. À l'intérieur, ses vêtements étaient entassés par terre en désordre et il jouait à son jeu vidéo préféré assis à son bureau où était ouvert un livre de maths. Il m'a regardée avec curiosité, je venais rarement dans sa chambre à part pour ranger du linge.

« Qu'y a-t-il ?

– Tommy, ton père t'écoute. Si tu lui dis de ne pas utiliser ces semences, il en tiendra compte.

– Pourquoi je ferais ça ? »

Je lui ai expliqué mes peurs. Puis j'ai ajouté un argument dont j'espérais qu'il éveillerait le souvenir de ce qu'il avait appris enfant. « Ils n'auraient pas dû faire ça à ces plantes. Ils n'auraient pas dû disséquer la vie de cette façon, juste pour faire de l'argent. Tu te rappelles quand tu étais petit et que je te racontais que le maïs nourrit les petits campagnols, qui nourrissent les faucons en retour ? Et que les grues mangent les graines restantes lorsqu'elles s'arrêtent pour se reposer au cours de leur migration d'automne ? Même les corbeaux ont besoin du maïs des champs pour survivre. Qu'est-ce qui arrivera aux oiseaux quand ils mangeront ces graines ? Qu'est-ce qui nous arrivera à nous ?

– Rien, maman. Il ne va rien arriver aux oiseaux, ni à toi, papa ou moi. À part qu'on va peut-être vraiment gagner de l'argent pour une fois. Même toi, tu peux pas nier ça. Qui sait, tu pourras peut-être enfin t'acheter des vêtements corrects. »

Après cette conversation, j'ai quasiment cessé d'écouter Tommy et John quand ils parlaient de la ferme. Je ne voulais pas laisser tomber, surtout pas alors que la rivière Minnesota était déjà l'une des plus polluées du pays. Mais je me demandais s'il y avait une autre manière pour moi d'œuvrer à la protéger. J'avais essayé de ressembler à Gaby, qui utilisait ses talents d'avocate pour combattre les dangers menaçant la rivière et la terre. Peut-être qu'un combat ancré dans la colère, ça ne me correspondait pas. Peut-être qu'il me fallait plutôt apprendre à protéger ce que j'aimais.

Du moins me restait-il encore mon jardin. J'ai consacré tout mon temps et mon énergie à en prendre soin. Je nourrissais son sol en y étalant du purin à la pelle, j'arrosais ses plantes à la main. Certains jours, je chantais pour elles, un mélange de vieilles chansons de pow-wow de mon père. Un jour, John m'a proposé d'y asperger son pesticide pour tuer les mauvaises herbes et me faire gagner du temps. Je l'ai fusillé du regard jusqu'à ce qu'il lève les mains en disant : « D'accord, d'accord, fais comme tu veux. » Et c'est ce que j'ai fait, suant pendant des heures sous le chaud soleil de juillet, car ma peine n'était rien au regard de ce qui avait été commis à l'encontre de la terre et de l'eau qui m'entouraient.

Quand ces tendres soins ont produit une récolte florissante, j'ai tout mis en conserve et rempli les étagères du cellier avec assez de nourriture pour tenir une année ou plus. Après tant d'années à manger des hot dogs et des plats tout préparés, j'avais appris à cuisiner en lisant des recettes et en expérimentant. La règle de trois qui avait autrefois régi nos repas – viande, patates, légumes en boîte – avait cédé la place à des soupes et à des ragoûts, des légumes rôtis, de la viande marinée qui se désagrégeait sous la fourchette, du pain fait maison, tartiné de confiture de framboises du jardin.

À l'exception des haricots, j'avais épuisé depuis plusieurs années les graines d'Edna, et j'achetais les miennes au magasin de nourriture pour bétail. J'avais toujours pensé que quelqu'un avait dû enseigner la conservation des graines à la mère de John, ou qu'elle était plus intelligente que moi. N'importe qui pouvait comprendre comment conserver des haricots, une graine facile, qui ne demandait qu'à être écossée et mise au sec, mais pour d'autres plantes, comme les tomates, c'était plus compliqué. Après presque deux décennies de jardinage, je me suis dit qu'en apprenant à récupérer mes propres graines, j'économiserais de l'argent. Et que, modestement, je résisterais à notre partenariat avec Mangenta.

En lisant un livre de la bibliothèque, j'ai pris conscience que les graines minuscules étaient en réalité des êtres vivants uniques avec leur propre histoire, personnelle et collective, et leur propre famille. Chaque graine était constituée d'un embryon, d'un tégument et d'une substance nutritive, comme un repas intégré. La plante mère, comme moi, ne voulait que le meilleur pour ses enfants. Certaines plantes, à l'instar des pissenlits, dispersaient leurs graines aux quatre vents, tandis que d'autres, comme certains pins, avaient besoin que le feu ouvre leurs cônes. La plante mère savait dessécher ses graines presque entièrement pour les endormir jusqu'à l'heure du réveil. Chaque graine contenait une trace de vie qui poindrait avec de l'eau et les conditions appropriées.

Où que je regarde, je voyais les graines tenir la trame du monde. Elles peuplaient des forêts, couvraient les prés de fleurs sauvages, germaient dans les brèches des trottoirs ou restaient en sommeil jusqu'à ce qu'advienne le moment tant attendu, signalé par le feu, la pluie ou la chaleur. Elles remplissaient les rayons des supermarchés. Les graines respiraient et parlaient une langue à elles. Chacune d'entre elles contenait, telle une minuscule capsule temporelle, des années d'histoires dans sa tendre chair. Je me sentais si ignorante à côté du génie contenu dans une simple graine.

J'ai commencé par les graines de tomate car je les utilisais beaucoup. D'abord, j'ai appris à les faire fermenter pour ôter la pellicule qui bloque leur croissance. Le livre ouvert sous mes yeux, j'ai découpé une tomate bien mûre et j'ai pressé dans un seau de vingt litres le gel interne qui enveloppait les graines. Une fois plein, j'ai fermé le seau avec son couvercle.

Trois jours plus tard, j'ai vidé l'eau avec la pulpe et n'ai conservé que les graines, tout au fond du seau. Après les avoir rincées avec soin, j'ai étalé les graines sur un tamis propre, où elles ont séché pendant une semaine. J'ai eu beaucoup de satisfaction à les verser dans une enveloppe blanche toute neuve et à y noter mon nom et la date. Puis j'ai regardé le reste de mon jardin. Je comprenais peu à peu que lorsqu'on garde ces graines, lorsqu'on sélectionne lesquelles replanter, nos vies s'entrelacent aux histoires de vie de ces plantes.

*

Plus j'apprenais à connaître les graines de mon jardin, plus je m'inquiétais au sujet des graines de Mangenta qu'utilisait John dans ses champs. Mais mes craintes étaient inaudibles, d'autant que le maïs poussait haut et droit comme un soldat, chaque plant un clone du voisin, et fournissait trois fois le rendement que le père de John obtenait en son temps. John annonçait ce chiffre avec fierté à qui voulait l'entendre. La pyrale du maïs n'avait presque pas fait de dégâts et les prix étaient plus hauts que jamais. Nous avons acheté un nouveau pick-up, réparé le trou dans le toit, payé nos dettes. J'ai acheté un nouveau manteau pour remplacer celui que Judith m'avait donné des années auparavant.

Je me disais que je ne pouvais rien y faire. Je regardais et attendais de voir ce qui se passerait. Les vendeurs de Mangenta nous rappelaient souvent que nous faisions pousser du maïs pour produire le carburant dont le pays avait besoin, tout en aidant l'environnement. On aurait dit qu'il n'y avait aucune limite à ce que des scientifiques pouvaient fabriquer à partir du maïs, depuis la nourriture pour bétail jusqu'au sirop de maïs qui agrémentait tant d'aliments.

Et pourtant, chaque printemps, quand la nouvelle livraison de semences arrivait, John était distrait, fébrile, taciturne. Il était devenu de plus en plus renfermé. Je le soupçonnais de douter de sa décision. Cette nouvelle façon de cultiver était si différente de celle de son enfance, de celle que son père lui avait enseignée. *Un pays qui détruit son sol…* Au fond de lui-même, John était un fermier à l'ancienne, comme son père. Il aimait la terre. Et personne ne connaissait les effets que ces produits chimiques auraient à long terme, sur le sol ou sur nous.

CHAPITRE VINGT-TROIS

Marie Blackbird
1920

Ma thakóža, ma petite-fille, m'a prise par le bras, même si je n'avais pas besoin de son aide.

«Attention à cette racine, Khúnši, a-t-elle dit. Laisse-moi m'accrocher à ton bras pour me retenir de tomber.»

Je ne suis pas encore une vieille femme, aurais-je voulu répondre, même si j'ai survécu à plus de soixante-dix hivers. Si tu savais ce que j'ai vu et traversé, tu saurais que je suis de fer. Mais j'ai tenu ma langue. Après tout, Darlene, la cadette, semblait me comprendre mieux que ma propre fille Susanne. Je n'étais pas dupe de ses manèges, mais ils conservaient ma fierté intacte. De tous les enfants de Susanne, la petite Darlene était celle qui me ressemblait le plus, toujours prête à un tour dans les bois, pour voir qui était réveillé. La plus âgée, Lorraine, restait le plus souvent avec sa mère et aimait l'aider au jardin. Les deux jeunes garçons, Frederick et Harry, préféraient jeter des cailloux dans la rivière et pêcher à l'aide des grandes perches que Clayton avait confectionnées pour chacun d'eux.

Je n'étais pas ravie que Susanne décide de l'épouser. «Tu peux faire mieux que ce Clayton Kills Deer, lui avais-je dit. Qui est sa famille? Je ne les connais même pas.» Si mon mari Oliver avait été encore vivant, elle l'aurait peut-être écouté. Mais il était mort quelques années après avoir terminé de construire la cabane où nous vivions à présent tous ensemble, où je dormais dans la pièce principale comme si ce n'était pas chez moi.

« Khúŋši, regarde, regarde ! » s'est exclamée Darlene, tout excitée, de sa voix flûtée. Elle indiquait un massif de fraises des bois presque mûres, dont on voyait poindre la chair pourpre sous un amas de feuilles vertes. J'ai souri et je lui ai fait un signe de tête. Quelque chose dans ses grands yeux brillants de joie et dans son menton fort et obstiné me rappelait mon Oliver. Quoiqu'ils ne soient pas liés par le sang, elle était comme lui, toujours prête à aider.

« Wašté, Darlene. Il est temps de semer. »

Oh, Oliver, je me souviens comme il était incapable de trouver le sommeil à la période des semences, de sa joie la première fois qu'il avait posé les yeux sur la verdeur fertile de la terre de Mní Sota. À Santee, il fallait toujours prendre garde à l'eau, si précieuse, surtout lorsque le soleil d'été cuisait la terre en une strate dure et aride, où des amas de broussailles sèches dévalaient les collines. Quand nous sommes enfin arrivés chez moi, en 1889, nous avons vu plus de lacs et de rivières qu'on en pouvait compter, des ruisseaux et des marais, des quenouilles qui poussaient dans les flaques le long de la route. Même les feuilles des arbres avaient l'air pleines à éclater de toute cette pluie. Et puis nous avons découvert les champs immenses de terre fraîchement retournée, qui ont fait vibrer son cœur de fermier.

Quant à moi, je peinais à retrouver mon chemin, car tout avait changé. Je me rappelais les forêts qui remplissaient l'espace entre deux rivières, pas tous ces champs vides et écorchés. C'est seulement quand nous avons atteint les rives de la Mní Sota Wakpá que j'ai été convaincue d'être vraiment rentrée. Quand le chariot s'est enfin arrêté, je suis descendue et je me suis agenouillée dans l'herbe haute pour une prière, les paumes contre le sol. Tout était si différent, mais ma rivière adorée n'avait pas changé. Le lendemain matin, je me suis rendue sous le plus grand peuplier que j'ai pu trouver et j'y ai enterré les cheveux de ma mère. J'ai offert une pincée de chanšáša à la rivière, avec une prière de gratitude. Avec ce petit geste, mon Iná rentrait chez nous, elle aussi.

Dès la première année, Oliver s'est mis à construire notre cabane sur un promontoire donnant sur la rivière, sur la même terre où ma famille avait vécu près de trente ans plus tôt. Les collines et les champs où j'avais couru enfant, avant de devenir une réserve que la guerre avait dévastée, étaient désormais morcelés en parcelles de soixante-cinq hectares que nous avions le droit d'acheter. Peu à peu, d'autres familles dakhóta étaient revenues, attirées par nos makapahas, les buttes de terre où nos ancêtres étaient enterrés. Le gouvernement a aidé les quelques familles qui étaient restées, les loyalistes, celles qui n'avaient pas combattu les soldats blancs, pendant que nous autres nous nous privions de tout pour épargner de quoi racheter des parcelles qui nous appartenaient, conformément au traité que nous avions signé, mais aussi parce qu'elles étaient nos terres natales. Cependant personne n'a osé protester, car nous avions tous compris la leçon et appris à nous comporter en « bons» Indiens. Nous savions que la vengeance des wašicu ne connaissait pas de bornes.

Certains d'entre nous se rappelaient encore les primes offertes après la guerre pour chaque scalp dakhóta. Ensuite, le gouvernement avait fait passer une loi pour voler notre terre et nous avait déportés à Crow Creek, en décrétant qu'il était illégal pour les Dakhóta exilés de rentrer chez eux. Maintenant qu'il y avait de l'argent à se faire, le gouvernement fermait les yeux sur ses propres lois. Aujourd'hui encore, longtemps après la mort d'Oliver, il était, en principe, illégal pour nous d'occuper la terre qui nous appartenait.

Et même de prier. Le gouvernement avait adopté une autre loi dans les années 1880 qui punissait comme un crime le fait de prier à notre manière. Quelques familles célébraient des cérémonies en secret et ne parlaient la langue dakhóta qu'entre elles. Pendant que certaines femmes, comme Iná et moi, avaient sauvegardé les graines, d'autres prenaient soin des cérémonies rituelles et de la langue, jusqu'au jour où nous pourrions pratiquer notre religion sans risque. Personne ne parlait de la guerre ni de ce qui avait suivi. Quand nous entendions les histoires qui circulaient à voix basse sur le massacre de Wounded Knee, un long hiver semblait s'installer dans nos cœurs.

À notre arrivée, nous avons appris que personne n'avait encore réclamé notre ancien terrain près de la rivière car il était trop pentu pour être cultivé. Oliver avait des vues sur une parcelle de terre dans la plaine, mieux adaptée à l'agriculture. Mais cette fois, j'avais insisté et déclaré que je n'irais vivre nulle part ailleurs que sur la terre de ma famille. C'était un homme bon, mon Oliver, il a acheté ce terrain pour nous et il a loué sa propre parcelle cultivable à quelques kilomètres à l'ouest.

Il a coupé des arbres pour en faire des rondins pour les murs de notre cabane et il a ajouté des fenêtres en verre véritable ainsi qu'un poêle à bois. Deux chambres donnaient sur la cuisine, avec une longue pièce pour les repas et les visites. Juste à côté de la porte de derrière, il a creusé un puits d'où nous pouvions tirer de l'eau grâce à une pompe à main ; nous avions toujours un seau plein dans la cuisine avec une louche suspendue sur le côté. C'était beaucoup plus facile que d'aller chercher de l'eau au ruisseau tous les jours. Quand il a eu fini, notre cabane était chaleureuse et bien assez grande pour nous trois. Je n'aurais jamais imaginé qu'un jour elle aurait accueilli Susanne, son mari et leurs quatre enfants. Mais on s'en tirait bon an mal an.

Nous avions connu des temps meilleurs quand Oliver était en vie. C'était un homme solide, un travailleur, convaincu que l'agriculture était le meilleur avenir possible pour les Dakhóta. Il avait contribué à construire la nouvelle église épiscopale et nous allions tous les deux au culte presque toutes les semaines. Il a élevé Susanne comme sa propre fille, sans jamais demander d'où lui venaient ses yeux bleus. Les soirs d'été, quand la lumière du soleil dansait sur la rivière tranquille, je redoutais moins l'avenir.

Ma fille est devenue grande, les cheveux foncés, une belle femme avec un fort caractère. J'avais l'espoir qu'elle devienne enseignante. Au lieu de ça, elle a épousé Clayton Kills Deer, un homme qui ne lui arrivait pas à la cheville. Si mon Iná m'avait parlé comme j'avais parlé à Susanne, je l'aurais écoutée avec plus de respect. C'est l'influence de l'école, je pense, qui lui a donné des idées différentes sur sa place dans la famille et la communauté.

*

Ce soir-là, comme un âpre vent printanier fouettait les coins de la cabane, j'ai demandé à Susanne de m'apporter le panier en osier qui était dans sa chambre, où elle conservait les graines dans une obscurité fraîche. Le panier était à elle désormais, je le lui avais offert à son mariage. Mais j'aimais encore converser avec les graines, sentir sous mes doigts les sacs et la ramure qui avaient appartenu à ma mère. J'avais appris à tous les enfants, même à Frederick et Harry, à sélectionner le meilleur maïs, celui qu'il fallait mettre de côté pour le replanter. Ces graines étaient conservées dans le panier et remplacées chaque saison ; tout le reste, nous l'utilisions pour nous nourrir.

« Il faut qu'elles soient longues et musclées, comme de jeunes hommes vigoureux, leur disais-je. Gardez les graines du centre de chaque épi pour les replanter. Les graines proches de la pointe peuvent être utilisées pour cuisiner ; les graines de l'autre bout, partagez-les avec les animaux. Guettez les grains dont le cœur est noir. Leurs épis ont été cueillis trop tôt et ils ne pousseront pas. »

Lorraine s'était assise à côté de sa mère, comme elle le faisait chaque fois que nous triions les graines ou que nous réfléchissions au potager. À douze ans, elle était grande pour son âge, avec une langue bien pendue, qu'elle utilisait pour faire marcher droit ses jeunes frères. Lorraine avait le même don que sa mère pour deviner les besoins des plantes. Elle était déjà douée pour tresser le maïs et elle était capable de transporter la même charge qu'un homme jusqu'à la cabane sur ses larges épaules. Mais elle était étonnamment délicate au moment de planter une graine. En tant qu'aînée, et surtout avec son don pour le jardinage, elle hériterait des graines de la famille et deviendrait leur gardienne et protectrice. Comme

Iná m'avait donné les graines, comme je les avais données à Susanne, c'était au tour de ma fille d'enseigner à Lorraine à prendre soin d'elles.

Je me souviens qu'il faisait frais cette nuit-là, car nous avons eu besoin d'un feu dans le poêle. Clayton était dans les bois, où je le soupçonnais de retrouver ses amis pour boire. En tant que fils aîné, Frederick était censé entretenir le feu, mais Harry et lui s'étaient endormis sur le sol, enveloppés dans la courtepointe du canapé-lit. C'était un plaisir d'être entre femmes.

J'ai plongé la main dans le panier et j'en ai tiré un morceau de ramure de chevreuil. «Dans son jardin, ai-je commencé, en parlant à voix basse pour ne pas réveiller les garçons, ma grand-mère utilisait cette ramure pour nettoyer les feuilles mortes au printemps. Quand les marchands du magasin général ont apporté des râteaux et des sarcloirs en fer, notre peuple a cessé d'utiliser ses outils. Ma mère a conservé cet os pour que nous n'oubliions pas les usages anciens.»

J'ai sorti plusieurs sacs en peau de chevreuil, chacun d'eux rempli de graines de tailles et de couleurs différentes. J'ai fait rouler quelques graines sur ma paume ridée, comme si je tenais des pierres précieuses. Du maïs couleur lavande et rose, des haricots tachetés de noir et de blanc, et la graine de courgette en forme de larme. J'ai passé les graines aux filles pour qu'elles les tiennent dans leurs mains. J'ai expliqué, comme je l'avais fait autrefois, que ma famille cuisinait ces aliments pour en faire des plats spéciaux, dont certains étaient utilisés dans des cérémonies. Ces histoires étaient répétées souvent, pour que les enfants les retiennent.

Comme je replaçais avec soin chaque sac dans le panier, mes doigts ont effleuré un morceau de cuir tout au fond. Mon vieux cœur a tressailli quand je me suis souvenue de la lettre de mon Até, celle qu'il y a si longtemps, il nous avait écrite depuis la prison. J'aurais voulu la dérouler, demander à Susanne de me la lire, pour entendre sa voix une fois de plus à travers ses mots. Mais en regardant les visages innocents qui m'entouraient, j'ai décidé qu'il n'était pas nécessaire de parler de cette époque. Mieux valait que ces enfants grandissent sans le poids des souvenirs que je portais avec moi. Mieux valait que ces souvenirs meurent avec moi.

Au lieu de ça, nous avons parlé du jardin. Je leur ai raconté le chien errant qui, à Santee, rôdait près des tomates mûres pour les voler. Comme il était rusé, le sacripant ! Je me levais tôt pour le prendre sur le fait, mais il avait appris à attendre que je m'assoupisse à nouveau dans mon fauteuil. Je me réveillais juste à temps pour voir disparaître la queue de ce sac à puces, qui détalait avec mes précieuses tomates. Nous riions toutes ensemble, les filles adoraient entendre l'histoire de leur Khúŋši bernée par un chien.

*

Tout l'été, nous nous sommes affairées à planter, désherber, arroser, les journées passaient vite. Un beau jour, le temps est venu de récolter le maïs. Ce matin-là, nous étions debout dès l'aube, quand l'air était encore frais, avant que le soleil de cet été tardif vienne nous rappeler que la saison n'était pas terminée.

Susanne nous a guidées jusqu'au jardin, suivie de près par Lorraine, et moi sur ses talons, qui tenais le rythme à grand-peine. Derrière moi, Darlene portait un sac de pain gabúbu, plusïeurs lanières de viande séchée et un sac de café. Quand Darlene a accusé sa sœur de ne pas porter sa part, Lorraine a chuchoté : « Je dois aider Khúŋši Marie. » J'ai fait mine de ne pas avoir entendu, appuyée sur mon bâton de marche, comme à mon habitude. À la fin de notre petite colonne, Frederick fouettait l'herbe haute à l'aide d'une baguette, jusqu'à ce que Darlene lui dise d'arrêter, après quoi il s'est mis à jeter des brindilles dans ses cheveux. Harry venait en dernier, les yeux ensommeillés, peinant à nous suivre sur ses petites jambes.

La récolte du maïs était notre moment favori à tous et toutes. En sortant des bois ombragés dans la lumière douce d'une nouvelle journée, je me remémorais ma famille. De l'autre côté de la clairière, nous avions planté de jeunes genévriers qui pousseraient assez haut pour aider à protéger le jardin des chevreuils. Un dense massif d'érables nous donnait du sirop chaque printemps. Des tournesols bordaient le côté nord du jardin, leurs larges faces tournées vers le soleil. Notre maïs poussait sur des buttes basses et, enlacés à ses hautes tiges, des plants grimpaient chargés de haricots secs. Non loin, on décelait les coquilles rondes des citrouilles et des courges sous les larges feuilles. Avant toute chose, nous avons offert du chanšáša et j'ai récité une prière en dakhóta, afin de remercier le Créateur de cette récolte abondante.

Ensuite, nous nous sommes mis au travail. Frederick et Harry ont ramassé du bois pour le feu, pendant que Darlene remplissait la cafetière au ruisseau. Une fois le feu allumé et la bouilloire suspendue à son crochet, nous nous sommes dispersés dans le jardin avec nos paniers. Susanne et Lorraine ont pris chacune leur rangée, tordant et arrachant chaque épi d'une main sûre et entraînée. Quand nos paniers étaient pleins, nous empilions leur contenu sur un même tas. Le lendemain, nous tresserions les plus grands épis les uns aux autres pour les suspendre et les faire sécher.

Tout en cueillant, je regardais autour de moi, et je voyais comme le jardin avait grandi avec le temps. Tout au bout se trouvait une petite plate-forme de guet, construite par Oliver, depuis laquelle Susanne et moi débusquions les oiseaux quand elle était petite. Nous chantions pour le maïs, un peu pour passer le temps, mais aussi pour l'aider à grandir. Pour les lapins et les chevreuils, Clayton avait construit une clôture de branches d'aulne. Et j'avais promis qu'après la récolte, j'enseignerais aux filles à confectionner une nouvelle fosse pour cacher nos graines. J'avais eu beau faire de nombreuses recherches depuis notre retour, je n'avais jamais retrouvé la fosse creusée par ma mère. Je m'en sentais coupable, comme si j'avais manqué à mon devoir envers elle.

«Darlene ! a appelé Susanne. Aide Frederick et Harry pour le début.»

Darlene a soupiré, mais assez bas pour que sa mère ne l'entende pas. Elle avait presque onze ans et je voyais qu'elle voulait rester avec les femmes. Pas avec Harry, trop petit pour se rendre vraiment utile, facilement distrait par les insectes qu'il trouvait ou les oiseaux qu'il observait, et qui, perchés dans les arbres environnants, espéraient prendre part à la récolte. Et encore moins avec Frederick, qui ne cessait de lui lancer toutes sortes de projectiles dès que sa mère avait le dos tourné. À neuf ans, il débordait d'une énergie qu'il aurait mieux dépensée avec son père. Mais Clayton travaillait dans une ferme voisine pour gagner un peu d'argent, dont nous avions bien besoin. On cueillait toujours le maïs à la main et les ouvriers agricoles expérimentés avaient du travail pendant toute la moisson. Soudain, une motte de terre s'est écrasée à l'arrière de la tête de Darlene. Furieuse, elle s'est retournée aussitôt et elle a jeté l'épi qu'elle venait de cueillir. Il a frappé Frederick sur l'épaule et rebondi à terre derrière lui. Il a ri, satisfait d'avoir suscité une réaction aussi forte.

En quelques enjambées, Susanne avait rejoint Darlene, lui avait attrapé le bras et l'avait fait pivoter sur elle-même. Elle la fixait, incrédule. «Ramasse cet épi.» Sa voix était sévère.

« Mais Frederick...

– Ramasse cet épi.»

Darlene a trébuché en allant le ramasser. Elle ne s'est pas plainte, même si je devinais qu'elle se sentait victime d'une injustice et que sa tête baissée cachait ses larmes. Revenue devant sa mère, Darlene lui a tendu l'épi. Susanne l'a pris calmement, sa colère éteinte aussi vite qu'elle s'était enflammée.

«Est-ce que tu jetterais Khúnši dans le champ?» a-t-elle demandé, et elles se sont tournées vers moi. J'ai sautillé et mimé un vol plané par-dessus la prairie. Elles ont ri. «Rappelle-t'en la prochaine fois. Tu es assez grande pour ignorer Frederick.»

Darlene a hoché la tête.

«Pourquoi tu ne vas pas regarder avec Khúnši si les noisettes sont mûres?»

Mon assistante a bondi de joie. Je la comprenais. Nous n'avions rien contre le jardinage, mais mieux valait laisser cette tâche à Susanne et à Lorraine. Darlene et moi adorions les bois et les plantes sauvages, les baies, les racines, les noix qui donnaient si bon goût à nos aliments. Peut-être que nous trouverions un peu de raisin ou des prunes oubliées par les oiseaux.

Nous nous sommes éloignées aussi vite que j'en étais capable avec mon bâton, sans attendre un éventuel revirement ni que quelqu'un décide qu'on avait besoin de nous. Darlene avait un morceau de viande séchée et du pain dans son panier. Après une rapide délibération, nous avons choisi de rendre visite à l'un de nos coins à baies préférés, une courte marche depuis le jardin. Nous pourrions y cueillir de la bergamote si elle était encore en fleur.

Comme le soleil était maintenant haut dans le ciel, nous avons ralenti le pas et commencé à explorer. Nous avons trouvé de petits groseilliers à maquereau et quelques cerisiers sauvages dont nous pourrions récolter les fruits en été. Darlene avait cueilli une poignée de baies de sumac, qui faisait une boisson goûteuse pour les jours de chaleur. Je préférais la tisane de cynorhodon mais c'était trop tôt, les fruits n'étaient pas prêts.

Enfin, nous avons trouvé un petit bosquet de noisetiers prêts pour la récolte et avons cueilli les noisettes jusqu'à en avoir rempli un plein panier à nous deux. J'étais fatiguée à présent et j'avais plus besoin de repos que de nourriture. Pendant que Darlene mangeait la viande et le pain, je me suis allongée sur un tapis de feuilles mortes, sous un chêne qui avait vu plus d'hivers que moi. J'ai dû dormir longtemps. Quand j'ai ouvert les yeux, le soleil était parvenu à la moitié de l'après-midi.

« Thakóža, réveille-toi ! » Je me suis redressée sur un coude, quelques feuilles encore accrochées à mes cheveux et à ma chemise.

« Je suis réveillée, Khúŋši », a répondu Darlene. Elle me regardait, adossée à l'arbre. « Je t'attendais. Tu ronflais si fort que je me demandais comment tu pouvais dormir. Au moins tu tenais les ours en respect.

– Tsssst, je ne ronfle pas. Heureusement que nous avons récolté de quoi justifier notre absence auprès de ta mère. »

Comme mes vieux os refusaient de se dépêcher, nous avons marché lentement jusqu'à la cabane. J'aimais sentir le parfum des aiguilles de pin réchauffées par le soleil, écouter le bourdonnement aigu des cigales. Nous nous sommes arrêtées près d'un ruisseau pour boire, recueillant l'eau entre nos mains pour nous rafraîchir la peau.

Parvenues au tournant du chemin, nous avons aperçu Clayton assis à la table à l'extérieur. Il nous tournait le dos et se tenait la tête dans les mains. J'ai pensé qu'il était fatigué. Darlene m'a interrogée du regard et j'ai acquiescé en indiquant son père d'un mouvement des lèvres. Elle s'est ruée vers la table et a laissé son panier tomber bruyamment par terre, s'attendant à ce qu'il relève la tête en souriant. Mais il n'a pas bougé.

Le fait qu'il ne regarde pas Darlene m'a mis la puce à l'oreille. J'ai accéléré le pas vers la maison, où je m'attendais à trouver Susanne dans la cuisine en train de préparer le repas. À l'intérieur, il faisait sombre, pas de lumière ni de feu dans le poêle. Susanne était assise, immobile. Je me suis installée à ses côtés. « Susanne, qu'y a-t-il ? Que s'est-il passé ?

– Ils sont partis, a dit Susanne. L'agent est venu à midi et les a emmenés au pensionnat. Ils sont partis. »

*

Cette nuit-là, j'ai partagé le lit de Darlene pour ne pas la laisser seule. Elle tremblait sous les couvertures, sans pouvoir fermer l'œil. Dans l'obscurité, sa voix timide a demandé : « Où sont-ils partis ? Quand vont-ils rentrer à la maison ? »

Je n'avais pas de réponse. Je suis restée avec elle – c'était tout ce que j'avais à offrir. À Crow Creek, j'avais pensé avoir vu le pire de ce qu'on pouvait faire à une autre personne. Mais voilà qui était encore plus cruel.

Susanne et Clayton ont discuté toute la nuit à voix basse. Parfois je m'assoupissais, et au réveil j'apercevais la lumière du feu faire danser les ombres sous la porte. J'ai rêvé de wanági en pleurs à la lisière des bois. Bien avant le lever du soleil, Susanne est entrée dans la chambre et s'est assise sur le lit du côté de Darlene. Elle a caressé les cheveux de sa fille, sa joue. Je sentais son cœur se briser tandis qu'elle se tenait là, en silence. De vieux souvenirs m'ont submergée : la façon dont mon frère Chaské pleurait de faim, avant qu'il cesse de pleurer.

« Darlene, a dit Susanne. Réveille-toi. Il faut que tu fasses tes bagages.

– Pourquoi ? Est-ce que l'agent va revenir ? Je vais retrouver Lorraine ?

– Chut. Papa et moi nous avons réfléchi. Nous ne savons pas si l'agent va revenir. Nous ne pouvons pas prendre le risque de te garder ici. On t'envoie vivre avec ma cousine Pauline et son mari à Mankato. Ils ont un bébé et ils seront contents d'avoir un peu d'aide. »

Tout en parlant, Susanne se déplaçait posément dans la chambre et rassemblait les vêtements de Darlene dans un gros sac. Darlene s'est habillée à la va-vite en retenant ses larmes pendant que j'allais à la cuisine envelopper du pain et de la viande de chevreuil dans un linge pour la route. Quand tout a été prêt, Susanne, sur le seuil avec sa fille, a perdu sa tendresse et lui a parlé d'un ton brusque, presque dur. « Ton père t'attend dans le chariot. Sois sage. Souviens-toi toujours de qui tu es. » Elle a tendu à Darlene le paquet de provisions et a fourré dans sa poche un petit sac à remèdes. Puis elle a poussé Darlene hors de la cabane et a fermé précipitamment la porte derrière elle.

Quand le craquement des roues du chariot s'est éloigné, je me suis allongée sur mon petit lit de camp et j'ai tourné la tête vers le mur. Je n'avais plus de mots.

CHAPITRE VINGT-QUATRE

Rosalie Iron Wing Meister
2000

Deux longues files de pick-up de fermiers et de berlines familiales étaient garées des deux côtés de la route sur un demi-kilomètre, et il ne restait entre elles qu'une étroite bande d'asphalte, à peine la place de passer pour une voiture. J'avais eu beau prier pour qu'une bonne pluie décourage la foule qu'attire habituellement le spectacle de la vente d'une ferme aux enchères, la matinée était fraîche et lumineuse, une parfaite journée d'automne.

John et moi marchions sur le bas-côté quand soudain il m'a pris la main. J'avais si souvent parcouru ce chemin pour rendre visite à Judith et à George. Aujourd'hui, Judith était restée dans le petit appartement qu'ils avaient loué en ville, seul George assisterait au démantèlement de leur ferme.

Tout était à vendre : les machines, les outils, les meubles, la maison, la terre. Les plats qu'ils avaient laissés. Les poules de Judith. Le tracteur John Deere de George, avec le nom « Martha » peint en épaisses lettres rouges, en hommage à la mère travailleuse qui l'avait élevé. J'ai vu la table de pique-nique où nous avions bu de la limonade par ces chauds après-midi, à présent couverte des paperasses de la vente. Dans le potager adoré de Judith, envahi de mauvaises herbes, il y avait une bouteille de lait à la place des plants de tomates. Ils n'avaient jamais fini de repeindre la maison.

J'ai eu besoin d'une profonde respiration à la vue de toutes leurs affaires numérotées et éparpillées dans le jardin. Le commissaire-priseur, un homme grand en bottes de cow-boy, avait été embauché dans une ville voisine, pour éviter qu'il soit distrait par d'improductives émotions à l'égard de la famille qui perdait sa ferme. Dans le jardin se pressait une foule de casquettes dodelinantes, de jeans et de visages sombres.

George se tenait à l'écart avec son avocat et dévisageait chaque arrivant, comme pour mettre les fermiers au défi de croiser son regard. J'ai senti ses yeux s'arrêter sur nous, puis se détourner. La main de John serrait fermement la mienne, j'ai su qu'il avait vu George lui aussi. Après une demi-seconde d'hésitation, il a fait demi-tour et a traversé le jardin à la rencontre de son ex-ami. Je l'ai suivi.

Deux ans plus tôt, George avait décidé qu'il ne voulait plus du maïs de Mangenta sur sa terre et il avait entrepris de résilier le bail de John. Je me souvenais de la voix sonore de John qui éclatait dans le bureau et du combiné qui heurtait bruyamment son support. Une minute plus tard, John était entré dans la cuisine et s'était assis lourdement en face de moi. Son visage était pâle et bouffi de l'excès de bière de la veille. «George dit que c'est trop risqué de faire pousser du maïs OGM si près de ses propres champs. Il dit qu'il ne veut pas de cette merde dans son maïs. Si tu veux mon avis, c'était un service que je lui rendais.» Je l'ai écouté sans répondre, pour éviter que sa colère se retourne contre moi. Tommy s'était déjà enfui dans sa chambre faire ses devoirs, peu disposé à subir l'humeur explosive de son père.

Avec l'aide d'un avocat de Mangenta, George s'est laissé convaincre de permettre à John de terminer la saison pour résilier le bail d'un commun accord à la fin de l'année. George avait juré à qui voulait l'entendre que désormais il ne ferait plus pousser que du «vrai» maïs ancien, avec des méthodes biologiques, une décision que les autres fermiers avaient accueillie en secouant la tête.

Mais avant même qu'il la mette en œuvre, Mangenta avait intenté un procès à George pour vol de leurs gènes brevetés, car son maïs s'était hybridé. La procédure était partie d'une dénonciation anonyme sur une permanence téléphonique créée spécifiquement pour combattre le «piratage de semences». Outré, George avait résolu de porter plainte à son tour. Il disait que Mangenta avait compromis l'intégrité de son stock de semences. Bien sûr, il s'était heurté à une armée d'avocats d'affaires grassement payés; il n'avait eu aucune chance. Sur les instances de son avocat, ils avaient tenté de trouver un accord à l'amiable et Mangenta avait accepté de renoncer au procès si George détruisait son maïs corrompu pour le remplacer par des semences achetées à Mangenta. Il avait juré qu'il préférait perdre sa ferme. Accablé de frais juridiques impayés, il n'avait pas eu d'autre choix. On n'avait jamais su qui avait passé le coup de téléphone initial – à supposer qu'il ait jamais eu lieu.

*

Comme nous traversions lentement le jardin, George a baissé les yeux, comme s'il n'avait pas remarqué l'arrivée de John. Les deux hommes ont gardé le silence un long moment. Enfin, George a dit : «T'es sur les rangs? Prends ce qui reste de ma ferme. Bousille-la, comme t'as bousillé ta propre terre.

– George, tu sais que c'est pas ça.

– C'est toi qui as planté ce maïs. T'as peut-être même passé ce coup de fil.» Il a craché ces mots à John.

Ses mains tremblaient quand il a allumé une cigarette, une habitude abandonnée depuis longtemps qu'il avait reprise dans la tension de la bataille juridique. George avait le teint cireux, presque gris, les yeux rouges et gonflés. J'aurais voulu lui demander des nouvelles de Judith, mais les mots m'ont manqué. Elle n'était pas venue nous dire au revoir quand ils avaient déménagé. Je ne pouvais pas me l'imaginer dans l'espace exigu d'un appartement, sans jardin, sans animaux, sans oiseaux pour l'éveiller le matin. Comme s'il avait perçu mes pensées, George m'a lancé un regard en coin et s'est détourné, le visage contracté par l'effort qu'il faisait pour garder contenance.

Il n'y avait rien d'autre à dire. John et moi avons rejoint le groupe qui faisait la queue pour obtenir des numéros d'enchères. De fines volutes de vapeur s'élevaient des gobelets de café que tenaient des mains crispées. Le shérif se tenait à proximité, les pouces glissés dans la ceinture, et parcourait la foule des yeux, en homme qui sait avec quelle facilité une situation peut dégénérer. Les émotions sont à vif quand on touche à votre ferme familiale, peut-être la seule maison que vous ayez jamais connue.

Les enchères ont commencé par les petits objets. On levait la main avec un embarras penaud, gêné de profiter de la malchance du voisin. La plupart des gens connaissaient George et Judith, ainsi que leurs enfants. Les enchères avaient un goût de funérailles, un goût de perte indicible qu'il fallait pourtant affronter. Le métier d'agriculteur était ardu et tout le monde ne s'en sortait pas.

Je savais que John avait l'intention de faire une offre. Après des années à louer les champs de George, la logique des affaires voulait qu'il acquière cette ferme, surtout s'il pouvait en avoir un bon prix. Je comprenais ça, je comprenais le raisonnement. Mais cette idée me faisait froid dans le dos.

Après avoir passé deux heures à voir le jardin se vider progressivement, l'intérêt de la foule s'est réveillé à l'approche de la mise en vente de la terre et de ses bâtiments. Le commissaire-priseur lui-même est descendu de son estrade pour faire une pause rapide. À son retour, tous les yeux se sont braqués sur lui. Les conversations se sont tues. Dans le silence soudain, j'ai entendu l'appel insistant d'oies sauvages qui nous survolaient, en formation vers le sud. Le commissaire-priseur s'est raclé la gorge. «À présent, nous allons ouvrir les enchères pour le terrain et les bâtiments...

– J'offre un dollar», a lancé une voix familière depuis le fond du jardin. George s'avançait à grandes enjambées vers la table, le visage empourpré, agitant un dollar dans sa main. Le shérif s'est tourné vers lui. «Vous m'avez entendu, j'offre un dollar, a-t-il répété. C'est ma putain de terre, celle que j'ai cultivée toute ma vie, que mon père et mon grand-père ont cultivée. Mes ancêtres y sont enterrés. Qui d'entre vous a l'intention de prendre soin de leurs tombes ? C'est bien ce que je pensais.

«Vous ne voyez donc pas ce qui se passe ici ? Vous vous croyez tous à l'abri de ce qui m'arrive ? Vous avez laissé des comptables et des avocats vous dicter comment gérer vos fermes, comment traiter vos animaux. On a maintenant des maladies du maïs dont on n'avait jamais entendu parler. On a des poulets qui ne peuvent pas marcher sans se casser une patte. On a une terre où rien ne pousse sans une dose quotidienne de produits chimiques. Et regardez ce que nous avons fait à notre rivière.

«J'offre un dollar pour garder ce qui est la propriété légitime de ma famille, a poursuivi George, la voix rauque d'émotion. Que celui qui pense y avoir plus de droits que moi fasse la prochaine offre.»

Un silence sidéré a suivi ses mots. Debout, haletant, George fouillait des yeux les visages qui lui faisaient face, sans trouver personne pour soutenir son regard. Enfin, le shérif a fait un pas en avant. «George…, a-t-il commencé, en tendant la main pour lui tapoter l'épaule.

– Je sais, je sais.» George s'est dégagé et il a jeté son dollar sur la table. Sa colère s'était envolée, ne laissant derrière elle qu'un vieil homme triste et voûté. Il a flageolé un moment, comme sur le point de tomber, avant de se retenir à la table. Puis il a tourné le dos et il a descendu l'allée, sans lancer un seul regard au foyer qu'il quittait.

Le commissaire-priseur, qui était resté pétrifié pendant le discours de George, s'est ranimé et a annoncé une pause-café de cinq minutes. À côté de moi, John a dit : «Allons-nous-en.» Je l'ai regardé, surprise, mais il traversait déjà la foule avec une résolution aveugle. Quelqu'un achèterait sans doute la ferme aujourd'hui, mais pas lui.

Au cours des journées qui ont suivi, John a gardé un silence inhabituel. Quand Thomas a appelé un soir, de l'université, John lui a demandé de but en blanc si c'était lui qui avait téléphoné au sujet du maïs de George, et il a écouté la réponse de son fils d'une mine sombre.

«Je ne te demande que ça : est-ce que tu as passé ce coup de fil ?» a-t-il répété. Une pause plus longue a suivi.

«Très bien. Je le lui dirai.» Il a raccroché et soupiré. «Il dit que ce n'est pas lui qui a appelé. Mais il pense que j'aurais dû acheter ce terrain.»

John s'est tourné vers moi, une question peinte sur le visage. Je pouvais sentir qu'il était inquiet au sujet de notre fils. Le temps de finir le lycée, Tommy était devenu le bras droit de John, toujours à la recherche de l'approbation de son père. Quand nous avions entendu d'autres agriculteurs parler des mauvaises herbes résistantes qui s'étaient développées en réponse aux nouvelles semences, c'est Tommy qui avait rassuré John sur sa décision. Tommy y croyait dur comme fer et rien ne le ferait changer d'avis. Il avait grandi avec les ordinateurs, les téléphones portables et les produits chimiques ; là était l'avenir.

Sa question est restée tacite. La poser à haute voix, c'était frôler de trop près un constat d'échec, le constat qu'après toutes ces années à éduquer son fils, il n'était pas sûr que Tommy partage ses valeurs.

Au lieu de ça, il a ri de ses doutes. «Ce garçon...» Il a secoué la tête. «Il est plein d'ambition. Tommy est jeune, c'est tout ; il apprendra à la dure, comme moi.» Il a ouvert un journal et s'est plongé dans la lecture, sa façon de me dire que la vie poursuivait son cours, comme d'habitude.

CHAPITRE VINGT-CINQ

Gaby Makespeace
2001

J'étais assise sur une chaise en plastique rigide d'un petit aéroport quelconque dans un coin paumé de l'Iowa. À la télévision, suspendue au-dessus de ma tête, une discussion vitale au sujet des équipes du Superbowl a fait mention de l'équipe des Washington Redskins*, et tout d'un coup, ça m'a mise très en colère de ne voir que des personnes blanches dans la salle. Enfin, j'aurais dû avoir l'habitude, depuis le temps. J'ai lissé un pli sur ma jupe qui en était déjà à son deuxième jour de réunions, j'ai avalé un comprimé pour le diabète avec une gorgée du mauvais café de mon gobelet de polystyrène et j'ai tenté d'ignorer le boniment des commentateurs sportifs.

Depuis trois ans, je volais d'une ville agricole à l'autre tout le long du fleuve Mississippi pour m'adresser à des groupes composés pour l'essentiel de Blancs, qui m'écoutaient poliment avant de me répondre que notre plan de nettoyage de la rivière était une dépense excessive et gâchait les précieux dollars du contribuable. Mon travail était de les convaincre du contraire,

---

N. d. T. : Le nom de cette équipe sportive, littéralement « les Peaux rouges de Washington », emploie une expression insultante à l'égard des peuples autochtones américains. En 2020, la controverse a pris de l'ampleur et l'équipe a changé de nom.

en faisant appel soit à leur conscience, soit à leur portefeuille (à long terme en tout cas), soit à cette bonne vieille culpabilité blanche. Je suis très douée dans ce que je fais. Après mes études de droit, où j'en avais eu marre de fournir deux fois plus de travail que les étudiants blancs juste pour prouver que j'étais bien à ma place, j'avais découvert que mon véritable talent était de parler aux gens. Comme j'appartenais déjà au groupe de travail Save Our Rivers, on m'avait promue directrice de la sensibilisation communautaire. Un titre ronflant pour rattraper mon maigre salaire.

Sûrement que je lisais quelque chose quand mon téléphone a sonné – peut-être un rapport sur la qualité de l'eau ou un compte rendu officiel de votes du Congrès – car je me souviens que les papiers se sont répandus par terre. Le vieux monsieur assis de l'autre côté de l'allée m'a regardée répondre au téléphone et il a dû voir mon expression changer car il s'est penché et a ramassé les papiers pour moi. Il les a reposés bien proprement sur le siège vide à côté de moi, mais c'est à peine si j'ai réussi à lui faire un signe de remerciement.

En fait, la nouvelle n'était pas si grave, comparée à ce qu'était la vie des jeunes Indiens de nos jours, surtout les garçons adolescents comme Mathó, élevé principalement par sa grand-tante Vera, pendant que je passais mon temps à la fac, en voyage et en réunion. Mon fils et moi avions eu une longue discussion quelques années plus tôt au sujet de l'importance de la rivière, pas seulement pour les autochtones, mais pour tout le monde. Il avait semblé comprendre sans difficulté que je doive rencontrer des associations locales, assister aux votes du Congrès au Capitole et aller dîner avec je ne sais quel parlementaire véreux. Soit dit en passant, en deux ans, c'était ce que j'avais eu de mieux en matière de rendez-vous galant. Je pense qu'il était si habitué à ce que tatie prenne soin de lui pendant que j'étais à la fac que ça n'avait pas changé grand-chose quand j'avais commencé à voyager.

Tatie Vera m'appelait du commissariat, pour que je puisse entendre de la bouche du policier que Mathó avait été arrêté avec deux jeunes qui fumaient de l'herbe. J'ai poussé un long soupir, soulagée qu'il n'ait pas été abattu dans une ruelle pour un règlement de comptes ou par un flic. Fumer un peu d'herbe, ça ne me paraissait pas si grave. Je veux dire : on l'a tous fait à son âge, non? Tant qu'on ne commet pas l'erreur de rentrer dans le business, comme Earl. Je ne voulais pas que Mathó suive le même chemin que son père. Le policier m'a dit que Mathó avait été relâché et confié à ma tatie étant donné son casier vierge, mais qu'il faudrait quand même qu'il se présente au tribunal à telle ou telle date.

Après cette discussion, tatie m'a rappelée. Ce n'est pas une femme très loquace en général, contrairement à moi. Elle se contente de travailler, nettoyer, réparer, broder et observer tout ce qui se passe. Mais là elle m'a dit: « C'est toi qui devrais venir chercher ton fils au commissariat. Peut-être que si tu étais là, ça ne serait pas arrivé.» Elle s'est interrompue, mais ce n'est pas moi qu'on aurait prise à ouvrir la bouche quand tatie avait quelque chose à dire. « Il est temps que tu rentres.» Et elle a raccroché.

Encore assise, je m'efforçais d'assimiler tout ça quand une voix nasillarde a annoncé dans le haut-parleur que tous les vols étaient retardés ou annulés en raison d'une tempête de neige qui commençait à recouvrir les pistes. Génial. J'ai appelé l'organisateur de la réunion publique à venir et il n'était pas content. Il m'a bassinée au sujet du maire, du parlementaire qui daignait venir vingt bonnes minutes, du vote qui aurait bientôt lieu à la Chambre, de cet événement qui pouvait vraiment changer la donne. Il m'a dit de louer une voiture et de conduire avec prudence. Je pouvais encore y être dans six heures, deux bonnes heures avant le début de la rencontre. Ma chambre était réservée, je devais prendre un café avec la section locale le lendemain matin et ensuite j'enchaînerais avec la ville suivante.

« Je te rappelle », j'ai dit sans attendre sa réponse.

J'ai fourré les papiers dans ma serviette, pris mon sac et me suis dirigée vers le comptoir de location de voitures, où une longue queue s'était déjà formée, tout le monde ayant eu la même idée pour sortir de là. J'avais terriblement besoin d'une cigarette. L'une des raisons pour lesquelles on m'envoyait faire la tournée des hôtels de ville, c'est mon sens de la répartie et ma capacité à prendre une décision au débotté en cas de pépin. Mais là, j'étais comme un chevreuil pris dans les phares, totalement infoutue de faire un choix concernant ma propre vie. Mon propre fils. Je ne savais même pas qu'il fumait de l'herbe. Je pensais qu'il avait un petit boulot au supermarché.

De petit garçon potelé en tenue de danseur d'herbe, Mathó était devenu un grand costaud, au ventre qui débordait de son baggy, qu'il portait si bas qu'il semblait sur le point de lui tomber sur les chevilles. Il se contentait de rire chaque fois que tatie lui proposait une de ses ceintures, toujours le même bon caractère sous les airs qu'il se donnait. C'était lui, invariablement, le plus imposant et le plus calme du groupe de durs à cuire qui traînaient sur le terrain de jeu ou en face du Kwik Store. J'avais cru qu'il avait assez de jugeote pour ne pas se mettre dans le pétrin. Il m'avait demandé une fois si je pouvais lui trouver un boulot au casino, pour apprendre à cuisiner. Il adorait manger et aimait m'aider à la cuisine quand j'avais le temps de préparer de la soupe ou du pain frit. Je ne me souvenais pas d'avoir passé ce coup de fil pour lui.

Merde. J'étais peut-être une mauvaise mère. Je n'avais aucune idée de ce qu'il fallait que je fasse. C'était tellement plus facile de se laisser porter par l'élan du travail, convaincue de l'importance de ce que nous faisions. Depuis l'époque où j'avais collaboré avec Rosie, j'étais descendue vers l'aval, vers le Mississippi, qui charriait les produits chimiques agricoles depuis la rivière Minnesota jusqu'au golfe du Mexique. Si seulement Rosie savait ce qu'on avait fait au fleuve. Trente ans de déversements d'ordures et de produits toxiques, comme dans la zone humide de Pig's Eye près de Saint Paul, où la fumée qui émanait de l'incinération des pneus et des déchets flottait sur la rivière. Et ce n'était qu'un exemple, pour une trajectoire de trois mille deux cents kilomètres jusqu'au golfe.

J'étais remontée une fois tout en amont, là où la source jaillissait du lac Itasca, un ruisseau transparent bordé de hauts bouleaux, un moment que j'avais vécu comme une prière. Je m'étais mise à pleurer, reconnaissante. J'avais sous les yeux ce présent, cette source de vie, ce que les anciens appelaient le «premier remède». Je n'avais jamais été plus proche de saisir le sens du mot « sacré ». Ce moment me rappelait pourquoi, tant d'années auparavant, jeune mère célibataire désorientée, j'avais promis à cette rivière, ma sœur, de me battre pour elle.

Et comme on ne se refait pas, ma colère n'avait fait qu'enfler contre ces salauds qui jettent leurs ordures et leurs produits chimiques dans cette magnifique rivière, jusqu'à ce qu'elle ne soit plus bonne à rien. Je ne pouvais pas laisser tomber maintenant, alors qu'on faisait enfin de réels progrès, que quelques groupes commençaient à collaborer pour faire passer de nouvelles lois obligeant les grandes entreprises à assumer leurs responsabilités. Nous avions des centaines de personnes qui se portaient volontaires pour récolter les ordures dans la rivière et sur les berges. Pour la première fois en trente ans, après leur quasi-extinction à cause du DDT, des faucons pèlerins étaient de retour et nidifiaient dans les falaises en amont du fleuve.

J'ai songé à appeler mon frère, Anthony, mais il n'avait toujours pas de téléphone portable. À sa sortie de prison, au début des années 1980, il n'était plus le même que celui qu'il était en entrant. Il était parvenu à se sevrer des opioïdes qu'il prenait à la suite de son accident de voiture et parlait de déménager dans les villes jumelles pour travailler avec l'AIM. Il leur était reconnaissant de l'avoir aidé à arrêter l'alcool pendant son incarcération et à renouer avec ses origines indiennes. Je savais qu'Anthony s'efforçait d'être un père modèle pour le fils qu'il élevait avec son ex. Mais on aurait dit que la malchance avait toujours une longueur d'avance. À cause d'une panne de voiture, il avait loupé un rendez-vous avec son agent de probation, s'était vu révoquer sa conditionnelle et avait été arrêté de nouveau pour avoir regardé quelqu'un de travers. Il n'avait pas fallu longtemps pour qu'il se remette à fumer des joints, parfois de l'héroïne et même la nouvelle meth dont j'avais entendu parler. Tout ce que je pouvais faire, c'était prier, chaque fois qu'il arrêtait, pour que ce soit la dernière.

En vérité, c'est Rosie que j'aurais vraiment voulu appeler. Je voulais tout lui raconter, entendre son bon sens, son opinion prudente, en sachant qu'elle ne dépasserait jamais les bornes ni ne me dirait quoi faire. Elle demanderait simplement : « Tu as pensé à ça ? » Et souvent, non, je n'y avais pas pensé. Mais ça faisait des années que je n'avais pas parlé avec Rosie, pas depuis que son journal avait léché les bottes à Mangenta dans cet article signé d'elle. J'avais été furieuse d'abord, mais je savais que ce n'était pas ce qu'elle avait écrit. J'étais juste si déçue qu'elle n'ait pas réussi à faire publier un vrai reportage. Et quand on m'avait offert ce boulot, les jours avaient défilé sans que je trouve le temps de la rappeler, comme si je descendais la rivière en hors-bord alors qu'elle marchait sur la rive. Pour finir, j'avais cessé de m'en inquiéter.

Alors, qu'est-ce que je lui dirais aujourd'hui ? Je pourrais m'excuser, dire : « Je sais que ça fait trop longtemps, c'est ma faute, repartons à zéro. » Rosie verrait direct dans mon jeu. Ou je pourrais essayer d'être honnête : « Mathó a des problèmes et je ne sais absolument pas quoi faire. » C'est ça qui avait le plus de chance de toucher la Rosie, je la connaissais bien.

J'ai composé son numéro mais j'ai hésité avant d'appuyer sur le bouton d'appel. Et si elle ne voulait pas entendre parler de moi ? Et si elle me disait : « Va te faire foutre, Gaby, je vis ma vie maintenant et j'ai pas besoin de toi » ? C'est alors qu'une jeune femme m'a fait signe d'approcher du comptoir. Elle a froncé les sourcils en fixant son écran.

« On dirait qu'il ne nous reste qu'un pick-up, a-t-elle dit en jetant un coup d'œil à mon tailleur en laine et à mes ongles manucurés.

– Pas de problème, ai-je répondu, sortant ma carte de crédit. Donnez-moi les clés.

– Quelle est votre destination, mademoiselle ? »

J'ai pris une profonde bouffée d'air et j'ai expiré lentement. Qu'est-ce que ferait Rosie – non, à quoi Rosie me dirait-elle de penser ? Ah, bien sûr.

« Mankato. Je rentre à la maison. »

CHAPITRE VINGT-SIX

Rosalie Iron Wing Meister
2001

Et puis un matin, tout a changé. La vie qui était devenue la mienne s'est mise à s'effriter et je n'ai rien pu faire d'autre que d'assister à cet effondrement.

Un matin de fin septembre, au lever du soleil, j'étais à genoux entre les allées du potager, les jambes glacées et mouillées par la rosée qui perlait sur les feuilles sèches. Depuis une semaine, un corbeau solitaire se joignait à moi tous les matins et m'observait depuis les hautes branches d'un orme. Hélas, il ne resterait bientôt par ici qu'une poignée d'oiseaux, les charognards rusés capables d'endurer le rigoureux hiver à venir.

En me retournant, j'ai aperçu John planté au bout de l'allée, les clés du pick-up à la main. Il avait l'air maigre et fatigué, un épouvantail habillé en fermier d'âge moyen : le fond du jean flottant, une chemise à carreaux et sa casquette John Deere préférée, délavée par des années de soleil.

«Rosie, je dois filer à Mankato.» Son regard portait derrière moi, vers ses champs. Le temps sec lui avait permis de récolter le maïs avant que le gel fasse le moindre dégât. Une bonne récolte, c'était de l'argent à la banque, assez pour régler nos traites. «Rendez-vous médical. Je me suis dit que tu voudrais peut-être venir.» J'ai réfléchi un moment à sa proposition avant de me lever. C'était le docteur Morris, à New Ulm, qui s'occupait le plus souvent des familles du coin. Il s'était même occupé de la naissance de Thomas, qui finissait maintenant ses études. C'était inhabituel.

John avait fait un autre voyage-surprise à Mankato la semaine précédente, en pleine journée. À son retour, il m'avait laissé lui préparer un thé au gingembre pour soulager un mal d'estomac et l'avait bu dans un silence renfrogné qui disait combien il avait besoin de répit. Mais il ne m'avait pas expliqué son voyage et je n'avais pas posé de question. Il me dirait ce que je devais savoir le moment venu.

Roulant vers le sud, nous avons longé les ondulations des champs de maïs et de soja qui attendaient encore la récolte. John a suivi du regard un voisin qui traçait une large bande dans ses champs au volant d'une moissonneuse-batteuse flambant neuve, équipée de climatisation et de GPS. Il l'a admirée de l'air ardent d'un homme persuadé que le succès dépend du fait de posséder la bonne machine. «Tu vois Rosie, ça c'est l'avenir.»

Nous avons ralenti pour observer les plants fanés bien ordonnés qui ployaient sous la gueule géante hérissée de lames virevoltantes. Au bout d'une minute, John a émis un sourd sifflement d'admiration et il a fait un petit signe au voisin avant d'accélérer à nouveau. Une rafale a soulevé un tourbillon de poussière derrière nous et l'a emportée à travers champs, pour la déposer sur le terrain d'à côté, ou sur l'autoroute, peut-être même dans le comté voisin. Par ici, certains champs étaient si stériles que rien n'y poussait au printemps à moins de leur administrer de l'engrais.

À Mankato, nous nous sommes garés face à un immeuble de bureaux tout neuf de quatre étages, avec une longue liste de médecins sur le panneau à côté de la route. John a passé les portes en verre de la clinique et a traversé le tapis neuf comme l'homme d'affaires accompli qu'il était devenu. Après s'être enregistré à la réception, il a choisi un siège près de la porte et je me suis assise à côté de lui. Il tenait sa casquette sur ses genoux en attendant qu'on appelle son nom.

«Rappelle-moi de passer au bureau de poste, après, a-t-il dit à voix basse. Ça ne devrait pas être long. J'ai juste besoin de médicaments pour mon estomac, c'est tout.»

Quand l'infirmière a appelé son nom, il lui a fait un signe de tête amical et a disparu dans le couloir.

J'ai sorti un livre de ma poche. Une vieille dame est entrée dans la clinique. Lourdement appuyée sur une canne, les cheveux gris ramenés en arrière en une épaisse tresse grise, elle s'est assise à côté de moi. Elle a laissé tomber un sac de toile à ses pieds. Avec un soupir, elle s'est calée sur le coussin, a lissé un pli sur sa longue jupe et croisé les mains sur son ventre. Pas une seule fois elle n'a regardé vers moi ni vers celle qui l'accompagnait, une jeune femme qui s'est affalée de l'autre côté de la pièce comme si elles s'étaient disputées.

Une demi-heure s'est écoulée, le silence brisé seulement par le ton téléphonique et sémillant de la réceptionniste. Quand John a fini par sortir, sa bouche crispée dessinait une ligne étroite. La réceptionniste lui a proposé de fixer un nouveau rendez-vous, mais John a secoué la tête et tendu la main pour avoir son ordonnance. Elle a insisté et il a pianoté des doigts sur le comptoir sans répondre.

Derrière lui, l'infirmière a appelé le nom de la patiente suivante, en trébuchant sur les sons peu familiers. Quand la jeune femme a tendu la main à sa grand-mère, ses lèvres tremblaient, comme si elle se retenait de pleurer. Sa grand-mère s'est redressée, s'est tournée vers moi et elle a déposé un petit sac de toile sur mes genoux. Elle a hoché la tête, a indiqué le sac d'un mouvement des lèvres et s'est dirigée lentement vers l'infirmière qui attendait. Comme elles cheminaient dans le couloir, la jeune femme s'est retournée et m'a regardée. Puis elles ont disparu.

John a foncé vers la porte, impatient de partir. J'ai attrapé le sac sans regarder à l'intérieur et je l'ai suivi. Il n'aimait pas attendre. Dehors, le vent était vif, de lourds nuages gris couvraient le ciel. Je ne cueillerais pas de haricots aujourd'hui.

John a conduit vers l'ouest, ignorant le bureau de poste pour rejoindre l'autoroute en direction de la maison, les mains agrippées au volant. Il n'a pas parlé pendant les dix premières minutes. Enfin, il a pris une profonde bouffée d'air et il a expiré lentement.

«C'est quoi, ce sac que tu as?» Même quand il avait l'air absent, rien ne lui échappait, pas même un détail aussi insignifiant qu'un sac en toile entre mes mains. C'était une des choses qui faisaient de lui un bon fermier.

J'ai posé le sac sur mes genoux et l'ai examiné. Visiblement cousu à la main à partir d'une pièce de coton fleuri, un tissu comme ceux que j'aurais pu utiliser pour coudre une courtepointe. Les points étaient petits et réguliers, la marque d'une couturière expérimentée. Un cordon ceignait le sac, gonflé par son contenu. Je l'ai dénoué et j'en ai tiré une poignée de légumes poussiéreux.

«Des betteraves? a demandé John, sa curiosité prenant le pas sur sa mauvaise humeur. C'est un peu petit pour des navets.

– Des navets de prairie», j'ai répondu, sortant ce nom d'un souvenir enfoui. Dans ma main, les petites boules irrégulières exhalaient une légère odeur de terre sèche. En fermant les yeux, j'entendais mon père me dire: «C'est du thípsinna. Les branches pointent vers le plant suivant.» Il m'avait montré comment déterrer les racines à l'aide d'un bâton pointu, un jour que nous avions passé l'après-midi à en remplir un sac en plastique de l'épicerie. Le souvenir s'est dissipé aussi vite qu'il était venu. Ça faisait longtemps que je n'avais pas repensé à mon enfance, j'avais relégué ces souvenirs de la même manière que j'entreposais les pommes de terre du jardin: bien à l'écart de la lumière.

On ne s'est arrêtés qu'une fois, dans une pharmacie où John est entré seul, son bout de papier à la main. Le soleil avait bien dépassé midi quand nous avons bifurqué dans l'allée de la ferme. Contrairement à ma première visite, près de vingt-deux ans plus tôt, le verger de pommes était taillé et bien entretenu. Je me suis souvenue de la première fois que j'avais vu la ferme, j'avais pensé que John devait être riche, puisqu'il possédait toute cette terre et cette maison avec une balancelle sur la galerie et quatre chambres. C'était bien avant que j'apprenne l'existence des arriérés d'impôts et des prêts bancaires.

John a éteint le moteur et est resté assis un moment, à regarder la ferme. Il semblait chercher quelque chose à dire, le moteur cliquetait doucement. Je l'ai regardé en coin, lui, sa mâchoire aux muscles crispés. Je me sentais comme engourdie, je m'attendais au pire, à voir ma vie une nouvelle fois vidée et bazardée. John n'était pas le même homme que celui qui avait quitté la ferme quelques heures auparavant. Il semblait creux, une tige grêle que n'importe quelle rafale pourrait emporter. Ses mains tremblaient et sa voix chevrotait quand il a enfin parlé.

« C'est toi qui posséderas la ferme, a-t-il dit, le souffle entrecoupé. Notre fils la dirigera. Tu auras toujours une maison à toi, comme je te l'ai promis. »

Il a retiré les clés du contact et s'est dirigé vers la grange. Sur le siège entre nous deux, le sachet de la pharmacie, qui contenait un flacon d'antidouleur à remplir aussi souvent que nécessaire. Encore un produit chimique pour remédier à ceux qui faisaient tourner la ferme.

J'ai emporté les deux sacs à l'intérieur, posé les navets sur une étagère du cellier et je suis retournée à mon jardin. J'ai plongé les mains dans le sol. Respiré l'odeur de terre humide tandis que le choc de ses mots se déposait en moi. Maintenant seulement je prenais conscience de la profonde affection que j'en étais venue à ressentir pour lui. J'avais en lui une confiance que je n'avais jamais accordée à personne à part mon père.

Après tant d'années, j'ai pressenti la crue lente d'une rivière qui finirait par m'emporter loin de la vie que je connaissais.

CHAPITRE VINGT-SEPT

Rosalie Iron Wing Meister
2002

J'ai choisi un coq jeune et fort, à la crête rouge et lustrée. Contrairement aux autres, il s'est refusé à fuir. À la place, il s'est retourné vers moi, l'œil calme, presque comme s'il savait ce que je lui demandais. J'ai lancé une poignée de nourriture et j'ai attendu qu'il ait picoré le sol gelé jusqu'à la dernière graine. Je l'ai remercié. Puis je l'ai emmené derrière la grange, je lui ai tranché le cou avec mon couteau et je l'ai pendu à un crochet jusqu'à ce qu'il se soit vidé de son sang.

Quand le coq a été vidé et plumé, je l'ai emporté à la cuisine où ma grande marmite à soupe attendait sur le fourneau. Je suis allée au puits chercher de l'eau, glacée et douce, pour le bouillon et j'ai ajouté des oignons séchés et des herbes du jardin d'été. Quand la viande a eu cuit assez longtemps pour se détacher des os, j'ai ajouté des carottes et des patates tardives. Suivies des thípsinna de la femme de la salle d'attente, que j'avais rangés et fait sécher dans le cellier ces trois derniers mois. Et mes derniers brins de gingembre sauvage. Tout en travaillant, je chantonnais doucement, répétant la même formule à l'infini. *Wakhán Thánka, toka heya, cewakiye*… Quelques mots épars qui me revenaient d'une chanson que mon père m'avait apprise autrefois.

J'ai réglé la marmite sur mijotage pour faire cuire la soupe à feu doux. Une fois la cuisine envahie d'une vapeur au parfum de thym, j'ai rempli un bol de bouillon clair et je l'ai posé avec soin sur un plateau avec une tasse de thé de genévrier chaud. Je l'ai emporté à l'étage et j'ai toqué à la porte entrouverte de la chambre de John. Il ne m'a saluée que du regard, détachant ses yeux de la fenêtre et de sa contemplation, quelle qu'elle soit. Aujourd'hui, peut-être simplement le givre sur le carreau. Depuis quelque temps déjà, je n'étais plus surprise à la vue de son corps ratatiné, ce sac d'os qui naguère pouvait passer douze heures d'affilée ou plus dans les champs au volant de son tracteur. À présent il gisait là, brisé comme la crête arasée des cannes de maïs après la moisson.

Après avoir posé le plateau sur sa table, j'ai fermé les stores pour adoucir l'éclat du soleil que réverbérait la neige nouvelle. Il faudrait bientôt que je dégage l'allée. Notre voisin, Roger Peterson, avait commencé à déneiger l'allée quand John était tombé malade, sans attendre que je le lui demande ni escompter de récompense. Je lui avais fait porter mes derniers pots de pêches en guise de remerciement. Je savais que John aurait détesté accepter de l'aide alors qu'il ne pouvait pas rendre la pareille.

J'ai lissé le couvre-lit, par habitude surtout, car John n'avait pas beaucoup bougé depuis la veille. Pourtant il m'a suivie du regard quand je me suis assise à côté de lui. J'ai porté une cuillerée de bouillon à ses lèvres sèches. Il l'a aspirée lentement, plus pour me faire plaisir que par faim. Quand il en a eu assez, il a fermé les yeux. J'ai pressé une serviette en tissu sur les coins de sa bouche. Il a refusé le thé d'un léger mouvement de tête. Au moment où je me levais du lit, ses doigts ont trouvé mon poignet et l'ont agrippé comme des serres, me pressant de rester. J'ai senti sa peur, j'ai senti le froid se propager sous sa peau. J'ai pris le livre sur sa table de chevet et j'ai lu. « La veuve Douglas, elle m'a adopté comme son fils et a déclaré qu'elle voulait essayer de me civiliser. Mais c'était rude d'être tout le temps enfermé dans une maison... »

John dormait et je regardais sa poitrine décharnée soulever imperceptiblement la couverture. Son crâne couvert d'un chaume ras, sa peau blême qui s'enfonçait entre les aspérités de ses pommettes. Un étranger, pour moi comme pour lui-même. Au bout d'un moment, j'ai entendu le discret déclic de la porte d'entrée qui s'ouvrait. Avec un soupir, j'ai rassemblé la vaisselle sur le plateau et j'ai attendu.

Chaque fois que Tommy – ou Thomas, comme il aimait qu'on l'appelle désormais – nous avait téléphoné ces derniers mois, John l'avait assuré qu'il allait de mieux en mieux ; il avait attrapé une saleté qui se cramponnait mais il avait bien l'intention de se remettre au travail le printemps venu. Bien sûr, nous savions tous les deux que ce n'était pas vrai. Il y avait un mois à peine, quand nous avions compris qu'il ne lui restait plus beaucoup de temps, John continuait de jouer la comédie avec son fils. Un soir, après qu'il avait raccroché, je lavais la vaisselle du dîner avec un silence appuyé. Au bout d'un moment, il s'est adressé à la courbe rigide de mon dos. «Laisse. Il manquera les cours bien assez tôt.»

La fierté de John en voyant Thomas devenir le premier de sa famille à aller étudier à l'université l'aveuglait sur la gravité de la situation. C'était moi qui avais appelé Thomas, une semaine plus tôt, pour l'avertir qu'il était temps de rentrer à la maison. Il avait écouté en silence, constatant la contradiction entre mes mots et ceux de son père. Puis il avait accepté de venir dès que possible. Comme pour se prouver à lui-même que j'avais tort.

Mais le spectacle qui l'attendait dans la chambre de John ne laissait pas de place à la discussion. Les yeux de son père étaient fermés, son corps maigre immobile, il n'avait pas perçu la présence de son fils. L'air de la pièce lui-même dégageait une odeur étrangement douceâtre et métallique, mélange malsain de produits chimiques et de chair mourante. Thomas a posé les yeux sur son père et encaissé les détails de son agonie, du lent délabrement de sa vie. Un instant, j'ai vu John par les yeux de mon fils et j'ai compris trop tard à quel point il était peu préparé pour la terrible vérité. Puis il s'est détourné sans un mot et s'est rué dans le couloir. J'ai entendu ses pas marteler l'escalier ; j'ai senti sa colère dans les frémissements du bois. J'ai attendu que claque la porte d'entrée. Rien.

Thomas n'avait pas toujours été ainsi. Je me souvenais des promenades avec lui à la rivière où il jouait pendant des heures, et sa joie quand il était autorisé à monter sur le tracteur avec John. Et voilà que ce garçon autrefois si doux m'attendait en bas, plein de rage à l'idée que je laisse son père mourir.

Je suis descendue à la cuisine. Thomas était assis à la place de son père et tambourinait des doigts sur la table. J'ai posé le plateau sur le plan de travail.

«Tu veux du café ?» j'ai demandé.

Il a fait un bref non de la tête, refusant d'être distrait ou cajolé par mes paroles. Je me suis assise de mon côté de la table et j'ai attendu. Dehors, à la fenêtre, une mésange lançait son appel depuis la mangeoire que John avait accrochée pour moi des années auparavant. J'ai pris note que je devais la remplir de graines – encore une tâche négligée au cours du mois passé.

«Pourquoi on ne m'a rien dit ?» Sa voix tremblait.

«Ton père pensait que ça valait mieux.»

Il s'est levé et il a parcouru la cuisine pour s'appuyer au plan de travail, les bras croisés sur la poitrine. J'ai regardé la mésange guigner le sol à la recherche d'une graine oubliée parmi les feuilles de maïs qui couvraient la neige. Je percevais la respiration de mon fils, ses efforts pour la maîtriser.

«Tu sais ce que ça fait qu'on me mente au sujet de mon propre père ?»

Un cardinal s'est posé sur la mangeoire vide, faisant fuir la mésange d'un coup d'aile, et il y est resté le temps de deux battements de cœur, un choc rouge sur la blancheur morte de notre jardin. Au-delà de l'érable majestueux qui portait la mangeoire, j'apercevais les sommets pointus des échinacées et les restes fanés des vignes sauvages dont je cueillais le raisin pour mes confitures.

Thomas poursuivait, posait des questions sans attendre les réponses. Pourquoi John n'était-il pas à l'hôpital, où était son médecin, quel traitement prenait-il, il y avait sans arrêt de nouveaux médicaments, pourquoi je n'aidais pas? Est-ce que j'allais me contenter de rester plantée là pendant que son père mourait, sans rien faire d'autre que des infusions d'herbes médicinales? La tasse de thé que n'avait pas bue son père a explosé contre le mur de la cuisine le plus éloigné. L'eau a jailli dans tous les sens et des éclats de céramique ont paru flotter dans l'air, tournoyant comme des grains de poussière, suspendus dans le silence neuf qui avait suivi l'impact. Debout, Thomas respirait avec force. Aucun de nous n'a rien dit. Enfin, j'ai marché jusqu'au placard où je gardais le balai pour lui donner le temps de quitter la pièce. Quand je me suis retournée, pelle à la main, il avait disparu. La porte d'entrée a claqué. Par la fenêtre, je l'ai regardé passer devant la mangeoire désertée et descendre l'allée jusqu'à sa voiture. Il a foncé vers la route et les pneus ont projeté une gerbe de gravier.

Si j'avais su être une meilleure mère pour lui, il ne se serait peut-être pas retourné si durement contre moi une fois adulte.

*

John était réveillé quand je suis retournée à sa chambre, c'était la première fois depuis longtemps que je le voyais aussi alerte. J'ai allumé la lampe près de son lit, sachant qu'il n'aimait pas être couché dans l'obscurité.

Quand John avait cessé de descendre au rez-de-chaussée, je m'étais contentée d'empiler le courrier sur son bureau comme en attente du jour où il retournerait travailler. Oh, comme je m'agrippais à ces petites supercheries, pour laisser la routine me réconforter aussi longtemps que possible. Je reprisais ses chaussettes et nettoyais la boue de ses bottes, je boutonnais sa veste de laine jusqu'au col. J'aspirais, époussetais, lavais les carreaux. Mais il y avait encore tant d'heures du jour à remplir.

«Thomas est venu, il m'a dit de te dire qu'il reviendrait plus tard.» Quand il aura eu le temps de se calmer, ai-je pensé, de réfléchir, il reviendra, oui. Le choc d'avoir vu son père si malade avait été trop dur à supporter. C'était un bon garçon, un bon fils. John m'a pressé la main pour me faire savoir qu'il écoutait.

Nous avons gardé le silence un moment, le vent sifflait sous la corniche de la maison et crépitait contre les fenêtres. Il m'a surprise quand il a parlé, la voix si basse que je l'entendais à peine.

«Est-ce qu'on a fait ce qu'il fallait pour lui?

– Pour Thomas? Qu'est-ce que tu veux dire?

– Est-ce qu'on… Est-ce qu'on a pris les bonnes décisions à son sujet? Je ne voulais que le meilleur pour lui. Plus que ce que j'ai eu.»

Je suis restée muette. Bien sûr, je m'étais posé les mêmes questions au sujet de Thomas. Quel parent peut y répondre? Surtout quand on fait face à ses propres difficultés et qu'on n'a pas conscience, dans sa jeunesse, d'être aussi modelé par le passé et chargé du chagrin de nos parents et des générations qui les ont précédés?

John a fermé les yeux et je lui ai serré la main à mon tour. Sans doute, nous nous étions exaspérés mutuellement toutes ces années. Mais nous avions traversé tant d'épreuves ensemble. Je sentais que je perdais un vieil ami, combattu et aimé, avec qui j'avais partagé l'éducation d'un enfant. Sa mort laisserait un vide dans mon cœur.

*

Cette nuit-là, j'ai laissé la lumière de la galerie allumée, au cas où Thomas se déciderait à rentrer. Je commençais à perdre espoir, vu son entêtement. Je me suis allongée dans ma chambre pour me reposer quelques heures et je n'ai pas réussi à dormir. Mes pensées revenaient sans cesse à Thomas, à son père qui l'attendait. Je me rappelais les longues nuits à attendre que mon propre père rentre de la chasse ou de l'endroit quelconque où il disparaissait pour un jour ou deux. Comme le temps passait lentement alors.

J'ai entendu la porte d'entrée s'ouvrir et se refermer. Des bruits de pas feutrés dans l'escalier qui évitaient avec soin le grincement de la deuxième marche. La porte de chez John qui se fermait. Puis le silence, délicat et doux, rompu seulement par le chuchotement assourdi d'un fils qui parle à son père.

Thomas a quitté la chambre de John avant le lever du soleil, s'esquivant aussi délicatement qu'il était venu. Quand je suis allée à son chevet, John semblait plus loin qu'avant, il se préparait plutôt qu'il ne se reposait. Il avait les yeux fermés, la bouche entrouverte. J'ai humecté une éponge que j'ai passée sur ses lèvres gercées.

Comme les ombres s'allongeaient à l'approche du crépuscule, un calme nouveau s'est déposé dans toute la maison. Le froid s'est fait plus intense, jusqu'à ce que le bois craque et que les murs se resserrent. J'ai allumé la lampe dans la chambre de John et j'ai laissé le reste de la maison dans l'obscurité. J'entendais le vent appeler par la fenêtre. Je suis restée assise sur ma chaise près de son lit avec une paire de chaussettes à lui qui avaient besoin d'être raccommodées. Mes mains refusaient de travailler. Je ne pouvais me concentrer sur rien. De temps en temps, je me balançais un peu, mais le plus souvent j'étais rivée à ma chaise, les pensées à la dérive. Je ne m'intéressais pas à ce qui suivrait. C'était le passé qui m'occupait, encore. Je le sentais me tirer par la manche, gagner de la force au fur et à mesure que John s'éteignait. Quoi qu'on en dise, quand il aurait quitté son corps, cette vie qui avait été la nôtre s'évanouirait avec lui. Elle n'était déjà plus qu'un fil ténu. J'étais un champ calciné, en attente de la saison nouvelle.

*

De temps en temps, je me penchais sur John et replaçais son oreiller. Je devinais qu'il n'avait pas envie de soins. Tout son être semblait dire : « Laisse-moi. » Les douleurs de son corps ne comptaient plus. Je me suis rassise. J'ai écouté.

J'ai dû m'endormir ; je sais que j'ai rêvé de mon père.

C'est au plus fort de l'hiver qu'il a quitté la maison. Des heures avant le jour, alors que les murs de notre cabane grinçaient de froid, une odeur de café et de fumée m'a réveillée. Les longues aiguilles d'un pin grattaient contre la fenêtre de ma chambre à chaque souffle de vent. J'entendais ses mouvements calmes dans la pièce d'à côté. Le frôlement de lourds vêtements ; le bruit de fouet des lacets sur les bottes. Je connaissais si bien ses habitudes que je pouvais prévoir les étapes suivantes. Il a posé ses raquettes dehors sur le seuil et décroché son fusil du mur. J'ai entendu le choc des bûches dans le feu qu'il ranimait puis le soupir de ma porte qu'il ouvrait. D'une voix rocailleuse, il m'a dit qu'il sortait faire le tour de ses pièges.

«Rendors-toi, michúnkší. Je serai rentré pour te préparer le petit-déjeuner.» D'une caresse, ses doigts rugueux ont écarté une mèche de mon visage.

Je me suis enfoncée sous les couvertures et j'ai respiré le sel chaud de ma peau, consciente du silence qui s'était installé avec le claquement de la porte. Ensuite, j'ai somnolé, les yeux résolument clos contre la lumière agressive du soleil, jusqu'à ce qu'on arrache mes couvertures, m'exposant à une brusque bouffée d'air froid.

«Elle est là.» Une voix a appelé, trop forte, ai-je pensé, trop proche et pas du tout la voix de mon père. Une main étrangère a pressé mon épaule légèrement. «Rosalie, réveille-toi, il est arrivé quelque chose à ton père…»

Je ne me suis pas réveillée, ni à ce moment-là, ni lors des jours gris qui ont suivi. J'ai été arrachée net à mon foyer, à mon père, à ma vie. J'entendais mon nom revenir dans la bouche de gens qui parlaient à voix basse; je voyais mon avenir se refléter dans leurs yeux tristes. Quand une femme m'a emmenée dans une maison entourée d'une clôture métallique, j'ai essayé de m'enfuir. Je voulais rentrer chez moi. Enfin, épuisée, j'ai abdiqué mon passé, mes souvenirs, je les ai troqués contre une nouvelle histoire de moi-même.

Toutes ces années, j'avais vécu à l'intérieur de ce songe.

*

John est parti en cette froide nuit d'hiver, quittant ce monde pendant que je somnolais dans ma chaise. À mon réveil, avec le soleil de l'aube qui émergeait à peine d'une traînée de nuages roses, son visage était apaisé et calme. J'ai été réconfortée de savoir qu'il était parti le cœur en paix. Lui aussi, il voyageait vers les étoiles, vers le lieu des esprits, où mon père était parti. Il serait soulagé du poids de ce qui s'était produit avec George ou de son inquiétude pour son fils. Ses erreurs n'étaient que des leçons, après tout. J'ai pensé à lui tel que je l'avais vu lors de notre première rencontre : sa casquette John Deere relevée sur le front, ses yeux bons. Il avait tenu sa promesse, j'aurais toujours un chez-moi.

Nous avons dispersé ses cendres sous le chêne où sa famille était enterrée. Thomas se tenait près de moi pendant la prière du pasteur Bob. Quoique poli, Thomas avait du mal à me regarder dans les yeux. Il fallait bien en vouloir à quelqu'un pour la perte de l'homme dont il s'était donné tant de mal à mériter l'amour. Thomas avait toujours cherché à ne pas décevoir son père, à ne pas avoir l'air faible à ses yeux, il lui fallait donc bien aller de l'avant comme s'il croyait à sa propre force. J'héritais de la ferme, mais c'est Thomas qui s'occuperait des affaires. Quoi qu'il arrive, Thomas aurait besoin de ma signature.

Après avoir raccompagné le pasteur Bob à sa voiture, il était pénible de retourner vers la maison en sachant que John n'y serait pas. Sans savoir quoi faire, Thomas et moi nous sommes assis dans la cuisine. J'ai allumé la bouilloire pour faire du thé. En l'absence de son père pour faire tampon entre nous, Thomas et moi ne savions plus comment nous parler. Je l'ai interrogé sur ses études. Il faisait une pause. Ni l'un ni l'autre ne savions exprimer ce qui était dans nos cœurs, la perte bouleversante de la vie que nous avions connue avec cet homme, doublée d'une incertitude sur l'avenir. Nous aurions tout le temps de parler de la ferme au cours des semaines et des mois à venir.

Mais Thomas était trop jeune pour le savoir. Il est sorti du bureau de son père avec une liasse de papiers qu'il avait exhumés de ses tiroirs. J'aurais laissé patienter le courrier un jour de plus, mais Thomas avait été bien formé par son père.

« On doit s'occuper de ça, a-t-il commencé, feuilletant la pile jusqu'à ce qu'il trouve celui dont il avait besoin. Papa aurait voulu qu'on signe ça tout de suite. J'arrive pas à croire que ça a traîné là tout ce temps. » Il a poursuivi sa tirade, la voix étranglée par la perte qu'il ne voulait pas admettre. Il était prêt à me tendre la main si je tombais d'accord avec lui, avec son père, sur la façon dont ils avaient traité la terre. « Signe ces papiers, s'il te plaît. C'est le seul moyen de garder la ferme. »

N'avais-je pas déjà entendu ces mots? N'avais-je pas signé, accepté tout ce que John avait demandé, alors même que je savais que ses choix à courte vue nous mettaient en danger? Et voilà que John était mort à même pas cinquante ans. Je n'ai rien dit, j'ai regardé de nouveau par la fenêtre. Thomas est parti en promettant de revenir bientôt. Je n'avais rien à lui dire.

Rien de tout cela n'importait désormais. Ni la ferme, ni le jardin, peut-être même pas mon fils.

Un matin, je me suis réveillée avant l'aube, comme quand j'étais enfant. J'ai cru sentir l'odeur du café. J'ai cru entendre une voix familière. J'ai sauté du lit et me suis mise à faire mes bagages. J'ai rassemblé des affaires pour une semaine. Du fond du tiroir de ma commode, j'ai tiré la casquette de chasse de mon père, toute pelée, maintenant que la fourrure était tombée. À l'intérieur, il y avait six cents dollars en billets de vingt, les sous gagnés en écimant le maïs des années auparavant. C'était tout l'argent que j'emportais, emballé dans la casquette de mon père.

Pour le pistolet, j'ai hésité. Quand je l'ai sorti du tiroir, il a pesé lourd dans ma main. Je me suis demandé s'il était chargé du désir de John, si son corps mourant avait supplié d'être délivré de sa douleur. Il semblait risqué de le prendre. Mais j'avais entendu trop d'avertissements quant aux dangers de mon mode de vie passé et je n'étais plus protégée comme je l'étais alors. J'ai emporté le pistolet.

Avant de partir, je me suis assise à la table de la cuisine et j'ai essayé de lire les papiers que mon fils m'avait laissés à signer. Je ne suis pas parvenue à isoler les mots dans mon esprit, je n'ai pas réussi à extirper leur signification du flot dense qui se répandait de page en page. À la place, j'ai écrit un mot que j'ai laissé sur la table, comme si je partais pour un court voyage. Comme si le silence de la maison voulait simplement dire que John était aux champs.

J'ai chargé mes quelques sacs dans le pick-up de John, j'ai tourné la clé dans la porte de la cuisine et j'ai emprunté la longue allée qui me ramenait à la route parcourue vingt-deux ans plus tôt. Je ne me suis pas retournée.

WACHÉKIYE

la terre m'entend

CHAPITRE VINGT-HUIT

Rosalie Iron Wing
2002

Avec le temps, la neige a fondu et formé des flaques de boue molle qui sentaient comme l'argile, comme le printemps, comme chez moi. Peu après la floraison des sanguinaires, Ida est revenue. Cette fois, la porte d'entrée était ouverte pour aérer, pendant que je balayais la poussière de l'hiver, de sorte que je les ai vus arriver par le chemin, Digger galopant en tête, truffe au sol. En levant le museau, il m'a vue les regarder depuis le seuil et il s'est rapproché de celle qui l'accompagnait. Ida m'a saluée de la main, un sourire amical aux lèvres. J'étais contente de la voir.

Alors que j'ouvrais la porte pour Ida, les oreilles de Digger se sont soudainement dressées. Il a reniflé avec application puis a bondi vers le coin de la cabane. Ida m'a interrogée du regard. J'ai haussé les épaules.

«Je pense qu'il va rencontrer Šazí.»

Avant qu'Ida puisse poser une autre question, nous avons entendu un hurlement à glacer le sang venir de derrière la cabane et une frénésie de griffes plantées dans l'écorce a signé la reprise d'hostilités immémoriales.

«Shazee? Digger ne va faire qu'une bouchée de ce chat.

– J'en suis pas si sûre.»

Nous nous sommes assises à la table de la cuisine et j'ai tendu à Ida ma seule tasse, remplie de café de la Thermos. Je lui ai dit qu'on pouvait boire à tour de rôle et elle a ri. J'ai ri aussi, surtout du plaisir d'entendre sa voix.

Je lui ai tendu un vieux livre, une encyclopédie sur les plantes sauvages que j'avais trouvée sur l'étagère de mon père. À son insu peut-être, Ida m'avait aidée à tenir cet hiver. J'avais si peu à lui donner en retour, mais je savais combien elle aimait la forêt. Après l'avoir feuilletée, elle a marmonné un merci d'une voix rauque d'émotion.

«Alors tu as survécu à l'hiver, a-t-elle ajouté en hâte pour couvrir son embarras.

– Grâce à toi et à tes cadeaux, ai-je répondu. À moins que ce soit le petit peuple qui a déposé toute cette bonne nourriture sur le pas de ma porte.

– C'est sûrement ça. Je suis juste venue une ou deux fois pour m'assurer que de la fumée sortait encore de ta cheminée. J'ai vu que la réserve de bois était pleine.» Un silence est tombé entre nous. Confortable, entre deux amies qui n'ont pas peur de l'espace qui sépare les mots. Elle a repris : «À vrai dire, t'avais l'air… malade, le jour où je t'ai vue dans les bois. Ne te vexe pas, mais j'ai pensé que tu étais…

– Folle ?

– Pas exactement. C'est plutôt que je savais pas si tu… allais bien. T'avais l'air un peu perdue.»

J'ai été tentée de tout lui raconter. De lui dire ce que ça faisait d'être éveillée un matin à l'aube pour apprendre que mon père était allongé à l'arrière du pick-up de mon oncle, mort d'une crise cardiaque. Je voulais raconter à quelqu'un, enfin, ce que ça avait été d'être enlevée à ma maison, sans savoir si je la reverrais un jour. L'étrangeté d'un nouveau lit, d'une couverture en laine qui me grattait la peau ; leurs yeux froids qui sondaient et fixaient, comme les poissons qui frétillaient dans le canoë de mon père. Ces yeux qui me jugeaient car je n'avais pas de famille. Leur nourriture qui se coinçait dans ma gorge jusqu'à ce que j'en aie des haut-le-cœur et qu'on me renvoie de table. Les mots cruels.

Les hautes clôtures métalliques. Les murmures, les regards en coin. Une enfant jetable.

Nos yeux se sont croisés un instant, assez longtemps pour que nous comprenions que nos histoires se ressemblaient. Nous avions beaucoup à nous dire. Je me suis levée.

«Je vais nous refaire du café.»

*

Tout le reste de l'après-midi, nous avons discuté comme deux personnes qu'on aurait affamées de mots. Mes souvenirs étaient justes, la famille d'Ida était partie sans elle à la suite du problème avec son cousin.

«Le shérif est venu deux fois à la maison, pour demander où je me trouvais le jour où mon cousin s'était tué dans les bois. Ma a juré ses grands dieux que j'étais à la maison avec elle, a dit qu'elle jurerait sur toute une pile de bibles que c'était la pure vérité et qu'elle était quand même femme de pasteur, ça devrait lui suffire. C'était quelque chose, ma mère, quand elle était remontée, et il l'avait mise en pétard, ça oui.

« Sauf qu'elle n'avait qu'une certitude : elle m'avait vue entrer dans ma chambre et la porte était restée fermée quasiment toute la journée. Je lui avais dit que j'avais mes trucs de fille. La seconde fois que le shérif est venu, elle l'a sommé de ne pas remettre les pieds chez elle à moins qu'il puisse prouver quelque chose. Et puis elle a fait un drôle de truc. Elle est venue s'asseoir avec moi et elle a posé les mains sur ses genoux. Elle ne m'a pas regardée dans les yeux. Elle a dit: "Ce matin-là, quand ton cousin a été tué, j'ai frappé à ta porte. Tu n'as pas répondu. Ta porte était verrouillée, alors je t'ai appelée et tu n'as toujours pas répondu. Bon. Dans ma tête, c'est réglé, tu dormais et tu ne m'as pas entendue. S'il y a une autre explication, je ne veux pas la connaître. Je me suis arrangée pour que tu ailles vivre quelque temps avec ta tante et ton oncle. Au moins jusqu'à ce que ça se tasse. Ton oncle t'a toujours bien aimée, Dieu sait pourquoi, ils prendront bien soin de toi. Nous, on ne peut pas rester plus longtemps dans une ville où le nom respectable de notre famille a été traîné dans la boue."

«Elle a dû voir un truc dans mon regard car elle a levé la main et m'a dit: "Pas un mot de plus, Ida. J'ai fait de mon mieux pour t'élever comme une bonne chrétienne, mais il y a quelque chose qui ne va pas chez toi. J'ai prié encore et encore, mais je vois que tu refuses de changer. Je dois m'occuper des petits. Bien sûr, tu seras toujours dans nos cœurs. Je t'écrirai quand nous serons installés."

«Elle a tenu parole. Elle m'écrivait tous les mois de longues lettres, pleines de nouvelles de l'église. Ils ont déménagé à nouveau deux ans plus tard et les lettres se sont espacées. Maintenant j'ai des nouvelles une fois par an, à Noël.» Ida a haussé les épaules. L'espace d'un moment, les traits accusés de son visage se sont adoucis et elle a eu l'air d'une enfant à qui sa famille manque. «Si jamais tu te posais la question, je n'ai pas tué mon cousin. Je n'en ai pas eu besoin.»

Elle m'a tendu la tasse. À mon tour. J'ai raconté à Ida ma famille d'accueil, ma vie d'épouse de fermier, Judith et George. La lente agonie de mon mari. Les papiers que j'avais laissés sur la table sans les signer. Mon fils.

Ida a émis un léger sifflement et a secoué la tête. «Il ne sait même pas où tu es ? Le pauvre garçon est mort d'inquiétude à l'idée de perdre la ferme de son père, et sa mère se casse. J'aurais peut-être fait pareil que toi, hein, mais j'aurais laissé un mot.

– J'ai laissé un mot.

– Tu as dit où tu allais ?

– Non.

– C'est bien ce que je dis.»

J'ai soupiré, soudain épuisée. Ida a dû le sentir, d'ailleurs, car elle s'est levée et elle a tendu la main vers son sac à dos. Puis elle s'est interrompue en riant et s'est frappé le front.

«Oh, j'ai failli oublier. J'ai pensé que cette photo pouvait t'intéresser.» Elle a ouvert son sac et en a tiré une photographie encadrée et soigneusement emballée dans un chiffon. La photo était en noir et blanc, défraîchie, avec une forte marque de pliure dans un coin. Elle m'a indiqué un jeune homme qui se tenait avec une main sur l'épaule d'un autre homme.

« Lui, c'est mon oncle Clarence. À côté de lui, c'est ton père, Ray. Ils étaient bons amis, ils allaient chasser ensemble. Comme mon oncle était receveur des postes, il connaissait tout le monde, les familles aussi. À côté de Ray, c'est ta mère. Oncle Clarence m'a raconté que la photo avait été prise au mariage de tes parents. »

Je lui ai pris la photo des mains. Je n'avais aucune photo de ma mère, pas une seule. Elles avaient disparu avec les histoires de notre vie commune. Agnes était grande, comme moi, ses cheveux sombres tombaient en vagues épaisses sur ses épaules. Elle portait un tailleur rouge, une ceinture et des talons hauts. Ses yeux fixaient l'appareil sans sourire, comme pour défier le photographe. Mon père, vêtu de son uniforme militaire, la regardait avec une expression d'adoration pure, le bras autour de sa taille. Visiblement enceinte, elle penchait légèrement à l'opposé. Je me suis demandé si l'affection qu'il lui portait lui avait pesé.

Je me suis abreuvée de cette photographie comme si c'était la dernière gorgée d'eau de ma vie. Elle était là au complet : ma famille. Ma mère, belle et triste. Et mon père, plus heureux que je ne l'avais jamais vu.

« Ida, qui sont ces femmes, à l'arrière-plan ? »

Elle s'est penchée par-dessus mon épaule pour regarder les deux femmes âgées qui étaient assises derrière mes parents. Ida a pointé la plus massive des deux, au manteau boutonné jusqu'au cou. Elle aussi avait les yeux dirigés vers l'appareil sans vraiment le voir, son visage brun impassible et fermé.

« Oncle Clarence m'a raconté que c'était ta grand-mère Lorraine. Elle est morte de pneumonie quand toi et moi on était encore enfants. Il a dit que c'était une dure à cuire.

– Comment ça, "c'était une dure à cuire" ?

– Je suis pas sûre. Il a dit qu'à son retour du pensionnat, c'était une guerrière. Elle était devenue méchante, fâchée contre le monde entier. Elle frappait ses frères.

– J'ai des oncles ?

– Morts. Ils sont revenus changés, eux aussi. Harry est mort dans un accident de voiture et Fred s'est tué à force de boire. Seule Lorraine était assez endurcie pour survivre. Les ragots disaient qu'elle lançait le mauvais œil à ceux qui la mettaient en colère. Et qu'elle frappait Agnes, aussi. Désolée.»

Comme si Ida était responsable des erreurs de ma famille.

«Qui est la femme près de Lorraine ?»

Ida s'est penchée pour observer les traits flous de la femme. Elle souriait à Agnes, le menton haut, ses cheveux bruns relevés pour dégager ses pommettes saillantes. Elle était assise jambes croisées, avec une jupe droite qui révélait son mollet fin sur vingt centimètres.

«Elles se ressemblent un peu. Oncle Clarence avait mentionné une jeune sœur, Darlene, qu'on avait envoyée vivre avec des parents à elle. Ils sont tous revenus en même temps.

– Elle est encore vivante ?»

– Aucune idée. Oncle Clarence est mort il y a un an. Je pourrais demander à Wilma Many Horses. Elle sait tout sur tout le monde dans le coin. Je lui apporte du gibier, alors on s'entend bien. Pourquoi tu viendrais pas avec moi ?»

Elle m'a posé la question sans me regarder, pour me laisser l'espace de décider si j'étais prête à retrouver le monde.

Oui. C'est tout ce que j'ai pu dire, toute la détermination que j'ai pu rassembler sur le moment. Je résistais à l'espoir, à la possibilité d'avoir une parente, quelqu'un de ma famille qui avait connu ma mère. Il y avait aussi autre chose, qui s'élevait lentement et me brûlait le fond de la gorge, qui me retenait d'en dire plus. Malgré ma reconnaissance envers Ida, je ne voulais pas accepter qu'elle en sache plus que moi sur l'histoire de ma famille. J'étais étrangère à ma maison, à ma famille, à moi-même. Plus j'en apprenais, plus je me sentais perdre le contrôle.

Ida a hissé son sac sur ses épaules, prête à partir. Elle a lancé derrière son dos : «Je serai de retour demain matin. Tu peux garder la photo.»

Sans attendre ma réponse, elle s'est éloignée tandis que le soleil de l'après-midi sombrait derrière les arbres.

CHAPITRE VINGT-NEUF

Rosalie Iron Wing
2002

Le vent a changé dans la nuit comme ça arrive aux premiers jours d'avril et qu'il apporte la pluie un jour, la chaleur le lendemain, ou même une tempête de neige tardive. Je me suis éveillée bien avant l'aube, craignant que la météo m'empêche d'aller en ville. Mais au lever du soleil, le ciel était dégagé, d'un bleu si doux qu'on aurait voulu le caresser, comme la couverture que Gaby avait offerte autrefois à mon fils nouveau-né.

Deux heures plus tard, Ida a passé la porte comme une flèche après avoir toqué une fois, les joues rougies par le froid matinal. Je ne sais comment, elle avait l'air plus petite, sans Digger à ses côtés. Elle a décliné le café et s'est mise à charger ses affaires dans mon pick-up tandis que je cherchais les clés, enfilais un pantalon moins délavé, tressais mes cheveux et avalais mon café sans en sentir le goût. Quand Ida m'a appelée avec le sifflement qu'elle utilisait pour Digger, je me suis ruée dehors et j'ai aussitôt fait tomber mes clés dans la boue. Malgré tout, nous avons fini par démarrer, en faisant reculer le pick-up dans le chemin étroit qui m'avait menée jusqu'ici deux mois auparavant.

Ida avait proposé de prendre le volant, sentant peut-être que j'étais trop nerveuse pour faire attention à la route. Pour me distraire, elle a entrepris de me raconter des anecdotes sur chaque terrain que nous longions et de m'expliquer qui l'avait possédé et combien de temps. À l'origine, elles appartenaient toutes au territoire dakhóta, mais après la guerre de 1862, la réserve avait été saisie par le gouvernement et vendue à des familles blanches comme les Meister.

« C'est un fichu échiquier, a dit Ida. Mais au moins le casino fournit des emplois. Si on a le temps, on ira voir la nouvelle clinique qu'a construite la tribu. Wilma dit qu'ils ont créé de nouveaux programmes pour guérir les addictions et faire de la prévention contre les suicides. Il y a même un club de jardinage et un groupe de parole pour hommes. »

Enfant, j'avais souvent souhaité que nous habitions à la réserve, afin de faire davantage partie de cette communauté. Mon père en voulait au conseil tribal pour des affronts réels ou imaginaires et sa rancune s'était étendue à tous nos voisins. Il avait tourné le dos aux familles d'ici, tout comme il avait renoncé à enseigner à l'école publique. Son monde s'était rétréci jusqu'à ce qu'il ne reste que nous deux. Plus tard, ma décision d'épouser un fermier blanc m'avait emmenée dans un autre monde, séparé de celui-ci par bien plus que des kilomètres. C'est seulement en allant assister, adulte, à un pow-wow que je m'étais rappelée combien cette communauté était soudée, combien on y prenait soin les uns des autres. Aujourd'hui comme alors, je me sentais comme une enfant qui, restée dehors, regarde vers l'intérieur, le visage pressé contre la vitre. Après toutes ces années, je n'arrivais pas à imaginer que quiconque à la réserve m'accorde la moindre attention, sans parler de m'aider à retrouver ma famille.

Ida discourait et je hochais la tête en faisant mine d'écouter, mais, en vérité, je me figurais toutes les façons dont les gens pourraient me claquer la porte à la figure. Je ne pouvais pas leur en vouloir. Mais au moment où j'allais proposer de faire demi-tour, nous sommes arrivées à Milton, la même petite ville que j'avais traversée au cœur de l'hiver. Cette fois, il y avait plus de voitures dans la rue, des enfants attendaient à un arrêt de bus. Deux femmes d'âge moyen causaient devant le bureau de poste. J'ai demandé à Ida de s'arrêter pour envoyer à Thomas une lettre qui disait où je me trouvais. Comme je marchais vers la porte, les femmes ont cessé de parler pour me lancer un regard en coin, manifestement curieuses de savoir qui j'étais. L'une d'elles m'a saluée d'un coup de menton. Son petit geste m'a donné de l'espoir.

Environ cinq kilomètres plus loin, nous nous sommes garées en face d'un immeuble de brique à deux étages avec quelques voitures dans le parking. La plupart des stores étaient relevés, visiblement les gens à l'intérieur avaient déjà commencé leur journée. Wilma n'était peut-être pas chez elle. J'ai suivi Ida qui remontait prestement l'allée proprette et soignée. Sur la porte d'entrée, on pouvait lire, écrit à la main : « Club des aînés, défense de fumer ! »

« À cette heure-ci, Wilma est probablement en train de prendre un café en bas. Il y a toute une bande qui aime jouer au Uno. »

Je n'avais pas d'autre choix que de continuer à suivre Ida qui a poussé la porte ouverte et s'est dirigée vers l'escalier. J'ai inhalé profondément les effluves de friture, de café et l'odeur douce de la sauge qui brûlait. Je me suis souvenue de mon père debout devant la cabane, tenant dans sa paume un coquillage d'où émanait une fine volute de fumée qu'il éventait dans ses cheveux, autour de son corps, sur son cœur. Sa prière à voix basse, faite des quelques mots dakhóta qu'il connaissait. La fumée purificatrice m'a rassérénée. J'ai gardé les mains dans les poches pour qu'Ida ne voie pas mes doigts trembler.

Nous sommes entrées dans une grande pièce blanche où des trèfles décoraient encore un mur. Une douzaine de tables étaient réparties dans tout l'espace. Sur le canapé près de la télévision, deux hommes âgés coiffés de casquettes de baseball ornées de perles regardaient une émission de cuisine sans le son. Ils se sont aussitôt tournés vers Ida et moi. Ida leur a fait un signe de tête et s'est dirigée d'un pas décidé vers la table du fond où quatre femmes aux cheveux gris jouaient aux cartes. Elles n'ont pas levé la tête à notre approche. Ida m'a fait signe de m'asseoir avec elle à la table d'à côté.

Chaque joueuse avait une tasse de café et une pile de pièces de ving-cinq cents. Un déambulateur en métal attendait à côté de la table, les pieds protégés par des balles de tennis. Les femmes auraient pu être sœurs, tant elles se ressemblaient ; chacune d'elle portait une large chemise en coton, des baskets et une paire de lunettes sur le bout du nez. Leurs grands sacs à main étaient rangés sous la table. La femme qui nous faisait face avait les cheveux lâches retenus en arrière par une barrette. Un mouchoir roulé en boule était glissé dans sa manche retroussée.

Les femmes étaient concentrées sur le jeu et le silence n'était rompu que par leurs annonces lapidaires : pique, cœur. Et pour finir : Uno. Comme si un sort était rompu, elles se sont mises à bavarder et à siroter leur café, soudain détendues. Face à nous, la femme qui avait gagné la partie m'a jeté un coup d'œil avant de reporter son regard sur Ida. Elle a battu les cartes un certain temps.

« Ida, qui est ton amie ? »

Ida s'est levée et a contourné la table pour lui serrer la main. J'ai suivi.

«Wilma, je te présente Rosalie Iron Wing. C'est la fille de Ray Iron Wing et d'Agnes Kills Deer.»

Wilma a cessé de battre les cartes. Elle m'a dévisagée avec attention. Je lui ai tendu la main, qu'elle a gardée entre les siennes. Wilma m'a étudiée un moment avant de parler.

«Bienvenue chez toi, mon enfant. Nous ne savions pas si nous te reverrions un jour.»

Mon cœur a saisi ses mots au vol. J'ai dû lutter pour me maîtriser. Wilma m'a lâché la main et m'a laissée reprendre contenance un instant. Puis elle s'est levée, lentement, et a indiqué du bout des lèvres la cafetière à l'arrière de la salle.

«Petite pause. Je dois causer avec thakóža.»

Quand nous avons été assises à nouveau, Wilma m'a dit : «Tu es revenue pour de bon ? »

J'ai secoué la tête. «Je ne sais pas. J'ai un fils. Et une ferme. Je ne sais pas. J'espère en apprendre plus sur ma famille.»

Wilma a souri et acquiescé comme si elle comprenait.

« Je connaissais Ray, bien sûr. D'ailleurs, nous sommes apparentés par la famille de ton père, les Iron Wing. La cousine de ta grand-mère était ma tante. Ça fait de toi ma parente et celle d'au moins une douzaine de familles de la réserve. Je me souviens de toi dans le gros pick-up de ton père, à peine assez grande pour regarder par la vitre. Tu étais une bonne petite, il t'avait bien élevée. Ce n'est pas facile pour un homme seul.» Elle a détourné le regard.

L'un des deux hommes du canapé s'est approché lentement de la table et il a serré la main d'Ida. Wilma a dit : « Carlos, tu dois faire la connaissance de cette jeune femme, elle est enfin de retour parmi nous. Tu connaissais son père, Ray Iron Wing. Carlos est mon frère adoptif, il est du sud-ouest, où sa famille était allée chercher du travail.»

Pendant qu'elle parlait, Carlos a pris ma main entre les siennes, comme l'avait fait Wilma, et il a secoué la tête.

« C'est terrible, ce qui est arrivé à ta famille. C'était un homme bien, ton père. Il aurait donné son dernier dollar à quelqu'un dans le besoin.

– Rosalie a une ferme maintenant. Et un fils.

– J'ai travaillé dans des fermes, a dit Carlos. Enfant, je faisais la cueillette des fruits et puis on a eu notre propre ferme maraîchère, jusqu'à ce que je parte à l'armée. Ça me manque encore. Au printemps, je me réveille convaincu qu'il faut aller au champ pour les semences. Après, j'essaie de bouger ce vieux corps.»

Il m'a fait un clin d'œil et un sourire. « Tu te rappelles quand ton père s'arrêtait chez Victor sur le chemin du retour ? Je t'ai connue quand tu n'étais qu'une enfant.» Après un bref salut de son doigt noueux, Carlos est retourné en clopinant au canapé où son ami s'était endormi et ronflait la bouche ouverte.

Je me suis adressée à Wilma. « Tu connaissais d'autres personnes de ma famille ?

– Oui. J'ai grandi pas très loin de chez ta grand-mère. Mais Lorraine avait quelques années de plus que moi, alors j'étais surtout amie avec sa sœur, Darlene.

– Tu sais où je peux la trouver ? ai-je demandé, me blindant contre la possibilité qu'elle aussi soit décédée.

– Non.»

J'ai soupiré, sans m'apercevoir que j'avais retenu mon souffle jusqu'ici. Wilma poursuivait: «Mais j'ai entendu dire qu'elle était dans le coin. Va demander au bureau tribal, ils pourront peut-être t'aider.»

Aussi facile que ça. Après avoir dit au revoir à Wilma et avoir promis une visite plus longue, nous avons pris le chemin de l'agence. La jeune femme responsable de l'enregistrement tribal portait un T-shirt de pow-wow, des boucles d'oreilles en perles et elle faisait claquer son chewing-gum tout en écoutant attentivement ma demande de renseignement au sujet de ma grand-tante.

«Je ne suis pas censée divulguer d'informations personnelles, a-t-elle dit en compulsant les fichiers dans son tiroir. Mais j'en ai vraiment marre d'entendre des histoires de familles comme la vôtre, brisées par les services sociaux. Vous avez été placée quelques années avant l'adoption de l'ICWA, qui vous aurait protégée.

– Comment ça?

– La Charte des droits de l'enfant indien, qui est passée en 1978. Les enfants indiens doivent être placés en priorité avec des membres de leur famille, ou avec quelqu'un de la tribu, avant d'être envoyés en famille d'accueil. Avant l'ICWA, les enfants pouvaient être placés par des travailleurs sociaux, et quatre-vingt-dix pour cent d'entre eux étaient placés dans des familles non autochtones. Même le Congrès a fini par reconnaître que séparer tant d'enfants de leurs familles était l'une des pires tragédies qui affectaient aujourd'hui nos communautés.

– On m'a dit que je n'avais pas de famille.

– Eh bien, c'était faux. Il semble que votre grand-tante soit encore vivante. Voici le dernier numéro de téléphone que j'aie à son nom. Elle décidera si elle veut vous donner son adresse.»

Elle m'a tendu un bout de papier : Darlene Kills Deer, puis un numéro de téléphone avec le même préfixe téléphonique que ma famille d'accueil à Mankato. Toutes ces années où j'avais attendu que ma famille vienne me chercher, Darlene vivait dans la même ville.

Nous avons rejoint la station-service où se trouvait une cabine téléphonique. Ida est allée faire quelques achats. Je suis sortie et je me suis appuyée contre le mur, hésitante, serrant entre mes doigts une poignée de pièces de vingt-cinq cents. Et si Darlene avait su où me trouver ? Et si elle s'en fichait ? J'ai composé son numéro d'un doigt tremblant.

Le téléphone a sonné, sonné, sonné. J'allais raccrocher quand j'ai entendu un déclic, un tâtonnement et une voix légèrement chevrotante qui disait bonjour. Quand j'ai retrouvé l'usage de la parole, j'ai expliqué qui j'étais. À l'autre bout du fil, un long silence a suivi.

« Nous ne savions pas où te trouver, a fini par dire Darlene. J'ai ta photo sur mon étagère, prise quand tu avais quatre ans. Ils refusaient de me dire – personne ne voulait me le dire – comment te retrouver. » Elle m'avait cherchée, et en fin de compte elle avait dû attendre que je la trouve.

Je ne sais pas ce qu'on s'est dit ensuite. Peut-être qu'on a ri ; peut-être qu'on a pleuré, surtout quand je lui ai dit où habitait ma famille d'accueil. « Oh », voilà tout ce qu'elle a pu dire. « Oh, oh, oh. »

Nous avons convenu que je lui rendrais visite dans quatre jours. Darlene avait un rendez-vous chez le docteur et elle aurait besoin de repos avant ma visite. « J'ai quatre-vingt-dix ans, tout prend un peu plus de temps. »

Quand Ida est revenue au pick-up, elle m'a jeté un coup d'œil. Je lui ai agrippé la main et l'ai serrée fort, en y imprimant tout mon soulagement, mon anxiété, ma gratitude et la pureté de ma joie. Elle a su ne pas poser de question et me presser simplement la main en retour, avant de démarrer le camion en direction de la maison. J'ai senti que ma vie se remodelait en une nouvelle histoire. Sans famille, j'avais dérivé comme une feuille morte en automne, emportée par chaque rafale dans une nouvelle direction. La famille me donnait un lieu, une histoire, un ancrage, une identité. Même dans la pire douleur et le pire déchirement, la famille recelait toujours la possibilité de l'amour.

CHAPITRE TRENTE

Rosalie Iron Wing
2002

Je ne sais pas à quoi je m'attendais en écrivant à mon fils. Je pensais qu'il se détendrait un peu en apprenant que je n'étais qu'à deux heures de route. Mais je n'avais jamais compris à quel point il tenait à la ferme, à poursuivre ce que lui avait légué son père.

Le jour de ma visite à Darlene, tôt le matin, j'ai passé un peu de temps dans les bois pour cueillir des herbes printanières en guise de cadeau. Même si elle ne les utilisait pas, j'espérais qu'elle reconnaîtrait ce geste de respect. C'était aussi un moyen de calmer mes nerfs ébranlés. Marcher à travers bois juste après l'aube, quand les ombres ne s'étaient pas encore retirées derrière les hauts arbres, m'apaisait. C'était mon sanctuaire, le lieu où mon âme était chez elle.

Alors que je reprenais lentement le chemin de la cabane, l'ourlet de mon pantalon trempé de rosée et les mains pleines de boue après ma cueillette, j'ai levé les yeux et aperçu Thomas assis sur les marches qui menaient à la porte. Un instant, j'ai cru voir mon père jeune. Mais il a entendu mes pas et s'est tourné vers moi, révélant un visage fermé et buté, le visage de mon fils. Il portait une chemise en coton bien repassée et un pantalon kaki trop petit qui dévoilait ses chaussettes blanches. Gêné, il n'avait pas l'air à sa place. Pourtant, j'étais heureuse de le voir. Le temps avait adouci le souvenir de nos dernières paroles.

« Mère, a dit Thomas en se levant pour m'embrasser maladroitement. Tu as l'air en forme », a-t-il ajouté. Un court instant, il a eu l'air de me voir clairement, puis l'ombre a regagné son visage. « Tu ne sais pas combien je me suis inquiété. À ne pas savoir où tu étais. À devoir tout gérer seul. » Ses joues se sont contractées, il s'efforçait de maîtriser sa colère.

« Viens », ai-je dit simplement.

Nous sommes entrés et nous nous sommes assis à table. Je lui ai proposé du café dans mon unique tasse mais il ne l'a pas bu. Au lieu de ça, il parcourait attentivement la pièce des yeux, incapable de masquer sa curiosité.

« Alors, c'est ici que tu as vécu ces deux derniers mois ? Avec juste un poêle pour le chauffage ? Et pas de salle de bain ? »

J'ai parcouru la pièce du regard en essayant de la voir avec ses yeux. Elle était austère, abîmée et défraîchie. Le canapé s'affaissait au milieu, la table était criblée de marques de couteau, la lampe à pétrole disait la totale absence de confort. Ce qu'il ne voyait pas, c'est que mon père s'asseyait dans cette chaise, que la courtepointe décolorée posée au bout de mon lit avait été cousue par les mains de ma mère. Ses grands-parents. Les bois qui m'entouraient. Voilà ce qui comptait.

« Oui. C'est ici que j'ai grandi. Tes arrière-arrière-grands-parents ont construit cette cabane. »

Je lui ai tendu la photographie qu'Ida m'avait apportée. J'ai indiqué ses grands-parents, son arrière-grand-mère et sa grand-tante. J'ai attendu de voir ce qu'il dirait.

« J'ai toujours su que nous étions Dakhóta, mais tu ne parlais jamais de ta famille. Je ne savais pas quoi penser. Les enfants à l'école se moquaient de moi, m'appelaient Grand Chef. L'un d'eux avait dit : "Ta mère est une sale squaw", et je lui avais donné un coup de poing. »

Je me suis souvenue du jour où j'avais dû aller le chercher à l'école parce qu'il s'était battu. Il était monté dans la voiture et avait regardé par la fenêtre pendant que je conduisais. Il n'avait jamais parlé de ce qui s'était passé.

«Voici d'où tu viens», ai-je dit simplement. Je ne savais pas ce que ces mots signifieraient pour lui, s'il pouvait même percevoir, au-delà du dénuement, l'héritage qui était aussi le sien, qui ne venait pas des objets mais de l'intérieur.

Il a soupiré. Ouvert son sac à dos, dont il a tiré les papiers que j'avais laissés sur la table de la cuisine. Les a disposés soigneusement en une liasse aux bords alignés, comme l'aurait fait son père. Il s'est raclé la gorge.

«J'aimerais beaucoup en entendre davantage, a-t-il dit lentement, comme pour m'aider à comprendre. Mais j'ai besoin d'apporter ces papiers à la banque. Si je n'ai pas de contrat signé, la banque ne nous prêtera pas l'argent nécessaire aux semences. Il nous faut aussi renouveler le contrat du terrain que papa louait en fermage.

«Écoute, je sais que ça a été dur pour toi de t'occuper de papa pendant qu'il était malade. Je suis désolé d'avoir si peu aidé. Je comprends que tu aies eu besoin de prendre un peu de distance.» Il a marqué une pause, peinant visiblement à rester sur les rails du discours qu'il avait préparé. «Mais il faut qu'on signe ces papiers. C'est ce que papa aurait voulu.»

Prenant mon silence pour un assentiment, il a indiqué le premier document. «Voici un contrat pour acheter les graines à Mangenta, accepter de ne pas les conserver et de ne faire pousser que le maïs OGM qu'ils fournissent. Au fait, Mangenta m'a proposé un stage comme associé marketing pour l'été prochain. Je sais que papa espérait que je reprendrais la ferme, mais je pense qu'il serait content. On pourra toujours embaucher quelqu'un pour faire tourner les machines.»

Je n'étais pas surprise. Thomas avait toujours été plus intéressé par l'aspect commercial de l'agriculture que par le travail lui-même. Mais j'aurais préféré qu'il ne choisisse pas Mangenta. Même si Thomas refusait de l'admettre, j'étais convaincue que Mangenta avait coûté sa vie à John. Mais comme l'avait dit John, il était jeune et il apprendrait à sa façon.

«Félicitations.

– Merci.» Il a remanié la pile pour passer au document suivant. «Et voici le contrat de fermage qui nous garantit cent quatre-vingts hectares pour les cultures, soit les quatre-vingts qui appartiennent aux Peterson et le reste aux Engbretson, en haut de la route.»

Engbretson ? Le fermier qui avait acheté la ferme de George et Judith pour la moitié de sa valeur ? John n'avait peut-être pas acheté leur ferme à la vente aux enchères, mais ça ne lui posait visiblement pas de problème de louer le terrain au nouveau propriétaire. Après la révélation de Thomas, je n'ai plus distingué aucun mot. Il n'y avait plus que sa voix, dénuée de tout ce qui n'était pas boisseaux et dollars. Je m'étais rarement sentie si démoralisée. Enfin, je me suis aperçue qu'il avait cessé de parler et qu'il attendait que je dise quelque chose.

«Mes arbres ont disparu.» Je l'ai regardé droit dans les yeux. «Tu entends ça ?

– Quoi ? Je n'entends rien.

– Exactement. Les fauvettes et les chouettes et les grives des bois : qui a pensé à elles avant de venir prendre mes arbres ? Qui s'est excusé envers les oiseaux ?» Thomas m'a dévisagée comme si j'étais dérangée. «Si tu veux que je signe ces papiers, tu dois faire quelque chose pour moi.

– Bien sûr, pas de problème. Dans la mesure du raisonnable.» Prudent négociateur, comme toujours.

«Je veux que tu viennes avec moi ce matin rendre visite à ma grand-tante Darlene. Viens avec moi maintenant et je signerai à notre retour.»

Il n'a hésité qu'un instant avant d'accepter. Je doutais qu'il voie le moindre intérêt à passer la journée avec sa mère et une vieille parente. Je devinais qu'il pesait le pour et le contre, calculait les heures de conduite, le temps consacré à la visite et à la signature des papiers, se demandait s'il serait rentré avant la nuit. Mais il pourrait se rendre à la banque le lendemain matin. Il aurait les signatures, ça en valait la peine.

Pendant que je me lavais, il est ressorti sur le seuil de la porte. Il a d'abord tenté de passer un coup de fil avec son téléphone portable et puis il l'a remis dans sa poche. En attrapant ma veste, je l'ai vu regarder un chevreuil qui s'était arrêté pour goûter aux jeunes pousses du fourré de cornouiller. Ses épaules ont semblé se détendre et se redresser insensiblement. C'était bien qu'il soit venu, quoi qu'il arrive par la suite.

CHAPITRE TRENTE ET UN

Rosalie Iron Wing
2002

Darlene Kills Deer finissait de manger quand son infirmière nous a fait entrer dans l'appartement. La voix de Darlene semblait si frêle au téléphone que je ne savais pas à quoi m'attendre. J'avais la gorge serrée et la fatigue me brûlait les yeux. Je me sentais étrangement engourdie. J'avais hâte que ce soit terminé. Je regrettais déjà d'avoir emmené Thomas.

Pendant que l'infirmière accrochait nos manteaux, j'ai parcouru la pièce des yeux, le tapis fané, les éraflures sur les murs blancs ternis. La fenêtre de Darlene, au troisième étage, donnait sur une école primaire. L'appartement était à quinze kilomètres à peine de là où j'avais vécu autrefois, juste de l'autre côté de la ville.

Le salon était petit, avec une télévision dans un coin et deux chaises dépareillées pour les invités. Après quelques pas dans la pièce, je me suis arrêtée net, stupéfaite par la vue de hauts plants de maïs qui poussaient dans des seaux et des bidons en métal disposés sur des journaux jaunis aux rebords gondolés et tachés de boue. Le sol était couvert de feuilles marron. Aux rideaux étaient suspendus une douzaine d'épis de maïs rose et bleu tacheté, bien tressés. Sur le rebord de l'autre côté de la fenêtre, j'ai aperçu des morceaux de pain et de pomme. J'ai commencé à me demander si Darlene n'était pas sénile.

L'infirmière empilait posément la vaisselle sur un plateau et nous a indiqué les deux chaises. J'ai ôté de la chaise une pile de linge plié et je me suis assise, Thomas à mes côtés.

Darlene était installée dans un fauteuil inclinable, les yeux fermés. Une bonbonne d'oxygène était posée au sol. Un léger nuage de cheveux noirs, strié de larges mèches grises, tombait sur ses épaules et encadrait son visage fin, à la peau d'un jaune translucide. Je reconnaissais ses hautes pommettes, l'arête aiguisée de son nez. Des mains osseuses reposaient sur ses genoux couverts d'un plaid sous lequel ses jambes formaient deux maigres monticules.

Sur la table à côté du fauteuil de Darlene, j'ai déposé le paquet humide de plantes sauvages cueillies le matin. Pendant que nous attendions qu'elle ouvre les yeux, nous avons écouté le murmure de la télévision, où Bob Barker désignait un nouveau vainqueur du *Juste Prix*. Thomas a redressé le col de sa chemise et s'est mis à battre du pied, incapable de rester sans bouger. Une plaque sur l'étagère au-dessus de la télévision proclamait : « Darlene Kills Deer Miss Princesse indienne de 1939 ». Un panier en écorce de bouleau contenait une longue tresse de foin d'odeur. Dans un cadre poussiéreux, il y avait la photo d'une enfant aux côtés d'une Darlene bien plus jeune. Elles posaient devant la cabane. L'enfant, c'était moi.

Quand je me suis retournée, Darlene était réveillée. Nous nous sommes observées. « C'est toi, a-t-elle dit. Tu as les yeux de ta mère. »

Quand j'ai présenté Thomas, il s'est levé et lui a tendu la main. Elle l'a scruté en fronçant les sourcils et s'est adressée à moi : « Rosalie, pourquoi ton fils est-il si pressé ? » Un silence embarrassé s'est abattu dans la pièce. Puis j'ai senti une caresse sur mon bras. Penchée en avant, Darlene m'a tapoté la main.

« Tu as fait de ton mieux. Tu n'as pas eu de mère pour apprendre. Ton père est décédé trop tôt. Et ils t'ont emmenée avant que nous ayons compris ce qui s'était passé. C'était comme ça à l'époque. Ils pouvaient venir et prendre vos enfants, tout simplement. C'est pourquoi, c'est pourquoi... »

Darlene s'est mise à tousser, elle a porté un mouchoir blanc à ses lèvres. L'infirmière est entrée avec un verre d'eau et une pilule. Nous avons attendu que Darlene prenne son médicament.

« C'est pourquoi j'ai dû planter ce maïs, a-t-elle poursuivi avec un faible sourire. C'est comme ça que je t'ai trouvée. Les plantes ont leur propre manière de parler. Ici ce n'est pas comme au jardin, mais c'était quelque chose que je pouvais faire. Je pouvais demander leur aide aux plantes. Je pouvais demander son aide au corbeau. Je pouvais parler aux chênes du boulevard en face de mon appartement et leur demander de guetter ta présence.

« Tu devais avoir douze ans quand ils t'ont emmenée. J'ai tapé du poing sur des bureaux et j'ai rempli des paperasses et j'ai arpenté la ville dans l'espoir de t'apercevoir quelque part. Chaque fois que je passais devant une école, je m'arrêtais et je regardais chacune des petites filles qui se poursuivaient sur le terrain de jeu. Chaque fois que je montais dans un bus, je dévisageais les enfants. Je rêvais de toi la nuit, vivant derrière une clôture métallique, le visage toujours tourné vers la porte.

« Année après année, nous avons veillé ainsi. J'ai promis de t'attendre jusqu'à mon dernier souffle. Et maintenant te voilà. » Elle s'est tue, la respiration un peu sifflante. « Dis-moi. Est-ce que ton fils a son nom ? »

Thomas s'apprêtait à parler mais je l'ai interrompu d'un geste. « Wakpá, ai-je répondu. Je le lui ai donné à la naissance. »

J'ai senti que Thomas cessait de s'agiter. Je n'avais pas employé son nom depuis qu'il était petit garçon.

« Wakpá, a répété Darlene. Rivière. Nous avons toujours dépendu des rivières pour la pêche et pour voyager d'un camp à l'autre. Tu tires ton nom de l'eau. Ta mère doit t'aimer énormément. »

Elle a souri à Thomas. J'ai senti qu'il me scrutait du regard.

« Je suis fatiguée aujourd'hui, a dit Darlene, sa voix de nouveau chevrotante. Reviens demain matin et j'aurai quelque chose pour toi. » Elle a regardé Thomas dans les yeux. « Toi aussi, Wakpá. Reviens avec ta mère. J'ai quelque chose pour toi.» Elle a fermé les yeux et reposé la tête sur son coussin.

*

Assis à l'avant de la voiture de Thomas, nous ne savions pas trop quoi faire. Thomas était inhabituellement calme, ses airs péremptoires avaient laissé place à un silence pensif. Pour une fois, il s'est assis sans tambouriner des doigts ni du pied. J'ai attendu qu'il me dise ce qu'il comptait faire.

Il a poussé un profond soupir et il a démarré le moteur. «On peut dormir à la ferme. Et retourner voir Darlene demain matin. Dieu sait pourquoi, je sens que je ne peux pas refuser. Même si elle n'a pas eu l'air de m'aimer beaucoup.» Sa bouche avait pris un pli ferme, l'aspect d'un homme habitué aux déceptions. Il n'a pas parlé de son nom.

Ah, je savais que je devrais retourner à la ferme un jour ou l'autre, mais j'avais pensé pouvoir décider du moment, quand je me sentirais plus… sereine. Mieux parée contre l'attraction des vieilles routines, des habitudes de pensée, de la place invisible que j'avais occupée dans ce monde-là toutes ces années. Pourtant je n'ai rien dit. Je me suis laissé entraîner sans résister.

Quand nous avons emprunté l'allée, une torpeur m'a gagnée. Moins de trois mois avaient passé, mais les pommiers du verger étaient couverts de fleurs. La pluie avait creusé de profonds sillons dans le gravier. Nous nous sommes garés devant la maison, étrangement silencieuse. Pas de chien pour nous saluer, pas de poules pour picorer et se pavaner dans le jardin. Les stores étaient baissés. Une maison en deuil.

Thomas nous a ouvert avec sa clé. Je suis restée sur le seuil à écouter pendant qu'il emportait son sac à dos dans le bureau. La maison craquait sous ses pas, échos de notre longue absence. À ma gauche, la cuisine, à ma droite, l'escalier qui menait droit à la chambre d'amis où John avait passé ses derniers mois et à la chambre à coucher où j'avais dormi vingt-deux ans durant pour m'y réveiller veuve un beau matin. Je n'avais pas de sac ni de brosse à dents, mais aucune importance. Il y avait déjà tout ce dont j'avais besoin : vêtements, affaires de toilette, machine à laver. Un vrai système de canalisations. Des draps en coton. Mon potager. Comme il serait facile de reprendre la vie dans ce lieu, de continuer au rythme qui hantait encore mes os. Avec mon fils à la maison, pouvais-je m'en aller une nouvelle fois ? Je n'en savais rien.

Je me suis dirigée vers la cuisine, la pièce qui m'était la plus familière. J'ai préparé du thé, je me suis assise encore une fois dans ma vieille chaise, j'ai regardé la mangeoire vide, dehors. Il faudrait que je regarde s'il nous restait des graines. J'ai sorti une barquette de soupe congelée et je l'ai placée dans une casserole pour la réchauffer. J'ai farfouillé dans le cellier où j'ai trouvé une conserve de betteraves. Ma cocotte-minute et des caisses pleines de pots en verre étaient proprement alignées au sol, en attente de la prochaine récolte. Les épouses de fermiers de ma connaissance étaient fières de leur talent, participaient aux concours de confiture de la foire du comté, jardinaient et mettaient en conserve jusqu'à ce que mort s'ensuive, littéralement. Comme Judith, elles cachaient leurs chagrins sous le travail sans relâche auquel elles consacraient leur vie.

Plus que tout le reste, c'est la boîte de graines posée sur une étagère qui m'a appelée. Toutes ces années à planter et à conserver ces graines avaient tissé un lien solide entre nous. Elles appartenaient à cette terre, tout comme moi. Si je partais, qui prendrait soin d'elles ?

J'ai déposé les bols sur la table et j'ai appelé Thomas quand la soupe a été chaude. Nous avons mangé en silence, mais sans hostilité. Il avait l'air distrait et n'a même pas abordé la question des papiers à signer. Après m'avoir remerciée poliment pour le repas, il a regagné son bureau et j'ai fait la vaisselle. Je m'attendais encore à ce qu'il apporte ses papiers. Je voyais filtrer la lumière sous la porte du bureau, mais il n'est jamais ressorti.

Au crépuscule, je suis sortie respirer le parfum doux du lilas et du chèvrefeuille, la senteur de l'herbe fraîchement coupée. J'apercevais la silhouette sombre du brise-vent à la lisière des champs labourés. Un engoulevent est passé comme l'éclair, quelque chose s'est faufilé dans les hautes herbes derrière la maison. Un raton laveur peut-être, ou un opossum. À la recherche d'une carotte perdue dans mon potager en friche, l'endroit de cette terre où j'avais passé mes meilleurs moments. Un endroit qui se couvrirait bientôt d'une nouvelle peau s'il restait inculte.

À l'étage, je me suis allongée sur le lit où j'avais passé ma première nuit d'épouse puis de mère il y a si longtemps. À la fenêtre, des rideaux de dentelle que j'avais raccommodés plus d'une fois. Il y avait tant à faire. Donner les habits de John, remplacer mes chandails d'hiver par des vêtements d'été en coton. Les graines de tomate, que j'aurais dû commencer un mois plus tôt. Le courrier à trier. Les vitres à laver.

J'ai plongé dans un profond sommeil, un sommeil sans rêves. Vers quatre heures du matin, je me suis réveillée au son d'une chouette qui appelait depuis un champ voisin. Par habitude, j'ai tendu la main du côté de John pour n'y trouver que son absence. Je ne pouvais pas rester couchée plus longtemps. Je me suis enveloppée dans ma robe de chambre et je suis descendue sur la pointe des pieds en évitant les grincements familiers. La lumière était toujours allumée derrière la porte du bureau. Je suis restée devant, hésitant à aller voir Thomas. C'est alors que je l'ai entendu, imperceptible : le son d'un homme qui ne veut pas être surpris à pleurer. Ça m'a prise au dépourvu. Je ne l'avais pas entendu pleurer depuis qu'il était bébé. Son père l'avait toujours encouragé à être fort et Thomas faisait de son mieux pour lui plaire. Je me suis demandé quelles blessures le brûlaient dont j'ignorais tout, quelles blessures j'avais peut-être infligées. Je suis retournée à l'étage et j'ai passé le reste de la nuit à me balancer sur mon fauteuil.

*

Au matin, Thomas avait retrouvé sa prestance, alerte et affairé. Il a ostensiblement glissé les papiers dans son sac à dos, comme pour me rappeler notre marché. Il portait la même chemise et le même pantalon que la veille, plus une veste en jean qui appartenait à John. Comme il verrouillait la porte derrière nous, il a remarqué que j'avais ma tasse préférée à la main. Il s'est arrêté, m'a dévisagée. «Tu ne vas pas revenir, hein?»

J'ai secoué la tête. Nous avons parcouru en silence les trente kilomètres qui nous séparaient de l'appartement de Darlene. Quand nous sommes entrés, nous avons trouvé Darlene installée à la table, vêtue d'un pantalon marron clair et d'un pull chaud. Elle a souri et nous a indiqué les chaises.

«Bonjour, a-t-elle dit comme nous nous asseyions. Merci d'être revenus. Hier, ce n'était pas un bon jour pour moi. Il ne me reste pas beaucoup de temps. Je n'ai pas d'enfants, alors vous êtes mes parents les plus proches. Et nous ne nous sommes rencontrés qu'hier. Comment est-il possible d'avoir disloqué des familles à ce point? C'est pour ça que j'ai prié la nuit dernière.

«J'ai une histoire à vous raconter. Je vous demande d'ouvrir votre cœur pour m'écouter.»

CHAPITRE TRENTE-DEUX

Darlene Kills Deer
2002

Rosalie, quand tu es venue hier, j'ai senti combien tu avais soif que je comble le vide laissé par la disparition de ta mère, Agnes. Depuis toutes ces années, je n'ai pas raconté cette histoire une seule fois. La nuit dernière, j'ai entendu la voix de ma sœur Lorraine m'ordonner de le faire. Aujourd'hui encore, après si longtemps, je ne peux pas lui tenir tête.

Nous avons grandi dans la cabane où tu vis maintenant. Elle a été construite par mon grand-père Oliver Bordeaux, mort avant ma naissance. Lorraine était l'aînée de notre fratrie, elle est née en 1910. Je suis arrivée deux ans plus tard, suivie de Frederick et Harry. Nous étions serrés dans cette cabane, mais ma grand-mère, Khúŋši Marie, disait que c'était comme vivre dans un thípi. Les garçons partageaient l'un des lits dans la pièce principale et Marie avait un petit lit de camp près du mur.

Lorraine et moi avons appris à coudre avec Marie ; on confectionnait des courtepointes en assemblant des morceaux de vêtements usagés donnés par l'église. Ma mère, Susanne, nous a appris à cuisiner, à broder des perles et à fabriquer des paniers, et a donné à chacune de nous une poupée qu'elle avait faite avec des cannes de maïs. À l'époque, les femmes devaient apprendre tout ça pour devenir de bonnes épouses. Mon père, Clayton Kills Deer, faisait tout ce qu'il pouvait pour gagner sa vie. Il aimait surtout pêcher et chasser, et le bruit courait qu'il vendait de l'alcool de contrebande pour arrondir les fins de mois. Va savoir si c'était vrai ou non.

Plus important que tout, nous devions apprendre à cueillir et à faire pousser de quoi nourrir notre famille. C'était avant qu'ils commencent à distribuer des aliments de base. Tous les matins, en été, nous nous rendions au potager. Nous préparions une grande quantité de café, celui qu'on fait avec le marc au fond de la casserole. À l'époque, je faisais ce qu'on me disait. Pas comme aujourd'hui, où les enfants répondent avec insolence et regardent la télévision toute la journée. Nous savions que pour manger, il fallait travailler.

Lorraine avait un don pour le jardinage. Ma mère disait toujours : « Lorraine, arrose les haricots », ou « Lorraine, vérifie qu'il n'y a pas d'insectes dans les courges ». Elle avait la main verte, on aurait dit que les plantes l'écoutaient. Nous savions tous qu'un jour elle hériterait des graines que ma mère et Marie gardaient dans un panier en osier. Quand je demandais pourquoi on gardait les graines là-dedans, Marie disait : « Si un jour on doit partir à l'improviste, on pourra emporter les graines avec nous. »

L'hiver, quand la neige recouvrait le sol, Marie nous racontait parfois des histoires, si elle n'était pas trop fatiguée. On s'asseyait autour du feu avec nos couvertures et on écoutait. Elle nous racontait l'histoire des garçons du maïs et leur voyage dans le monde souterrain pour sauver leur père. Ses histoires nous faisaient rire, pleurer, et nous aidaient à oublier nos chaussettes trouées et nos chaussures rafistolées avec du carton.

Mais je n'étais encore qu'une enfant et j'ai appris à la dure ce que ces graines signifiaient pour ma famille. Je m'en souviens clairement car ça s'est passé le même jour que celui où l'agent est venu. Fred m'a lancé une motte de terre et j'ai répliqué en lui jetant ce que j'avais à la main, un épi de maïs. Ma mère m'a attrapé le bras, furieuse. Je crois qu'elle a été aussi stupéfaite que moi par sa colère. Mais voyez-vous, je n'ai jamais oublié cette leçon. Ces graines étaient sacrées et je leur avais manqué de respect.

C'est peut-être pour ça qu'elle nous envoyait dans la forêt, Khúnši Marie et moi, quand elle avait besoin de petit bois ou de baies ou de bergamote fistuleuse. Nous aimions vagabonder ensemble et converser avec les plantes. Alors quand l'agent est venu, nous n'étions même pas là. Nous étions dans les bois à cueillir des noisettes et à traîner, comme d'habitude. Je sais que le soleil était bas dans le ciel quand nous sommes rentrées à la maison. J'avais peur de me faire gronder.

Je n'oublierai jamais l'expression de ma mère, on aurait dit qu'elle avait vieilli depuis que je l'avais quittée ce matin-là. Elle avait les yeux rouges. Elle m'a dit : « L'agent est venu et il a emmené ta sœur et tes frères au pensionnat. » Il a dû les surprendre : nous savions tous qu'il ne fallait pas ouvrir la porte à un étranger. Si un homme blanc s'arrêtait en voiture, nous avions pour consigne de nous enfuir dans les bois aussi vite que possible.

Je pense qu'aucun de nous n'a bien dormi cette nuit-là. J'étais toute seule dans le grand lit, pour la première fois, et je ne pensais qu'à une chose, combien ma sœur me manquait. Khúnši Marie s'est couchée près de moi pour me tenir compagnie. Il faisait encore noir quelques heures plus tard, quand ma mère est entrée et m'a dit que j'irais habiter avec sa cousine Pauline à Mankato.

Quand mes affaires ont été prêtes, ma mère m'a poussée par la porte ouverte et l'a refermée précipitamment derrière moi. Alors j'ai pensé qu'elle ne m'aimait pas. Qu'elle aurait peut-être voulu qu'on m'emmène, moi, et pas Lorraine. Je comprends mieux aujourd'hui. Je sais combien elle a souffert de perdre ses enfants.

Avant que la porte se referme, je me suis tournée vers ma grand-mère Marie, qui se tenait près de son lit. Elle était tout habillée, ses mocassins aux pieds, comme prête à partir. Elle n'a pas dit au revoir. Maintenant encore, je déteste repenser à cette journée.

Bien sûr, la maison m'a manqué. Mais Pauline et son mari étaient gentils et j'aimais bien leur bébé. Elle était couturière et il travaillait à la conserverie. J'avais mon lit à moi dans la chambre du bébé. Ils m'ont acheté de nouveaux vêtements et m'ont envoyée à l'école. Je pensais à Lorraine et à mes frères, je me demandais si la maison leur manquait aussi. De temps en temps, je recevais une lettre de ma mère. Elle me parlait du jardin, de la santé de papa et du décès de Marie. Et puis à la fin, comme si elle venait seulement d'y penser: «Pas de nouvelles de Lorraine ni de tes frères.» Je ne pense même pas qu'elle ait su à quel pensionnat ils avaient été envoyés.

Ensuite, la conserverie a licencié le mari de Pauline et il a été au chômage pendant longtemps. Ma mère a écrit une lettre pour dire que je devais rentrer. Pauline ne pouvait plus se permettre de me garder. Et puis papa était malade. J'avais seize ans et je pensais à autre chose qu'à rentrer à la maison. Mais je suis revenue. J'ai fait l'essentiel du trajet en bus et mon père est venu me chercher à l'arrêt. Il avait acheté une vieille voiture qu'il était fier de me montrer. Il était si maigre, je n'en revenais pas.

Nous avons pris les petites routes, qui n'avaient pas changé, et quand nous sommes arrivés à la cabane, je me suis demandé pourquoi Mère ne venait pas me saluer. J'étais si fière de ma nouvelle robe et je voulais frimer. J'ai couru à l'intérieur, je m'attendais à la trouver aux fourneaux. Mais la cuisine était vide, encore une fois. En fait, elle était au lit. Tuberculose, avait dit le docteur. Ils étaient malades tous les deux. Lorraine et les garçons devaient rentrer le lendemain. Mes parents avaient fini par les retrouver et écrit pour demander qu'ils soient renvoyés chez eux.

J'ai fait ce que j'ai pu pour mes parents. Nettoyé la cuisine, lavé une haute pile de linge. Demandé à mon père de m'accompagner en ville pour faire des courses avec mes économies. Je voulais préparer un bon repas pour le retour de mes frères et sœur. J'ai acheté de la farine pour préparer du pain gabúbu, une grosse pièce de bœuf pour une soupe copieuse. Tout était prêt, ma mère aussi s'était habillée et assise à table, quand nous avons entendu la voiture de papa revenir de l'arrêt de bus.

Ils sont descendus et sont restés plantés là comme s'ils avaient oublié le chemin vers la porte d'entrée. Lorraine était grande et mince, les cheveux coupés à hauteur du menton. Elle portait une longue robe chasuble et des chaussures pointues avec beaucoup de boutons. Mais c'est son visage qui avait le plus changé. Elle avait l'air dure comme pierre. Frederick et Harry se mouvaient comme des fantômes. Ils ne faisaient pas un bruit, comme pour ne pas se faire remarquer. C'est un repas très étrange que nous avons partagé ce premier soir.

Après le dîner, ils se sont levés tous les trois sans un mot et ils sont sortis. J'ai lavé la vaisselle, aidé ma mère à se mettre au lit. Quand je suis sortie pour les chercher, ils étaient près du vieux chêne où nous jouions enfants. Ils fumaient et se passaient une petite flasque. Fred me l'a tendue mais quand j'ai refusé, Lorraine a ri. Je pense qu'elle m'en voulait de ne pas avoir fini au pensionnat avec eux. Pas qu'elle voulait que j'y aille. Elle voulait ce que j'avais eu, une bonne maison, avec des gens qui étaient gentils avec moi. Elle n'a jamais parlé du pensionnat, les garçons non plus. Ils avaient peur d'elle. J'avais peur d'elle.

Notre famille n'a pas tenu longtemps après ça. Mes parents sont morts à six mois d'intervalle. Je suis retournée en ville, où j'ai trouvé du travail comme aide-soignante jusqu'à ce que je puisse me payer des études d'infirmière. Lorraine et les garçons ont vécu longtemps dans la cabane. De vieux amis qui me rendaient visite me racontaient des choses. Ils disaient que Fred ne faisait que boire toute la journée. Harry refusait de parler et disparaissait dans les bois quand quelqu'un approchait.

Quand Lorraine a donné naissance à Agnes, personne n'a su qui pouvait être le père. Mais elle a repris le jardinage. Les plantes poussaient, pas comme avant néanmoins, pas comme quand elles sont entourées d'amour. Elles sentent la différence : Lorraine était tout sauf aimante à cette époque. Elle usait de ses poings sur tous ceux qui la contrariaient, y compris ses frères et sa fille. Elle prenait toujours soin de ne pas laisser de marques visibles.

C'est alors qu'elle m'a demandé ce qui était arrivé au panier de graines, disant qu'il lui revenait de droit. J'ai répondu que je ne savais pas où il était passé. Elle m'a accusée de l'avoir volé. Elle m'en a voulu jusqu'à sa mort.

Nous nous sommes éloignées un moment, mais j'ai préféré renouer avec elle, pour ma nièce. Je me suis remise à leur rendre visite et, progressivement, avec le temps, Lorraine a ressemblé davantage à ce qu'elle avait été. Mais le mal était fait. Harry a foncé avec sa voiture dans un lac. Fred mourait d'insuffisance rénale. Et Agnes m'a brisé le cœur. Elle était comme Lorraine, une volonté de fer, mais elle grandissait sans les conseils fermes de ma mère. La première fois que je l'ai rencontrée, elle m'a dévisagée sauvagement, la figure sale et les cheveux emmêlés. Je lui donnais des bonbons pour qu'elle prenne un bain. Une si belle enfant. Mais personne ne pouvait rien lui dire. Elle a commencé à fuguer quand elle avait seize ans. Elle finissait toujours par rentrer à la maison, mais chaque fois elle partait de plus en plus longtemps. On a fini par ne plus entendre parler d'elle.

Puis, un beau matin, le téléphone a sonné. C'était Agnes, elle me disait qu'elle allait se marier et elle voulait que je vienne. « Et emmène Lorraine », elle a dit, en appelant sa mère par son prénom. Je suis passée chercher Lorraine en voiture à son appartement, je lui ai même apporté une robe. Elle a enfilé son vieux manteau, l'a boutonné jusqu'au cou et m'a demandé : « Pourquoi je me donnerais du mal pour elle ? » Nous les avons retrouvés au tribunal, Agnes et Ray. Je voyais qu'il était follement amoureux. Il ne pouvait pas détacher ses yeux d'elle. Elle était enceinte de toi depuis six mois. Plus tard, elle m'a prise à part et m'a demandé si j'avais un peu d'argent. Je lui ai donné vingt dollars et je lui ai demandé si elle allait bien. Elle m'a dit : « Je sais ce que je fais. Je ne ferai pas les mêmes erreurs que ma mère. »

Pendant un moment, il a vraiment semblé qu'Agnes avait changé. Ils ont tous les deux arrêté de boire. Ils se sont installés dans la cabane et ont travaillé dur pour la remettre en état pendant que Ray finissait ses études. Il t'adorait, encore plus qu'il aimait ta mère. Avec le temps, l'humeur noire qui la prenait parfois s'est mise à lui peser. Il la soupçonnait d'avoir recommencé à boire. Elle allait en ville, rentrait tard, trouvait des prétextes pour passer la nuit chez une amie. Mais elle ne t'a jamais, jamais frappée, Rosie. À sa façon, elle t'aimait. Elle était très douée pour coudre – je me souviens qu'elle avait essayé de te montrer, mais tu ne voulais pas apprendre. Je pense simplement qu'elle ne savait pas comment se comporter avec une jeune enfant, qu'elle avait oublié ce que c'était que d'appartenir à une famille. Comme Lorraine quand elle est rentrée du pensionnat. Parfois, trop de mal a été fait.

Une nuit que je te gardais, elle est venue te chercher à mon appartement. Son rouge à lèvres avait bavé, elle avait les yeux torves. Vraiment, on aurait dit que quelque chose avait pris possession de son corps ce soir-là et volé son âme. J'ai proposé de te garder pour la nuit ou qu'elle dorme sur le canapé. Elle a dit «Non, c'est mieux comme ça. – Qu'est-ce que tu veux dire? j'ai demandé. – C'est mieux comme ça», c'est tout ce qu'elle répétait. Quand elle t'a prise, tu pleurais, tu ne voulais pas partir. Pourtant, et je le regrette, je vous ai laissées partir toutes les deux. Mais j'étais très inquiète. J'ai enfilé mon manteau et j'ai suivi ta mère jusqu'à sa voiture.

Elle est passée devant sans s'arrêter. J'apercevais ta tête sur son épaule, tu t'étais endormie. Elle chantonnait tout bas en marchant. À l'époque, je vivais à un pâté de maisons du grand pont. Agnes continuait de marcher et de chanter, c'était très paisible. Je suis restée en arrière pour qu'elle ne se fâche pas. Je n'étais pas inquiète, pas vraiment. Je voulais juste m'assurer qu'il ne t'arrive rien.

C'était un soir splendide, une douce nuit d'avril. Toute la neige avait fondu et la rivière mugissait, en pleine crue de printemps. Puis elle s'est arrêtée au milieu du pont et elle a enlevé ses chaussures. C'est là que je me suis mise à courir. Je l'ai rejointe à l'instant où elle faisait passer tes petites jambes de l'autre côté de la rambarde. «Agnes, j'ai appelé, Agnes, attends!» Elle s'est figée et, une seconde j'ai cru l'avoir effrayée. J'ai dit: «Attends une minute, Agnes, j'ai des bonbons pour toi.» J'en avais toujours quelques-uns dans mes poches au cas où tu t'agites. Elle s'est tournée dans ma direction avec le même sourire vide qu'elle avait eu chez moi. J'ai dit : « Je vais tenir Rosie pendant que tu manges ce bonbon. » Elle t'a mise dans mes bras sans un mot. Je peux te dire que je n'ai jamais tenu une enfant aussi fermement que toi ce jour-là. J'ai dit à Agnes : « Rentrons à la maison. » Elle a hoché la tête et elle s'est penchée pour ramasser ses chaussures. Je me suis retournée, Rosie, je me suis tournée vers la maison. Et c'est là qu'elle a sauté. J'ai jeté un œil par-dessus mon épaule juste à temps pour la voir tomber. Je ne l'oublierai jamais. Au moins le jour où je mourrai, je serai enfin débarrassée de ce souvenir.

Tu n'avais que quatre ans. Tu ne t'es pas réveillée, ni quand j'ai crié ni même quand les sirènes sont arrivées. C'est seulement quand ton père est apparu, à bout de souffle, le visage déchiré de douleur, de colère et de soulagement, c'est alors seulement que tu t'es réveillée. Quand nous avons fini de parler avec la police, vous avez tous les deux passé la nuit chez moi. Au matin, ils ont entrepris de sonder la rivière à la recherche du corps de ta mère. On ne l'a jamais retrouvée. Quand j'ai raconté à Ray ce qu'elle avait essayé de faire, il n'a pas dit un mot, mais son regard a changé. Son visage est devenu comme un masque. Il n'a plus jamais prononcé son nom. Il a refusé tout contact avec moi ou quiconque de sa famille. Il ne t'en a jamais parlé car il ne voulait pas que tu portes le poids de cette histoire. Mais je vois que tu as besoin de savoir.

Ta mère n'allait pas bien. Ce que ta grand-mère avait rapporté avec elle du pensionnat, ça a perduré chez Agnes. Elle n'a jamais trouvé comment s'en sortir. Ça perdure jusqu'à ce que quelqu'un trouve comment y mettre un terme.

CHAPITRE TRENTE-TROIS

Rosalie Iron Wing
2002

La voix de Darlene a baissé jusqu'à n'être plus qu'un murmure. Le tic-tac sonore de l'horloge de la cuisine était le seul bruit dans la pièce. J'avais les yeux fermés et quand je les ai ouverts, j'ai vu Thomas la tête dans les mains. Darlene avait les traits tirés de fatigue, ses minces épaules penchaient vers l'avant. L'infirmière est entrée et elle a dit : « Mademoiselle Darlene, vous êtes exténuée. »

Elle a pris ma grand-tante par le bras pour l'aider à se redresser sur ses jambes tremblantes et à retourner lentement vers le fauteuil du séjour, Thomas et moi sur ses talons. L'infirmière a placé le tube à oxygène sous le nez de Darlene, lui a fixé les crochets en plastique derrière les oreilles et lui a tendu une pilule blanche. Darlene a pris plusieurs inspirations profondes. Puis elle s'est redressée, a repoussé la pilule et écarté le tube de son visage.

« Je n'ai pas fini, elle doit entendre une autre histoire encore.

– Vous devez vraiment prendre ça…

– Je n'ai pas le temps. » Avec un soupir, elle a regardé Thomas, puis moi. « Nous sommes un beau désastre. Quel ravage ! Et nous sommes tout ce qui reste. Ne perdez pas de temps à vous apitoyer sur vous-mêmes. Plein de gens ont eu une vie rude. Il faut faire de son mieux avec ce qu'on a, voilà tout. Vous deux, vous avez encore le temps de réparer. Ça ne tient qu'à vous.»

Elle a indiqué le maïs rachitique qui poussait dans des seaux de terre compacte « Voilà le mieux que j'ai pu faire. J'ai monté ces seaux moi-même, sans l'aide de personne. Tous les vieux en bas disaient : "Tu vas pas y arriver." Je répondais : "Vous avez pas idée."

« Rosalie, je ne m'attendais pas à te revoir un jour. Je ne pensais pas que quelqu'un en dehors de moi se soucierait jamais de ces graines. Je croyais qu'elles mourraient avec moi. Et pourtant te voilà, ma petite nièce, ma dernière parente. Tu vas repartir chez toi avec la vérité et plus encore. Infirmière, j'ai besoin de mon panier. S'il vous plaît. J'ai besoin de mon panier.»

Nous avons attendu en silence que l'infirmière revienne et dépose un grand panier tissé à la main sur les genoux de Darlene. Sourire aux lèvres, elle a lentement caressé l'osier brut de ses doigts arthritiques. Elle a plongé la main à l'intérieur pour en tirer un morceau de bois de chevreuil et plusieurs petits sacs, chacun étroitement fermé par un cordon rouge. Elle en a ouvert un, l'a secoué pour en faire tomber quelques grains de maïs dans sa paume et me les a tendus. De petits bijoux bleu lavande, rose et crème.

«C'est du maïs dakhóta, la wamnáheza, un cadeau de mon arrière-grand-mère Mahpíyamaza à Marie puis à ma mère, Susanne. Je ne pense pas qu'il ait été planté depuis l'été où Lorraine a été emmenée au pensionnat. Chaque automne, nous faisions sécher presque tout le maïs en tresses que nous suspendions dans un coin sombre de la cabane, pas trop près du feu. Nous conservions des paniers remplis de haricots et un autre de lanières de courge séchées.

«Le panier d'osier aurait dû revenir à Lorraine, et elle savait que je mentais quand j'ai dit qu'il avait été perdu. Elle m'a détestée pour lui avoir soustrait ces graines. Elle y avait droit par sa naissance, c'est tout ce qui restait de son ancienne vie. Mais quand elle est revenue, tout ce qu'elle touchait fanait et mourait. Mes frères, sa fille. Je ne pouvais pas lui donner les graines. Au fond d'elle-même, d'ailleurs, je pense qu'elle le savait. Aujourd'hui encore je ne suis pas sûre d'avoir bien fait. Peut-être qu'elles l'auraient aidée à retrouver son chemin. Je ne pouvais pas prendre le risque.

« Les anciennes avaient dit à Susanne qu'un temps viendrait où les graines auraient à se cacher. Elles disaient que les gens ne respecteraient plus ni les graines, ni la terre, ni l'eau. Que les graines partiraient – certaines retourneraient à la terre, d'autres attendraient simplement dans l'obscurité. Elles lui ont dit de se tenir prête. Juste avant de mourir, ma mère m'a donné le panier. Elle savait que Lorraine ne reviendrait pas, ce ne serait plus la petite fille que nous avions connue et aimée. L'esprit des pensionnats était trop fort, disait-elle, trop affamé, et ne les laisserait jamais en paix.

« Rosalie, je te donne ce panier. Trouve un endroit sûr pour faire pousser ces graines. Je ne sais pas quoi te dire d'autre. Aime-les comme tes enfants, comme tu aimes ton fils.» Darlene s'est tournée vers Thomas. «Approche-toi, thakóža. Laisse-moi te regarder. Tu ressembles à ton grand-père. Je vais te donner ceci.»

Elle a retiré du panier un petit objet et l'a soigneusement déballé, pour révéler un épi de maïs parfaitement conservé qui avait pris une teinte rouge, terne et sans vie. Elle a déposé l'épi entre les mains de Thomas et elle a délicatement refermé ses doigts dessus.

«Ce maïs est dans notre famille depuis de très nombreuses générations. Il est venu avec la ramure pour que nous nous en souvenions toujours. Prends-le, thakóža. Il t'aidera peut-être à te remémorer.»

*

Nous sommes repartis en silence de chez Darlene. Avant de monter dans la voiture, Thomas a enlevé sa veste et l'a posée délicatement sur le siège arrière. Ses lunettes de soleil cachaient ses yeux, son visage était fermé. C'était aussi bien comme ça. J'ai renversé la tête en arrière et me suis assoupie dans la chaleur du soleil. Je me suis réveillée quand Thomas s'est garé dans le parking presque désert d'Emma Lou's Café.

« On va manger quelque chose, a-t-il dit. Et puis je te ramènerai… chez toi. »

Une fois à table, il a ouvert son sac à dos et a disposé ses papiers avec soin en face de lui. Nous avons gardé le silence. Je ne trouvais toujours pas ses yeux. Quand la serveuse est repartie avec notre commande, il a dit : « Nous avions un marché. Je suis venu avec toi faire la connaissance de cette parente retrouvée, c'est ton tour. Dois-je t'expliquer à nouveau à quoi servent ces papiers ?

– Non.

– Puisque tu… ne reviens pas à la ferme, j'y resterai jusqu'à ce que je puisse embaucher quelqu'un pour s'en occuper. Conduire un tracteur n'a jamais été mon fort. » À ces mots, sa bouche s'est étirée en un sourire sans joie. « Papa était le premier à me le dire. Donc. J'ai refait les comptes dans tous les sens, et c'est ça qui est le plus logique. Sans ce fermage, nous ne produisons pas assez pour atteindre l'équilibre, encore moins pour faire du profit. Tu m'écoutes, au moins ?

– Non.

– Il faut bien que quelqu'un prenne les choses en main. À quoi tu t'attendais en me traînant ici, pour entendre que ta famille était juste un tas de… de… d'ivrognes détraqués ? Ta propre mère a essayé de te tuer, bon sang. Et tu veux retourner vers ça ? Pas moi, jamais. La vie continue, mère, et vivre dans le passé ne changera rien. » Le souffle court, Thomas a posé bruyamment un stylo sur la table. « Signe. »

Sans un mot, j'ai signé chaque page. Les plats sont arrivés et nous avons mangé en silence. Quand nous avons bifurqué vers la route de terre qui menait à la cabane, nous étions franchement fatigués l'un de l'autre. J'étais consciente que je risquais de ne pas le revoir, du moins pas jusqu'à ce qu'une nouvelle fournée de paperasse exige ma signature. Et pourtant, c'était mon fils. Il était plus désorienté que n'importe lequel d'entre nous. Mais ça ne servirait à rien de le lui dire.

Quand Thomas s'est arrêté en face de la cabane, il n'a pas éteint le moteur. Nous sommes restés un moment silencieux tandis que je cherchais quelque chose à dire pour que son départ ait l'air moins abrupt, moins définitif. Ma baraque était tapie sous l'ombre profonde des arbres, les fenêtres obscures. Pas un foyer, même pas un endroit où quelqu'un voudrait vivre. Pourtant j'y étais et j'y resterais. Thomas a parlé le premier, la voix tendue et lasse.

«Je veux juste dire que je te souhaite bonne chance. Je ne dirai pas que je comprends ce que tu fais là, ce que tu cherches. Mais je m'assurerai qu'on prenne bien soin de la ferme, comme papa l'aurait voulu.»

J'ai hoché la tête, perçu le cadeau dans ses mots. Quand j'ai posé la main sur son bras, il a tressailli mais ne s'est pas dégagé.

«Je n'en doute pas. Tu pourrais envisager de prendre soin de la ferme comme tu le veux, *toi*. Ton père a fait de son mieux. Tu peux apprendre de lui. Et puis faire de ton mieux. À ta façon.»

Pendant que je parlais, il s'est tourné vers moi. J'avais son attention. À cause de sa jeunesse et de la perte de son père – un père dont il avait toute sa vie cherché à gagner le respect – il n'avait pas encore envisagé que c'était désormais à lui qu'il revenait de gérer la ferme et, pourquoi pas, de la changer. Je lui ai tapoté le bras.

«Dans quelques semaines, les fraises des bois seront mûres. Il sera temps de planter le maïs que Darlene nous a donné. Je serais heureuse d'avoir ton aide. Tu n'es peut-être pas le meilleur conducteur de tracteur, mais tu aimais travailler avec moi au potager. Penses-y.»

Je suis descendue de la voiture et l'ai regardé s'éloigner, retourner en ville, à une vie dont je savais si peu de chose. Je me suis demandé quand je le reverrais. En dépit de ses mots amers au café, le petit épi de maïs l'accompagnait au fond de sa poche.

CHAPITRE TRENTE-QUATRE

Rosalie Iron Wing
2002

J'ai rêvé qu'une rivière sortait de son lit et tendait vers moi ses longs bras comme une mère pour étreindre son enfant, et j'ai su alors que l'histoire était vraie. Quand je jouais près de la rive en traînant mes bâtons dans l'eau peu profonde, ma mère était là, dans le frisson des vagues sur les pierres enfouies. Mon père ne pêchait pas dans cette rivière. Quand je l'interrogeais, il se détournait et secouait la tête en silence, rembruni, les lèvres serrées. Voici ce qu'il ne me disait pas : elle n'était jamais partie, ne partirait jamais. Elle était là, maintenant. J'entendais sa voix m'appeler dans le rugissement des flots.

Je me suis éveillée, le cœur battant. Le feu était réduit à quelques braises éteintes. Dans le silence, je n'entendais que mon souffle court. Je n'avais pas encore décidé s'il était bon d'avoir appris la vérité sur ma famille. Peut-être que je deviendrais comme Darlene, que j'aspirerais à ma fin pour me libérer de l'idée que ma propre mère avait essayé de me tuer. Au fond de moi pourtant, je savais que les motivations d'Agnes étaient plus complexes. Elle avait essayé de mettre fin à sa souffrance de la seule manière possible. Elle avait voulu m'emmener, pour nous garder réunies. Le savoir me réconfortait un peu.

Plus tard ce matin-là, assise à l'entrée de ma cabane avec une tasse de café, j'observais les abeilles s'abîmer dans les longues gorges des ancolies. Les fleurs blanches des trilles éclairaient l'orée de la clairière. Depuis la haute branche d'un chêne derrière la cabane me parvenait le chant flûté d'une grive des bois. Šazí était probablement parti chasser. Tous mes voisins étaient occupés à s'accoupler, à construire leurs nids et à accumuler de la nourriture, de sorte que j'ai fini par me sentir coupable de profiter simplement de la matinée. Je pouvais rester assise à boire mon café ou je pouvais suivre le conseil de Darlene : il était encore temps de réparer.

J'ai transporté le panier de graines jusqu'au pick-up et l'ai soigneusement attaché au siège passager avec la ceinture de sécurité. Moi au volant, pas d'accident. Puis je me suis rendue au club des aînés, à la recherche de Carlos et de Wilma. Quand je suis arrivée, embarrassée de ne pas avoir téléphoné avant, ils étaient assis ensemble dans la pièce commune. Wilma m'a aussitôt fait signe de les rejoindre. Carlos m'a souri et tendu la main.

« Prends une tasse de café, a dit Wilma. Nous parlions justement de toi. »

Je me suis servi une tasse, j'ai ajouté un sachet de sucre et de la crème en poudre pour compenser l'amertume bouillie et je les ai rejoints à table. J'ai glissé le panier sous ma chaise jusqu'à ce qu'il soit temps de leur présenter les graines. Après quelques politesses au sujet de la météo, de l'arthrite des genoux de Wilma et de l'heure de départ du minivan pour les courses dans l'après-midi, je leur ai parlé de ma visite à Darlene. Les mots ont dégringolé de ma bouche comme une cascade gonflée de pluie, si fort était mon besoin de partager cette histoire avec des personnes qui la comprendraient.

Pendant que je parlais, Wilma gardait les yeux baissés sur sa tasse et Carlos fixait le mur du fond, où les trèfles se décollaient. Quand ma voix a fini par s'éteindre dans un silence exténué, je me suis aperçue que j'avais écrasé ma tasse en polystyrène et que j'avais les joues mouillées. Personne n'a prononcé un mot pendant un long moment. Puis Wilma a soupiré et secoué la tête.

«Les pensionnats ont fait du mal à beaucoup de familles. Certaines cherchent encore leurs enfants. Ou à ramener leurs corps chez eux.»

Carlos est allé chercher la cafetière et m'a rapporté une nouvelle tasse. Pendant qu'il me servait, Wilma s'est penchée vers moi. «J'ai passé huit ans dans un pensionnat à l'ouest d'ici. J'en porte encore les cicatrices. Mais ça a été bien pire pour d'autres. Ce que les prêtres ont fait à tes oncles et sûrement à Lorraine, c'est la raison pour laquelle des enfants sont encore maltraités aujourd'hui. Ces pensionnats sont en partie responsables du désastre auquel sont confrontées nos communautés.»

J'ai hésité avant de poser la question suivante. Je redoutais d'entendre ce qu'elle aurait à dire. «Tu crois que si ma famille n'avait pas été emmenée, les choses auraient tourné autrement?»

Wilma a grogné, écœurée. «Pour sûr, bon sang. Les communautés dakhóta reposaient entièrement sur des familles fortes et aimantes. Nos tiospaye incluaient les tantes et les oncles et les anciens et anciennes, qui s'assuraient que chaque enfant grandisse en sachant qu'on l'aimait. Toutes les addictions et la violence qu'on voit aujourd'hui, c'est arrivé avec les Européens.»

Wilma a pris un paquet de cartes posé sur la table et a entamé une partie de solitaire, le visage indéchiffrable. Nous avons gardé le silence plusieurs minutes.

«Khúŋši», ai-je hésité, pour me taire aussitôt. Je n'étais pas sûre de savoir comment formuler ce que je voulais dire. Wilma a attendu que je poursuive, tout en déplaçant les cartes de ses doigts sûrs et agiles. « Comment as-tu...

– Comment j'ai traversé ça?

– Oui. Comment on se remet d'une chose pareille?

– Qu'est-ce qui te fait penser que je m'en suis remise?» a riposté Wilma. Elle a raflé les cartes pour recomposer le paquet, qu'elle a tapoté contre la table jusqu'à ce que les bords soient parfaitement droits, puis elle a quitté la pièce sans me regarder. J'étais mortifiée.

Carlos m'a caressé la main. «Ne t'inquiète pas, petite. Elle n'est pas fâchée contre toi. C'est juste qu'elle ne supporte pas de se remémorer les pensionnats. Elle va monter à l'étage et récurer quelque chose jusqu'à ce qu'elle se calme. Tout à l'heure, j'irai voir comment elle va. On ira peut-être à une réunion des AA ce soir.»

Il a sorti un cure-dent pour le mâchouiller. «J'ai repensé à autre chose récemment. Tu as déjà remarqué à quel point notre histoire est liée à celle de la nourriture? La guerre de 1862 a éclaté car les gens étaient affamés, leur nourriture mise sous clé dans un entrepôt. Les enfants étaient mal nourris dans les pensionnats. Quand ils nous ont parqués dans les réserves, ils nous fournissaient des denrées qui n'étaient qu'un moyen de nous faire mourir de diabète à petit feu. Tout ça parce qu'ils voulaient nos terres. Ils prétendaient vouloir faire de nous des fermiers, comme eux. Ils n'en croiraient pas leurs oreilles si on leur disait que les Indiens ont collaboré avec une plante sauvage comme la téosinte pour créer le maïs, hein? Ça donne à réfléchir.»

Reconnaissante à Carlos de la distraction qu'il m'offrait, j'ai songé au casse-tête de John pour décider quelles variétés planter dans sa ferme. Il réfléchissait principalement en fonction du coût, du rendement de chaque variété, de la quantité d'engrais et de pesticide nécessaire et des exigences spécifiques de son contrat avec l'usine d'éthanol. Il n'avait jamais appris à considérer les graines comme des parentes, comme des êtres vivants méritant d'être soignés avec amour. Sans penser à mal, il avait été élevé dans la croyance que Dieu avait donné à l'homme la prérogative de «remplir la terre et l'assujettir; dominer les poissons de la mer et les oiseaux du ciel».

J'ai aussi pensé à mon fils. J'ignorais en quoi il croyait. Je craignais qu'il marche dans les pas de son père, je craignais de ne pas avoir assez fait pour lui.

«Personne ne comprend combien c'est dur d'être indien, a dit Carlos. Je ne parle pas de la catastrophe historique. Je parle de ce mode de vie qui exige le meilleur de soi chaque jour. Être dakhóta, c'est faire de chaque pas une prière.»

Je n'avais jamais vu l'histoire de ma famille sous cet angle. Les graines que m'avait données Darlene avaient été conservées par des générations de femmes qui voyaient leur travail comme essentiel à la survie de leurs familles. Ce n'était pas que de la nourriture, c'était l'expression d'elles-mêmes.

J'ai soulevé le panier, je l'ai posé sur la table et j'ai parlé à Carlos du présent de Darlene. Paysan lui-même, il a tenu chaque sac de graines entre ses mains comme s'il s'agissait d'un tendre nourrisson. Il m'a dit que les peuples indiens sillonnaient autrefois les routes commerciales pour échanger de la nourriture, des outils, des tissus, des perles... et des graines. Ce qui signifiait que ce maïs, par exemple, avait pu être cultivé aussi bien par les Hidatsa que les Dakhóta et qu'il avait changé avec le temps, au fur et à mesure que les femmes sélectionnaient les graines pour certaines de leurs caractéristiques, comme la couleur, la taille ou leur capacité à survivre à la sécheresse.

« Pense un peu aux histoires que ces graines portent en elles », a dit Carlos d'une voix rauque. Il s'est éclairci la gorge. « Eh bien, qu'est-ce que tu fais encore ici ? Tu as un jardin à planter. Si j'ai bien compris, tu ne manques pas d'expérience.

– Je n'ai jamais planté de graines si anciennes, il en reste si peu. Et si j'échouais et que je les gaspillais ? Je ne me le pardonnerais jamais.

– Pfff... Choisis simplement un bon emplacement bien ensoleillé. Les anciens disaient que la terre est bonne partout où on trouve des artichauts sauvages. J'aurais aimé te donner un coup de main, mais je rentre chez moi pour quelques semaines. Tu sais quoi ? Commence à semer et j'irai te voir cet été.

– Une fois que le maïs vert sera prêt à être mangé, je parie », a dit Wilma, qui s'est installée de nouveau avec nous. Elle m'a regardé en coin, j'ai vu ses yeux rougis.

« Je le savoure déjà, a fait Carlos. Rôti sur le feu, accompagné d'un civet de chevreuil. Tu en auras peut-être assez pour qu'on fasse du gruau de maïs cet automne. Ce serait quelque chose, pas vrai ? » Il a tiré sa casquette de sa poche arrière et nous a saluées d'un signe de tête avant de monter l'escalier.

Wilma a gentiment posé la main sur mon avant-bras. « Je suis désolée, thakóža. Ce que les pensionnats nous ont fait, nous le portons avec nous toute notre vie. Chaque fois que je crois l'avoir surmonté, un souvenir ressurgit.

– Je suis désolée, Khúnši, je ne savais pas.

– C'est pas ta faute. J'ai appris à laisser ça me traverser, comme une méchante crampe d'estomac. »

Tout en l'écoutant, je rangeais avec soin les sacs de graines dans mon panier. Tout au fond, mes doigts ont frôlé un objet qui m'a paru différent. Je l'ai sorti précautionneusement, curieuse mais circonspecte. Il s'agissait d'une petite peau de chevreuil roulée, retenue par un tendon craquelé. Wilma m'a regardée l'ouvrir, révélant un fragile morceau de papier jauni. L'encre pâlie était à peine lisible, les mots écrits en dakhóta. Je l'ai posé entre nous. Toutes deux, nous avons retenu notre souffle. C'était comme une voix inconnue qui s'adressait à nous depuis un passé lointain.

« Tu sais le lire ? ai-je demandé.

– Juste quelques mots ici et là. Ça commence par "ma parente" et "en prison". Je me demande ce que Darlene sait de tout ça. »

Wilma s'est essuyé les yeux avec son mouchoir pendant que j'enroulais la lettre dans la peau de chevreuil.

« Encore un mot avant que tu partes. Les femmes – les hommes aussi – peuvent parfois perdre l'esprit quand elles ont été traumatisées. Surtout quand elles n'ont pas réussi à protéger leurs enfants. Cette perte peut être trop douloureuse à porter. Souviens-toi de ça quand tu penses à ta famille.

*

Avant de quitter la réserve, je me suis arrêtée à la cabine téléphonique de la station-essence pour appeler Darlene. Quand je lui ai parlé de la lettre, elle n'a pas paru surprise.

« Tu sais, j'avais oublié cette lettre. Je me souviens que Khúnši Marie refusait d'en parler et ne nous laissait pas y toucher. Après sa mort, je l'ai apportée à une ancienne et lui ai demandé de la traduire. Elle m'a écrit la traduction, en restant au plus proche du sens des mots dakhóta. J'en ai une copie dans ma bible. Tu veux que j'aille la chercher ?

– Si ça ne te dérange pas.»

Darlene a posé le combiné avec un bruit mat et a demandé à l'infirmière de lui apporter la bible qui était à son chevet. J'ai entendu le froissement du papier fin, la respiration laborieuse de Darlene. «Voilà», a-t-elle dit.

> *Ma parente, j'écris cette lettre pour toi. Ils disent que seul le Saint-Esprit est grand. Je suppose que c'est pour ça que nous, les hommes, on est en prison maintenant. Plusieurs disent que c'est terrible. Beaucoup des jeunes hommes qui ont appris à écrire meurent toujours. Je suis attristé, ma parente – c'est ainsi. Depuis que nous sommes arrivés ici, quarante-cinq et plus sont morts et beaucoup vont mourir. Nous venons de recevoir beaucoup de lettres de la rivière Missouri, mais je pense que nous aurons de mauvaises nouvelles, nous sommes emprisonnés, les femmes sont misérables et effrayées et certaines n'ont pas mangé, elles fuient. Je suis toujours triste, chaque jour. Ma chère femme, pour toi, je suis triste chaque jour. En ce moment, ils disent que personne ne prend soin de toi. Écris-moi dans la langue des Longs Couteaux. Je te serre la main – c'est ainsi.*
>
> Mázakhoyaginape

*

Les mots de mon arrière-arrière-arrière-grand-père prenaient vie par-delà les générations, lus à voix haute, portés par le vent à travers la fenêtre ouverte de Darlene, murmurés du sommet des arbres aux oiseaux de passage, à une communauté qui avait plus que jamais besoin d'eux. J'ai senti que le monde autour de moi se déplaçait et changeait, car sa voix était encore là, car nous étions témoins de sa douleur, nous pouvions reconnaître et partager sa peine.

«Tu es encore là ? C'était Mázakhoyaginape, mort à la prison de Davenport. Je n'ai jamais su quoi faire de cette lettre. Elle aurait dû être enterrée avec sa femme, Mahpíyamaza, qui a terriblement souffert après la guerre. Elle est à Santee. J'ai toujours pensé que je pourrais y retourner pour me rendre sur sa tombe. Khúnši Marie racontait qu'elle avait enterré les cheveux de sa mère sous un peuplier, mais je ne sais pas où.

– Je trouverai, ai-je dit quand j'ai repris le contrôle de ma voix. Merci pour tout.»

Le lendemain matin, avant que le soleil éclaircisse l'horizon, j'ai marché jusqu'à la rivière, là où je savais que je trouverais plusieurs peupliers vieux d'au moins cent ans. J'ai choisi le plus haut, avec son tronc massif. Après avoir chanté vers l'est, vers le soleil levant, j'ai remercié mes ancêtres pour leur sacrifice, pour leur souffrance, pour leur endurance. Puis j'ai enterré la lettre de mon grand-père avec une pincée de chanšáša, sachant que le maillage vivant qui connecte tout réunirait ses mots et ma grand-mère. C'était le mieux que je puisse faire.

Quand je me suis redressée et que j'ai regardé vers le ciel, j'étais contente. J'ai rebroussé chemin et j'ai remonté la colline d'un pas vif. J'avais un jardin à semer.

CHAPITRE TRENTE-CINQ

Rosalie Iron Wing
2002

En tendant l'oreille, j'aurais presque pu entendre la sève grimper dans les arbres à ma fenêtre, sentir leurs racines s'enfouir plus profondément sous la terre, pendant que leurs branches s'étiraient vers la lumière. L'air fleurait bon le chèvrefeuille, parfumé aussi par les longues herbes qui se chauffaient au soleil. Les feuilles nouvelles éprouvaient le vent, accompagnées du bourdonnement régulier des abeilles au travail. C'était le jour des semences.

Le ciel était parfaitement dégagé, c'était le temps sec qu'il nous fallait pour semer dans la terre fraîchement retournée du jardin. Après force délibérations, nous avions décidé d'établir le potager dans la clairière où les genévriers poussaient autrefois. Ida avait emprunté un motoculteur à une ferme voisine et s'était chargée d'ameublir la surface dure et compacte où poussaient des herbes. Nous avions déjà retiré une éreintante quantité de petites touffes et de cailloux et nous disposions à présent d'un long rectangle avec toute la place nécessaire pour l'élargir au besoin. Si les prochains mois se passaient bien, nous pourrions ajouter quelques rangées à la fin de la saison.

Je savais exactement ce que je comptais faire pousser. Les premières graines que je planterais seraient de la wamnáheza, le maïs dakhóta, employé dans la soupe traditionnelle après avoir été séché et bouilli avec de la cendre de bois. Ce maïs avait été cultivé par notre famille avant sa déportation du Minnesota en 1863. À part elle-même et sa demi-douzaine de plants en seau, Darlene ne connaissait personne qui le cultive encore.

D'un côté du jardin, nous comptions faire pousser pommes de terre, salades, tomates, courges, carottes, oignons et haricots à faire sécher. De l'autre côté, nous planterions cinq rangées de wamnáheza, assez pour conserver des graines en vue de la saison suivante et le partager avec Ida et les aînés. Enfin, s'il poussait. Les graines avaient été dormantes de longues années durant, elles n'avaient peut-être pas survécu. Le printemps était trop avancé pour les tester en pots. Nous devions les planter directement au jardin et croiser les doigts. Je m'inquiétais aussi du fait que, vu la taille du potager, il me faille employer presque la totalité des graines du sac. J'espérais qu'avec une bonne terre et un climat favorable nous en aurions en abondance d'ici la fin de l'été.

Ensemble, Ida et moi avons méticuleusement mesuré chaque rangée en plaçant des piquets aux deux bouts et en les reliant par une longue ficelle. Nous avons planté les graines de maïs à vingt-cinq centimètres les unes des autres, avec des rangées distantes de quatre-vingt-dix centimètres. À la fin de la matinée, j'avais mal au dos et le T-shirt d'Ida était humide, mais nous avions bien progressé. Nous nous sommes redressées un moment pour admirer les résultats de nos efforts. Cinq rangées de maïs bien droites étaient ensemencées dans un sol presque vierge qui sentait la vie nouvelle. Un rêve de jardinière. Nous planterions les haricots verts, les carottes et les tomates le lendemain.

La pluie est tombée cette nuit-là et elle a continué sans interruption jusqu'au matin, une autre bénédiction pour le jardin. Sachant qu'il ferait trop humide pour semer, j'ai travaillé près de la cabane, à couper du bois et à dégager un espace pour les fleurs sauvages. Šazí se montrait encore de temps en temps et me regardait travailler, perché sur le vieux pick-up. Il avait le ventre rebondi, sa fourrure orange inégale avait repoussé : à défaut d'être beau, il semblait en bonne santé.

Je fredonnais en travaillant, pleine de satisfaction. Pour la première fois de ma vie, je me sentais gratifiée d'un dessein plus vaste que le soin d'une famille. Les graines me rattachaient à mes grands-mères et même à ma mère. Je pouvais me figurer ces femmes en train d'ensemencer leurs jardins, de chanter pour les plantes comme pour des enfants, de récolter le maïs mûr et de choisir les meilleures graines pour la saison suivante. Ici, dans ces bois solitaires, je me sentais appartenir de nouveau à ma famille, à mon peuple.

Le lendemain, quand je suis retournée au jardin, les graines de plusieurs rangées de maïs avaient été pillées. J'ai senti un choc me traverser comme si on s'était attaqué à ma famille et j'ai pris conscience du chemin long et difficile qui m'attendait. Ces graines étaient si peu nombreuses et si vulnérables face aux rongeurs affamés. Même si elles survivaient, que se passerait-il avec les chevreuils et les lapins, plus tard dans la saison ? Comment pouvais-je les garder en sécurité sans clôture ? J'ai contemplé les dégâts, songeuse, tandis qu'à mes côtés, Ida secouait la tête. « Maudits écureuils. Est-ce qu'on replante ? »

Replanter signifiait employer presque toutes les graines restantes. Un risque, s'il arrivait un malheur à tout le potager. Mais si je ne le faisais pas, la récolte serait bien moins importante que ce que nous avions espéré. Je voulais suffisamment de maïs pour le partager avec Darlene, ainsi que Wilma et Carlos. C'étaient eux, ma raison principale de planter cette année. Et j'avais appris de mon propre jardin qu'il nous fallait assez de plants pour qu'ils échangent du pollen et grandissent forts et sains. Je commençais à saisir les décisions ardues que devaient prendre les gardiennes des graines, pesant le risque de perdre les graines contre l'épreuve de la faim en hiver. J'ai décidé de semer à nouveau et de ne mettre de côté qu'une douzaine de grains de maïs.

Dix jours plus tard, nous avons assisté au miracle des minuscules feuilles vertes qui perçaient la terre. Encouragées par la chaleur du soleil et le sol fertile, les jeunes pousses ont grandi rapidement. Tôt le matin, avant que le soleil soit trop fort, j'arrachais les autres herbes pour que les pousses n'aient pas à leur disputer l'eau. Tout en creusant le sol frais, je songeais à la téosinte, la plante qu'avait mentionnée Carlos, cette herbe qui avait coopéré avec les humains pour devenir le maïs, une nourriture sacrée pour tant de tribus.

Parfois, quand je travaillais au jardin, une prière sans mot s'ouvrait entre la terre et moi, comme si nous partagions une langue commune que je comprenais mieux en me taisant. Les sens en éveil, j'appréciais alors le cri du faucon qui décrivait des cercles, je voyais les tournesols s'orienter vers le soleil, j'entendais le bourdonnement des abeilles charpentières qui creusaient les bûches pourries. Tout comme les oiseaux fabriquent des nids circulaires, cette clairière nous encerclait, un lieu sûr pour cultiver et vivre. L'histoire m'avait certes coûté ma famille et ma langue, mais je retrouvais avec la terre, l'eau, les étoiles et les graines une relation millénaire.

Chaque jour, nous nous rendions au jardin juste après le lever du soleil ; Ida arrivait de l'ouest, Digger sur les talons, et moi de l'est, avec une Thermos de café et une miche de pain. D'abord, nous préparions un feu et nous décidions ce qu'il y avait à faire pour la journée. Ida était prête à faire tout ce que je lui demandais, mais c'était plutôt une chasseuse de nature. Elle désherbait ou arrosait volontiers pendant une heure ou deux puis se mettait à loucher du côté des bois. À la moitié de la matinée, elle faisait de petites allées et venues pour inspecter ceci ou cela. À midi, elle était partie. Certains jours, après son départ, je m'asseyais à l'ombre et regardais simplement les plantes. D'autres jours, je chantais ce dont je me souvenais, à commencer par la chanson du matin que m'avait apprise mon père.

Fin juin, le maïs mesurait presque cinquante centimètres. Nous avions mangé toutes les salades précoces, nous en avions planté d'autres qui seraient prêtes pour la fin de l'été et nous avions couvert le sol de paille en guise de protection contre la chaleur qui, nous le savions, arriverait bientôt. Désormais, le jardin se débrouillait à sa façon et s'épanouissait avec peu d'aide de notre part, en dehors de l'arrosage et du désherbage quotidiens.

Thomas n'était pas revenu, ni pour les semences ni pour une simple visite. J'espérais qu'il avait trouvé une forme de paix avec la mémoire de son père, à la ferme. Vivre dans la cabane, c'était pour moi comme si on m'avait rendu mes souvenirs d'enfance. Certains jours, je pouvais presque entendre mon père siffloter devant moi sur le chemin du jardin.

En juillet, Ida m'a persuadée de passer la matinée à cueillir des mûres sur son terrain, à une demi-heure de marche en aval de la rivière. Nous nous sommes retrouvées au potager, je voulais m'assurer que tout allait bien. Il semblait florissant. De nouveaux bourgeons avaient éclos sur les courges et le maïs mesurait déjà quatre-vingt-dix centimètres de haut. C'était l'une des saisons les plus productives que j'aie jamais eues. Satisfaites, nous sommes parties, Digger en tête, Ida sur ses talons, de son pas assuré de femme qui a passé sa vie dans les bois.

« Ne le prends pas mal. » Elle a écarté une branche basse de son chemin. « Mais je suis bien contente de ne pas être à quatre pattes en train de chasser les doryphores sur les patates. Je trouve ce travail tellement fastidieux, même si je suis la première à me réjouir de la récolte. Je n'y connaissais rien avant, c'est tout. Tout ce temps à désherber. Et à désherber. Et à désherber encore. Au moins dans les bois on trouve des plantes qui n'ont pas besoin de toutes ces attentions. »

Pendant que nous progressions lentement dans le taillis dense, une couche de nuages a envahi le ciel, protection bienvenue contre la chaleur croissante du soleil. L'air était lourd d'humidité, les arbres immobiles, et le calme n'était brisé que par le bourdonnement des moustiques. Même les oiseaux se taisaient. J'avais le visage moite de sueur et mon T-shirt me collait à la peau.

Enfin, d'un « Ha ! » de triomphe, Ida a déclaré que nous étions arrivées. Nous avons trouvé un épais fourré de mûres sauvages et nous nous sommes séparées, paniers en main. Nous avons cueilli deux heures durant, alternant conversation calme et silence paisible. Après un déjeuner tranquille de pain et de café, Ida s'est allongée pour étudier les nuages qui avaient continué de s'amonceler toute la matinée. J'avais tellement apprécié la cueillette que j'avais négligé d'observer le ciel.

« On dirait qu'on va avoir du gros temps, a dit Ida. En partant maintenant, on arrivera peut-être avant que la pluie nous trouve. » Son ton désinvolte suggérait qu'il n'était pas très grave de se retrouver sous la pluie. J'aurais voulu me sentir aussi confiante qu'elle dans ces bois, comme quand j'étais enfant. Mais au premier roulement de tonnerre qui a retenti au loin, j'étais debout et débarrassais les miettes de mes vêtements. Sans le vouloir, je me suis remémoré la tempête qui m'avait accueillie lors de ma première nuit dans la cabane.

Comme nous nous hâtions de retourner vers le jardin, le vent a forci et la température a chuté vers une fraîcheur soudaine. Nous étions à mi-chemin quand sont tombées les premières gouttes éparses. Ida s'est tournée vers moi avec un sourire et nous avons échangé un signe de tête, soulagées que le jardin soit arrosé. Au bout de quelques minutes, la pluie s'est mise à tomber à verse. Le vent fouettait les branches des arbres en une danse folle. Digger galopait toujours le premier, les oreilles couchées sur la tête. Il se retournait parfois pour lancer à Ida un œil hagard, mais il lui faisait confiance.

Nous l'avons suivie aveuglément lorsque Ida a dévié du chemin et qu'elle s'est glissée sous un bosquet de genévriers près d'une crevasse dans la colline, juste au moment où une pluie torrentielle entreprenait de marteler la terre. Nous nous sommes blottis les uns contre les autres, dégoulinants et frissonnants, tandis que le vent soufflait des trombes d'eau qui pliaient presque en deux les jeunes arbres. Soudain, le tambourinement est devenu plus sonore. Malgré l'abri des arbres, une douche de grêlons a cinglé sur nous. La grêle ! J'ai sauté sur mes pieds pour courir vers le jardin et protéger à tout prix mes bébés, mes tendres plants.

« Non ! » Avec un cri, Ida m'a attrapé le bras et retenue sous l'arbre. « Tu ne peux rien faire. »

Nous nous sommes recroquevillés dans notre refuge de fortune, le dos contre la roche. Ida protégeait Digger de son bras. Non loin de nous, un pin blanc s'est abattu, le vent avait eu raison de ses racines peu profondes. Au bout de quelques minutes d'intensité rageuse, la grêle est redevenue pluie et s'est changée peu à peu en une averse soutenue. J'ai tiré Ida par le bras. « Allons-y », j'ai dit. L'eau coulait de mes cheveux dans mes yeux et trempait mes vêtements qui, à chaque pas, me donnaient la sensation d'une peau lourde et humide. Nous avons marché aussi vite que possible sur le chemin à présent couvert de feuilles déchirées et de branches brisées. Je redoutais l'instant de la découverte, tout en espérant – en priant – que le maïs ait été épargné je ne sais comment. Le vent est tombé aussi soudainement qu'il s'était levé. Le soleil a filtré faiblement entre les arbres tandis que la pluie mourante gouttait de feuille en feuille.

Nous nous sommes arrêtées au bord de la clairière, muettes de consternation. Chacune des plantes du jardin avait été brisée, déchiquetée et broyée dans le sol détrempé. La pluie avait formé de larges flaques là où elle n'avait pas eu le temps de pénétrer le sol. Nous n'aurions rien à récolter à l'automne. Le maïs était complètement détruit. Toute la wamnáheza était perdue, à part les douze graines qui restaient dans mon sac.

« Bon sang », a soufflé Ida, sans me regarder. Elle s'est penchée pour ramasser la feuille brisée d'un plant de courge dont les fruits étaient sortis la semaine précédente. « Peut-être qu'il est encore temps… »

Je lui ai arraché la feuille des mains. Je m'en suis pris à elle comme si elle était responsable. Mes doigts tressaillaient de l'envie de la frapper, de la blesser, d'extirper cette douleur de mon corps par tous les moyens.

« La ferme ! ai-je crié d'une voix méconnaissable. J'en ai ma claque d'entendre que tu peux tout régler. Que tu sais ce qui est mieux. Tu connaissais ma famille, et alors ? Tu n'as aucun droit d'être là. »

Je me suis détournée, secouée par l'émotion qui traversait mon corps par vagues, le sang battant à mes tempes. Ida et Digger ont disparu sans un mot.

Je suis tombée à genoux dans la boue, au milieu des tiges de maïs brisées, de ces corps sveltes abattus par le vent et déchirés par la grêle. J'ai ramassé une feuille et un morceau de tige et les ai écrasés dans mon poing. J'ai jeté ces débris vers le ciel puis j'ai saisi à pleines mains d'autres miettes, de la boue, éraflant mes jointures contre les cailloux dans la terre et hurlant jusqu'à ce que ma gorge brûle. J'ai crié ma rage, ma haine et j'ai maudit ma vie solitaire, ma vie sans amour, ma vie gâchée. Je ne valais pas mieux que ma mère, pas mieux que Lorraine. Leur colère emplissait mon corps indésirable et flétrissait tout ce qui l'approchait. Nous étions une famille maudite et je venais d'avoir la preuve de ma nullité. J'avais détruit les graines que l'on m'avait confiées pour que je les protège, que je les sauve. Si seulement j'avais gardé ce pistolet.

CHAPITRE TRENTE-SIX

Rosalie Iron Wing
2002

Elle a chuchoté : Thakóža. Sa voix était comme la pluie, comme des ailes migratrices sur le vol du retour. Thakóža, marche avec moi. Au pied d'une colline, un jardin débordait de maïs, le plus haut, le plus plantureux que j'aie jamais vu, les citrouilles les plus charnues, les haricots les plus longs. Thakóža, a-t-elle dit, les graines partagent une mémoire qui est un vaste ruban de temps, qui remonte à chaque saison de pluie, chaque saison de sécheresse, chaque année où le vent a soufflé et rendu les plantes plus fortes. Les graines que tu as plantées portent l'empreinte de la bouche de ta grand-mère et de sa grand-mère. Les graines connaissaient le contact de leurs mains, quand elles les semaient en terre avec un chant. Ton jardin a rempli notre part de l'accord passé avec les graines et m'a aidée à respecter une promesse que j'avais faite. Je suis en paix.

Dans ce monde, il n'y a pas de mort. Il n'y a que le cycle éternel de la naissance et de la renaissance qui se déplacent d'un corps à l'autre. Notre chair vit dans le ventre d'un chevreuil, dans l'aile d'un papillon, dans chaque graine que tu plantes. Nos corps nourrissent les racines et les feuilles qui nous font vivre. En prenant soin des graines, tu prends soin de tous nos ancêtres. Rien n'est perdu. Rien n'est perdu.

*

À mon réveil, la pièce était obscure. Les ombres vacillaient à la lueur des flammes qui brûlaient encore dans le poêle. Combien de matins m'étais-je éveillée avant l'aube dans cette pièce, pour n'y trouver que le vide de la perte, de l'absence ? Le silence qui se dépose quand aucune voix n'a résonné depuis trop longtemps.

J'ai senti une présence dans la pièce. Un soupir chuchoté, un froissement, un ronflement même. Je n'étais pas seule. Ma valise était ouverte au sol, près de la table, à moitié remplie des vêtements que j'avais commencé à empaqueter. Des bûches avaient été empilées près du poêle il y a peu. Non loin, Ida était couchée par terre et ronflait légèrement à chaque respiration, la bouche ouverte. Wilma Many Horses était endormie sur le fauteuil à bascule, emmitouflée dans la couverture en laine du canapé. Son visage se détournait de la lumière du feu.

Lentement, la mémoire m'est revenue. J'avais émergé une fois pour ingurgiter un thé nauséabond que me tendait Wilma, le regard caché dans l'ombre. Mon front et mes cheveux, caressés d'une main fraîche. Chaque fois que j'ouvrais les yeux, je sentais mon corps surchauffé par le feu qui brûlait dans mes poumons. Chaque fois que je revoyais le champ détruit, Wilma était là, oscillant dans son fauteuil. Elle ne disait pas un mot, ne quittait pas mon chevet. Jamais je n'aurais espéré une telle sollicitude, je n'avais pu qu'en rêver, lors de ces nuits passées dans des maisons étrangères. Si seulement ma mère avait vécu une autre vie, en d'autres temps peut-être. Si seulement mon père n'était pas mort. Si seulement Darlene m'avait trouvée plus tôt.

Plus tard, c'est l'odeur du café qui m'a réveillée, le bruit mat des bûches qu'on ajoute sur le feu. Les sons d'une famille. On avait remis ma valise dans la chambre. Le bacon grésillait et on brisait un œuf contre le rebord d'une poêle à frire. Alors que j'essayais de me redresser, la porte s'est ouverte à la volée d'un coup de hanche et Ida est entrée en ahanant sous une brassée de bois. Elle a refermé d'un coup de pied et s'est agenouillée à grand-peine pour déposer bruyamment son fardeau. Elle a entrepris d'empiler les bûches, après un sourire coupable dans ma direction.

«J'espère que je ne t'ai pas réveillée, a-t-elle dit avec entrain, en essuyant des morceaux d'écorce de son pantalon. Wilma a dit qu'il fallait bien chauffer cet endroit la nuit. Contente de voir que tu vas mieux.

– Ida», ai-je balbutié, pour m'interrompre aussitôt. Que pouvais-je lui dire ?

Elle a balayé mes mots d'un geste de la main. «Ne t'inquiète pas. Je comprends. Je sais que tu as travaillé dur dans ce jardin.

– Non, Ida, tu mérites mieux. Tu as été une vraie amie pour moi. Je n'aurais pas retrouvé ma famille sans toi. Je n'aurais pas dû dire ce que j'ai dit. Je suis désolée.»

Ida s'est approchée de moi avec un sourire et m'a serrée chaudement dans ses bras.

« Petit-déjeuner ! » a lancé Wilma en rapportant trois assiettes d'œufs et de bacon de la cuisine. Des tasses de café fumaient déjà sur la table.

«Je ne sais pas si... ai-je commencé.

– Ce n'est pas pour toi, a répliqué Wilma en me tendant une tasse de bouillon chaud. Carlos ! a-t-elle appelé d'une voix sonore. Le petit-déjeuner est prêt.»

La porte de la chambre de mon père s'est ouverte et Carlos est entré, ses cheveux blancs ébouriffés de sommeil. Il finissait d'attacher une paire de bretelles rouges par-dessus un T-shirt délavé, rentré dans le jean qui recouvrait son ventre. L'ongle long et jauni de son gros doigt de pied perçait sa chaussette. Il m'a adressé un bref signe de tête et s'est assis. Pendant qu'il mangeait, recouvrant d'œufs son pain grillé, j'ai entendu Wilma lui dire : «J'ai eu du mal à dormir cette nuit. Je jurerais qu'un chat me fixait par la fenêtre.»

Après le petit-déjeuner, Carlos et Ida sont sortis. Carlos a attrapé la casquette d'été de mon père sur son crochet près de la porte. «Au fait, a-t-il dit, j'ai enterré l'autre casquette, celle qui était toute pelée. Fallait abréger ses souffrances.»

Il a poussé la porte tandis qu'Ida sifflait Digger. Un tintamarre de vaisselle provenait de la cuisine.

Quand elle a eu fini de nettoyer, Wilma m'a tendu une tasse de thé et a calé ses vieux os dans le fauteuil. Nous sommes restées en silence quelques minutes, à écouter le choc d'une hache contre le bois. Wilma a posé sa tasse.

«Tu sais que ton arrière-grand-mère Susanne était jardinière. Quand Iná Maka, la Terre mère, nous faisait le don béni du Maïs, nous célébrions des cérémonies pour la remercier de notre récolte abondante. Susanne était une gardienne des graines et ce n'est pas seulement sa famille mais toute la tribu qui dépendait de femmes comme elle. C'était elles qui veillaient au don du Maïs.

«À son retour ici, elle passait toutes ses matinées dans son jardin à biner, planter ses précieuses graines, désherber. Nourrir sa famille était un dur travail. Certaines années, il y avait trop de pluie trop tôt ; d'autres années, elle devait continuellement charrier des seaux d'eau à cause de la sécheresse. Elle se battait contre le mildiou, les vers, les chevreuils, les ratons laveurs et les oiseaux. C'était une battante, celle-là. Chaque année, à la fin de l'été, elle avait assez de nourriture pour nourrir sa famille tout l'hiver.»

Wilma a dû remarquer mon regard baissé, ma tête accablée de honte. Sa voix s'est adoucie.

«Susanne a eu de bons professeurs, les meilleurs, à commencer par sa propre mère, qui connaissait les prières et les chants des semences, elle avait conservé les rituels et protégé ces graines envers et contre tout. Marie avait grandi avant le temps des pensionnats, avant qu'ils se mettent à emmener les enfants. Sa famille a souffert, comme nous tous, mais elle a conservé son savoir plus longtemps que beaucoup d'entre nous.

«Thakóža, tu n'as eu personne pour t'enseigner tout cela ni t'apprendre à faire partie d'une famille ou d'une communauté. Tu sais ce qu'ont traversé les grands-mères pour sauvegarder les semences. Voilà la force qu'il faut avoir en tant que femme indienne. Et en tant que gardienne des graines.

«Je veux que tu gardes en mémoire ce que je vais te dire. Tu dois pardonner à ta mère. Et à toi-même. La prochaine fois que tu iras à Mankato, rends-toi au parc de la Réconciliation et lis la prière d'Amos Owen qui s'y trouve. Même une ville comme Mankato doit trouver le moyen de demander pardon. C'est un travail difficile, mais nous devons tous le faire. Ça ne signifie pas oublier. Tu dois guérir avant de pouvoir t'ouvrir au monde et le transformer.

« Carlos est dehors en train d'aider Ida à nettoyer le jardin. Ou plutôt en train de lui dire comment le faire. Il t'aidera à replanter ce que tu peux cette année. L'an prochain, tu prendras tes douze graines et tout ce que cette folle de Darlene a cultivé dans ses seaux et tu en mettras de côté la moitié. Tu en planteras une partie ici et une partie dans un autre jardin, assez loin pour qu'une tempête de grêle ne ravage pas les deux jardins. Et la prochaine fois, tu n'oublieras pas que tu as une famille et une communauté qui sont là pour t'aider. Carlos t'aidera à apprendre ce que tu dois savoir.» Elle a fait la grimace. «Il m'a aussi dit de te dire qu'il a un fils presque aussi beau que lui. Hem.»

Wilma m'a tapoté la main. Elle s'est levée en entendant une voiture se garer dans le jardin. «Voici ma nièce. À peine un jour de retard.» Elle s'est dirigée vers la porte et l'a ouverte avec un sourire, les bras tendus pour étreindre sa nièce qui entrait en s'excusant : «Pardon, tatie, je ne pouvais pas quitter... »

Gaby Makespeace s'est tournée vers moi, en sweat et jean, ses longs cheveux flottant sur les épaules. Elle est venue vers le canapé, où, dans un effort pour ne pas avoir l'air de quelqu'un qui est resté couché des jours durant, je lissais frénétiquement la couverture et écartais les cheveux de mon visage.

« Non, non, ne bouge pas. Je sais que tu as été malade. Et je suis désolée de ne pas pouvoir rester longtemps, mais je te promets de revenir bientôt. Je t'ai apporté ça.» Elle m'a tendu un bol de mûres fraîchement cueillies. Elle a souri comme dans le temps. « Ma tatie m'a raconté ce qui s'était passé. J'imagine même pas ce que ça peut être pour une jardinière.» Elle a pressé ma main. « Elle dit que tu es revenue pour de bon.»

J'ai lancé un regard à Wilma, qui a haussé les épaules avec un sourire innocent.

« Peut-être. Tout a changé si vite que j'ai besoin de temps pour aviser. » J'ai inspiré profondément. « Je suis désolée pour l'article dans le journal. J'ai essayé de t'appeler pour t'expliquer ce qui s'était passé.

– Je sais, je sais, je suis désolée de ne pas t'avoir rappelée, a répondu Gaby. Je savais que c'était ce connard de rédac chef. J'étais tellement furieuse que tout le monde s'en fiche que ma colère a débordé sur toi. Et sur tous ceux qui m'entouraient. Mais tout a changé pour moi aussi. »

J'ai observé Gaby plus attentivement. Il semblait en effet y avoir en elle une pondération, un calme que je ne lui connaissais pas. « Comment ça ?

– J'ai quitté le groupe de travail, a expliqué Gaby. J'essaie de reconstruire ma relation avec Mathó. C'est lent, car il n'a pas l'habitude que je sois là. Mais il vient de commencer un nouveau travail comme cuistot dans un casino. Il espère ouvrir son propre restaurant un jour – et il voudrait parler à Wakpá d'un élevage de bisons pour la tribu, pour produire de la viande qu'il pourrait utiliser au casino. » Un doigt sur les lèvres, elle a eu l'air de réfléchir. « La tribu rachète des terres, pour que les Dakhóta aient toujours leur place ici. Ça sera peut-être plus facile de garder la rivière propre. Wilma dit que tu as une ferme que tu pourrais vouloir revendre à la tribu ? »

Je me suis étouffée avec mon thé tandis que Wilma riait.

« Qu'est-ce que tu vas faire ensuite ? » ai-je demandé, en songeant à la pétulance de Gaby, à son besoin perpétuel de mouvement.

« Je ne sais pas encore, a-t-elle soupiré. Je travaille au centre communautaire, j'aide là où je peux être utile. Ça me suffit pour le moment. » Elle a souri. « Je suis heureuse que tu sois de retour. Peut-être que tu pourras m'apprendre à jardiner.

– Tu te rends compte qu'il faut se salir les mains ? » ai-je demandé. Je n'imaginais pas Gaby mains dans la boue.

« Je pensais plutôt à un poste de cadre. » Nous avons ri toutes les deux. Elle a ramassé le sac qui contenait les affaires de Wilma et l'a déposé près de la porte. Elle s'est retournée et m'a dit : « Tu sais qu'on est cousines maintenant, pas vrai ? » Et elle est sortie sans attendre ma réponse. Toujours le dernier mot.

La porte-moustiquaire a claqué derrière elles en rebondissant un peu, comme quand mon père sortait. Ce léger choc du bois contre le bois, un bruit de l'été, comme son pas délicat dans les hautes herbes, le frottement de son couteau qui creusait le bois. L'aboiement joyeux de Šúnka quand elle chassait un lapin jusque dans les épais fourrés. Les bruissements, les craquements d'une forêt vivante qui respirait autour d'eux.

C'était soudain plus facile d'imaginer l'avenir avec le retour de Gaby dans ma vie. Notre amitié avait connu des hauts et des bas toutes ces années, mais nous allions toujours bien ensemble, la bouche et les oreilles, nous avions besoin l'une de l'autre. Avec Ida comme voisine et Wilma et Carlos à quelques minutes de voiture, je me suis sentie rassérénée, j'appartenais à un cercle, à une communauté.

*

Deux jours plus tard, je me suis forcée à rendre visite au jardin. Carlos était assis à l'ombre sur une vieille bûche et se roulait une cigarette. Il m'a fait signe de le rejoindre. Après avoir scellé sa cigarette d'un coup de langue, il a pris une profonde bouffée puis expiré la fumée avec un long soupir satisfait.

« La pipe du pauvre », m'a-t-il dit en me tendant la cigarette. J'ai secoué la tête.

Pendant que Carlos fumait, j'ai regardé le jardin. Toutes les feuilles déchirées et les plantes broyées avaient été ratissées et amoncelées en compost. Les piquets et la ficelle avaient disparu. Les rangées de maïs étaient maintenant couvertes de petites buttes de terre, comme si un gauphre détraqué avait déterré la moitié du jardin.

« Ton fils est passé hier. Tu dormais, alors il n'a pas voulu te déranger. Il a déposé quelques affaires à toi. Un jeune homme intéressant. L'a pas voulu rester. Il avait l'air sacrément mal à l'aise. Alors je lui ai demandé d'aider un vieil homme à emporter ses outils au jardin. »

J'ai jeté un œil aux muscles nerveux des bras de Carlos, à sa posture droite, même assis sur une bûche, et j'ai souri à sa ruse transparente. Manifestement, elle avait fonctionné puisque Thomas avait ensuite passé deux heures à l'aider à former des buttes dans le jardin.

«Tu n'obtiendras probablement rien de ces buttes cette année, a dit Carlos. Mais tu vois comment on fait et tu le feras toi-même l'an prochain. Qui sait où je serai, moi.» Il a craché une miette de tabac par terre. «Voici ce que je veux que tu fasses. D'abord, arrête de lire tous ces satanés livres. Tout ce que tu as besoin d'apprendre est ici, au jardin. Si tu as besoin d'aide, sors ton tabac et demande. À la mi-mai, quand les Sept Petites Filles tombent sous l'horizon, tu plantes ton maïs. Quand les Filles reviennent à l'ouest du ciel, tu plantes tes haricots et tes courges. Le maïs donne aux haricots de quoi grimper, les courges font de l'ombre aux racines et les haricots fixent le nitrogène dans le sol. Ton fils a appelé ça "permet-culture".

– Je pense que tu veux dire "permaculture".

– Jamais entendu parler. Nous, on appelle ça les Trois Sœurs. Ton fils était désolé d'apprendre ce qui était arrivé à ton jardin. Surtout à ces graines. Il a demandé si tu allais bien. J'ai dit que tu t'en tirerais. Que plein de gens veillaient sur toi. Puis il m'a parlé du maïs de ta tante Darlene, celui qu'elle lui a donné. Ça avait l'air de le tracasser.»

J'imaginais sans mal la lutte intérieure de Thomas. J'avais tellement voulu lui dire de ne rien faire qui mette ces graines en danger. Darlene lui avait donné le maïs sans savoir qu'il envisageait un stage chez Mangenta, où il aurait pour tâche d'encourager les agriculteurs à cultiver des variétés mutantes. J'espérais simplement que, peut-être, Darlene le *savait*, à sa façon.

«Après avoir biné un petit moment, on a fait une pause, a poursuivi Carlos. On s'est assis pour partager une cigarette. Et il m'a dit ce qui le tourmentait.

«Il avait un grand projet pour ce maïs. Avec l'un des chercheurs de Mangenta, ils ont discuté d'en faire une cartographie génétique. L'a dit qu'ils en extraient un petit bout et l'appellent un brevet. Ils pourraient même l'utiliser pour créer une toute nouvelle variété de maïs. Quiconque voudrait cultiver ce maïs devrait le payer. Il a dit qu'il y avait beaucoup d'argent à se faire avec ces brevets. Il avait l'air assez emballé à cette idée. Le chercheur était encore plus emballé. Ils ont programmé une grande réunion pour qu'il puisse présenter le maïs au patron, là-bas.

«Il a mal dormi cette nuit-là. Pouvait pas se sortir de la tête l'image de ta tante Darlene et de son maïs cultivé dans des seaux. Fichtrement piquée, celle-là, si tu veux mon avis. Mais elle a transporté toute cette terre en bus, dans l'ascenseur, malgré tous les commérages. Elle a préservé nos traditions, même quand elle n'avait que ces seaux. Et puis elle lui a dit: "Peut-être que le maïs t'aidera à te rappeler." "Me rappeler quoi? Comment je peux me rappeler quelque chose que je ne sais pas?"

«La veille de sa réunion, il a conduit jusqu'ici pour t'apporter ces cartons. Comme tu dormais, c'est avec moi qu'il a parlé. Il a dit: "Je ne pense pas être la bonne personne pour prendre soin de ce maïs." Je lui ai demandé pourquoi.

«"Toute ma vie, j'ai cru que l'enjeu de l'agriculture, c'était le nombre de boisseaux cultivables à l'hectare. Mon père m'a enseigné que les fermiers doivent faire évoluer leurs pratiques. Mon grand-père refusait de s'adapter, alors il est resté à la traîne. Et puis il y a ce qui est arrivé à notre voisin George. Alors je ne suis pas un bon fermier. Et je ne suis pas ce que Darlene pense que je suis. J'en ai marre que les gens me disent quoi penser."

«On est restés là un moment sans parler, pendant qu'il se ressaisissait. J'ai pensé à ce qu'il avait dit et à ce qu'il n'avait pas dit. J'ai pensé à ces graines aussi. Et à Darlene. Enfin je lui ai dit: "Tant que tu n'oublies pas que ces graines n'appartiennent à personne, je crois que ce maïs est bien là où il est." Puis je lui ai demandé s'il comptait rester assis là toute la journée. On avait des tomates à planter.»

Nous avons ri tous les deux. Une brise chaude agitait les quelques feuilles épargnées par la tempête. Il en pousserait de nouvelles, mais il faudrait attendre la prochaine saison pour que les arbres retrouvent pleinement leur feuillage vigoureux. Les arbres plus éloignés, qui avaient subi moins de dégâts, partageraient leurs ressources par le réseau de racines et de champignons qui, sur des kilomètres et des kilomètres, faisait de cette forêt une communauté.

«Rosie, a poursuivi Carlos plus sérieusement. Que ton garçon le sache ou non, ces graines le ramènent chez lui, lui aussi. Tu dois être patiente.»

Ida est sortie des bois et a traversé à longues enjambées les hautes herbes qui entouraient le jardin. Digger était à ses côtés, l'attention fixée sur un objet qu'elle tenait soigneusement éloigné de lui. En nous voyant, elle nous a fait un petit signe. Elle avait un mouchoir noué sur son front humide et ses bras étaient couverts de petites égratignures rouges – allez savoir dans quel buisson de baies sauvages elle s'était encore fourrée. «Pfiou, fait chaud comme dans un four. Regardez ça. C'est Digger qui l'a déterré.»

Elle a tendu à Carlos un os large et plat que Digger ne lâchait pas des yeux. Carlos l'a retourné entre ses mains et l'a étudié sous toutes les coutures.

«Mince alors. Où tu l'as trouvé?

– Par-là, un peu plus loin, a répondu Ida avec un geste derrière son dos.

– Montre-moi.»

Nous avons marché tous les trois en silence pendant plusieurs minutes, écrasant les moustiques et écartant les mouches noires qui pullulaient avec la chaleur. Au-dessus de nos têtes, une cigale stridulait son long appel sonore. Ida s'est arrêtée et a pointé un trou récemment creusé. Une pierre plate aux zébrures gris sombre et gris clair avait été poussée de côté. Carlos s'est agenouillé à côté du trou, a posé l'os sur le sol et a creusé la terre meuble de ses mains. Il en a tiré de petits morceaux de bois pourri avant de tomber sur un objet solide. Il a hoché la tête et s'est redressé.

Après s'être essuyé les mains sur son jean, il a pris l'os et me l'a tendu. Jauni par l'âge, l'os était large à sa base tandis que l'autre bord semblait avoir été aiguisé et affilé, comme l'embout d'un balai ou d'un râteau.

« C'est l'os d'une épaule de bison, a-t-il dit. On fabriquait un manche dans du bois de peuplier et on l'attachait à l'embout avec un morceau de cuir brut pour en faire un sarcloir, à l'époque. On l'utilisait aussi pour creuser des fosses qui servaient à cacher de la courge séchée et du maïs. Les graines pour la saison suivante. Comme un cellier souterrain. Et ce que je viens de toucher, dans ce trou, c'est le bois qui est généralement posé par-dessus la fosse. » Il m'a regardé en fronçant les sourcils. « C'était le terrain de ta famille, à l'époque où on fabriquait ça. Ta parente devait être pressée pour avoir laissé ce sarcloir derrière elle.

– Ça devait être la mère de Marie, Mahpíyamaza, ai-je répondu. Je pense qu'elle avait peur. Peur de ce qui allait se passer. »

Carlos a hoché la tête. « Elle a sauvegardé ce qui d'après elle aurait été utile un jour, ce qui aiderait ses petits-enfants à survivre.

– Je cours chercher des pelles ? a demandé Ida.

– Non.

– Carlos, ai-je demandé, est-il juste d'ouvrir cette fosse ? Nous ne savons pas ce qu'elle avait en tête. Que faire ? »

Carlos a tiré de sa poche une blague à tabac.

« Prier. »

Comme ils priaient, nous avons entendu le chant que
[les anciens chantaient à l'aube.
Leurs voix se mêlaient au vent qui berçait les branches
[du peuplier emplies d'étoiles.
Nous avons entendu un chant qui était le nôtre, chanté par
[des humains nés de la prairie.
Aimez les graines comme vous aimez vos enfants
[et le peuple survivra.

Wachékiye

FI

N

FIN

NOTE DE L'AUTRICE

Les Semeuses (*The Seed Keeper* en anglais) a été inspiré par une histoire que j'ai entendue il y a des années, alors que je participais à la Marche commémorative dakhóta, une marche de deux cent quarante kilomètres en l'honneur des membres du peuple dakhóta qui avaient été déportés de force du Minnesota en 1863, à la suite de la guerre entre les États-Unis et les Dakhóta. Nous parcourions vingt à trente kilomètres par jour, nous priions pour les mille sept cents femmes, enfants et aînés qui avaient été conduits sous la menace des armes depuis la réserve de Lower Sioux jusqu'au camp de concentration de Fort Snelling. En suivant le même chemin, nous rendions hommage à la souffrance et aux sacrifices de nos ancêtres.

Par une journée particulièrement longue et froide, l'un des marcheurs a partagé une histoire concernant les femmes de la marche originelle. Il a raconté que malgré le peu de temps à leur disposition pour se préparer à leur déportation, elles auraient eu besoin de nourrir leur famille où qu'on les envoie. Ces femmes avaient cousu des graines dans les ourlets de leurs jupes et en avaient caché d'autres dans leurs poches pour pouvoir les semer à la saison suivante. Au cours du long hiver passé à Fort Snelling, des centaines de prisonnièr·es étaient morts de maladie et de faim. Au printemps 1863, quand on les avait entassés dans des péniches pour le long voyage en direction de la réserve de Crow Creek, dans le Dakota du Sud, les gens avaient continué à mourir à cause de la nourriture, trop rare et avariée. Pendant toutes ces épreuves, les femmes avaient su protéger les graines, pour garantir d'avoir de quoi manger pour les sept prochaines générations. La force dont ces femmes avaient fait preuve, le profond amour qu'elles avaient montré à leurs enfants et leur capacité à faire des sacrifices pour que leur peuple survive a constitué le cœur de ce livre. Je n'ai pas de mots pour exprimer la gratitude que je ressens. Ces femmes ont permis que le maïs dakhóta existe encore aujourd'hui.

Une nouvelle génération de protectrices des graines s'est levée afin de poursuivre ce travail : Rowen White, Terry Lynn Brant, Jessika Greendeer et Deborah Echohawk, pour ne nommer que celles-là. De plus en plus de femmes, et des hommes aussi, sont en train de réapprendre à faire pousser, à protéger et à sauvegarder nos graines ancestrales.

Si les risques et les difficultés auxquels nous faisons face diffèrent de ceux qu'ont rencontrés nos ancêtres, ils menacent tout aussi gravement l'avenir de nos graines indigènes. L'ingénierie génétique, l'agriculture industrielle et les brevets ont permis à une poignée de multinationales de prendre le contrôle des graines du monde entier : Monsanto et Bayer ; Syngenta et ChemChina ; Dow et DuPont. D'après le documentaire *Seed : The Untold Story*, quatre-vingt-quatorze pour cent des variétés mondiales de graines ont déjà disparu. Les scientifiques ont averti qu'un million d'espèces de plantes et d'animaux risquent l'extinction. La perte de ces membres de notre famille et de ces variétés de graines est une catastrophe pour la diversité génétique sur terre et pour notre survie en tant qu'êtres humains. Nous avons oublié notre accord ancestral avec les nombreux êtres qui partagent cette planète avec nous. Activiste et chercheur, Harley Eagle a dit un jour : «Nous devons retomber amoureux de la terre.»

Face à une perte si accablante, qu'est-ce que chacun de nous peut faire? La réponse n'est pas plus loin que le jardin le plus proche. Nous protégeons nos graines en les cultivant, en les cuisinant et en les partageant avec nos ami·es, notre famille et notre communauté. Quand nous renouons une relation de réciprocité, quand nous prenons soin du sol et protégeons l'eau qui, en retour, fait pousser des graines saines, nous revendiquons une connexion indigène à la terre. Ces graines portent nos histoires; elles témoignent de leur propre histoire sur cette terre. Les graines et notre cuisine indigènes sont centrales dans nos cultures et nous rappellent notre relation ancestrale avec le monde naturel qui nous entoure. Mitakuye Owasin, nous sommes tous parents.

Je vous invite à rejoindre le travail joyeux et vital qui consiste à protéger nos graines. J'ai fait une liste de quelques ressources ci-dessous pour plus d'information, dont deux organisations non lucratives qui soutiennent ce travail et sont une source de semences de maïs ancien et indigène. Il existe de nombreux autres projets de jardins indigènes menés par des communautés tribales dans tout le pays.

Dream of Wild Health: ferme non lucrative du Minnesota qui se spécialise dans la culture et la protection d'un ensemble de graines indigènes et transmet ce savoir à la jeunesse autochtone. Pour plus d'informations : www.dreamofwildhealth.org

Native American Food Sovereignty Alliance (Indigenous Seed Keepers Network): organisation non lucrative nationale qui soutient les communautés autochtones à se réapproprier leurs systèmes alimentaires indigènes. Pour plus d'informations : www.nativefoodalliance.org

Seed Savers Exchange: depuis 1975, cette organisation non lucrative partage des graines anciennes et indigènes avec les jardinièr·es. Située en Iowa, elle abrite plus de vingt mille variétés de graines rares. Pour plus d'informations : www.seedsavers.org

Afin d'inscrire le récit de ces graines dans l'histoire du peuple dakhóta, ce livre est un mélange d'éléments fictifs et historiques, où des personnages, péripéties et dialogues imaginaires se superposent à une strate d'événements réels. Étant donné le pouvoir de la narration pour persuader et informer, je me sens responsable, en tant qu'autrice, de préciser ce qui a été inventé, ainsi que les aspects historiques qui affectent encore aujourd'hui les communautés autochtones.

La réserve dakhóta que j'ai décrite est un lieu imaginaire, inspiré, sans leur ressembler, des véritables communautés dakhóta du Minnesota. Mankato et New Ulm sont des villes réelles mais les lieux et les noms de rues ne le sont pas. Le mémorial de New Ulm existe et l'inscription citée dans le livre est quasiment identique à celle du véritable monument. Mangenta n'existe pas mais ressemble de près aux multinationales agrochimiques qui contrôlent aujourd'hui la majorité de nos graines. La pratique consistant à rebaptiser des armes chimiques employées en temps de guerre pour les appliquer à l'agriculture puis à développer des graines génétiquement modifiées résistant à ces produits a vraiment existé.

Un fil historique parcourt tout le livre : la référence à la guerre entre les États-Unis et les Dakhóta de 1862, ainsi que la course commémorative qui a lieu tous les ans en décembre. Amos Owen, aîné et guide spirituel de la communauté de Prairie Island Mdewakanton, a joué un rôle essentiel dans le soutien aux efforts de réconciliation. Sa prière, inscrite sur un rocher du parc de la Réconciliation à Mankato, comporte la déclaration : « Je prie la Terre mère de nous aider en ce temps de réconciliation. » L'histoire du personnage fictif Marie Blackbird s'inscrit dans des événements réels, notamment la déportation historique des Dakhóta vers des réserves du Dakota du Sud. J'ai employé les noms de mes propres ancêtres aussi souvent que possible, dans un effort pour éviter de me référer à d'autres noms de famille connus. Toute ressemblance avec des noms de famille dakhóta existants est fortuite.

La langue dakhóta, dans le livre, est présentée, pour l'essentiel, dans une orthographe fondée sur le *Dakota Language*

Textbook et le *Dakota-English Dictionary* de Stephen R. Riggs. Je suis particulièrement reconnaissante à Kachina Yeager, stagiaire aux éditions Milkweed, pour son soutien généreux et sa révision du manuscrit, ainsi qu'à Monica McKay, qui a partagé son expertise. J'ai fait tout mon possible pour utiliser la langue de façon exacte et respectueuse, toute erreur est ma seule responsabilité.

Enfin, j'ai inséré dans ce livre des références au travail de chercheuses, de chercheurs et d'artistes qui ont enrichi le récit. Je tiens à leur exprimer mon immense gratitude pour le travail qu'ils ont accompli :

Pour le savoir sur les étoiles, je suis redevable à deux ouvrages : *Dakota/Lakota Star Map Constellation Guide* d'Annette S. Lee, Jim Rock et Charlene O'Rourke ; et *Lakota Star Knowledge* de Ronald Goodman.

Je suis tout particulièrement reconnaissante au livre *Buffalo Bird Woman's Garden*, de Gilbert L. Wilson, pour ses descriptions des méthodes de semences traditionnelles et de la fabrication d'une fosse pour mettre la nourriture à l'abri.

Native Science : Natural Laws of Interdependence de Gregory Cajete m'a offert un cadre de compréhension d'une perspective indienne sur la science. Ce livre m'a fait connaître et saisir l'expression « ce lieu dont parle le peuple indien », paraphrasée ainsi par Ray Iron Wing : « le lieu dont parlent les Indiens. »

La référence à « l'œil le plus bleu » est une allusion au premier roman de Toni Morrison, *L'Œil le plus bleu*, qui traite du racisme aux États-Unis.

Le fragment de poème « et le Maïs dit / connais-moi » est une citation d'*Inventos Míos*, un recueil de poèmes de Rubi Orozco Santos.

Les courageux·ses protecteur·trices de l'eau à Standing Rock nous ont aidées, Rosalie et moi, à mesurer la complexité du choix entre protester contre ce qui est injuste et protéger ce qu'on aime.

L'allusion de Rosalie à l'« Excuse aux oiseaux » – « Les fauvettes et les chouettes et les grives des bois : qui a pensé à elles avant de venir prendre mes arbres ? Qui s'est excusé envers les oiseaux ? » – a été inspirée par *Nénuphar*, d'Ella Cara Deloria. Je me suis aussi appuyée sur deux autres livres de Deloria pour les références culturelles : *The Dakota Way of Life* et *Speaking of Indians*.

Mni Sota Makoce : The Land of the Dakota, de Gwen Westerman et Bruce White, est une ressource exceptionnelle pour connaître l'histoire et la culture dakhóta. Dans son préambule, Wambdi Wapaha Glenn Wasicuna cite son père, Hehaka Cuwi Maza, « C'est dur d'être un Indien », et explique qu'« être dakota, ça veut dire que chaque pas qu'on fait est une prière ». Cette expression et son sens sont donnés par Carlos.

La lettre du prisonnier dakhóta est l'adaptation d'une véritable lettre tirée de *The Dakota Prisoner of War Letters* de Clifford Canku et Michael Simon. Clifford m'a donné la permission d'adapter la lettre écrite par Mázakhoyaginape. Je suis redevable à Clifford de la sagesse qu'il a partagée avec moi toutes ces années.

L'un des meilleurs ouvrages contemporains pour comprendre la relation indigène aux plantes est *Braiding Sweetgrass* de Robin Wall Kimmerer. Mes recherches pour ce roman ont inclus beaucoup d'autres livres et articles concernant l'usage traditionnel des plantes, des pratiques agricoles contemporaines (dont l'usage de semences génétiquement modifiées), la pollution à l'azote dans la rivière Minnesota, la prairie originelle et de bien d'autres sujets. Ces auteurs et autrices ont aussi toute ma gratitude.

Bien que *Les Semeuses* se focalise sur le rôle des femmes dakhóta dans la conservation et la transmission des graines, j'aimerais aussi reconnaître le courage des hommes dakhóta, qui ont beaucoup souffert de ne pas être en mesure de protéger leurs familles. Ce roman est dédié à tous les hommes, y compris mon père, qui ont fait de leur mieux pour protéger leurs enfants.

Par souci de lisibilité, certains mots de la langue dakhóta sont transcrits sans les signes diacritiques (accents) qu'elle comporte habituellement.

REMERCIEMENTS

Wóphida thánka echíciyapi ye !

Mes remerciements les plus profonds, je les dois aux graines elles-mêmes, pour avoir généreusement partagé leur vie afin que les êtres humains puissent survivre et prospérer. Les graines sont mes professeures. Elles me montrent comment me reconnecter à mes ancêtres et à ma propre identité culturelle par le travail de la terre.

Partager cette histoire est aussi une façon de rendre hommage à Dream of Wild Health, une ONG autochtone où j'ai passé près de vingt ans, d'abord comme bénévole, puis comme directrice. Cette histoire a lentement pris forme dans mon imagination, tandis que des aînés comme Ernie Whiteman, Hope Flanagan, Sally Auger, Donna LaChapelle, Ida Downwind, Jewell Arcoren, Yako Tanaga, Kathleen Wescott et beaucoup d'autres m'enseignaient la nature spirituelle de ce travail. Les Garden Warriors et Youth Leaders m'ont aidée à comprendre l'importance de la transmission de cette connaissance à la génération suivante. Partager cette histoire est une façon de rendre hommage à la volonté d'Ernie que nous « poursuivions ce travail ».

Pour chaque livre, il y a des gens qui y croient depuis sa conception et tout au long des années qui mènent à sa publication. Pour *Les Semeuses* (*The Seed Keeper*), ces personnes ont été mon frère Dave, ma copine d'écriture Carolyn Holbrook; les «Women from the Center», un extraordinaire cercle de femmes écrivaines redoutables ; mon mari, Jim Denomie, mon héros dans tous les sens qui comptent le plus ; ainsi que ma fille, Jodi, et ma sœur, Sue.

Je suis extrêmement reconnaissante à tou·tes les lecteurs, lectrices et historiennes qui ont partagé avec moi leur savoir sur la langue, la culture et l'histoire dakhóta : Teresa Peterson (et son mari, Jay) ; Gabrielle Tateyuskanskan ; Marcie Rendon ; Nora Murphy ; Colette Hyman ; John Campbell ; Anitra Budd ; et Franky Jackson.

Bien sûr, un·e écrivain·e dépend énormément des éditeur·trices qui nourrissent, encouragent et aident à modeler la vision qui mène à la version définitive du livre. J'ai eu la chance de travailler avec Joey McGarvey, qui m'a confessé sa propre passion pour les graines au cours de notre première conversation. Son aide a été essentielle pour me permettre d'apercevoir et de développer toute la portée du livre.

La longue maturation de ce travail a été soutenue par la générosité de plusieurs fondations. Une bourse de la fondation Bush en 2013 m'a permis de me consacrer à l'écriture et aux graines indigènes, de même qu'une résidence décernée par la fondation Camargo à Cassis, en France. La recherche et l'écriture ont été soutenues par une bourse de 2017 du Minnesota State Arts Board, grâce à une dotation législative du fonds pour les arts et le patrimoine culturel. Je suis aussi redevable au Hedgebrook Residency Program, où j'ai rencontré un groupe de brillantes femmes écrivaines en 2009, qui ont été les premières à suggérer que je devais écrire un roman au sujet des graines. Enfin, je voudrais remercier la *Yellow Medicine Review* et la *Massachusetts Review* pour avoir publié des extraits de ce travail.

Mes remerciements vont enfin aux éditions Milkweed, pour avoir soutenu ce projet et à l'équipe talentueuse qui a permis qu'il prenne forme.

Le traducteur remercie Will et Ben pour leurs renseignements sur la langue et les paysages urbains et ruraux du Midwest, ainsi que l'autrice pour ses éclairages.

Dans la même collection

- Ernest Callenbach, *Écotopia*
Traduit de l'anglais (États-Unis) par Brice Matthieussent

- Amy Hassinger, *La Crue*
Traduit de l'anglais (États-Unis) par Brice Matthieussent

- Rita Indiana, *Les Tentacules*
Traduit de l'espagnol (République dominicaine)
par François-Michel Durazzo

- Tania James, *D'ivoire et de sang*
Traduit de l'anglais (États-Unis) par Brice Matthieussent

- Zeyn Joukhadar, *Les Trente Noms de la nuit*
Traduit de l'anglais (États-Unis) par Nino S. Dufour

- Alexandra Kleeman, *Du nouveau sous le soleil*
Traduit de l'anglais (États-Unis) par Christian Garcin

- Anni Kytömäki, *Gorge d'or*
Traduit du finnois par Anne Colin du Terrail
- Norman Lock, *Un fugitif à Walden*
Traduit de l'anglais (États-Unis) par Brice Matthieussent
- Lieke Marsman, *Le Contraire d'une personne*
Traduit du néerlandais (Pays-Bas) par Daniel Cunin
- James A. McLaughlin, *Dans la gueule de l'ours*
Traduit de l'anglais (États-Unis) par Brice Matthieussent
- James A. McLaughlin, *Les Aigles de Panther Gap*
Traduit de l'anglais (États-Unis) par Christian Garcin
- Klaus Modick, *Mousse*
Traduit de l'allemand par Marie Hermann
- Julien Villa, *Rodez-Mexico*
- Madeleine Watts, *Triple Zéro*
Traduit de l'anglais (Australie) par Brice Matthieussent

Le domaine Rue de l'échiquier fiction
est dirigé par **Mathieu Rivat**.

Charte graphique et mise en page (couverture & intérieur)
Séditions Graphiques / Ferdinand Cazalis

Photo de couverture
Irtsya/shutterstock

Relecture
Laure Mistral

Édition
Mathieu Rivat & Thomas Bout

E L E S
U S
E
M
S
M
U
T S

LES SEMEUSES

Le papier de cet ouvrage est composé
de fibres naturelles, renouvelables, recyclables et fabriquées
à partir de bois provenant de forêts gérées durablement.

IMPRIM'VERT®

PEFC/10-31-1510

Imprimé en France à Condé-en-Normandie
par Corlet Imprimeur en juin 2024.
N° d'imprimeur : 24060140